Alberto Moravia

Inzest

Roman

rororo

Rowohlt

Titel der Originalausgabe «L'attenzione»
Aus dem Italienischen übertragen von LIDA WINIEWICZ
Umschlagentwurf Werner Bürger

1.–40. Tausend September 1968
41.–47. Tausend September 1971
48.–52. Tausend August 1973

Ungekürzte Ausgabe
Veröffentlicht im Rowohlt Taschenbuch Verlag GmbH,
Reinbek bei Hamburg, September 1968

Gesetzt aus der Linotype-Cornelia
und der Baskerville (Bauersche Gießerei)
Gesamtherstellung Clausen & Bosse, Leck/Schleswig
Printed in Germany
ISBN 3 499 11077 6

Vorwort

Vor allem möchte ich klarstellen, warum ich ein Tagebuch schrieb. Tagebücher verfaßt man aus unterschiedlichen Gründen: um Dinge festzuhalten, die man für wichtig hält; um sich Gehör zu verschaffen, Erleichterung, Absolution; aus jenem Sparsamkeitstrieb, der Schriftsteller dazu verführt, die Splitter des eigenen Lebens sorgfältig aufzulesen, im Hinblick auf ein weiteres Buch, eine weitere Neuerscheinung; aus Ruhmsucht, aus Eitelkeit. Nichts dergleichen traf auf mich zu. Mein Tagebuch entstand als Studie zu einem Roman, als Fundus, sozusagen, für ein zu verfassendes Buch. Nun könnte jemand fragen, warum es für diesen Roman zuerst eines Tagebuchs bedurfte. Darum mag die Schilderung, welche Gedanken und Geschehnisse allmählich dazu führten, daß ich zuerst nicht den Roman schrieb, sondern das Tagebuch, nicht überflüssig sein.

Am Anfang stand das Bewußtsein, mich meiner Vergangenheit zu schämen. Ein begreifliches Gefühl, hätte es in meinem Leben Vorkommnisse gegeben, welchen, leidenschaftslos betrachtet, eine derartige Einstellung mit Recht zugekommen wäre. Allein, dies war nicht der Fall. In meinem Leben gab es nichts, dessen ich mich zu schämen hätte, keine einzige meiner Handlungen wünschte ich ungeschehen, keine einzige hatte jemals Schuldgefühle in mir erweckt. Im Grunde schämte ich mich, ohne zu wissen warum. Um einen Vergleich zu gebrauchen: Ich gedachte meiner Vergangenheit wie einer durchzechten Nacht, in deren Verlauf man, trunken, Tollheiten angestellt hat. Was nachts, unter Alkoholeinwirkung, sinnvoll erscheint, berechtigt, logisch, zweckmäßig, wahr, wirkt tags darauf, nüchtern betrachtet, sinnlos, abwegig, falsch. Das Gefühl, mich schämen zu müssen, wurzelte zudem in der bedrückenden Erkenntnis, einer Täuschung erlegen zu sein, Lügen geglaubt, Luftspiegelungen für echt gehalten zu haben. Die Frage, die sich mir aufdrängte, lautete nicht: «Warum? Warum tat ich dies oder jenes?», sondern sie lautete: «Wer? War wirklich ich derjenige, der dies oder jenes tat?»

Ich schämte mich, wie gesagt, meiner Vergangenheit, und daß ich mich ihrer schämte, erklärt zum Teil meine Berufswahl. Ich wurde Journalist. Meine Laufbahn war, flüchtig betrachtet, keineswegs außergewöhnlich. Seit meiner Studentenzeit – ich studierte Literatur – schrieb ich Artikel und Geschichten für ein linksorientiertes Blatt. Da bot sich Gelegenheit der Mitarbeit an einer konservativen Zeitung. Ich nahm bedenkenlos an, obschon ich – zwar bei keiner Partei – aus meinen Überzeugungen niemals ein Hehl gemacht hatte. Die Vorwürfe blieben nicht aus. Ich hätte mich, hieß es vielfach, betragen wie etliche Streber, die links Karriere machen, um sich dann rechts zu verkaufen. So war es aber nicht.

Weder ein etwaiger Vorteil – ich war mir keines Vorteils bewußt – noch einer jener Meinungsumschwünge, die nicht selten mit Vorteilen einhergehen, hatte meine Entscheidung beeinflußt. Geld interessierte mich nicht. Ich war weder arm noch habsüchtig. Berufsehrgeiz war mir fremd. Meine politischen Ansichten waren unverändert geblieben. Ich hatte sie lediglich etwas beiseite geschoben wie etwas, dem, vorerst zumindest, keine Bedeutung zukam. Der Grund, um dessentwillen ich dem sozialistischen Blatt das konservative vorzog – von den Begriffen Vorteil, Ehrgeiz, Politik weit entfernt –, machte mich jenem Mann vergleichbar, der seine Wohnung in Brand steckt, um eine Zigarette anzuzünden. Gewiß, Interesse an Feuer ist ihm nicht abzusprechen. Doch der Schaden übersteigt den Nutzen, das Mittel steht in keinem Verhältnis zum Zweck. Der Schluß drängt sich auf, dem Raucher sei es bei der Brandlegung weniger darum gegangen, die Zigarette anzustecken, als vielmehr einer krankhaften Neigung – nämlich der Pyromanie – ungehinderten Lauf zu lassen. Sollte dieser Vergleich nicht genügen: Mein Verhalten in dieser Sache – der Umschwung von links nach rechts – erinnerte unter anderem an den sattsam bekannten Witz von dem Irren, der nach jahrelangem Anstaltsaufenthalt geheilt entlassen werden soll, allerdings nicht ohne vorher einer Prüfung unterzogen zu werden. «Mein Lieber», sagt der Chefarzt, «ab heute bist du normal. Jetzt nehmen wir einmal an, du erbst ein paar Millionen. Was tust du mit dem Geld?»

«Ich kaufe mir eine Schleuder», erwidert der Irre prompt.

Der Chefarzt, befremdet zwar, gibt sich noch nicht geschlagen. «Ich sagte: ein paar Millionen! Eine Schleuder kostet ein paar Lire! Komm, denk ein bißchen nach! Was tust du mit den Millionen?»

Diesmal erwidert der Irre: «Ich würde heiraten.»

«Brav. Du heiratest also. Wo?»

«In der Kirche.»

«Sehr brav. Dann?»

«Dann fahre ich auf Hochzeitsreise.»

«Richtig. Wohin?»

«Nach Paris.»

«Was tust du in Paris?»

«Ich gehe mit meiner Frau ins Hotel.»

«Was tust du im Hotel?»

«Ich sperre mich mit ihr in ein Zimmer.»

«Was tust du in dem Zimmer?»

«Ich ziehe meine Frau aus. Kleid, Unterkleid, Büstenhalter, Hose, Schuhe, zum Schluß den Strumpfbandgürtel.»

«Und dann?»

«Dann nehme ich den Strumpfbandgürtel und mache mir eine Schleuder.»

Die Geschichte verschweigt das Schicksal des unseligen Schleuderliebhabers. Man kann es sich unschwer vorstellen. Ich hatte mich, in gewisser Hinsicht, betragen wie jener Irre, war von der linksgerichteten Zeitung zur gegnerischen umgeschwenkt, nicht, um Karriere zu machen, nicht, weil sich meine Ansichten vielleicht gewandelt hatten, nein, ich wollte reisen. Sonst nichts. Die sozialistische Zeitung hatte nicht genügend Geld, Berichterstatter zu entsenden, die rechtsextremistische hingegen kannte keine finanziellen Probleme. Also arbeitete ich fortan für das rechtsextremistische Blatt.

Nun wird vielleicht jemand fragen, warum ich meine Reisen nicht selbst finanzierte. Ich war nicht arm, sagte ich, doch es hätte meine Mittel überstiegen, andauernd auf Reisen zu sein. Auch suchte ich für meine Fahrten wenigstens einen kleinen beruflichen Vorwand: Da ich entschlossen war, mir die Nebenwirkungen des Reisens – Reisen um des Reisens willen bedeutete mir nichts – zu verschaffen, koste es, was es wolle, hätte ich mich, um mein Ziel zu erreichen, eines Tages auch minder harmloser Mittel bedient.

Ich komme nun zur Ursache dieses meines Reisefiebers. Warum lag mir daran zu verreisen? Mir lag daran zu verreisen, weil ich nicht in Rom sein wollte. Rom, Schauplatz jener Vergangenheit, deren ich mich, wie erwähnt, schämte, war mir nicht deshalb verhaßt, weil diese Vergangenheit dort, von den Stätten der Erinnerung beschworen, greifbarer gewesen wäre, nein, meine römische Vergangenheit besaß Name, Erscheinung, Alter, Geschlecht, Beruf, sie wohnte in meiner Wohnung, kurzum, sie war meine Frau. Um nicht mit ihr leben zu müssen – das heißt so wenig wie möglich –, verreiste ich, sooft es anging.

Daß ich mich meiner Vergangenheit schämte, sagte ich mehr als einmal. Auch daß es mir nicht gelang, in ihr Vorkommnisse zu entdecken, deren ich mich hätte schämen müssen. Ein seltsamer Widerspruch, näherer Untersuchung, bewußter Aufmerksamkeit wert. Doch eben einer solchen Bemühung war ich nicht willens, vielmehr, ich war ihrer wahrscheinlich nicht fähig. Am ehesten entsprach es meinem Wesen – zu diesem Schluß war ich gekommen –, mich, zumindest vorderhand, meiner Vergangenheit, vielmehr meiner Frau gegenüber, einer Haltung zu befleißigen, welche dem Zustand der Wachheit geradezu entgegengesetzt war, einer Haltung der Abwehr, der Abkehr, des Nichtbetroffenseins. Wie verhält sich der Nichtbetroffene? Er blickt vor sich hin, unterscheidet mit Hilfe eines Feldstechers, etwa die Trümmer der Stadt, die nachts einem Erdbeben zum Opfer fiel, übersieht aber gleichzeitig, daß dicht vor ihm, zu seinen Füßen, die Erde birst, daß sein Haus beginnt einzustürzen. Ähnlich verhielt ich mich. Ich befaßte mich im Laufe meiner Reisen eingehend mit den Kulturformen mittelamerikanischer Indianer, dem Wirtschaftsaufschwung in Japan. Was jedoch meine Frau betraf, so hatte ich es soweit gebracht – anfangs bewußt, später gleichsam von selbst –, sie zu übersehen, obgleich sie unter meinem Dach wohnte.

Vielleicht sollte ich meine Frau hier etwas näher beschreiben. Cora, so hieß sie, war Näherin, Tochter einer Wäscherin und eines Gemüsegärtners, kurz «eine Frau aus dem Volk». Ich, junger, «besserer» Herr, Sohn bürgerlicher Eltern, wohlhabend, wohlerzogen, mit ausgezeichneter Schulbildung, hatte Cora zur Frau genommen. Warum? Das ist rasch erklärt. Hineingeboren in eine Welt einander überlagernder Kreise, von den Qualen der Armutshölle bis zu den Seligkeiten des Reichtumsparadieses gemeiniglich «Klassen» genannt, im Paradiese lebend, war ich von jeher bestürzt von der Unechtheit, die dort herrschte, einer Verfälschtheit besonderer, genau definierbarer Art: sie glich der kläglichen Falschheit unfreiwilliger Parodien. Ich war auf der Suche nach Ausgleich. Und in meiner Vorstellung nahm – sachter natürlicher Vorgang, ähnlich wie in der Muschel der Kern der Perle entsteht – langsam ein Mythos Gestalt an, der Mythos nämlich, das Volk als einzigen Bewahrer des Echten zu betrachten. Es war das Jahr 1947. Faschismus und Krieg – im Grunde zwei negative Triumphe eben jener Verfälschtheit – bestärkten mich in dem Glauben an meinen Mythos. Kein Wunder, daß ich mich in Cora verliebte, schon bei unserer ersten Begegnung. Der Mythos waltete ungreifbar, ungesteuert, wie Mythen zu walten pflegen. Die näheren Einzelheiten sind hier nicht von Bedeutung. Nur soviel: es war Liebe. Nach unserer ersten Umarmung – mehr brauche ich nicht zu erzählen – ging ich durch die Straßen und rief: «Sie ist es! Ich habe sie gefunden! Seit jeher suchte ich sie!»

Nach dieser jähen Erleuchtung nahm meine Beziehung zu Cora einen alltäglichen Verlauf. Anfangs trafen wir einander in einem Untermietzimmer, nicht täglich, jeweils ein paar Stunden, dann häufiger, auch woanders. Cora – wie gesagt, Schneiderin – war in einer Werkstatt tätig, um sich und ihr Kind zu erhalten, die Tochter eines deutschen Soldaten. Es währte nicht lange, da bat sie um finanzielle Hilfe: Sie wolle sich selbständig machen. Es folgte ein Zwischenstadium. Ich unterstützte Cora, wir sahen einander täglich, doch ich wohnte weiterhin im Kreise meiner Familie. Cora und das Mädchen hausten in einem Kabinett neben der Schneiderwerkstatt. Meine Liebe zu Cora wuchs. Eines Tages schlug ich ihr vor, zusammenzuziehen. Zu meiner Überraschung zeigte sie keinerlei Entzücken. Sie wolle frei bleiben, unabhängig, niemandem verpflichtet; sie habe ihr Leben, ich meines. Wozu ein gemeinsamer Haushalt? Ihr gefalle es, wie es sei, ich in meinem Heim, sie in ihrem, und täglich zwei Stunden Liebe im Kabinett neben der Werkstatt. Ich hielt Cora für enttäuscht, dachte, es ginge ihr im Grunde um zwingendere Beweise meiner Liebe, glaubte, mit einem Wort, sie wolle geheiratet werden. Und ich bat sie um ihre Hand, fortan besessen vom Streben nach Konsequenz. Diesmal nahm sie den Antrag an, obwohl auch jetzt nicht überwältigt und nicht, ohne ihr Jawort mit den alten Einschränkungen zu versehen: Sie wolle frei bleiben, unabhängig, ihr eigenes Leben leben, ein Leben, wohlgemerkt, das sich von meinem Leben zu unterscheiden habe. Dergleichen Vorsichtsmaßnahmen hätten mich stutzig machen sollen. Statt dessen schrieb ich Coras Haltung ihrem Selbständigkeitstrieb zu. Stand sie nicht seit frühester Jugend auf eigenen Füßen, gewohnt, allein für sich zu sorgen? Also heirateten wir eines Tages und waren Mann und Frau.

In jenem Jahr starb mein Vater – die Mutter lebte nicht mehr –, und wir, mein Bruder und ich, erbten verschiedenes. Mein Erbteil bestand unter anderem in einer geräumigen Wohnung im obersten Stockwerk eines bejahrten Gebäudes unweit der Piazza Mazzini. Wir bezogen sie zu dritt, ich, Cora und das Mädchen. Vorher hatte ich die Räume im Empirestil eingerichtet. Warum im Empirestil? Ich weiß nicht. Vielleicht folgte ich unbewußt dem gutbürgerlichen Geschmack der Leute meiner Kreise. Die Wohnung sah schließlich aus wie das Heim eines Provinznotars, und als ich sie übernahm, tat ich es in der Absicht, dort einen Roman zu schreiben. Ich hegte diesen Plan, so weit ich zurückdenken konnte. Jetzt wollte ich ihn endlich ausführen. Das Buch sollte die Geschichte meiner Liebe zu Cora erzählen, vom Augenblick der ersten Begegnung bis zu unserem Hochzeitstag. War es nicht, als hätte mein Leben nach mannigfachen Stürmen endlich den Hafen erreicht? Ein kleines Einkommen gestattete mir, nach Gutdünken zu leben. Ich hatte eine Frau, die ich liebte; ich hatte ein kleines Mädchen, das ich als meine Tochter ansah; ich stand im Einklang mit mir selber und hatte nicht das geringste Bedürfnis, Ansichten oder Lebensstil zu ändern. Was wollte ich eigentlich noch? Die Bedingungen, die mir für das Schreiben meines Romans unerläßlich erschienen waren – inneres und äußeres Gleichgewicht –, waren endlich erfüllt. Da geschah etwas Unvorhersehbares: Ich hörte auf, Cora zu lieben.

Daß ich «zu lieben aufhörte», ist milde ausgedrückt. Nicht nur, daß ich Cora nicht mehr begehrte, ihr proletarisches Wesen, seinerzeit auslösendes Moment meiner Gefühle für sie, nicht mehr anziehend fand – ich fand es unerträglich, fühlte Abscheu, Widerwillen, einen sinnlosen Ekel, der letztlich dazu führte, daß ich mich meiner Frau sozusagen vorenthielt. Ich konnte einfach nicht anders – es war beängstigend, zwanghaft –, doch Coras Körperlichkeit war mir zutiefst widerwärtig. Jenes Proletarische an ihrem Charakter und Wesen – seinerzeit hatte es mir gefallen, hatte ich doch gemeint, darin jene Echtheit zu sehen, die ich so verzweifelt suchte –, jener Zug, wie gesagt, mißfiel mir jetzt, stieß mich ab. Neben Cora ausgestreckt, gestand ich ihr nichts mehr zu, keinen Kuß meines Mundes, keine Zärtlichkeit meiner Hände, keine Berührung meines Körpers. So seltsam es klingt – nicht einmal jener Gleichgültigkeit war ich fähig, die es uns zumindest ermöglicht, höflich zu sein, liebenswürdig, ja sogar liebevoll und jenes Wohlwollen zu bekunden, das sämtlichen Menschen zusteht, aus dem einfachen Grund, weil sie leben. In mir war nur Haß, dumpfer Groll, ein Abscheu, dessen Gewalt mich erschreckte und befremdete. Nun wirkte die Vergangenheit – ich sagte es bereits – wie eine durchzechte Nacht, deren Exzesse man tags darauf nüchtern betrachtet. Und Cora stellte sich mir als Handlangerin, Spießgesellin des nächtlichen Treibens dar. Sie war in jener Vergangenheit an meiner Seite gewesen, Schuldlos-Mitschuldige der Täuschung, der ich erlegen zu sein glaubte, da ich sie nicht nur geliebt, sondern auch geheiratet hatte. Daß sie in Wahrheit keine Schuld traf, dessen war ich mir bewußt; allein ich haßte sie trotzdem, wie man die unfreiwillige Ursache eines Irrtums zu hassen pflegt.

Ich entzog mich ihr, wo ich konnte. Mein krankhafter Widerwille fand seinen Niederschlag in einem Gefühl des Fremdseins, das sich im Laufe der Zeit zu wahrer Besessenheit steigerte. So dachte ich zum Beispiel, wenn wir beim Essen saßen oder im Bett, wenn sie schlief: Wer ist diese Frau, die mir gegenübersitzt, mit mir spricht, mir zulächelt, mich duzt? Die neben mir im Bett liegt, mir den Rücken zuwendet und schnarcht? Was habe ich mit ihr zu schaffen? Wie kommt sie hier herein?

Zuweilen sagte ich vor mich hin: «Cora Mancini», und es war, als hieße so nicht meine Frau, sondern als hätte ich den Namen zufällig irgendwo gelesen, vielleicht im Telefonbuch oder auf irgendeinem Geschäftsschild. Ich dachte: Was haben wir gemeinsam, ich und diese Person, die sich Cora Mancini nennt?

Der Drang, mich ihr vorzuenthalten, nahm solche Ausmaße an, daß ich es schließlich vermied, Cora auch nur anzusehen. Ich gönnte ihr nicht einmal, was man niemandem verweigert – einen Blick –, stieß unter einem Vorwand die Tischordnung um und setzte mich so, daß ich Cora nicht anschauen mußte. Weiterer Ausdruck meines Geizes: Sobald sie das Zimmer betrat, ging ich hinaus. Ich wollte sie nicht nur nicht sehen, ich wollte auch von ihr nicht gesehen werden. Eine Art fortschreitender Gefühlslähmung ließ mich im Laufe der Zeit zu völligem Fremdsein versteinern. Der Vorgang schloß alle mit ein, die zu Cora in Beziehung standen. Ich brach mit den Schwiegereltern, was ziemlich einfach war: Sie wohnten weit entfernt in einem der Außenbezirke. Schwieriger lag der Fall, was Coras Tochter Gabriella – Spitzname: Baba – betraf. Ich hatte Baba bislang als meine Tochter betrachtet und auch als solche behandelt. Nun hätte ich sie am liebsten nie wiedergesehen, ein Wunsch, der unerfüllbar war. Andererseits gelang es mir nicht, meine Abneigung zu überwinden. Und eines Tages folgte ich einer Aufwallung sinnlosen Zorns, die ich sogleich bereute. Baba hatte wie üblich «Papa» zu mir gesagt. Ich schrie: «Nenn mich nicht Papa! Ich bin nicht dein Vater. Verstanden? Nie wieder! Hast du gehört?» Das Kind sah mich an, sehr ruhig und mit einem Anflug von Neugier, der mich ein wenig verwirrte. Immerhin, von diesem Tag an blieb die liebevolle Bezeichnung aus Babas Wortschatz verschwunden. Das Mädchen wich mir aus, suchte nicht mehr meine Gesellschaft, zumindest seltener als früher, und ich wurde dessen gewahr, mit einer Erleichterung, die nicht frei von Reue war.

Um zu verdeutlichen, welches Gefühl gereizten Nichtzugehörigseins die Gegenwart Coras und Babas in mir erweckte und wachhielt, möchte ich noch erwähnen, daß ich die beiden im stillen nicht mehr bei ihren Namen nannte. Cora war für mich «die Schneiderin». Was will die Schneiderin? dachte ich, was treibt die Schneiderin? Baba hingegen war – ich gestehe es ungern ein –, Baba war «der Bastard». Warum schreit der Bastard? dachte ich, wann hört der Bastard endlich auf, durch den Korridor zu rennen?

Die Zeit, da mein Tag aus zwei gleichen Hälften bestanden hatte – Herbeisehnen des Treffens mit Cora, Bedauern, daß es vorbei war –, lag wahrlich weit zurück. Oder da ich mit Baba, ihre Hand in der meinen, spazierengegangen war, ganz Ohr für ihr Geplapper. Damals war mir wirklich gewesen, als hegte ich Vatergefühle, als wäre Baba mein Kind.

Blieb fortan nur meine Arbeit, der Roman. Von ihm versprach

ich mir alles, in ihm sah ich meine Zukunft. Die Zukunft! Einst so sicher, jetzt grenzenlos ungewiß. Ich hatte eine erste Fassung, etwa dreihundert Seiten, im Laufe eines halben Jahres in einem Zug niedergeschrieben. Die wollte ich nun überarbeiten. Ich hatte freudig geschrieben, mit einem eindeutigen Glücksgefühl, als träte von Seite zu Seite unwiderleglicher zutage, daß ich ein Schriftsteller war, das Zeug zum Romanautor hatte. Auf diesem Gebiet meines Lebens zumindest wußte ich mich meiner sicher. Gewiß, meine Ehe war gescheitert. Aber dankte ich ihr nicht den Antrieb, den Roman geschrieben zu haben? Hier muß ich allerdings etwas Wichtiges vermerken: Der Roman stammte in seiner Gesamtheit aus einer Zeit, da ich mich noch glücklich gewähnt hatte, der Unhaltbarkeit meiner Beziehung zu Cora noch nicht bewußt geworden war. Er schilderte unser Verhältnis als etwas Wertvolles, nur – er endete am Vorabend der Hochzeit.

An einem jener Tage nun setzte ich mich an den Schreibtisch, öffnete die Romanmappe und machte mich an die Reinschrift. Doch schon nach den ersten Zeilen wurde ich von Argwohn befallen, schob die Maschine zur Seite und griff nach dem Manuskript, um es zu überlesen. Ich las den ganzen Nachmittag. Dann, endlich, schloß ich die Mappe mit dem bedrückenden Gefühl, mein ganzes bisheriges Leben restlos bloßgelegt zu haben, als böte mir nichts mehr Schutz, nicht einmal die Schriftstellerei. Aus jeder Seite stiegen, quälend und unverkennbar, Verfälschtheit, Unechtheit, Lüge, aus jedem einzelnen Satz.

Um nicht mißverstanden zu werden: Der Roman, im Grunde geglückt, hätte neben den Prosawerken der Nachkriegsliteratur durchaus seinen Platz behauptet. Situationen, Figuren, Stil, Konstruktion, Struktur – alle diese Elemente fügten sich, wie von selbst, zu einem organischen Ganzen, das den Anschein von Leben erweckte. Und dennoch! Diese Geschichte vom Streben nach Unverfälschtheit, über den Weg wahrer Liebe zu einer Frau aus dem Volk, diese Geschichte, sage ich, wirkte restlos verfälscht, ein Eindruck, so schien es fast, der weniger Schuld des Stils als des Themas selbst war, ein Fall – man gestatte den Ausdruck – von konstitutioneller Unechtheit. Als wären die Geschehnisse, die ich zu erzählen versuchte, seit jeher unecht gewesen, verlogen, rettungslos falsch, und das lange vor der Niederschrift. Nun hatte ich diese Geschehnisse aber durchaus nicht erfunden, sondern meinem Leben entnommen. Der Held war ich selbst. Die Proletarierin, die der Held liebte und ehelichte, war Cora, meine Frau. Vater und Mutter des Mädchens waren Coras Vater und Mutter, der Bruder des Helden war mein Bruder, seine Eltern waren meine Eltern, das Mädchen aus reichem

Haus, das Cora weichen mußte, war meine Verlobte gewesen, nahezu ein ganzes Jahr, die Stadt, die diesen Gestalten als Schauplatz und Hintergrund diente, war Rom, das nämliche Rom, wo ich seit jeher lebte. Das hieß, auch dieses Mal war nicht das Abbild unecht, sondern das Original.

Ich glaube, ich bin außerstande, den Abscheu zu beschreiben, den ich bei dieser Entdeckung empfand. Als begriffe ich plötzlich, daß Gott bei der Erschaffung der Welt Surrogate verwendet hätte, Ersatzstoffe, die nicht waren, was sie vorgaben zu sein. Oder daß Adam und Eva, die ersten auf dieser Welt, vermeint hätten, einander zu lieben, während der Grund ihrer Verbindung in Wahrheit ein anderer war und ihre Nachkommen daher – das hieß, die ganze Menschheit –, Jahrhundert um Jahrhundert nach falschen Beweggründen handelnd, die ursprüngliche Unechtheit, Erbunechtheit, sozusagen, endlos vervielfacht hätten. In diesem Lichte besehen, schien mir die Menschheitsgeschichte ein Gräberfeld falscher Schlüsse, deren jeder, einer nach dem anderen, bejaht, dann verneint worden wäre. Oder eine Sammlung von Masken, hinter deren Farben und Formen das Antlitz der Wahrheit sich nie, niemandem, je gezeigt hätte. Geschehnissen solch einer Welt mußte, wollte man sie schildern, der Makel der Unechtheit anhaften, der unwiderruflichen Erblüge.

Um auf den Roman zurückzukommen: Ich begriff, daß die Liebe meines Helden zu der Proletarierin unechten Motiven entsprang. Daraus ergab sich zwingend: er hatte sie nie geliebt. Doch während ich mich bemühte, diese niederschmetternde Erkenntnis in die richtigen Worte zu kleiden, saß Cora im Nebenzimmer; ich wußte, daß sie dort saß, der Standesbeamte lebte, der uns getraut hatte, ich wußte, auf welche Weise, wie oft ich Cora umarmt hatte. Kein Zweifel, ich hatte sie geliebt, ich hatte sie geheiratet, doch diese Handlungen erwiesen sich als unwiderleglich verfälscht. Ich begann sogar zu bezweifeln, ob, was geschehen war, tatsächlich geschehen war. Wie konnte, was nicht existierte – nämlich das Falsche, Unechte –, Echtes hervorbringen, Greifbares, Tatsachen, Ereignisse? Und doch war es so: Dem Nichts entsprang das Sein, Unwirklichem Wirkliches. Es war – um den Vergleich noch einmal aufzunehmen –, als hätte Gott die Welt aus Versehen erschaffen. Dessenungeachtet war sie vorhanden, bezeugte, erschaffen worden zu sein, wenn auch aus falschen Beweggründen, nicht anders als Cora bezeugte, daß wir einst einander geliebt, einander geehelicht hatten, wenn auch unser jetziges Verhältnis rettungslos unecht war.

Eines stand jedenfalls fest: Der Roman war nicht zu gebrauchen. Wie falsch, wie verfehlt er mir schien, will ich hier nicht näher erörtern. Genug, ich nahm die Mappe, gleichsam ohne nachzudenken, mit jener Zwanghaftigkeit, die der Verzweiflung entspringt, und trat damit ans Fenster. Es überblickte, von einem Seitentrakt, ein Stück umzäunten, verwahrlosten Fabrikgeländes. Müll lag da unten, Abfall; Katzen strichen umher; Gassenjungen, Vagabunden machten sich an den Gruben und an den Haufen zu schaffen. Ich begann, an das Fensterbrett gelehnt, das Manuskript zu zerreißen, Seite für Seite, langsam. Dann warf ich die Papierschnitzel hinunter. Sie schwebten eine Weile, ehe sie den Boden erreichten. Ich sah ihnen nach, ohne meine Beschäftigung zu unterbrechen. Jenseits des Daches waren Platanen zu sehen – sie standen am Tiberufer – das andere Ufer mit seinen Häuserzeilen, jenseits der Häuser ein Hügel – felsig-bräunlich, nicht grün – jenseits des Hügels ein Wäldchen – die Pinien zeichneten sich von der Bläue des Sommertags ab –, und ich dachte, vielleicht hatte Gott nach Erschaffung der Welt empfunden, daß sie der Echtheit ermangle, vielleicht war auch er einen Augenblick versucht gewesen, sie wieder zu zerstören. Doch er hatte es nicht getan, war mutiger gewesen als ich, oder auf einem Irrtum beharrender, und die Welt hatte weiterbestanden, von Falschheit zu Falschheit, verfälschter und immer verfälschter. Ich warf die letzten Seiten, ohne sie zu zerreißen, ins Leere und blickte ihnen nach. Sie schwebten fast zielstrebig durch die Luft, als segelten sie von selbst den Unrathaufen zu, die unten ihrer harrten. Und jäh wurde mir bewußt, daß ich mit meinem Tun – dieser läppisch-symbolischen Handlung – nicht nur meinen Schriftstellerehrgeiz, sondern meine ganze Vergangenheit endgültig gemordet hatte.

Unmittelbar danach verfiel ich in einen Zustand der Niedergeschlagenheit. Mir war – manchmal träumt man dergleichen –, als sähe ich mich an eine glatte, ragende Felswand geklammert, hoch oberhalb eines Abgrunds, unfähig höherzuklettern, unfähig hinabzusteigen, unfähig zu bleiben, wo ich war. Verheiratet mit einer Frau, die älter war als ich, doch mir nun eine Fremde; unter einem Dach mit einem Mädchen, das nicht meine Tochter war; ohne Zutrauen zu den Dingen, die mir wichtig erschienen waren, ohne mich fähig zu fühlen, sie durch tauglichere zu ersetzen. Der Roman war mißglückt, das Werk, als dessen Vorbereitung ich mein Leben betrachtet hatte. Immerhin, ich war erst dreißig. Doch eben das Bewußtsein, verhältnismäßig jung zu sein, ließ mich meine Unfähigkeit, den geringsten Entschluß zu fassen, desto bitterer empfinden. Gewiß, ich wußte es, ich hatte Möglichkeiten. Doch ich besaß kein Mittel, sie mir zunutze zu machen. Bezeichnend für meine Verzweiflung, daß mir der Gedanke an Trennung – jedem anderen wäre er als das Nächstliegende erschienen – nicht einmal in den Sinn kam. Trennung hätte «handeln» bedeutet, ich aber fühlte mich völlig unfähig zu handeln. Hatte ich nicht erkannt, daß «handeln» «lügen» hieß, Vervielfachung vorhandener Lügen, insofern als jegliche Handlung einer vorangegangenen entsprang?

Cora hingegen schien meine Theorien nicht zu teilen. Sie führte den Bruch herbei, dem ich mich nicht gewachsen wußte.

Eines Nachmittags schlief ich ein – ich hatte soeben versucht, über meine Lage nachzugrübeln, ausgiebig, ergebnislos –, im Wohnzimmer, auf dem Sofa. Plötzlich war mir, noch im Schlaf, als sähe mich jemand an. Und tatsächlich, da saß Cora, an die Lehne gestützt, am Fußende und musterte mich schweigend.

Coras Gesicht hatte etwas Archaisches, gemahnte an die Züge gewisser bemalter Statuen griechischer Götter und Helden aus der vorklassischen Zeit. Der Vergleich drängte sich vielleicht infolge des groben Gesichtsschnitts, des scharfen Farbkontrasts auf: weißer Teint, schwarzes Haar, riesige blaue Augen, gerade große Nase, tiefroter, fleischiger Mund, grausam-eigenwillig geschwungen, die Mundwinkel hochgezogen wie zu immerwährendem Lächeln. Nun saß sie bewegungslos, aufrecht, tatsächlich statuengleich, den Blick starr auf mich geheftet, das Antlitz streng und schmal zwischen zwei schwarzen Haarschlangen, die Hände im Schoß gefaltet, den Oberkörper hochgereckt. Ihre Haltung, nicht minder als ihr Schweigen, welches sie sichtlich genoß, flößte mir nun, da ich wach war und sie meinerseits musterte, beinahe Angst ein.

«Was ist denn? Was hast du?» rief ich, aus der Fassung gebracht. «Was starrst du mich so an?»

Cora erwiderte, fast ohne die Lippen zu bewegen: «Ich bin auf dem Weg in die Werkstatt. Aber bevor ich gehe, muß ich dir etwas sagen.»

«Was?»

«Du magst mich nicht mehr.»

Ich wollte etwas erwidern, doch es gelang mir nicht. Cora fuhr fort: «Francesco, du hast gesagt, Schluß mit der Liebe, dein Roman geht – im Augenblick – vor. Aber du schreibst ihn nicht. Was glaubst du eigentlich? Daß ich nicht merke, wie du deine Tage verbringst, hier, in diesem Zimmer, mit Rauchen und Plattenspielen? Du denkst nicht im Traum daran, einen Roman zu schreiben. Und von Liebe trotzdem keine Spur.»

Ich sagte wieder nichts. Cora hatte nicht unrecht. Ich hatte meine schriftstellerische Arbeit als Begründung vorgeschützt, um unsere körperlichen Beziehungen fürs erste abzubrechen. Nun war der Roman zerrissen, und bei der Erwähnung des Vorwands empfand ich etwas wie Scham. Cora wandte den Blick nicht von mir. Dann fragte sie unvermittelt:

«Was ist mit dir los, Francesco? Darf man wissen, was mit dir los ist?»

Ich sagte: «Nichts», mit der Empfindung, die reine Wahrheit zu sprechen.

«Früher, da wolltest du täglich! Manchmal sogar zweimal täglich! Und ich mußte dir gut zureden, doch nicht zu übertreiben, an deine Gesundheit zu denken! Jetzt schaust du mich nicht einmal an.»

«Das wird sich wieder ändern.»

«Du empfindest nichts mehr für mich.»

«Das stimmt nicht, aber ...»

«Es stimmt.»

Ich wollte neuerlich leugnen. Nicht, weil ich gefürchtet hätte, die Tatsache einzubekennen, sondern weil ich mich, wie so oft, des Gefühls nicht erwehren konnte, daß ein derartiges Geständnis die schon vorhandenen Lügen um weitere vermehren mußte. Da streckte Cora den Arm aus, die große weiße Rechte, ergriff mein Glied, umschloß es – eine für sie bezeichnende plebejisch-dirnenhafte Gebärde –, wartete eine Weile und sah mir dabei in die Augen, aufmerksam, unverwandt, beinahe mit einer Art professioneller Hoffnung. Dann zog sie die Hand wieder zurück und sagte mit tiefer Verachtung: «Bitte, was habe ich gesagt? Früher brauchte ich dich lediglich anzuschauen. Jetzt ist es so, als hättest du – da – überhaupt nichts. Francesco! Du bist dreißig! Willst du mir vielleicht erzählen, du bist plötzlich impotent?»

Ich sagte: «Wer weiß, vielleicht bin ich impotent geworden.»

«Bei mir. Ja.»

«Es gibt zwischen Mann und Frau schließlich noch andere Dinge.»

«Zum Beispiel?»

«Zuneigung.»

«Wenn's das nicht gibt, dann gibt es gar nichts.»

Ich wagte nicht zu widersprechen. «Ich weiß, was du hast», fuhr sie fort.

«Was?» fragte ich, ehrlich gespannt.

«Du kannst mich nicht mehr ausstehen.»

«Wer hat dir das gesagt?»

«Es gibt Dinge, die spürt man.»

Wiederum wagte ich nicht, Cora zu widersprechen. Und sie nahm das Gespräch wieder auf, sagte, diesmal allerdings mit einem Anflug von Sarkasmus: «Sie hat nicht sehr lange gehalten, wie, die große Liebe zu mir? ‹Für immer›, hast du behauptet. Jetzt ist es kaum ein Jahr her, daß wir verheiratet sind.»

Ich verhielt mich nach wie vor schweigend. Cora betrachtete mich nun mit einem unwägbaren Ausdruck, abschätzend, etwa so, wie man sperrige Güter betrachtet und sich fragt: Wohin damit. Dann, endlich, fragte sie: «Möchtest du, daß wir uns trennen?»

Ich schüttelte den Kopf. Da sagte Cora hastig, beinahe als fürchte sie, ich würde es mir überlegen:

«Wir sollen beisammenbleiben?»

«Ja.»

«Hier in dieser Wohnung?»

«Ja.»

Sie schwieg einen Augenblick. Dann begann sie von neuem:

«Gut. Dann schlage ich folgendes vor: Du bist von nun an unabhängig. Ich betrachte dich nicht als verpflichtet, mit mir zu essen, zu schlafen, dich um mich und die Kleine zu kümmern. Ich verdiene genug. Das heißt, du gibst mir nur so viel, wie ich für den Haushalt brauche. Ich stelle dein Bett in das Zimmer neben der Eingangstür, das Arbeitszimmer bleibt dir, ebenso der Salon, falls du Besuch bekommst. Uns genügen Schlafzimmer und Küche. Du kannst kommen, bleiben oder gehen, als wäre ich nicht vorhanden. Ich kümmere mich um alles – ich meine, was den Haushalt betrifft – und verlange dafür nur eines: daß du hier wohnen bleibst. Gut?»

Ich nickte, befremdet von der durchdachten Knappheit dieses Programms. Offenbar beschäftigte es sie seit langem. «Im Grunde bleibt alles beim alten», sagte Cora abschließend. «Abgesehen davon natürlich, daß wir einander nichts mehr vormachen. Und jetzt muß ich gehen. Kundschaft wartet.» Sie sah mich an, streckte die Hand aus, strich leicht über meine Wange und fragte, während sie aufstand: «Willst du weiterschlafen?»

Ich knurrte etwas Bejahendes, sah, wie sie zum Fenster ging und die Vorhänge vorzog. Schatten senkte sich über den Raum, den sie nun, selbst ein Schatten, verließ.

Ein paar Tage später schrillte eines Morgens das Telefon. Ich hob ab. Eine Frauenstimme sagte: «Hier Gianna, guten Tag.»

«Was für eine Gianna?»

«Gianna, Claras Freundin.»

«Clara? Wer ist Clara?»

«Clara ist Rinas Freundin.»

«Ich kenne keine Rina.»

«Was, du kennst Rina nicht?»

«Nein.»

«Dabei hat Rina Clara deine Telefonnummer gegeben. Ich habe sie von Clara. Was hast du heute vor? Wollen wir uns treffen? Was meinst du? Soll ich zu dir kommen?»

Ich verharrte einen Augenblick unschlüssig. Worum es sich handelte, hatte ich genau verstanden. Und plötzlich empfand ich in meinem Innern zu meiner Verblüffung ein Gefühl fahler Beklemmung, unverkennbarer Erregung, von der Vorstellung gespeist, der Liebesakt sei das Nichts und mir bliebe in meiner Verzweiflung keine andere Wahl, als mich in dieses Nichts kopfüber hinabzustürzen. Ich bedeutete daher dieser Gianna, sie möge ruhig kommen, noch am gleichen Tag, um fünf.

Sie stellte sich pünktlich ein. Ich will sie nicht näher beschreiben. Vielleicht könnte ich es nicht einmal, denn Gianna, Freundin Claras, ihrerseits Freundin Rinas, lebt in meiner Erinnerung als Körper fort, ohne Gesicht, als erster zahlreicher, gleichfalls gesichtsloser Körper. Nach Gianna kam Luisa, Giannas Freundin, dann Pina, Luisas Freundin, dann Silvia, Pinas Freundin, dann Mirella, Silvias Freundin, und so weiter, Tag für Tag, von Anruf zu Anruf, von Besuch zu Besuch. Ich hatte, ohne es zu wollen, nach dem Ende eines Knäuels gegriffen, daran gezogen, und siehe, der Knäuel spulte sich ab. Anfangs beschränkte ich mich auf einen Besuch pro Woche, später bestellte ich die Mädchen zweimal wöchentlich, dann dreimal, und zum Schluß täglich. Nahezu ein ganzes Jahr betrieb ich diese Art Liebe, überließ mich jenem Etwas, das ich als «das Nichts» ansah. Unter anderen Voraussetzungen hätte ich die Mädchenbesuche mit dem Bedürfnis erklärt, mich abzureagieren, Energie zu verpulvern. In meinem Zustand vollkommener Starre jedoch erschien mir der Sexualakt der einzig mögliche Ausgleich zu der Verfälschtheit jeglichen anderen Tuns. Daß meinem Umgang mit den Callgirls der Wille zugrunde lag, etwas Kostbares, dessen ich mich allerdings weder bedienen konnte noch wollte, zielstrebig zu verschleudern, dieser Einsicht vermochte ich mich nicht völlig zu verschließen. Sie wurde mir übrigens auch aus dem todesnahen Gefühl, das mich überkam, sooft ich meinen Samen, ohne Liebe zu empfinden, über jene fremden, willigen Leiber ergoß. Dann sank ich erschöpft auf die Frau und dachte: «Jetzt sterbe ich, jawohl, ich sterbe, obwohl ich weiterlebe, tot weiterleben werde. Ich werde lebendig umhergehen und längst gestorben sein.»

Eines Nachmittags erwartete ich wie gewöhnlich eines der Mädchen, eine gewisse Gina, die schon öfters gekommen war. Doch als ich die Tür öffnete, stand eine Fremde vor mir. Sie fragte, ob ich Francesco sei. Ich nickte, und sie trat ein, selbstsicher, gönnerhaft, wortlos, stolzierte hüftschwingend umher und musterte mich abschätzend. Ich sah sie meinerseits an. Sie war sehr jung, vielleicht zwanzig. Ein kugelrunder Kopf, behelmt mit schwarzglattem Haar – es bedeckte beinahe die Augen, die hell waren, vielleicht grau –, ein frisches Gesicht, voll, kindlich. Winziges Näschen und übergroßer Mund verstärkten den Eindruck des Kindlichen. Sie trug einen weiten, knielangen Rock aus plissiertem Schottenstoff, und bei jedem Schritt – sie gab vor, die Stiche zu betrachten, die an der Vorzimmerwand hingen – durchlief ein aufreizendes Wogen das Gefältel dieses Rocks, von den Hüften ausgehend, hinab zu den kräftigen Waden. Ich war darauf gefaßt, den ganzen Körper der Kleinen weich vorzufinden, füllig, vielleicht sogar ein bißchen fett, pummelig, nach der Art jäh aufgeschossener Kinder, als ich leicht ihre Taille umfaßte und fragte: «Wie heißt du denn?»

Sie schüttelte meinen Arm ab, vollführte eine Art Pirouette und sagte schalkhaft: «Verehrter Herr Francesco, für dich bin ich namenlos. Gina ist unwohl. Deshalb soll ich sie vertreten.» Sie sagte diese Worte in einem abschließenden Ton, der keinerlei Widerspruch zuließ, und setzte unvermittelt und mit merklicher Ungeduld hinzu: «Wo ist das Schlafzimmer?»

Ich wies auf die Tür. Die Kleine ging voraus, überlegen-gönnerhaft, als sei sie bei mir daheim. Wir begannen uns zu entkleiden, zu beiden Seiten des Bettes. Ich hielt den Kopf gesenkt. Als ich aufblickte, sah ich sie nackt auf dem Laken und starrte sie unbeweglich und in grenzenloser Verblüffung an. Was da vor meinen Augen lag, war nicht der gepolsterte Frauenleib, den ich erwartet hatte, nicht der weiche Kinderkörper, sondern ein fleischloses Skelett, ein Bündel Haut und Knochen. Die Rundungen der Hüften, die ich unter dem wippenden Rock zu erkennen vermeint hatte, waren nichts anderes gewesen als optische Täuschung, bewirkt durch den Faltenrock sowie das ausladende Becken. Mollig waren ausschließlich Gesicht, Hals und Waden, alles übrige ein Haufen Knochen. Die Schenkel, steckengleich, vom Becken abgewinkelt, lagen parallel auf der Decke und begrenzten eine breite Leere, in welche sich – ähnlich dem Kopf eines zur Welt kommenden Kindes – der Schamhügel vorschob, bewachsen mit schwarzen, weichen, langen Haaren. Die Haut des Brustkorbs, der den eingefallenen, runzeligen Bauch überragte, spannte über jeder Rippe, die Brüste waren zwei Falten, die Oberarmknochen steckten steif im Gelenk und erinnerten an die rechtwinklige Präzision anatomischer Bildtafeln. Ich starrte das Mädchen schweigend an, und sie gab den Blick zurück, nicht im geringsten verlegen, ja fast herausfordernd-selbstgefällig. Endlich fragte sie: «Was ist los? Warum kommst du nicht ins Bett?»

Ich erwiderte nichts. Die Schamspalte, von schwarzen Haaren überwuchert, mit roten, wulstigen Rändern, war zwischen den Schenkeln zu sehen, gleich einer geplatzten Frucht, die, obwohl überreif, infolge irgendeines Wunders noch immer oben am Baum hängt. Endlich brachte ich mühsam hervor:

«Ich wußte nicht, daß du so dürr bist. Wieso bist du so dürr?»

«Eben so», sagte sie gleichgültig. «Ich bin nie anders gewesen. Veranlagung.»

«Ich verstehe. Aber sag einmal – schadet es nicht –, ich meine, bei deinem Beruf – so mager zu sein?»

Sie lachte, streckte den Arm aus, strich mit dem gepolsterten Händchen die Schamhaare glatt und sagte: «Du wirst es nicht glauben. Weißt du, daß gerade das gefällt? Erst sind sie ganz weg, so wie du, aber dann würden sie am liebsten noch einmal von vorn anfangen. Und wenn du wüßtest, wie viele mich wiedersehen wollen! Die Ausländer besonders. Die kriegen nicht genug.»

Sie schwieg einen Augenblick, ehe sie fortfuhr, mitteilsam und selbstzufrieden: «Neulich, ein Engländer. Der konnte sich gar nicht beruhigen. So gut wie ich, sagte er, hätte ihm noch keine gefallen, hier in Italien. Er sagte auch etwas auf englisch, *dance of death*, oder so ähnlich. Was heißt das?»

«Totentanz», übersetzte ich unwillkürlich.

«Totentanz? Was meint er damit?»

«Gewisse Bilder wahrscheinlich. Früher, da hat man dergleichen an Kirchenwände gemalt: den Tod, der jeden zum Tanz holt, den König, den Bettler, den Jungen, den Alten, den Armen, den Reichen und so weiter.»

«Wozu?»

«Um zu zeigen, daß er keinen Unterschied kennt. Nicht schmeichelhaft für dich.»

«Warum nicht?»

«Weil dein Engländer in dir ein Gerippe gesehen hat. Er hat dich ‹Tod› genannt.»

«Soll er!» Sie ließ die Hand neuerlich über die Schamlippen gleiten, selbstzufrieden, unbekümmert, und sagte dann schulterzukkend: «Soll er mich nennen, wie er will. Hauptsache, er zahlt. Und er war sehr splendid, mein ‹Totentanz›-Engländer. Bin ich eben der Tod, meinetwegen. Komm, vorwärts, los, mach weiter!»

Mich hatte indessen, nach den ersten Augenblicken der Verblüffung, eine Art abstrakter Begierde überkommen. Ja, dachte ich, sie war der Tod, der Tod jener Totentänze, die ich von Fresken kannte, von Kirchenwänden her; sie war das Nichts, jenes Nichts, in dessen Bannkreis ich nun schon seit so langer Zeit lebte. Jetzt, endlich, zeigte es sich in seiner wahren Gestalt. Ich bestieg das Bett daher mit zureichender Erregung, warf mich auf das Gebein. Und während sie sich an mich drückte, meine Lenden mit den Schenkeln umschloß, die spitzen Beckenknochen in meinen Unterleib bohrte, dachte ich, daß es im Grunde ein völlig neues Gefühl war, ein

Gerippe zu besitzen. Seltsam, das Eindringen in die weiche, wohlige Scheide: Sie gemahnte an ein Überbleibsel aus sonnigeren Tagen, an ein warmes Vogelnest, hängengeblieben im kahlen, kalten Geäst eines winterlichen Baums.

Nachher blieben wir noch beisammen, nebeneinander ausgestreckt. Sie schlummerte ein, schlief ein bißchen, und ich betrachtete sie. Kein Zweifel, sie war ein Gerippe, lag wie ein Gerippe da, anmutlos, scharf abgewinkelt, als müßten sich, fiele es zu Boden, die großen und kleineren Knochen jäh voneinander lösen. Nach einiger Zeit wachte sie auf, stieg aus dem Bett, ging ins Bad, setzte sich auf die Muschel, die Beine weit gespreizt, urinierte ausgiebig – sie erachtete es nicht für nötig, die Tür hinter sich zu schließen –, und ich sah ihr zu, fassungslos, daß solch trockenem Gerippe soviel Flüssigkeit entströmen konnte. Dann wusch sie sich, kam zurück, begann sich anzuziehen, bewegte, als sie nackt umherging, scheinbar ziellos ihr Gebein, war aber nichtsdestoweniger nach kurzer Zeit angekleidet. Ich zahlte und führte sie hinaus. Auf der Schwelle fragte sie: «Na, hat dir der Totentanz gefallen? Dann rufe Gina an, mach etwas aus.» Ich blickte ihr nach. Sie schritt dem Lift zu. Der Faltenrock wippte aufreizend, täuschte runde Hüften vor. Ich aber wußte, daß er nichts Rundes umspielte, sondern ein Skelett. Der Aufzug kam, blieb stehen, der Tod winkte mir zu und verschwand.

Der Besuch des Knochenmädchens beschloß jenen Lebensabschnitt. Ich verhandelte damals seit Tagen mit einem Mailänder Blatt – Reportagen über Sardinien, von der sozialistischen Zeitung veröffentlicht, hatten in Mailand gefallen –, dessen Redaktion mir anbot, einen Auslandsbericht zu schreiben. Kaum war das Mädchen fort, setzte ich mich an den Schreibtisch, schrieb, daß ich entschlossen sei, die Reise anzutreten, steckte den Brief in einen Umschlag, ging hinunter und warf ihn ein.

Damit begann ein neues Leben: zwei bis drei Reisen jährlich, zwei Drittel des Jahres im Ausland. Ich hielt mich in Rom kaum länger als jeweils zwei Monate auf, die Mindestzeit, jedenfalls, um über das Land zu berichten, das ich besichtigt hatte, und schleunigst wieder wegfahren zu können. Von 1953 bis 1962 besuchte ich fast sämtliche Länder, die in meinem Paß angeführt waren. Vielleicht will jetzt jemand wissen, wie ich es fertigbrachte, binnen so kurzer Zeit ein derart gefragter, beschäftigter Berichterstatter zu werden. Nach einiger Überlegung kann ich zwei Gründe nennen. Erstens: Ich reiste nicht aus Ehrgeiz, sondern um, wie ich schon sagte, Cora aus dem Wege zu gehen. Diese Gleichgültigkeit kam mir zustatten. Je geringer das Interesse, das wir an etwas bekunden, desto größer bekanntlich die Aussicht, es zu erlangen. Zweitens: Ich brachte das nötige Rüstzeug für den Journalistenberuf mit. Mein literarischer Ehrgeiz hatte zwar nicht ausgereicht, mich der Schriftsteller werden zu lassen, der ich gern geworden wäre, mir aber immerhin zu jenem Handwerk verholfen, dessen auch der Journalist bedarf, der Fertigkeit, auszudrücken, was man ausdrükken möchte.

Vielleicht aber entsprang mein Erfolg einem ganz anderen Umstand: der Art meiner Berichte, ihrerseits durch die Gründe bedingt, die mich veranlaßten, zu reisen; durch das übermächtige Bedürfnis, nicht an meine Vergangenheit zu denken. In diesem Licht besehen, erscheint es offensichtlich, daß «Reisen» für mich keineswegs «Erleben» bedeuten konnte: Erleben führt den Erlebenden zwangsläufig zu sich selbst, hätte mich infolgedessen an meine Vergangenheit erinnert. Nein, «Reisen» stellte für mich eine Art Rauschgift dar. Wonach streben Süchtige? Der Wirklichkeit zu entrinnen, in eine andere, höhere, bessere Welt einzugehen. In diesem Sinne reiste ich.

Das französische Wort *dépaysement* entspricht etwa dem Gefühl, dem ich auf meinen Fahrten nachspürte. *Dépaysement* – was bedeutet diese Empfindung? Man denke sich einen Reisenden: Er fährt, nach etlichen Stunden des Flugs über Land oder Meere, vom Flugplatz zum Hotel und sieht durch das Autobusfenster die Straßen der fremden Stadt. Er weiß nichts von Land und Leuten, ist unvorbereitet, müde, empfindet keinerlei Neugier, beabsichtigt vielleicht, nur auf der Durchreise begriffen, nicht lange zu verweilen, versteht die Sprache nicht, die Ladenschilder, die Unterhaltung der Mitreisenden bleibt ihm unverständlich. Unter solchen Voraussetzungen erblickt, ist ein Haus ein Haus, nichts weiter, ein Baum nur ein Baum, sind eine Frau, ein Kind, eine Wolke, ein Platz nichts anderes als Frau, Kind, Wolke, Platz. Dank jenem *dépaysement* verloren die von mir bereisten Länder jeglichen Hintergrund, schrumpften zu bloßen Fassaden zusammen. Ich reiste oberflächlich, doch möge das wörtlich verstanden werden: Ich beschränkte meine Beobachtung auf die Oberfläche der Dinge, war nicht, dem Wesen nach, was man «oberflächlich» nennt.

Diese Oberflächlichkeit der Betrachtung befähigte mich – der ich mich, wie gesagt, im benommenen Zustand des *dépaysement* befand –, die von mir besuchten Länder gleichsam abstrakt zu beschreiben, auf Formeln zurückzuführen, auf Chiffren, Grundrisse, ohne mich darum zu kümmern, ob diesen Chiffren und Formeln in Wirklichkeit etwas entsprach. Ich reiste viel, wie gesagt, und ich reiste gewissenhaft, das heißt, ich durchstreifte die Länder nach allen Richtungen, bediente mich aller Verkehrsmittel, besuchte entlegenste Orte, denen keine Bedeutung zukam, reiste jedoch nur scheinbar um meiner Berichte willen. Ich reiste, wie man sich betäubt. Die Artikel schrieb ich dann in Rom in Ruhe an meinem Schreibtisch, bediente mich dazu der Schriften anderer Reiseschriftsteller, benützte Nachschlagewerke, Handbücher, Reiseführer. Das Ergebnis waren Artikel, die, ungeachtet des Anscheins äußerster Wirklichkeitstreue, in Wahrheit unwirklich waren, bar jeder persönlichen Erfahrung, und diese besondere Beschaffenheit hatte zweierlei zur Folge: Erstens waren die Reportagen in hohem Maße das, was man als «lesbar» bezeichnet. Nichts lenkte ab, nichts Erfühltes, nicht die geringste Beziehung zu einer Wirklichkeit, in deren Getriebe mein Geist hängengeblieben wäre. Die Reportagen waren gleichsam Gebrauchsgegenstände, klein, handlich, durchsichtig, griffig. Dank meinem Desinteresse – ich nahm an den von mir geschilderten Zuständen nicht den geringsten Anteil – vermochte ich, mein jeweiliges Thema gleichgültig-abstrakt abzuhandeln, unbeteiligt-apathisch, kurzum, mit jener gewissen Pseudo-Unbestechlichkeit, die von Zeitungen hochgeschätzt wird. Meine Auslandsreportagen, verständlich und leidenschaftslos, als stammten sie aus Nachschlagewerken, erzielten so große Erfolge, daß etliche Kollegen versuchten, meinen Stil nachzuahmen. Vergebens. Und das war kein Wunder. Sie reisten, um zu berichten, nicht, um zu vergessen, wie ich; sie hatten keine Vergangenheit, die sie auslöschen wollten, keinen Abschnitt ihres Lebens, der sie – Ende jeder Reise – daheim erwartete, in Gestalt einer Gattin, deren Vorhandensein sie zu leugnen bestrebt waren. Ich denke an die Jahre von 1953 bis 1962 wie an Geschehnisse zurück, an denen man geistesabwesend beteiligt gewesen ist. Da sind zum Beispiel Züge – die Landschaft, die sie durchjagen, sieht jedesmal anders aus; Flugzeuge – sie steigen auf, fliegen, landen; Schiffe – sie laufen aus, laufen ein; Autos – sie flitzen durch Städte, rasen Landstraßen entlang. Die Hotelzimmer, in denen ich schlief, scheinen mir alle gleich eingerichtet, auf die gleiche, unpersönliche Art. Meer, Berge, Wälder, Städte verfließen zu einem Bild, ähnlich einem mißglückten, mehrfach belichteten Foto. Und die Gesichter der Menschen entschwirren meinem Gedächtnis, zerstäubt wie gedroschenes Korn dem Trichter der Dreschmaschine. Es bereitet mir keine Mühe, beharrlich unaufmerksam zu sein, im Gegenteil, es war beinahe, als entspräche ein solches Verhalten meiner Veranlagung. In meinem Kopf sah es aus wie in einem Glasgeschäft nach Explosion einer Bombe: Splitter und Scherben allenthalben. Kein Zweifel, in meinem Kopf war eine Bombe geplatzt, ich wußte nur nicht wann, vielleicht im Moment des Begreifens, daß ich Cora nicht mehr liebte. Seit jener Explosion war ich unaufmerksam, abwesend, einem Nachtwandler ähnlich. Mit anderen Worten: Ich schlief, schlief – wie man sagt – im Stehen, mein Geist war schlafumfangen, ich träumte schlafend zu wachen, als Sonderberichterstatter von Land zu Land zu reisen, nach Rom zurückzukehren, dort meine Artikel zu schreiben, wieder auf Reisen zu gehen. Immerhin: Ich zog den Zustand des Schlafens jenem des Wachens vor, tat nichts, um ihn zu beenden.

Hier möchte ich etwas hinzufügen: Jene zehn Reisejahre hatten bei mir nicht nur seelisches Nichtdasein zur Folge, sondern noch etwas anderes, Verblüffendes, nämlich Enthaltsamkeit. Nicht daß ich sexuelle Beziehungen absichtlich vermieden hätte. Die Wandlung vollzog sich auch hier allmählich, gleichsam von selbst. Anfangs kam es noch zu Begegnungen mit Huren oder mit anderen Frauen, die ich zufällig kennenlernte. Dann wurden dergleichen Abenteuer seltener und seltener – ich hatte mir von ihnen ohnedies nichts erhofft, nicht einmal eine Bestätigung der Erkenntnis, die mir damals in Rom geworden war, nach dem Zusammenbruch meines Gefühls für Cora (ich spreche von jener Erkenntnis, dergleichen käufliche Umarmungen dem großen Nichts gleichzusetzen) – und hörten schließlich ganz auf. Eines Tages, ich weiß nicht warum, mußte ich daran denken und gewahrte zu meiner Verblüffung, daß ich seit fast einem Jahr keine Frau mehr besessen hatte. Ich fragte mich, ob es mir fehlte, erkannte, daß es mir nicht fehlte, begann, meinem Verhalten nachzusinnen, und kam zu folgendem Ergebnis:

Ich hatte Cora geliebt, zu lieben geglaubt, zumindest, und der Ruin dieser Liebe hatte alles in Mitleidenschaft gezogen, alles mit hinabgerissen, um dessentwillen mir das Leben lebenswert erschienen war. Eine Zeit käuflicher Liebe – sie hatte nicht lange gewährt, vielleicht ein knappes Jahr – war der Katastrophe gefolgt. Allein diese käufliche Liebe bedurfte der Todesbereitschaft, war sie doch dem Nichts gleichzusetzen, einem Nichts, dem der Tod entsprach. Nun hatte ich mich aber indessen der Todesbereitschaft entwöhnt, außerdem keine Frau zur Verfügung, die ich hätte lieben können. Vielleicht beruhte meine Enthaltsamkeit auch auf der Voraussetzung, Liebe – ich meine wahre Liebe, Liebe von jener Art, wie ich sie damals, vor Jahren, für Cora zu empfinden geglaubt hatte –, solche Liebe, wie gesagt, würde ihr ein Ende bereiten und es sei in Ermanglung einer solchen Liebe vorzuziehen, ein enthaltsames Leben zu führen. Vielleicht mutet es seltsam an, daß ein Mann auf dem Gipfel seiner Manneskraft der Betätigung eines natürlichen Dranges – einer Betätigung, die vielen unerläßlich erscheint – so leichten Herzens entsagte. Nun: die Betätigung ist durchaus nicht unerläßlich. Der Sexualakt zählt zu jenen Handlungen, die, je öfter man sie vollzieht, desto öfter vollzogen werden wollen. Übt man sie hingegen nur selten aus, läßt das Bedürfnis nach, um schließlich vollends zu versiegen.

Das soll nicht etwa bedeuten, daß ich der Liebe abschwor, sie aus meinem Leben strich. Ich vermochte nur nicht zu glauben, daß für mich jemals wieder eine Zeit der Liebe kommen könnte. Der Irrglaube an das Echte, eine der Illusionen meines vergangenen Lebens, dessen ich mich nunmehr schämte, war seinerzeit der Ursprung meiner Liebe zu Cora gewesen. Jetzt war diese Liebe tot, ich hielt mich für illusionslos, und ein illusionsloser Mensch schien mir unfähig zu lieben. Zwar hegte ich den Argwohn, daß meine Überzeugung, keine Illusionen zu haben, letztlich Illusion sein mochte, Illusion anderer Art. Dennoch konnte ich mir nicht vorstellen, wie die Frau beschaffen sein mußte, die gerade deshalb liebenswert erschiene, weil man keine Illusionen mehr hatte, an nichts mehr glaubte, beziehungsweise an das «Nichts», so wie ich, die Frau, mit einem Wort, die ich deshalb lieben würde, weil ich nicht mehr fähig war zu lieben.

Mittlerweile reiste ich weiterhin im Auftrag meiner Zeitung, emsig, gewissenhaft, vervollkommnete mit jedem Jahr mein seelisch-geistiges Nichtdasein. Auf welche Art ich reiste, erwähnte ich bereits. Bleibt noch das Verhältnis zu schildern, das zwischen mir und jenen, die ich nach wie vor als meine Familie betrachtete, während jener Wochen herrschte, die ich zwischen den einzelnen Reisen in meiner Wohnung verbrachte. Ich verhielt mich wie ein Mieter. Ein Mieter fühlt sich den Leuten, unter deren Dach er lebt, bewußt unzugehörig, er kommt, geht, ißt, schläft, arbeitet, lebt neben ihnen einher, als wäre er allein, das heißt, er übersieht sie, allerdings nicht ohne ihres Vorhandenseins gleichzeitig auf dumpfe, schmerzlose Art bewußt zu sein. Um einen Vergleich zu gebrauchen: der Zustand der Abkehr, des Nichtdaseins den Meinen gegenüber erinnerte an das Resultat einer örtlichen Betäubung. Man fühlt nichts mehr, fühlt jedoch, nichts mehr zu fühlen, das heißt, fühlt nach wie vor, aber anders. Ähnlich erging es mir in meiner römischen Wohnung. Ich sah Cora nicht wie jemanden, den man tatsächlich nicht sieht, sondern ich übersah sie wie jemanden, den man nicht zur Kenntnis nimmt. Mein Nichtdasein war daher in Wirklichkeit kein Nichtdasein, sondern Daseinsverleugnung. Ich spürte, nicht dazusein, und je deutlicher ich es spürte, desto besser gelang es mir, Nichtdasein vorzuschützen.

Gewiß, wenn mir seinerzeit jemand vorhergesagt hätte, ich würde in meiner eigenen Wohnung hausen wie ein Untermieter bei minderbemittelten Leuten, so hätte ich behauptet, dergleichen sei nicht möglich. Nun merkte ich zu meiner Verblüffung, daß derlei nicht nur möglich war, sondern, was mich betraf, einfacher und bequemer als jede sonst übliche Form normalen Familienlebens.

Zudem unterstützte mich Cora in meinen Nichtdaseinsbestrebungen. Offenbar überwog auch für sie der Vorteil bei weitem den Nachteil. Coras Sinn fürs Praktische hatte sich im Laufe der Zeit ins Ungemessene entwickelt; sie war diskret, zurückhaltend, beinahe rätselhaft. Aus dem schweigsamen, strengen, sinnlichen Proletariermädchen war eine Unternehmerin geworden, die es in den wenigen Stunden, die sie der Arbeit abstahl, auch noch fertigbrachte, eine vorzügliche Hausfrau zu sein. Sie hatte mit sicherem Takt das Gebiet jener Dienste abgegrenzt, die mir als Mieter zustanden, betrat nie das Feld der Gattin, die sie einst gewesen war und nicht mehr sein wollte. Ihrer Einstellung entsprach die meine. Deshalb glich unser Verhältnis einer Art Maschinerie, deren reibungsloses Funktionieren mich hätte beunruhigen müssen, wären meine Beweggründe eben nicht die geschilderten gewesen.

Ich reiste ab, kam zurück, blieb ein, zwei Monate in Rom, schrieb meine Reportagen und fuhr, sobald es ging, wieder weg. Zu Hause bewohnte ich das Zimmer neben dem Eingang, wo ich auch arbeitete und schlief. Die ganze übrige Wohnung verblieb Cora und deren Tochter. Ich wußte, daß die beiden in getrennten Räumen schliefen, daß Baba – Literaturstudentin – in ihrem Zimmer lernte, daß man im Wohnzimmer frühstückte, von der Aufwartefrau bedient, daß die beiden ihr Nachtmahl selbst kochten und in der Küche verzehrten, daß mein Arbeitszimmer versperrt war und daß niemand es betrat, außer von Zeit zu Zeit Cora, um auszukehren, Staub zu wischen, kurzum, es in Ordnung zu halten. Das alles wußte ich, tat aber, als wüßte ich es nicht. Ich habe die Zimmer der Wohnung im Laufe jener zehn Jahre vielleicht zehnmal betreten. Manchmal – ich leugne es nicht – befiel mich ein eigenartiges, schwer beschreibbares Gefühl. Ich wußte, es stand nur bei mir, kostete mich nur einen Schritt, jener vollkommene Ehemann zu werden, jener vorbildliche Vater, der ich nie gewesen war. Ich brauchte lediglich die Schwelle zu überschreiten, mich zu Cora und Baba zu gesellen, und schon wäre ich im Schoß der Familie. Der Traum vom «Dasein», im Grunde, geträumt auf dem Höhepunkt bewußten Nichtdaseinwollens. Denn daß es Traum bleiben mußte, das wußte ich. Zudem: Ich hatte erfahren, was «Nichtdasein» für mich hieß. Was aber wäre «Dasein»? Ich konnte es mir nicht vorstellen. Unberührt von all diesen Veränderungen war lediglich eines geblieben: mein Literaturinteresse, mein leidenschaftliches Bestreben, einen Roman zu schreiben. Unter «Roman» verstand ich längst nicht mehr ausschließlich die Gattung, nein, der Begriff hatte sich im Laufe der Zeit geweitet, war Lebensauffassung geworden, Vermittler zwischen mir und der Wirklichkeit. Der Unmöglichkeit bewußt, im Leben von Mensch zu Mensch echte Beziehungen zu knüpfen, war ich überzeugt, daß in einem Roman – und nur dort – Echtheit nicht nur erzielbar, sondern unvermeidlich war, wollte der Roman das sein, was ich unter «Roman» verstand. Und ich stellte mir oft die Frage, warum ich meinen eigenen Roman damals als unecht angesehen hatte, warum auf eben diese Weise, als läge die Schuld nicht beim Stil, sondern beim Geschehen selbst.

Ich zweifelte nicht, daß die Antwort dem Roman zu entnehmen sein mußte, genauer gesagt, den Dingen, die ich hatte erzählen wollen. Wieder und wieder führte ich mir mein Werk vor Augen, begutachtete es eingehend, betrachtete es von allen Seiten und suchte verbissen den Sprung, das erste haarfeine Anzeichen unvermeidlicher Baufälligkeit. Gewiß, ich hätte das Problem auf das simpelste lösen können, nämlich mit der Erklärung, das Fiasko meines Romans sei darauf zurückzuführen, daß ich nicht zum Romanautor taugte. Für eine solche Antwort fehlte es mir aber an Mut. Ich hegte noch immer die Hoffnung, eines Tages einen Roman zu schreiben, und damit der einzigen Echtheit, deren ich mich für fähig hielt, endlich teilhaftig zu werden. Mir ging es tatsächlich nicht darum, ein Meisterwerk zu schaffen, sondern ich war nur bestrebt, die Dinge, die mich bewegten, nach Maßgabe meines Talents und der mir zur Verfügung stehenden Mittel echt, unverfälscht auszudrücken. Kein unbescheidenes Vorhaben, kein unberechtigter Wunsch. Und nicht zuletzt deshalb gelangte ich zu der Überzeugung, daß am Mißlingen des Romans weniger ich die Schuld trug, sondern gewissermaßen er selbst.

Ich glaubte auch den Grund zu erkennen. Hatte ich nicht versucht, meine Geschichte zu erzählen, die Geschichte der Beziehung zu Cora, und zwar von der ersten Begegnung bis zu unserem Hochzeitstag? Wohlgemerkt: eine Geschichte, eine Ereignisfolge außerhalb der Alltagssphäre, ein Drama fast, ein Erlebnis, das nicht jedem jederzeit irgendwo zustoßen konnte, sondern Gefüge war, Handlungs-, Figuren-Konstruktion. Und da – um die Wendung zu gebrauchen – da lag der Hase im Pfeffer. Daraus, daß «gehandelt» wurde, ergab sich die Unechtheit. Hatte ich nicht festgestellt, daß es im wirklichen Leben unmöglich war, mir zumindest unmöglich war, echt, unverfälscht zu handeln? Kein Wunder, daß die Verfälschtheit – gleich einem flüchtigen Gift, welches, der Erde beigemengt, die Spitzen des Baumes erreicht – aus den darzustellenden Dingen in die Worte gedrungen war, die ich verwendet hatte, um die Dinge darzustellen.

So auseinandergesetzt, erscheint die Sache recht klar, ziemlich leicht überschaubar. In Wahrheit ist diese Erklärung Ergebnis jahrelangen, gleichsam unbewußten Suchens. Ich reiste, kam wieder nach Rom, fuhr weg, und während der ganzen Zeit dachte ich an meinen Roman, wenn auch nicht unablässig. Oft nahm ich die Überlegung eben dort wieder auf, wo ich sie zwei Monate zuvor ergebnislos abgebrochen hatte. Und eines Tages, ganz plötzlich, verdichtete sich die Überlegung zu einem Plan, dessen Einfachheit sich vielleicht mit folgender Rede veranschaulichen ließ: «Schön. Der Roman als Geschichte, mit Anfang, Entwicklung, Ende, als Drama kurzum, ist mißglückt. Vielleicht gelingt es dir, den ‹Roman ohne Handlung› zu schreiben, den Roman, in dem nichts geschieht? Was ist dramatischer Handlung entgegengesetzt? Das tägliche Einerlei, der sogenannte tägliche Trott. In deinem ersten Roman hast du dich an ein Drama gewagt, den Alltag beiseite gelassen. Jetzt solltest du versuchen, den täglichen Trott zu beschreiben. Und du wirst sehen, jene Echtheit, die dir das Drama versagte, die es dir versagen mußte, stellt sich sicher ein, sobald du auf ‹Handlung› verzichtest.»

Wie viele Dramen, erwog ich, gab es denn schließlich im Leben? Vorherrschend war der Alltag, das tägliche Einerlei. Wie viele Jahre Alltag, täglicher Trott, Gewohnheit, wie viele solcher Jahre kamen auf eine Geschichte, eine Begebenheit mit Anfang, Entwicklung und Ende, die, weil sie «aufgebaut» war, nur kurze Zeit dauern konnte, Jahre, in deren Verlauf man nicht tätig war, sondern leidend, deren Gleichmaß durch nichts gestört wurde, nichts, was nicht anderen ebensogut zustoßen konnte. Ich dachte an mein Leben, die kurzen Alltagsperioden anläßlich der wenigen Wochen, die ich jeweils in Rom zubrachte, Wochen, in deren Verlauf das tägliche Einerlei durch nichts unterbrochen wurde; und ich beschloß, meinen nächsten Romaufenthalt versuchsweise dazu zu nutzen, ein Tagebuch zu beginnen, zwei Monate meines Lebens Tag für Tag festzuhalten und dieses Tagebuch später zu jenem Roman umzuformen, den ich nach wie vor schreiben wollte. Keinen Ich-Roman, wohlgemerkt, sondern eine objektive Erzählung, dritte Person, Imperfekt; nach dem Roman der Verfälschtheit jeglichen Tuns den Roman der Unverfälschtheit des Alltags.

Ich erwog, ob es angezeigt war, die täglichen Geschehnisse wahrheitsgetreu zu berichten, oder ob ich vielmehr im Zuge der Niederschrift all das hinzufügen sollte, was mir im Hinblick auf den Roman festhaltenswert erschiene. Kein Tagebuch, soviel war mir klar, konnte Anspruch auf Wahrhaftigkeit erheben, enthielt es doch – zwangsläufig – nur, was dem Schreiber bemerkenswert schien, stellte daher das Ergebnis einer bestimmten, dem jeweiligen Tagebuchzweck entsprechenden Auswahl dar. Mein Ziel bestand aber, wie gesagt, darin, das Tagebuch später einmal zu einem Roman umzuwandeln. Daher entschied ich mich dafür, das Material nicht nur zu sichten, sondern auch zu ergänzen, wann immer es mir nötig erschiene, gleichsam wie Paläontologen an Hand eines Knochensplitters das vollständige Skelett eines Vorzeittiers rekonstruieren. Diese Wirklichkeitsrekonstruktion blieb mir beim Schreiben des Romans keinesfalls erspart: ich konnte mich ihr daher ebenso schon jetzt unterziehen, zu einem Teil zumindest, solange meine Eindrükke frisch waren. Immerhin nahm ich mir vor – um jeglicher Verwechslung zwischen Geschehenem und Rekonstruiertem von Anfang an vorzubeugen – die Stellen zu bezeichnen, die nicht auf Beobachtung beruhten, sondern auf Phantasie.

Als ich mich endgültig entschloß, das Tagebuch zu beginnen, weilte ich in Persien. Die ziemlich kurze Reise näherte sich ihrem Ende, und ihr Zweck – eine Reportage über das persische Erdöl – war in Rom bald erfüllt. Ich wußte, ich würde höchstens vier, fünf Artikel schreiben müssen. Die übrige Zeit gedachte ich dem Tagebuch zu widmen. Auf der Rückfahrt nach Abadan stieg ich Persepolis aus und besichtigte die Ruinen. Dann flog ich von Teheran ab und war Stunden später in Rom. Das folgende Tagebuch beginnt mit dieser Heimkehr.

Tagebuch

Dienstag, 13. Oktober

Meine Heimkehr nach Rom vollzieht sich auf stets die gleiche Weise: Ich stehle mich in die Wohnung – benachrichtigt habe ich niemanden –, kümmere mich nicht darum, ob Cora oder ihre Tochter anwesend sind oder nicht, benehme mich, kurz und gut, als bezöge ich Quartier in einer fremden Stadt: auspacken, ausziehen, duschen, anziehen, telefonieren. Einziger Unterschied: Ich weiß, daß ich mich daheim aufhalte, bin mir dessen durchaus bewußt, auf jene dumpf-schmerzlose Weise, die ich «Nichtdasein» nenne, jenem Zustand absichtlicher Unaufmerksamkeit, der mich in die Lage versetzt, im Kreise meiner Familie wie im Hotel zu leben.

Bin ich dann umgezogen, setze ich mich an den Schreibtisch und sehe die Briefe durch, die während meiner Abwesenheit eingetroffen sind. Cora, auch hierin die ideale Vermieterin, ordnungsliebend zuverlässig, hat sie auf meinem Schreibtisch zu verschiedenen Stößen geschichtet: eingeschriebene Briefe, Eilbriefe und Telegramme, gewöhnlich frankierte Briefe, unverschlossene Geschäftspost, Einladungen, Werbebriefe, Bettelbriefe und ähnliches.

Auch heute verfuhr ich so, packte aus, zog mich aus, duschte, trocknete mich ab, kleidete mich wieder an, ging in mein Zimmer zurück, setzte mich an meinen Schreibtisch und fing an, die Post durchzusehen.

Es war ein Eilbrief, der dritte, den ich an diesem Tag aufschnitt, ein ganz gewöhnlicher Umschlag, sogenanntes Geschäftskuvert, in jedem Tabaksladen erhältlich; ein doppelt gefaltetes Blatt, zweiseitig maschinebeschrieben, ohne Unterschrift. Ich las den Brief, verharrte eine Weile, das Blatt in der Hand, den Blick ins Leere gerichtet, las den Brief noch einmal. Der Schreiber war vielleicht Beamter, Lehrer oder Journalist, zumindest legte der Stil – gesucht-gespreizt, gepflegt – diese Vermutung nahe. Gleichzeitig aber war der Brief atemberaubend vulgär, von einer Art säuerlicher, scheinheiliger Gemeinheit, als erleichtere es den Schreiber, schmutzigen, allzu lange niedergehaltenen Regungen unter dem Deckmäntelchen moralischer Entrüstung endlich freien Lauf zu lassen.

Bemerkenswert war unter anderem der durchdachte Aufbau des Briefes. Der Unbekannte – er gab sich als einer meiner Leser aus – reihte auf der ersten Seite Kompliment an Kompliment, pries meine Reiseberichte mit einer Begeisterung, deren übertriebener Nachdruck nicht ernst gemeint sein konnte. Man blätterte um: ein paar Sätze – und aus abgebrauchten Worten schrie, mit treffsicherer Wut, die Anklage auf. Die Absicht lag klar zutage: erst Erweckung höchsten Vertrauens, Hervorrufen der wohligen Empfindung geschmeichelter Eitelkeit, sodann jäher Höllensturz unbarmherzig-hämischer Enthüllung. Ich las den Brief ein drittes Mal und glaubte zu fühlen, daß ich bleich wurde. Gerade dieser Gegensatz – gemessen-verlogenes Lob, hemmungslos-gemeine Enthüllung – schien mir, ich weiß nicht warum, ein Beweis für die Glaubwürdigkeit. Der unbekannte Briefschreiber war – soweit man aus wenigen Zeilen auf den Charakter eines Menschen überhaupt schließen konnte – ernst, genau, fast pedantisch. Ein solcher Mensch erfand nichts, unternahm Schritte erst dann, wenn er sich seiner Sache vollkommen sicher war. Ich glaubte ihn vor mir zu sehen, meinen Anonymus: Er saß an seinem Schreibtisch in seinem Arbeitszimmer, einer Art Bibliothek, tippte den Brief herunter, las ihn, steckte ihn ins Kuvert, klebte es zu, frankierte. Ich sah ihn mager, abgezehrt – warum, wußte ich nicht zu sagen –, groß, hager, nicht mehr jung, mit schmalem, gelblichem Gesicht, gerader schmaler Nase, trübsinniger Miene, schmallippig, bebrillt, gebildet, einen Mann kurzum, der nicht nur las, sondern seinen Lesestoff auswählte.

Ich schüttelte die Gedanken ab, steckte den Brief in die Tasche und trat auf den Gang hinaus. So seltsam es klingt: Die Möglichkeit, die Sache abzutun, mit einem Schulterzucken und einem Satz wie etwa «Geht mich nichts an, das ist ihre Angelegenheit» – diese Möglichkeit kam mir nicht in den Sinn. Ebensowenig erwog ich, sofort das Haus zu verlassen – eine Art ähnlicher Ausflucht –, die Zeit meines Romanaufenthalts diesmal im Hotel zu verbringen und schleunigst wegzufahren, als wüßte ich von nichts. Ich hatte nun einmal beschlossen, ein Tagebuch zu beginnen, eine Art Fundus für den späteren Roman – und diesem Vorhaben entsprang, seltsam-unvorhersehbarerweise, die klare Erkenntnis, mich diesmal nicht, wie bisher, als Mieter benehmen zu können. Mein Entschluß, von «Nichtdasein» zu «Dasein» überzugehen, entstammte geradewegs dem Tagebuchvorsatz. Es wäre zu simpel gewesen, ihn deshalb rückgängig zu machen, weil irgendein Unbekannter auf die Idee verfallen war, mir einen Brief zu schreiben.

Nun stand ich auf dem Korridor. Die alberne Symmetrie der Einrichtung fiel mir auf, als sähe ich sie zum erstenmal. Warum hatte ich geglaubt, Empirestil wählen zu müssen? Wie fade das Vorzimmer wirkte, wie einfallslos-konventionell! Schwere, längsgestreifte Vorhänge vor den zwei Hoffrontfenstern, drei kleine Spiegelkonsolen zwischen den einzelnen Türen, vier Stiche, dunkelgerahmt, beiderseits der Vorhänge. Warum hatte ich meine Wohnung so muffig eingerichtet? Ich glaubte es zu verstehen: Ich hatte, ohne es zu wissen, Ordnung angestrebt, irgendeine Form von Ordnung, sogar die kläglich-überlebte der gutbürgerlichen Norm, hatte einen Ausgleich gesucht für das mir noch verborgene Chaos, das in meinem Leben herrschte.

Der Korridor folgte der Hoffront, bog in rechtem Winkel ab. Drüben an seinem Ende befand sich die Tür des Zimmers, in welchem wir, Cora und ich, seinerzeit geschlafen hatten. Ich machte mich auf den Weg.

Ich erinnerte mich des Raumes. Er war der fernste, stillste, dunkelste der ganzen Wohnung, fensterlos zur Straße hin, besaß er, nur dem Hof zugewandt, ein kleines, rundes, gesimsüberragtes Fenster. Jetzt, durch den Brief des Fremden, gewann der Raum unvermutet eine ganz neue Farbe: abseitig, fast geheim, dunkler und dämmeriger, als Zimmer im allgemeinen sind, bedeutete er für Cora wohl eine Stätte der Zuflucht, beinahe eine Art Höhle. Ich ging zu der Tür, klopfte, alles blieb still; ich drückte die Klinke nieder und verharrte auf der Schwelle.

Der Raum lag im Halbdunkel vor mir. Ein Geruch sprang mich an, ein kalt-säuerlicher Geruch nach Kosmetika, stickiger Luft, Leinenzeug, Krimskrams, Schlaf, Zigarettenrauch. Ich tastete nach dem Schalter, fand ihn nicht, tastete weiter, ging über den flauschigen Teppich, tappte um das Bett herum, gelangte schließlich zum Fenster und zog an der Jalousienschnur. Langsam, wie widerwillig, durchsickerte stilles Licht die Vorhänge, füllte das Zimmer.

Warum war ich eingetreten? Cora war nicht da. Ich setzte mich auf das Bett. Und plötzlich wurde mir klar, warum ich seit meinem Eintreten etwas wie Neugier empfand.

Cora hatte die Zimmer der Wohnung unverändert belassen, nichts umgestellt, nicht das kleinste Möbelstück. Ihre Gewissenhaftigkeit hierin hätte jedem Museumsverwalter zur Ehre gereicht. Dieser Raum trug jedoch, vielleicht weil sie ihn bewohnte, den Stempel ihres Wesens. Gewiß, sie waren noch da, die kalten, kargen Empiremöbel, die ich selbst ausgesucht, selbst angeordnet hatte – das mächtige Nußholzbett, getragen von gedrechselten, kapitellgekrönten Säulen, die Kommode mit Marmorplatte, die Sessel mit den lyraförmigen Lehnen. Doch die klassizistische Kühle, die würdige Ausstrahlung schienen mir übertönt – ähnlich wie die Formenreinheit manch alten Gotteshauses von dem Flitter, dem Papiermaché eines abergläubischen Glaubens –, geradezu überwuchert von einer Kramvegetation, die etwas Wimmelndes, Trübes, Anrüchig-Intimes hatte.

Ich setzte mich auf das Bett. Das Kopfende war rundum mit kleinen Stofftieren behängt, Kopien der Trickfilmfauna: Da gab es Mäuse, Katzen, Wölfe, Kaninchen, Löwen, Füchse, Giraffen und so weiter. Sie hingen an bunten Bändern von der Wand herunter und berührten die Lehne des Bettes. Wer weiß, wenn Cora zu Bett ging, nach des Tages Mühen und Plagen – vielleicht stellte sie sich vor, daß alle diese bunten, auf gewisse zweideutige Weise nicht menschenunähnlichen Tiere in unbeweglichem Reigen des Nachts ihren Kopf umtanzten. Die Bettdecke, ursprünglich, wie ich mich zu erinnern glaubte, schmucklos und undurchsichtig, war einem Überwurf aus gesteppter Seide gewichen, deren Farbe bläulichgrün bis violett schillerte. Auf dem Kopfpolster saß, die Arme ausgebreitet, die Beine weit gespreizt, eine Puppe in Rokoko-Aufmachung: Krinoline, Dekolleté, weiße Baumwollperücke, Schönheitspflästerchen, gepudertes Gesicht. Ihr gegenüber, am Fußende des Bettes, saß eine andere Puppe, gleichsam das Gegenstück: eine Spanierin in Schwarz, mit Steckkamm und Mantilla. Auch sie hielt die Beine gespreizt, die Arme ausgebreitet. Ich ging zu der Kommode. Die Marmorplatte verschwand unter einem Wust von Kram: Hochzeitskonfektdöschen aus Glas, aus Filigran, sorrentinische Spieluhren, Väschen aus Bunt- und Milchglas, Porzellanschäfer und -schäferinnen, Karäffchen, Täßchen, Löffelchen, Besteck wie für Puppenmahlzeiten, Kristallkugeln, darin ein winziges Pantheon, eine winzige Peterskirche, Aschenbecher aller Arten, diverse Nadelkissen aus rotem und blauem Samt, Likör- und Parfumfläschchen, Zelluloidpüppchen und so weiter. Inmitten des ganzen Krimskrams – wie auf Altären die Bilder der Schutzheiligen inmitten der Kerzen und Blumen – gerahmte Fotografien, kreisförmig angeordnet: Baba, ich, Cora, ferner mehrere junge sympathische, mir unbekannte Frauen.

Ich drehte mich um, blieb, an die Kommode gelehnt, stehen und ließ den Blick noch einmal über das Zimmer schweifen. Auf einem der beiden Nachttischchen bemerkte ich eine Lampe mit rotem Schirm, daneben einen Aschenbecher, randvoll mit Zigarettenstummeln. Die meisten trugen Lippenstiftspuren. Das zweite Nachttischchen diente als Medikamentenschrank, enthielt Fläschchen und Schächtelchen, ordentlich aneinandergereiht: Schlafmittel, Stärkungsmittel, Vitaminpräparate, Beruhigungstabletten sowie – unerwarteter Anblick inmitten dieses ganzen pharmazeutischen Sammelsuriums – eine Schachtel Telefonautomatenmarken. Ich musterte die Wände: zu Häupten der Stofftiere – sie schienen einander zu verfolgen –, an jener Stelle, wo meist ein Muttergottesbild hängt, befand sich ein Gemälde, ein Ölbild billigster Machart: Drei junge nackte Mädchen, höchst naturalistisch gesehen, badeten in einem Fluß, vor einem Hintergrund blühender Bäume und Sträucher.

Ich stand lange unbeweglich da, dachte an nichts, wie betäubt, als ginge es mir weniger darum, die Bedeutung des Raums zu erfassen, als vielmehr durch Betrachtung des ganzen Krams gleichsam mit ihm zu verschmelzen. Da surrte das Telefon auf der Kommode mit vertraulich-intimem Ton, zurückhaltend, beharrlich, beinahe wie eine Stimme, die jemand Bestimmtem galt und von niemandem sonst gehört zu werden wünschte. Ich wartete, bis es verstummte. Dann verließ ich Coras Zimmer und schloß die Tür hinter mir.

Eigentlich beabsichtigte ich, in mein Zimmer zurückzukehren. Da hörte ich Radiomusik aus einem der anderen Räume, vergegenwärtigte mir, daß die Wohnung nicht nur von Cora bewohnt wurde, sondern auch von Baba, ihrer Tochter, zögerte und klopfte an.

Der ruhige Ton der Stimme – bewußt-beherrscht, gemessen – erweckte in mir ein Gefühl merkwürdiger Gereiztheit, als läge Absicht dahinter, ein ebenso unnötiges wie geschmackloses Manöver. Ich drehte den Türknauf und trat ein. Im Gegensatz zu Coras Zimmer war dieser Raum hoch, weiß, hell, mit glänzend gewachstem Holzboden. Ein großer Einbauschrank – die hellen Türen zeigten Blumen- und Blattmotive – nahm eine ganze Wand ein. Eine Couch in einer Ecke, ein Schreibtisch in einer anderen. Das war die ganze Einrichtung. Durch die vorhanglosen Fenster drang klares, kaltes Licht. Die Strenge verlieh dem Zimmer etwas Ordentliches, Sauberes, als hätte man soeben erst zusammengeräumt, und die Fenster standen noch offen. Baba, an ihrem Schreibtisch – ich sah vorerst nur ihr Profil –, betrachtete mich durch schildpattgeränderte Brille mit unverhohlener Neugier über die Schulter. Auf dem Schreibtisch bemerkte ich Bücher, Hefte und ein Batterieradio.

Ich sagte verlegen, von der Schwelle her: «Sei bitte nicht böse, Baba, daß ich da einfach hereinkomme – ich bin Francesco, der Mann deiner Mutter.»

Sie gab keine Antwort, blieb sitzen, das Gesicht mir zugewandt. Ich beharrte: «Vielleicht erkennst du mich nicht?»

Sie sagte noch immer nichts. Ich begann, durchs Zimmer zu gehen, mit kleinen, vorsichtigen Schritten, wie über unsicheres Terrain, und gelangte schließlich an den Schreibtisch. Baba sah mich an wie zuvor, schweigend und aufmerksam. Das machte ich mir zunutze. Ich musterte sie meinerseits. Was mir als erstes auffiel: die pelzig-braune Dichte der Haare – sie umrahmten in Wangenhöhe das runde weiße Gesicht und fielen in die Stirn, die kurze, gerade Nase, die breiten Nasenlöcher, die Form des Mundes – streng und doch nicht unkapriziös, mit zwei feinen tiefen Kerben zu beiden

Seiten der Mundwinkel. Sie nahm die Brille ab. Jetzt sah ich die Augen: grüngrau, wie durchsichtig, groß mit dem unglücklich-starren Blick hochgradig Kurzsichtiger. Endlich begann sie zu reden, in jenem gemessenen Ton, der mir eher von Beherrschung als von Ironie zu zeugen schien: «Ja, ich erkenne dich, Francesco. Keine Angst. Setz dich, Francesco. Sprich nur.»

Nun erst überlegte ich, was ich eigentlich längst hätte überlegen sollen: War ich überhaupt berechtigt, Baba von dem Brief des Unbekannten zu erzählen? Ich nahm unbeholfen Platz und begann vorsichtig: «Eigentlich suche ich Cora. Ich würde sie gern etwas fragen. Aber sie ist nicht zu Hause. Draußen im Korridor habe ich dein Radio gehört. Da bin ich hereingekommen.»

«In Ordnung!»

«Vielleicht störe ich dich?»

«Nicht im geringsten.»

«Aber – du bist mitten in der Arbeit –»

«Mach dir deshalb keine Sorgen. Du bist also hereingekommen, um mich das zu fragen, was du eigentlich Cora fragen wolltest?»

Ihr Ton, jetzt von beinahe unverschämter Abgeklärtheit, reizte mich neuerlich und ließ mich, mit einemmal, alle Vorsichtsmaßregeln vergessen. Ich sagte ziemlich heftig: «Ja.»

«Und zwar?»

«Es handelt sich sozusagen um eine Auskunft.»

«Um was für eine Auskunft?»

«Ich bin erst seit kurzer Zeit aus Persien zurückgekommen. Dieser Brief war bei der Post.»

«Ich soll ihn lesen?»

«Ja.»

Sie nahm den Brief, setzte die Brille auf, zog das Blatt aus dem Umschlag, entfaltete es, las erst die erste, sodann die zweite Seite und gab mir den Brief zurück. All das tat sie, ohne die geringste Gefühlsregung zu zeigen, nicht einmal Überraschung, mit einer gewissen geschäftigen, verschlafenen Hinterhältigkeit. Dann nahm sie die Brille wieder ab, musterte mich und sagte: «Du willst wissen, ob es stimmt?»

«Ja.»

«Es stimmt.»

Einen Augenblick blieb ich still. Ich wußte nicht, was ich sagen sollte. Endlich fragte ich albern: «Es stimmt? Und das sagst du so?»

«Wie?»

«So ganz ruhig.»

«Wie denn soll ich es sagen? Heulend und zähneklappernd?»

«Nein, aber schließlich ...»

«Was schließlich?»
«Schließlich ist Cora deine Mutter.»
«Ja, Cora ist meine Mutter.»
«Und deshalb ...»
«Was deshalb?»
«Ist es wirklich wahr?»
«Ich habe es dir doch gesagt.»
«Aber woher weißt du es? Und seit wann weißt du es?»
«Seit langem.»
«Was heißt das, seit langem?»
«Seit – sagen wir – seit sechs Jahren.»
«Seit sechs Jahren ... Wie hast du es erfahren?»
«Auf die unmittelbarste Weise.»
«Was heißt unmittelbar?»
«Unmittelbar? Du weißt nicht, was unmittelbar heißt?»
«Hast du etwas gesehen?»
«Ich habe viel gesehen.»
«Zum Beispiel?»
«Warum interessiert dich das?»
«Verzeih, aber letzten Endes betrifft mich die Sache.»
«Dich? Inwiefern?»
«Cora ist meine Frau, du bist meine Stieftochter, das hier ist meine Wohnung.»
«Weißt du das so sicher?»
«Was?»
«Daß Cora deine Frau ist, daß ich deine Stieftochter bin, daß das deine Wohnung ist?»
«Sofern es etwas gibt, dessen man sicher sein kann.»
«Schön, dann kann ich es dir sagen.»
«Was?»
«Daß Cora mich vor sechs Jahren in diese Wohnung geführt hat.»
«In welche Wohnung?»
«In die, von der in dem Brief die Rede ist.»
«Sie hat dich hingeführt?»
«Ja.»
«Wozu?»
«Was geschieht in dergleichen Wohnungen?»
«Verzeih, ich verstehe nicht recht. Cora hat dich in diese Wohnung geführt, um ...»
«Um mich dort ihren Kunden sozusagen zur Verfügung zu stellen.»
«Und du hast dich hinführen lassen?»
«Ja.»

«Ohne Widerspruch?»

«Was hätte ich tun sollen? Ich war vierzehn.»

«Ja, das stimmt. Du warst vierzehn. Trotzdem ...»

«Was, trotzdem?»

«Nichts. Bitte sei still, laß mich überlegen.»

«Meinetwegen. Überleg, so lange es dir Spaß macht.»

«Danke. Sag einmal: Was hat sich damals abgespielt?»

Sie betrachtete mich eine Weile, ehe sie zur Antwort gab: «Ich muß dich darauf aufmerksam machen, daß ich davon – ich meine, von dem, was sich damals abgespielt hat – so gut wie nichts mehr weiß.»

«Wieso weißt du so gut wie nichts mehr? Es ist doch dir zugestoßen und vor nicht zu langer Zeit.»

«Es ist nicht mir zugestoßen.»

«Was willst du damit sagen? Hast du mir nicht eben gesagt, Cora hat dich in die Wohnung geführt?»

«Mich nicht.»

«Dich nicht? Wen denn?»

«Eine andere Baba.»

«Eine andere Baba?»

«Jawohl. Eine andere Baba, mit der ich nichts zu tun habe.»

«Eine andere Baba? Verstehe!»

«Nein, du verstehst nicht, kannst überhaupt nicht verstehen. Ich müßte es dir erklären, dann würdest du verstehen.»

«Erklär's.»

Sie verharrte schweigend, ehe sie schließlich begann, schulmeisterlich-unbeteiligt, als spräche eine Lehrerin zu ihrem Zögling: «Hör zu. Die vierzehnjährige Baba, die von ihrer Mutter in jene Wohnung geführt wurde, war eine andere Baba als die, die jetzt vor dir sitzt. Und die Baba, die jetzt vor dir sitzt, ist eine andere Baba als jene, die zum Beispiel vor zwei Jahren das Abitur gemacht hat. Verstehst du mich jetzt?»

«Ich glaube.»

«Es ist etwa folgendermaßen: Mein Leben besteht aus mehreren undurchlässigen Schachteln, und in jeder einzelnen steckt eine andere Baba. Und alle diese Babas haben miteinander nichts zu tun, stehen zueinander in keinerlei Beziehung, ähneln einander nicht und sind infolgedessen füreinander nicht verantwortlich. Verstehst du jetzt?»

«Sehr bequem.»

«Warum bequem?»

«Du hast gesagt: Diese Babas sind füreinander nicht verantwortlich, folglich darf alles geschehen.»

Sie schwieg eine Weile, dann sagte sie: «Ja, bequem. Aber vor allem für die anderen.»

«Warum für die anderen?»

«Sagen wir, zum Beispiel, für Cora. Sie hat es getan, das steht fest. Aber was sie getan hat, kann ich ihr nicht verübeln, denn sie hat es nicht mir angetan, sondern einer anderen Baba.»

«Verstehe. So, und jetzt sag mir, was sich damals abgespielt hat.»

«Das weiß die Baba von damals.»

«Und du kannst es mir nicht sagen?»

«Doch, wenn du Wert darauf legst.»

«Sagen wir, ich lege Wert darauf.»

«Also gut, meinetwegen. Es hat sich nichts abgespielt.»

«Nichts? Wie ist das zu verstehen?»

«Daß sich nichts abgespielt hat.»

«Das ist nicht möglich.»

«Aber es ist so.»

«Baba wird diesen ersten Mann doch zumindest gesehen haben. Oder nicht? Wer war es?»

«Baba weiß es nicht.»

«Ich habe mich schlecht ausgedrückt: Wie war er?»

«Baba weiß nicht, wie er war.»

«Und warum weiß Baba es nicht?»

«Weil Baba ihn nicht gesehen hat.»

«Sie hat ihn nicht gesehen?»

«Nein.»

«Soll das heißen, Baba und dieser Mann sind einander im Dunkeln begegnet?»

«Nein, sondern überhaupt nicht.»

«Was willst du damit sagen?»

«Der Mann ist nicht gekommen.»

«Er ist nicht gekommen?»

«Nein, vielmehr . . .»

«Was vielmehr?»

«Vielmehr, er ist gekommen, aber hat sich nicht gezeigt.»

«Wie soll ich das verstehen?»

«Genau, wie ich es gesagt habe.»

«Und zwar?»

«Cora hat Baba in diese Wohnung geführt und sie dann allein gelassen, nachdem sie ihr gesagt hatte, es würde jemand kommen. Aber es ist niemand gekommen. Oder falls jemand gekommen ist, ist er gleich wieder gegangen, ohne sich sehen zu lassen. Also nahm Cora Baba wiederum bei der Hand und führte sie nach Hause, und nichts war geschehen.»

«Ich verstehe. Und weiter?»

«Was weiter?»

«Wie ist die Sache weitergegangen? Cora hat Baba wieder dorthin geführt. Nicht?»

«Ja.»

«Cora hat demnach ziemlichen Wert darauf gelegt, Baba an diese Wohnung zu gewöhnen.»

«Es hat den Anschein, ja.»

«Findest du nicht, sie hätte sich mit diesem ersten Versuch zufriedengeben können?»

«Warum?»

«Nun, ich meine – der Mann ist nicht gekommen, oder falls er gekommen ist, hat er sich nicht gezeigt. War das nicht, wie man so sagt, ein Wink des Schicksals, ein gebieterisches Zeichen, den ganzen Plan fallenzulassen?»

«Für Cora nicht.»

«Was denn?»

«Für Cora war es eine Katastrophe.»

«Wieso?»

«Weil sie etwas begonnen hatte nach einem bestimmten Plan, nach bestimmten Vorstellungen, und es hatte nicht geklappt.»

«Folglich?»

«Folglich mußte sie es weiterversuchen, so oft wie notwendig.»

«Wofür?»

«Für das Gelingen des Plans. Cora hatte ihn nicht aufgegeben.»

«Deshalb hat Cora Baba das zweite Mal hingeführt?»

«Ja.»

«Was geschah das zweite Mal?»

«So gut wie nichts.»

«So gut wie nichts? Wieso?»

«Weil Baba – so schien es zumindest – nicht die nötige Eignung für dieses Gewerbe hatte.»

«Wer war es, das zweite Mal?»

«Irgendwer. Ein Durchschnittsmann.»

«Ich habe gemeint: Wie war er?»

«Er hätte Babas Vater sein können.»

«War er unsympathisch?»

«Nein, gar nicht. Er war nett.»

«Nett?»

«Jawohl. Rücksichtsvoll. Väterlich.»

«Was hat er gemacht? Ich meine – welchen Beruf hatte er?»

«Das hat Baba nie erfahren.»

«Verstehe! Und was hat sich zwischen Baba und dem netten Mann abgespielt?»

«Ich habe es dir schon gesagt: so gut wie nichts.»

«Wieso?»

«Weil Baba nichts empfand. Und außerdem keine Lust hatte, das Geringste zu empfinden. Baba war wie ein Stück Holz.»

«Wie benahm sich der nette Mann zu diesem Stück Holz?»

«Wie man sich eben benimmt zu einem Stück Holz, das man versehentlich für einen Menschen hält.»

«Wie?»

«Er hat sich bemüht, dem Stück Holz Empfindungen zu entlokken, es zu Handlungen zu bewegen, bis es ihm schließlich zu dumm wurde.»

«Findest du es erheiternd, mir diese Dinge zu erzählen?»

«Warum?»

«Ich sehe dich lächeln.»

«Sie sind ja auch komisch, nicht, wenn man sie sozusagen als Außenstehender betrachtet.»

«Als Außenstehender? Wieso?»

«Stell dir einmal vor, du erzählst einem deiner Freunde, du hattest ein Mädchen im Bett, mit dem du nichts anfangen konntest – es wäre dir unentwegt sozusagen aus der Hand gefallen –, stell dir vor, du erzählst das, wie man dergleichen erzählt, und du wirst sehen, es ist komisch.»

«Verstehe! Was hat sich nach diesem ersten – vielmehr zweiten Mal abgespielt?»

«Cora hat Baba wieder in diese Wohnung geführt, etwa noch fünf-, sechsmal.»

«Und was geschah?»

«Dasselbe wie beim erstenmal.»

«Das heißt?»

«So gut wie nichts.»

«Nichts?»

«Baba betrug sich weiterhin wie ein Stück Holz. Erst versuchten sie eine Weile, Baba dazu zu bringen, irgend etwas zu fühlen, zu empfinden, drehten sie hin und her wie eine Aufziehpuppe, deren Knopf man nicht sofort findet, und dann wurde es ihnen zu dumm.»

«Was willst du damit sagen?»

«Sie schliefen ein oder gingen hinaus und beschwerten sich bei Cora.»

«Und was sagte sie?»

«Ich weiß nicht. Baba war nicht dabei, wenn sich die Männer beschwerten.»

«War sonst noch etwas?»
«Ja. Das letzte Mal, als Baba in der Wohnung war, verlor einer die Geduld, ohrfeigte Baba und beschimpfte sie.»
«Was sagte er?»
«Blöde Gans.»
«Und was tat Baba?»
«Nichts.»
«Empfand sie Haß diesem Mann gegenüber?»
«Eigentlich nicht, denn schließlich – er hatte ja nicht so unrecht von seinem Standpunkt aus. Haß – vielmehr Antipathie – empfand sie für einen anderen.»
«Welchen anderen?»
«Einen anderen Mann.»
«Und warum?»
«Weil sich dieser Mann die Geschichte Babas und Coras anhörte, verständnisvoll, mitleidig, weil er sich sogar entsetzte und dann doch mit ihr schlafen wollte, genau wie die anderen. Und ebenso wie bei den anderen war Baba ein Stück Holz.»
«Baba, hast du mir gesagt, war nur fünf-, sechsmal in dieser Wohnung. Wieso hat die ganze Geschichte dann schließlich ein Ende genommen?»
«Cora hat sich's anders überlegt.»
«Anders überlegt? Was soll das heißen?»
«Daß sie sich's überlegt hat. Sie hat ihre Meinung von Baba einer Berichtigung unterzogen.»
«Einer Berichtigung?»
«Ja. Nach diesen fünf, sechs Versuchen hatte Cora eingesehen, daß Baba für dieses Gewerbe eben nicht geschaffen war, nicht die nötige Eignung dazu hatte.»
«Und was hat sie getan?»
«Was tut ein Musiklehrer zum Beispiel, wenn er bemerkt, daß der Schüler keinerlei Fortschritte macht?»
«Was er tut? Ich weiß nicht. Wahrscheinlich stellt er den Unterricht ein.»
«Eben. Cora sagte Baba, sie würde sie in Zukunft nicht mehr in diese Wohnung mitnehmen und Baba solle etwas lernen, ein Studium anfangen.»
«Ein Studium?»
«Jawohl, ein Studium. Und sie sagte noch etwas.»
«Was?»
«Baba dürfe zu niemandem über die Sache sprechen, sonst würde sie Baba umbringen.»
«Das hat sie gesagt?»

«Jawohl, und dabei ein Messer genommen und es ihr gezeigt.»
«Ein Messer?»
«Jawohl, ein Küchenmesser.»
«Und was hat Baba erwidert?»
«Baba begriff in diesem Augenblick, daß das, was sie erlebt hatte, aller Wahrscheinlichkeit nach einer anderen Baba passiert war, einer Baba, die auch nicht die war, die in diesem Moment von Cora mit dem Messer bedroht wurde. Und das sagte sie auch zu Cora.»
«Was?»
«Sie sagte zu ihr: ‹Für mich ist die ganze Geschichte so, als hätte nicht ich sie erlebt, sondern ein anderer. Ich weiß von nichts.›»
«Was sagte Cora?»
«Nichts. Du weißt, sie sagt nie etwas.»
«Und dann?»
«Was, dann?»
«Was war nachher? Nach Coras Entschluß, Baba in Ruhe zu lassen.»
«Oh, nichts Besonderes. Baba ging weiter zur Schule, hatte lauter gute Noten, bestand die Schlußprüfung mit Auszeichnung und ließ sich an der Universität immatrikulieren: philosophische Fakultät, Literatur.»
«Und weiter?»
«Was weiter?»
«Sagen wir – Babas Privatleben. Wie sieht es damit aus?»
«Oh, ganz gewöhnlich. Was man eben so erlebt, wenn man so alt ist wie Baba und an der Universität studiert.»
«Ah ja? Was erlebt man?»
«Warum interessiert dich das?»
«Nur so.»
«Ich habe dir schon gesagt, Baba ist ein Dutzendmädchen, es gibt Millionen Babas.»
«Immerhin, was ihr mit vierzehn Jahren passiert ist – das passiert nicht alle Tage.»
«Das war eine andere Baba.»
«Ach, richtig. Das habe ich vergessen. Also?»
«Also schön, meinetwegen. Baba hatte ein paar Liebesgeschichten, nicht viele übrigens, dann etwas Ernsteres, oder sagen wir zwei ernstere Sachen – eine ist schon vorüber, die andere noch aktuell. Wie du siehst – es gibt Millionen Babas.»
«Was verstehst du unter ‹ernster›? Einen Verlobten?»
«Ja.»
«Wer ist dieser Verlobte?»
«Ebenfalls ein Dutzendmann. Er studiert Medizin.»

«Wie heißt er?»

«Das ist ja ein Verhör nach allen Regeln der Kunst! Aber Baba hat nichts zu verbergen. Er heißt Santoro.»

«Baba liebt ihn?»

«Nein. Aber Baba mag ihn.»

«Und er? Liebt er sie?»

«Er, ja.»

«Werden sie heiraten?»

Sie begann zu lachen. «Erst muß Santoro, wie es heißt, eine ‹Existenz gründen›.»

«Warum lachst du?»

«Du willst alles wissen. Und ich habe dir lediglich Gemeinplätze zu bieten, ganz, ganz gewöhnliche Dinge, die dir jedes gleichaltrige Mädchen ebensogut sagen würde.»

«Strebst du wirklich so sehr danach, genauso zu sein wie die anderen?»

«Ich strebe nicht danach. Ich bin es.»

«Ich verstehe! Reden wir von etwas anderem. Von Cora, zum Beispiel, ja?»

«Was willst du über Cora wissen?»

«Sag einmal – hast du sie gern?»

«Ja.»

«Sehr gern?»

«Ja, sehr gern.»

«Meinst du das ehrlich?»

«Ja. Ich meine es ehrlich.»

«Warum?»

«Was soll das heißen, warum?»

«Warum hast du sie gern?»

«Weil sie meine Mutter ist. Weil ich ihre Tochter bin.»

«Das ist alles?»

«Das ist mehr als genug.»

«Aber was sie dir angetan hat ...»

«Ich habe dir schon gesagt, sie hat es nicht mir angetan, sondern einer anderen Baba.»

«Ach ja, das habe ich vergessen. Und jetzt sag mir einmal – warum, was glaubst du, hat Cora damals vor sechs Jahren so und nicht anders gehandelt?»

Sie dachte eine Weile nach. Dann sagte sie, sehr ruhig, um Genauigkeit des Ausdrucks bemüht: «Für Cora sind Männer nicht etwa Geschäftsleute, Ärzte, Rechtsanwälte, Mädchen nicht etwa vierzehn oder zwanzig Jahre alt, die eigene Tochter oder eine Näherin in ihrer Werkstatt: Cora glaubt nur eines.»

«Woran?»

«Daß es Menschen zweierlei Geschlechts gibt und daß diese Menschen sich paaren.»

«Das glaubt sie, weil es ihr nützt?»

«Nicht weil es ihr nützt. O nein. Weil sie davon überzeugt ist, daß es auf der Welt sonst nichts gibt.»

«Sonst nichts? Und das Geld?»

«Geld ist für sie nur ein Mittel. Der Zweck ist ein anderer.»

«Welcher?»

«Ich sagte es dir schon.»

«Liebe?»

«Hast du nicht die Liebe gemeint? Vorhin, als du sagtest, für Cora gäbe es sonst nichts.»

«Das? Das ist nicht Liebe.»

«Was denn?»

«Das, was es eben ist.»

«Warum ist Cora dieser Ansicht?»

«Ich weiß nicht.»

«Wenn du es nicht weißt, wer soll es dann wissen?»

«Sagen wir – weil sie ihr richtig erscheint, weil es ihr paßt, daran zu glauben, weil diese Ansicht für sie der einzigen Wahrheit entspricht.»

«Wenn das tatsächlich so ist – warum hat Cora dann ihre Meinung über Baba geändert? Ihre Ansicht, wie du es nennst, einer Berichtigung unterzogen?»

«Ich nehme an, Cora lebt in ihrer eigenen Welt. Die hält sie für die einzig mögliche, die beste aller Welten. Zuweilen passiert es ihr aber, sich plötzlich, unvermutet, in einer anderen Welt zu sehen, und dann muß sie wohl oder übel zugeben, daß es außer dieser Welt eben noch andere gibt, sehr viele andere Welten. Sie gibt es auch zu, aber sehr ungern, sozusagen mit zusammengebissenen Zähnen.»

«Wie gibt sie es zu?»

«Sagen wir: praktisch. Theoretisch niemals. Wie soll ich es dir erklären. Sie macht eine Ausnahme. Eine dieser Ausnahmen war ich. Nur – Ausnahmen, wie du weißt, bestätigen die Regel.»

Wir schwiegen eine Weile. Baba, nun wieder ihrem Buch zugewandt, drehte das Radio lauter, setzte die Brille auf und las weiter, als sei ich nicht im Zimmer. Ich musterte sie schweigend. Baba war, soviel ich bemerken konnte, nicht groß, aber ihre Figur war wohlgeformt, schön auf eine kompakte, konzentriert-handfeste Art. Man erriet es aus ihrer Stellung: Sie nistete sozusagen auf ihrem Sessel – die festen Beine in den schwarzen Hosen erreichten den Boden kaum – mit breit ausladenden Hüften, die straffen, vollen Brüste gegen die Tischplatte gepreßt. Ich wurde mir, während ich sie ansah, jäher Gereiztheit bewußt, derselben Empfindung, die mich vorhin befallen hatte angesichts ihrer unverschämten, gelassenen Gleichmütigkeit, und ich sagte fast unwillkürlich: «Jedes Spiel hat ein Ende.»

«Bitte?» Sie drehte sich um, nahm die Brille ab, sah mich an. «Was willst du damit sagen?»

«Daß deine Theorie, nicht mehr du selber zu sein, dich in so und so viele Babas gewissermaßen aufzuspalten, Spiel ist, und nichts als Spiel. Du weißt genau, daß es Spiel ist, Versteckspiel, nicht wahr, ein Spiel, das dein Leben erleichtert? Es geht niemanden etwas an. Und mich kannst du mitspielen lassen, aber nur kurze Zeit.»

Sie lächelte mir zu und sagte beinahe wohlwollend: «So ist es nicht.»

«Wie denn?»

«Das ist schwer zu erklären. Ich verstehe, was du meinst. Aber ich kann dir versichern: es ist kein Spiel.»

«Kein Spiel?»

«Nein, das ist es nicht.»

«Aber ...»

«Wirklich. Es ist mir völlig ernst. Ich – ich bin wirklich nicht das Mädchen, das ich vor sechs Jahren war. Vielleicht nicht einmal mehr dieselbe, die vorhin, vor einer Stunde, bevor du gekommen bist, an diesem Schreibtisch saß. Ich weiß nicht, wie ich es dir erklären soll. Aber es ist die Wahrheit.»

«Was zu beweisen wäre.»

«Gut, ich beweise es dir: Was damals geschah, vor sechs Jahren, daran habe ich mich nicht erinnert, sondern ich mußte es mir vorstellen – wie man über dritte spricht und versucht, an Hand spärlicher Nachrichten ein Geschehen zu rekonstruieren.»

«Das heißt?»

«Was ich dir schon sagte: Die Baba, die vor einer Stunde in diesem Zimmer gearbeitet hat, ist nicht mehr dieselbe wie die, die jetzt mit dir redet, nachdem du das Zimmer betreten und mit ihr gesprochen hast.»

Ihre Worte enttäuschten mich, verwirrten mich aber gleichzeitig. Sie glichen jenen Schlüsselsätzen, die, scheinbar völlig alltäglich, Gespräche zwischen Mann und Frau nach dem üblichen Anfangsgeplänkel sachte dem Hauptthema zusteuern. Ich sah fragend in ihre Augen, doch der graugrün-schimmernde Blick – die Kurzsichtigkeit verlieh ihm etwas Starres, gleichsam Berauschtes – gab mir keinerlei Aufschluß. Sie streckte die Hand aus, griff nach der meinen, drückte sie und sagte mit einem Lächeln, dessen Süße mich zutiefst bestürzte: «Vielleicht bin ich seit deinem Kommen wirklich eine neue Baba. Mir ist jedenfalls so. Und dir?»

Ich blickte zu Boden. Die Hand, welche die meine umschloß – ein molliges Kinderhändchen –, war anders gefärbt als das Gesicht. Baba war blaß, die Hand rot, von einer glatten, dunklen Röte, die in den Grübchen der Gelenke winzige Teiche bildete. Die Handflächen und die kurzen, gepolsterten Finger sahen aus, als ließen sie sich nicht beugen. Der Gedanke, daß diese Hand sich jemals zur Faust ballen könnte, schien mir unvorstellbar. Baba drückte meine Hand mit der Rechten, hielt die Linke offen im Schoß. Ich musterte überrascht die Innenfläche des Daumens: Auch er war rot wie der Handrücken, aber uneinheitlicher, gleichsam rot-weiß gesprenkelt. Die Nägel fielen mir auf. Sie entwuchsen, klein und oval, der Tiefe des Nagelbettes, waren mit rosa Lack überzogen, und als ich die Hand betrachtete, übermannte mich übermächtig, unabweisbar der Gedanke: Vielleicht sah Babas Körper so aus wie ihre Hand, fleischig-rot, weiß gesprenkelt, ein Leib, beinahe wie leblos, dienstbar und handhabbar, eher ein Stück Fleisch als ein lebendiger Körper. Ich entsann mich, daß ich Baba damals – zu jener Zeit, als ich es nicht mehr ertrug, mit Cora zusammen zu leben – insgeheim «Bastard» genannt hatte, und mir wurde klar, daß zwischen dieser Bezeichnung und dem Gedanken an ihren Körper eine Beziehung bestand, die Beziehung zwischen Verachtetem und dessen Verfügbarkeit. Ich fragte mich, ob sie selber sich vielleicht für wertlos hielte, von Cora in diesem Glauben bestärkt, als diese sie vor sechs Jahren als Gegenstand behandelt hatte, als käuflich-verkäufliches Ding. Das erklärte auch ihre sonst undeutbare Behauptung, nicht mehr diejenige zu sein, die sie damals gewesen war, eher einem Ding zu gleichen – Dinge sind austauschbar – als einem Menschen, der niemals geschichtslos werden kann. Jetzt verstand ich auch den Händedruck: Kam er nicht der Aufforderung gleich, mich bedenkenlos ihrer zu bedienen, wie eines Gegenstandes, jedwedem zur Verfügung, der sich seiner zu bedienen gedachte? Das hieß, selbst wenn wir uns umarmten, wäre dies kein Inzest, obgleich die Tat, flüchtig betrachtet, diesen Eindruck erwecken mochte – wir waren, in gewissem Sinn, Vater und Tochter –, nein, unsere Umarmung bliebe bedeutungslos, augenblicksverhaftet, gleich einer toten Raupe in vertrocknetem Gespinst. Diese Zusammenhänge erkannte ich natürlich erst später, als ich Abstand gewonnen hatte und unsere Unterhaltung in mein Tagebuch schrieb. Im Augenblick waren sie mir nur dumpf bewußt, drängten mich aber zu handeln, und zwar auf bestimmte Weise: Ich drehte meine Rechte – Baba hielt sie noch immer –, umschloß ihr Handgelenk mit Daumen und Mittelfinger und schob mit jäher Bewegung den Ärmel ihres Pullovers fast bis zum Ellbogen empor. Der Unterarm kam zum Vorschein, rundlich, fest, weiß, überschattet von zartem braunem Flaum. Und plötzlich entsann ich mich, daß ich daran verzweifelt war, je wieder lieben zu können, im Bewußtsein, daß ich ausschließlich das Nichts zu lieben verstand. Wie aber war es denkbar, sich in das Nichts zu verlieben? Da, plötzlich, wurde mir klar, daß ich ihm gegenüberstand: Baba war das Nichts. Und sie erregte mich nicht, weil sie sich mir bot, sondern deshalb, weil sie das Nichts war, jenes Nichts, das ich seines Nichtseins wegen zu lieben imstande war. Eine derartige Liebe wäre meine zweite gewesen. Die erste Liebe hatte Cora, der Mutter Babas gegolten. In Cora hatte ich geliebt, was mir wahrhaft erschienen war, wirklich, echt, unverfälscht, bis sich mir diese Dinge als unecht, verfälscht enthüllten und ich dem Nichts anheimfiel, dem Umgang mit den käuflichen Mädchen, die in mein Haus gekommen waren. Seither hatte ich mich des Nichts entwöhnt; doch nun war es wieder da, greifbar und übermächtig, das Nichts in Gestalt Babas, als ihr Leib, ihr Gesicht. Ich wußte, ich konnte sie lieben, weil sie das Nichts darstellte, das in mir, um mich war, nicht anders als Cora einst Verkörperung alles dessen gewesen war, was ich zu besitzen vermeint, um mich zu erblicken geglaubt hatte. Allerdings trug jenes Nichts, das mit Baba verbunden war, einen Namen, eine Bezeichnung, die mich unwiderstehlicher anzog, als Baba selbst: das Wort für intime Beziehungen zwischen einem Mann und einer Frau unseres Verwandtschaftsgrades. Wäre nicht der Gedanke oder, genauer gesagt, das Wort «Inzest» gewesen, ich hätte Baba nicht begehrt. Wieder erwies ich mich unverfälschten Handelns unfähig, obgleich der Antrieb diesmal aus großen Tiefen zu kommen schien. Meine Begierde hatte sich an einem Wort entzündet, war daher von Grund auf verfälscht, besonders wenn man bedachte, daß Baba und ich nicht wirklich Vater und Tochter waren.

Ich blickte auf. Diesmal sah ich in ihren Augen nicht nur die mir bereits bekannte, aus der Kurzsichtigkeit herrührende Trauer, sondern darüber hinaus eine andere Traurigkeit, mit Verlegenheit und merkbarem Widerwillen untermischt. «Entschuldige», sagte ich, zog meine Hand zurück und setzte mich auf den Sessel.

Sie streifte, wie eine Frau, die nach glücklich abgewehrtem Angriff ihre Kleider in Ordnung bringt, den Ärmel erleichtert hinunter und sagte ruhig und lehrhaft: «Wir haben uns wohl mißverstanden.»

Ich gab unumwunden zu: «Das glaube ich auch.»

«Daß ich deine Hand gedrückt habe und sagte, was ich sagte, das hat mit dem Grund nichts zu tun, den du offenbar angenommen hast. – Ich habe es getan, weil ich hoffe – von ganzem Herzen hoffe –, wir werden von nun an wirklich Vater und Tochter sein.»

«Vater und Tochter?»

«Ja. Ist das so ungewöhnlich? Wir sind schließlich Vater und Tochter – auch wenn unser bisheriges Verhältnis nicht eben danach war –, und wir sollten es, zumindest von jetzt an, wirklich und wahrhaftig sein.»

Ich überlegte, wie schwierig es war, einen solchen Wunsch auszudrücken, und wie gut sie ihn ausgedrückt hatte. Allerdings glaubte ich aus ihren Worten das Bestreben herauszuhören, sich selbst etwas einzureden, als handle es sich um etwas, das wir, nach bestimmten Plänen, anzufertigen vermöchten. Ich sagte, nicht unaufrichtig: «Ich wünsche mir nichts Schöneres.»

«Wirklich? Dann bin ich froh.»

Sie schien wirklich froh zu sein, streckte lächelnd von neuem die Hand aus und drückte die meine kurz, zärtlich. Dann fügte sie hinzu: «Und jetzt ist Schluß damit, ja?»

«Womit?»

«Daß du in deiner Wohnung wie ein Fremder wohnst, wie jemand, der mit seiner Familie nichts zu schaffen haben will.»

«Und was soll ich tun?»

«Bei uns sein, bei Cora und mir, wie jeder Mann, jeder Vater.»

«Bei euch sein? Wie bei euch sein?»

«Mit uns essen, ausgehen, leben.»

«Das ist unmöglich.»

«Warum?»

«Weil ich jetzt etwas weiß. Und da ich jetzt weiß, was ich weiß, ist ein Familienleben, wie du es dir vorstellst, undenkbar.»

«Ich führe es.»

«Das wundert mich eben.»

«Warum?»

«Weil ich an deiner Stelle schon längst ausgezogen wäre.»

«Ich werde eines Tages ausziehen. Aber nicht Coras wegen.»

«Wann wirst du ausziehen?»

«Eines Tages. Wenn ich heirate. Oder ins Lehrfach gehe. Dann bekomme ich vielleicht eine Stelle in einer anderen Stadt.»

Ich sprang jäh auf, zornentbrannt, und schrie: «Widert es dich denn nicht an, mit Cora unter einem Dach zu leben?»

«Sie ist meine Mutter.»

«– oder ihr Geld zu nehmen?»

«Schon gar nicht.»

«Wieso widert es dich nicht an, falls die Frage gestattet ist?»

«Diese Stadt ist voll von Dingen, die käuflich sind und verkäuflich. Was unterscheidet Coras Geld von dem Geld der anderen Leute?»

Mein Zorn verrauchte so schnell, wie er gekommen war. Ich sagte: «Schön, meinetwegen, versprochen. Von jetzt ab sind wir Vater und Tochter. Aber verlang nicht von mir, ich soll mich Cora gegenüber aufs neue als Ehemann betragen.»

«Wirst du wenigstens mit uns essen? Mehr will ich ja gar nicht. Ja?»

Seltsam. So oft sie von «uns» sprach, so oft sie Cora, sich und mich gleichsam als Familie ansah, erfuhr ihre sonst so ruhige, so ausdruckslose Stimme eine Veränderung, wurde flehend, fast herzzerreißend. Ich sagte knapp: «Also gut, ich werde mit euch essen.»

«Und zu Cora nicht unhöflich sein?»

«Was soll das jetzt wieder heißen?»

«Du wirst mit ihr reden, ja? Ich meine, während des Essens, wirst freundlich sein, ungezwungen, wirst ihr außerhalb der Mahlzeiten nicht aus dem Weg gehen, kurzum, du wirst herzlich sein.»

«Herzlich? Das wird sich schwer machen lassen.»

«Wenn schon nicht Coras wegen – bemüh dich um meinetwillen.»

«Warum liegt dir so viel daran, daß ich zu ihr herzlich bin?»

Sie antwortete wie zuvor im Ton einer Offenbarung: «Cora ist meine Mutter.»

Ich beharrte: «Du schuldest mir noch die Antwort, warum du sie überhaupt liebst. Schließlich hat sie sich zu dir nicht gerade sehr mütterlich betragen.»

Baba beugte sich vor, umschloß meine Rechte fester: «Sei herzlich. Ja? Bemüh dich. Ich weiß nicht, warum ich sie liebe. Ich weiß es wirklich nicht. Aber ich kann nicht anders. Ich liebe sie mehr und mehr.»

Ich wollte die Hand wegziehen – Baba drückte sie schmerzhaft fest –, doch es gelang mir nicht. Ich sagte: «Vielleicht liebst du sie eben deshalb, weil sie so zu dir war.»

«Vielleicht. Aber nicht in dem Sinn, den du meinst.»

«Ich meine gar nichts.»

«Ich liebe Cora nicht, weil sie mich nicht liebt, sondern deshalb, weil sie – ich kann immer nur dasselbe wiederholen – weil sie meine Mutter ist.»

Ich sagte knapp: «Meinetwegen. Ich werde also versuchen, zu ihr, wie du sagst, ‹herzlich› zu sein.»

Sie gab sogleich meine Hand frei und wich ein wenig zurück. Ich fügte hinzu: «Ich verspreche es. Nicht zuletzt, weil mein Aufenthalt diesmal nicht lange dauern wird.»

«Wie lange?»

«Ich weiß noch nicht, ein bis zwei Monate. Bis ich die paar Artikel über Persien fertig habe.» Sie kauerte sich wieder auf den zu hohen Sessel, stützte die Füße auf die Tischleiste, drehte das Radio lauter, setzte die Brille auf und schickte sich an, dort weiterzulesen, wo sie von meinem Eintritt unterbrochen worden war. Ich hätte gehen sollen, doch mir war, als fehle noch etwas. Ich sagte albern: «Gehen wir – gehen wir heute abend essen?»

Sie drehte sich augenblicklich um, als hätte sie nichts anderes erwartet, und sagte: «Heute nicht. Heute bin ich verabredet.»

«Mit wem?»

«Ich muß es dir wohl sagen, da du mein Vater bist: mit Santoro. Wir gehen zu viert aus – er, ich, eine Freundin und deren Freund.»

«Wohin geht ihr?»

«Essen. Dann ins Kino. Aber morgen abend bin ich frei.»

«Schön, also dann morgen. Übrigens ...»

«Übrigens?»

«Sag bitte Cora nicht, daß ich mit dir gesprochen habe.»

«Du hast nicht mit mir gesprochen, sondern mit einer anderen Baba.»

«Richtig, das hatte ich vergessen. Also, dann auf morgen abend.»

«Wiedersehen.»

Ich ging hinaus. Und jenes «Wiedersehen» – seltsam-vertraut, herb, melodisch – hallte mir lange nach.

Mittwoch, 14. Oktober

Ich sitze in Coras Wohnung, in einem der Stundenzimmer. Daß es Coras Wohnung ist, weiß ich, obwohl ich noch niemals hier war. Vielleicht rührt meine Gewißheit von jener Puppe her, die das Polster des breiten Bettes ziert, auf dem ich mich niederließ. Ich warte auf das Mädchen, das Cora mir zuführen wird. Es kann nicht mehr lange dauern. Die Puppe ist als Rokokodame hergerichtet, getreues Ebenbild jener, die ich bei mir zu Hause in Coras Zimmer sah. Doch halt, ich betrachte sie näher: Sie gleichen einander nicht ganz. Die Puppe hier ist größer, scheint immer größer zu werden, je länger ich sie betrachte. Und plötzlich, o Staunen, sehe ich, daß sie aussieht wie Baba: dieselben graugrünen Augen, derselbe starre, gleichsam berauschte Blick, dieselben Wangen, sanft-kindlich, weich gerundet, dieselbe Nase, klein, kräftig, breit, derselbe schmale, beinahe harte Mund, dieselben schnittgleichen Kerben zu beiden Seiten der Mundwinkel. Sie trägt zwar weiße Perücke, schwarze Schönheitspflästerchen, Reifrock, Dekolleté – und ist doch Baba selber. Baba als Person, nicht als Puppe, sitzt auf dem Polster des Bettes, als Rokokodame verkleidet, in Coras Stundenzimmer. Und wirklich, jetzt beginnt sie zu lächeln, zwinkert mir zu, aufreizend, zweideutig-provokant. Abscheu ergreift mich, Begierde, dem Abscheu entwächst die Begierde und die Begierde dem Abscheu; ich schreie: «Du bist meine Tochter» – und richtig, bei diesen Worten, als hätte ich mich soeben einer Zauberformel bedient, rückt Baba in die Ferne, wird kleiner und immer kleiner und endlich, zu meiner Erleichterung, wieder eine Puppe wie vorhin, mit einem Porzellankopf, mit sägespänegefülltem Körper, ein Ding und nichts als ein Ding, von Cora ins Zimmer gelegt, um es ein wenig aufzuputzen. Indessen muß ich weiter warten. Bald wird sich die Tür öffnen; Cora wird eintreten, ein Mädchen an der Hand, ein anderes Mädchen als Baba, und sie wird mir das Mädchen vorstellen, und wirklich, die Tür öffnet sich langsam, und Cora erscheint, nicht allein, ein Mädchen an der Hand – es ist vielleicht vierzehn Jahre –, in langer blauer Hose und rotem Pullover. Ich kann das Gesicht nicht sehen. Das Mädchen verbirgt es verlegen an Coras Brust. Und Cora beugt sich hinab, flüstert und blinzelt mir zu, als wolle sie sagen, natürlich, sie ist noch klein und furchtsam, wir müssen geduldig sein. Coras Gesicht scheint zu glühen, ich sehe es ganz deutlich, und ihre Augen blitzen; es ist, als sprühe aus ihnen unbändige Lebenskraft. Endlich läßt sich die Kleine überreden und wendet mir das Gesicht zu, und wieder erkenne ich Baba, nicht die heutige Baba, nein, die Baba von vor sechs Jahren. Das Mädchen reicht mir die Hand, mit einer winzigen, wohlerzogenen Verbeugung; ich aber betrachte es kritisch, bereit, Beschwerde zu führen. Ich bin anspruchsvoll, unzufrieden, Kunde, sonst nichts, und ich erkläre unumwunden, wenn der Körper des Mädchens nicht aussieht wie die Innenfläche des Daumens, so fleischig-rot und weiß, kann ich es nicht brauchen. Ich zahle, und für mein Geld will ich das Gewünschte. Cora, wie es sich gehört, tut sogleich ihr möglichstes, um mich zufriedenzustellen, beugt sich beflissen zu dem Mädchen hinunter und flüstert ihm etwas ins Ohr. Da rufe ich zum zweitenmal: «Sie ist meine Tochter» – und erwache.

Mein Herz hämmerte. Ich setzte mich auf, schweißfeucht, und saß unbeweglich im Dunkeln da. Das Leuchtzifferblatt des Weckers zeigte ein Viertel nach vier. Ich knipste die Lampe an, nahm, wie immer nach einem Albtraum, das erstbeste Buch vom Nachttisch – es war *König Ödipus*, in Taschenbuchausgabe –, schlug den Anfang auf und las:

Ödipus: Wo aber sind die nun? Wo findet sich
die zeichenlose Spur der alten Schuld?
Kreon: In diesem Lande; also spricht der Gott.
Wer sucht, der faßt's; dem Säumigen entgeht's.

Mir war, als hätten diese Verse einen vertrauten Klang. Ich blätterte zurück und las den Beginn der Szene. Als ich zu der Stelle gelangte:

> ... Allzugut ist mir bekannt
> was euch zu mir geführt; ich weiß es wohl;
> ihr alle krankt. Und doch, wie sehr ihr krankt,
> so krank wie ich ist keiner unter euch,
> denn euer Leiden geht auf einen nur,
> das eigne Ich, sonst niemand; meine Seele
> klagt um die Stadt, um mich und dich zugleich.

– bemerkte ich, daß ich weinte, als sei nicht nur die Jämmerlichkeit des Erlebnisses vom Tag zuvor, sondern mein ganzes Leben zu brennenden Tränen geworden. Ich weinte, legte das Buch weg, drehte das Licht ab, weinte im Dunkeln weiter und begriff endlich, warum ich weinte: Mir erging es wie Ödipus. Die pestverseuchte Stadt war meine Familie, auch sie verseucht, laster-verseucht; und ich, gleich Ödipus, hatte die Zeugen befragt, um in Erfahrung zu bringen, wer an der Verseuchung Schuld trug; und ich hatte festgestellt, daß ich der Schuldige war. Allein – an dieser Stelle verwirrten sich meine Gedanken, denn von neuem übermannte mich der Schlaf – hier hörte die Ähnlichkeit auf: Ödipus ward zugebilligt, sich die Augen auszustechen, seine Schuld abzuladen – zum Ritus überhöht – wie eine schwere Bürde, Böses zu Gutem zu wandeln. Ich aber mußte mich mit der Erkenntnis begnügen, an dem Verfall Schuld zu tragen, mochte die Schuld auch mittelbar, weit hergeholt erscheinen. Mir blieb kein Ausweg offen, weder Selbstbestrafung noch Sühne, noch die Möglichkeit, Negatives in Positives zu verwandeln, es sei denn ... Und dieses «es sei denn» – nahm ich mit in den Schlaf, wie einen Hoffnungsschimmer.

Mittwoch, 14. Oktober

Als ich erwachte, war es schon heller Tag, aber noch früher Morgen. Stille lag über der Wohnung. Ich stand auf, duschte, zog mich an, verließ die Wohnung, fuhr auf die Straße hinab – tat kurzum, was ich anläßlich meiner Romaufenthalte frühmorgens zu tun gewohnt war –, ging weiter in ein Café in nächster Nähe meiner Wohnung, frühstückte – Kaffee, Gebäck, noch einen Kaffee –, kaufte Zigaretten an der Theke, mehrere Packungen, und verließ das Café, um nebenan bei einem Zeitungshändler die Morgenzeitung zu holen. Sodann, die Zeitung unter dem Arm, zwischen den Lippen eine Zigarette, kehrte ich nach Hause zurück, meiner Umgebung gewahr, des vertrauten Hindergrunds. Da waren einmal die Häuser zu beiden Seiten der Fahrbahn, kittfarben, kuchenfarben – die Asphaltfahrbahn war noch leer, die braunen Fensterläden, vorerst noch festgeschlossen, die städtischen Parkanlagen, friedhöflich-einfallslos – Lorbeer, Zypressen, Steineichen hoben sich wie dunkle Streifen von der Helle der Häuser ab –, der Herbsthimmel war reinlich blau, durchsegelt von weißen, graugesäumten Riesenwolken. Ich trat ins Haus, nahm den Aufzug, fuhr in den letzten Stock, ging zu meiner Wohnung und wollte soeben aufsperren, als Baba heraustrat, in einer Art Matrosenanzug, dunkelblauer Hose und Jacke, Bücher unter den Arm geklemmt. «Dein Frühstück steht in deinem Zimmer. Wiedersehen!»

Schon war sie fort. Ich ging in mein Zimmer. Tatsächlich, das Frühstück stand auf dem Schreibtisch, neben der Schreibmaschine. Ein Tablett, säuberlich geordnet: Tischtuch und Serviette, Tasse und Untertasse, Tee, Toast, Honig, Marmelade. Ich nahm es, trug es zum Bett, stellte es auf die Decken, behielt jedoch Kanne und Tasse, ging wieder zum Schreibtisch zurück, schob die Maschine zurecht, so daß ich zwei Drittel Himmel und ein Drittel Häuser sah und nahm Platz. Jetzt erst kam mir in den Sinn, was ich tags zuvor erlebt hatte, was mir nachts widerfahren war: der anonyme Brief, die Unterredung mit Baba, der Traum, das Erwachen, Ödipus. Ich betrachtete die Schreibmaschine, und mein Entschluß fiel mir ein, in Rom ein Tagebuch zu führen. Ich fragte mich: War mein Vorsatz überhaupt noch zu verwirklichen? Das Tagebuch sollte einen Lebensabschnitt schildern, dessen Ereignislosigkeit ich nicht bezweifelt hatte, war sie doch Vorbedingung für die Umformbarkeit dieses Tagebuchs zu einem ereignislosen Roman. Aber siehe, schon am ersten Tag ergaben sich Schwierigkeiten: gerade in dem Augenblick – Ironie meines Schicksals –, da ich mich anschickte, die Chronik eines leeren, ereignislosen Lebens zu schreiben, brach in dieses leere Leben mit der Gewalt einer Bombe das Außergewöhnliche ein. Der Roman, den ich schreiben wollte – Unverfälschtheit des täglichen Trotts an Stelle der Verfälschtheit dramatischen Geschehens –, war bereits zum Teil mißglückt; das konnte ich mir nicht verhehlen. Ich entzündete eine Zigarette, blickte durch die Fensterscheiben und betrachtete den Himmel. Wenn ich das Tagebuch dennoch schrieb?

Wenn ich es, getreu meiner Absicht, dem Roman zugrunde legte? Dann würde dieser Roman zwangsläufig romanhaft werden, getragen von einem dramatischen, melodramatischen Geschehen, einer jener Handlungsfolgen, deren sich konventionelle Autoren so gern zu bedienen pflegen in ihrer angeborenen Ohnmacht, zur Poesie vorzudringen, dem Herzen der Wirklichkeit.

Ein Mann spricht zehn Jahre lang kein Wort zu Frau und Tochter, obgleich die drei all diese Zeit in einem gemeinsamen Haushalt leben. Nach zehn Jahren erfährt der Mann durch ein anonymes Schreiben, daß seine Frau Kupplerin ist, daß sie sogar versuchte, die Tochter zu verkaufen. Peinliche, bedrückende Dinge. Und wie geschmacklos sie wirkten! Wie unglaublich! Wie unecht! Wer einen solchen Roman schrieb, der durfte sich nicht wundern, wenn Kritiker und Leser ihn krankhafter Phantasie, morbider Einbildungskraft ziehen. Nun lag mein Fall aber leider – oder zum Glück – ganz anders. Ich hatte derlei nicht erdacht. Die unglaublichen Peinlichkeiten, die ich zu Papier bringen mußte – vorerst im Tagebuch, später zum Roman gestaltet –, all diese bedrückenden Dinge waren nicht Ausgeburten einer morbiden Phantasie, sondern wahre Begebenheiten. Ich hatte nichts erfunden, so unglaubhaft dies auch schien. Der anonyme Brief hatte bei meiner Post gelegen. Cora war Kupplerin, Baba war, vierzehnjährig, in jener Wohnung gewesen, und ich saß an meinem Schreibtisch, des quälenden Widerspruchs bewußt, der zwischen meinen literarischen Bestrebungen und der Notwendigkeit bestand, mein Leben in Ordnung zu bringen, und zwar nicht im Rahmen eines Romans, sondern in Wirklichkeit. Gewiß, es stand mir frei, die Absicht, den Roman zu schreiben, endgültig aufzugeben. Dennoch blieb die Erkenntnis bestehen, daß gewisse Dinge geschahen, Dinge, die mich betrafen, kurzum, daß ich handeln mußte. Nur: «Handeln» hieß schlechterdings auch, nichts tun, da Nichtstun, in solch einem Fall, ebenfalls «handeln» bedeutet, Wahl eines bestimmten Weges.

Schon war ich drauf und dran, den ganzen Tagebuchplan endgültig fallenzulassen, da packten mich Verzweiflung und Angst, aus den Tiefen meiner Seele aufsteigend, als beabsichtigte ich, dem einzigen Sinn meines Lebens, der mir noch verblieben war, endgültig zu entsagen. Die Gewalt dieses Schreckensgefühls verblüffte und befremdete mich, und ich begriff, daß solch eine starke, unüberwindliche Empfindung nicht rundweg verneint werden durfte. Ich drückte die Zigarette im Aschenbecher aus und entzündete eine neue. Was tun? Wenn ich den Roman, wie geplant, dem Tagebuch entnahm, mußte er notwendigerweise ebenso unecht werden wie jener erste Roman, den ich damals, vor zehn Jahren, zerrissen und vernichtet hatte. Andererseits hatte ich mir vorgenommen – und wie ernst dieser Vorsatz war, ersah ich aus der Verzweiflung, die mich bei dem Gedanken befiel, ihn nun nicht auszuführen –, ein Tagebuch zu schreiben, dem ich später die wichtigsten Elemente des Romans zu entnehmen gedachte. Was sollte ich also tun? Ich sah keinen Ausweg, versank in einen Zustand bitterer, gleichsam abstrakter Verblüffung. Ich dachte an nichts, betrachtete, wie verzerrt die grauweißen Wolken in gewissen Unebenheiten des Fensterglases erschienen – bizarre, anmutlose Formen, Tropfen und Tränen gleich –, kurzum, ich fühlte Verzweiflung, Ratlosigkeit doppelten Ursprungs, galt sie doch einerseits meiner Familiensituation, andererseits meinen schriftstellerischen Plänen. Und was das Ärgste war: die Beschaffenheit des Problems, das mir die Ruhe raubte, die Problemstellung, sozusagen, entzog sich meinem Zugriff. Worum ging es eigentlich? Darum, einen Roman zu schreiben? Oder mein Haus zu bestellen, bei mir daheim Ordnung zu schaffen? Dumpf wurde mir bewußt, daß diese beiden Aufgaben, obwohl voneinander verschieden, miteinander verwoben waren. Wie wirkte ihre Verbindung? In negativem Sinn: Meine Lage verwehrte es mir, den geplanten Roman zu schreiben, den ereignislosen Roman; das Romanprojekt wiederum, verschwistert mit meinem Streben nach Ereignislosigkeit, hinderte mich daran, den ereignishaften Zuständen innerhalb meiner Familie entschlossen entgegenzutreten, wußte ich doch, daß der Antrieb solch einer Handlungsweise verfälscht war, verfälscht sein mußte. Auf einmal wurde mir klar, daß meine Überlegungen der Lächerlichkeit nicht entbehrten. Genau formuliert, hätte das ungute Gefühl, dessen ich mir bewußt war, etwa folgendermaßen gelautet: Was, du zerbrichst dir den Kopf, gerätst förmlich in Verzweiflung wegen läppischer Literaturfragen, bringst es nicht über dich, auf das Projekt zu verzichten, die Unzahl der Bücher, die in den Schaufenstern der Läden massenhaft ausgestellt sind, um ein weiteres zu vermehren, und müßtest dich doch eigentlich um deine Familie kümmern, um ihren langsamen Verfall? Das ist kein Roman, kein Tagebuch, da geht es um dich, um dein Leben. Also: stell dich der Wirklichkeit, los, bringe dein Leben in Ordnung, nicht als Schriftsteller, sondern als Mann, wie es jeder beliebige Mensch an deiner Stelle täte.

Seltsam. Doch dieser Appell an meinen Menschenverstand zeitigte, wie es Appellen nicht selten zu ergehen pflegt, eine der beabsichtigten entgegengesetzte Wirkung. Mir wurde mit einem Schlag klar, daß ich mein Familienproblem durchaus nicht als «Mann» lösen dürfe, geschweige denn als «beliebiger». Ich war kein «beliebiger Mann», ich war ich, ein bestimmtes Wesen; das hieß, es galt, mein Problem als der Schriftsteller anzupacken, der ich nun einmal war, zumindest nun einmal sein wollte.

Und da, aus dem Wort «Verfall» erwuchs mir die Erleuchtung. Sicherlich, meine Familie befand sich in einem Zustand des Verfalls, moralischer Zerrüttung, doch daran war nichts Besonderes. Dieser Verfall war kein jäh hereinbrechendes Unheil, wie etwa die Pest in Theben im Ödipus-Drama, nein, sie war eines jener Ereignisse, die, nicht mehr feststellbaren Ursprungs, dank jahrelangem Andauern Brauch, Zustand, Gewohnheit werden, und schließlich, moralischem Urteil, kritischer Geschichtsbetrachtung gleichermaßen entrückt, in die Alltäglichkeit übergehen, mit dem täglichen Einerlei verschmelzen, nicht wichtiger, nicht bedeutsamer als das, was täglich geschieht.

Daß es sich so verhielt, ersah ich aus Babas Bitte, herzlich zu Cora zu sein – sie hatte mich darum gebeten, Baba, die Leidtragende, das Hauptopfer des Verfalls. Bester Beweis dafür, daß im Grunde nichts geschehen war, nichts Wichtiges zumindest, nichts von irgendwelcher Bedeutung. Das tägliche Leben war darüber hinweggeströmt, glatt, grau, ohne sichtbares Hindernis, Cora ging ihrem Gewerbe nach, ich würde weiterhin Reiseberichte schreiben, Baba Santoro heiraten oder die Stadt verlassen, anderswo unterrichten und schließlich einen Mann ehelichen, der Santoro wahrscheinlich glich. Gewiß, meine Theorie, im Verfall einen Paroxysmus der Alltäglichkeit zu sehen, wäre widerlegbar gewesen. Ich hätte mich auflehnen können, moralisch entrüstet. Jedoch – im Namen welcher Moral? Der verdächtigen Rechtlichkeit meines anonymen Briefschreibers?

Da regte sich vorsichtig die Vermutung – ausgelöst von der Vorstellung, die ich mir im Laufe der Jahre vom Wesen des Romans als Mittler zwischen mir und der Welt gemacht hatte –, daß meine Auffassung, im Verfall nichts anderes zu sehen als sinnlose Alltäglichkeit, im Grunde zutreffend war, nicht zuletzt angesichts der langsamen organischen Wandlung, die der Begriff bezeichnete: Verfall. Natürlicher Vorgang, biologisch notwendig, unvermeidbar, ein Prozeß, dem als solchem keine Bedeutung zukam, keinerlei Wichtigkeit. Ich war im Kreis gegangen, stand wieder am Ausgangspunkt. Ich würde das Tagebuch schreiben, meinem ersten Entschluß getreu, würde es später zu einem Roman gestalten. Was nun Enthüllungen von der Art der gestrigen betraf, so würde ich sie nicht anders betrachten als jede Alltäglichkeit, die, kaum aufgetaucht, unwichtig wird; es sei denn, wir schreiben ihr plötzlich aus irgendeinem Grund besondere Bedeutung zu. Diese Haltung – sie dünkte mich die einzig mögliche – war letzten Endes nichts anderes als ein Aussetzen des Urteils, ein abwartendes Betrachten. Ich fühlte mich sehr erleichtert. Hatte ich nicht fürs erste das Doppelproblem gelöst, mich meinem Problem zu stellen und den Roman trotzdem zu schreiben? Ich sagte mir auch, daß mein Plan – weniger einfach, als er sich darstellte – einer Haltung bedurfte, die jener Einstellung der Abkehr, des Nichtdabeiseins, Nichtdaseins, in der ich mich im Laufe der letzten Jahre geübt hatte, völlig entgegengesetzt war. Jetzt galt es dazusein, wollte ich nicht neuerlich scheitern, betroffen, aufmerksam zu sein. Gleichzeitig erschien es mir wichtig, die Beziehung hervorzuheben – ich hatte sie endlich entdeckt –, die zwischen Leben und Roman bestand, keine literarisch-ästhetische oder gar imitative – nein, ein Verhältnis gegenseitiger Durchdringung, ein Verhältnis der Erhellung, fast möchte ich sagen, der Einswerdung. Deshalb beschloß ich, dem Roman den Titel *Dasein* zu geben, im Gegensatz zu *Nichtdasein.*

Mittwoch, 14. Oktober

«Wann bist du angekommen?»

«Gestern nachmittag.»

«Von wo?»

«Iran.»

«Iran?»

«Persien.»

«Wie lange bleibst du?»

«Wie üblich. Ein bis zwei Monate.»

«Brauchst du etwas? Ist die schmutzige Wäsche abgeholt worden?»

«Ja.»

«War dir kalt in der Nacht? Hast du genügend Decken?»

«Danke. Ich habe genug.»

«Rechnungen wären zu bezahlen. Ich habe sie hinausgelegt, in die oberste Kommodenlade. Du weißt. Die Kommode draußen auf dem Gang neben der Tür.»

«In Ordnung. Ich zahle sie.»

«Brauchst du sonst etwas?»

«Augenblicklich nicht. Übrigens ...»

«Übrigens?»

«Ich habe nachgedacht auf der Reise, und ich habe mich entschlossen, Änderungen vorzunehmen.»

«Änderungen? Was willst du ändern?»

«Alles. Von heute an werden wir – falls du nichts dagegen hast

– wieder gemeinsam essen. Ich habe genug davon, ins Restaurant zu gehen. Außerdem werden wir – du, Baba und ich – einiges unternehmen. Abends ins Kino gehen, zum Beispiel, sonntags aufs Land hinausfahren und so weiter. Einverstanden?»

«Was ist in dich gefahren?»

«Nichts. Ich bin es nur leid, wie ein Junggeselle zu leben, wie ein Untermieter oder ein Witwer.»

«Wenn du mich fragst – mir wäre es lieber, so weiterzumachen wie bisher. Es sind schließlich fast zehn Jahre. Ich habe mich daran gewöhnt. Außerdem ist es schwierig, die Uhr zurückzudrehen.»

«Darum geht es nicht. Es geht darum, ein neues Leben zu beginnen.»

«Ein neues Leben?»

«Ja.»

«Ich habe zwar keine Ahnung, was du darunter verstehst, aber bitte sehr, wie du willst. Du bist der Herr im Haus. Eines aber sage ich dir ...»

«Was?»

«Ich lebe mein Leben, will frei sein, unabhängig, denke nicht daran, Rechenschaft abzulegen. Ich kann dir auch nicht versprechen, oft mit dir zusammen zu sein, außer bei den Mahlzeiten natürlich. Ich habe meinen Kreis. Und wie soll ich dich plötzlich vorstellen? Vielleicht als meinen Mann? Nachdem ich so oft gesagt habe, wir sind auseinandergegangen?»

«Mach dir deshalb keine Sorgen. Ich halte mich eben an Baba.»

«Dann ißt du heute also mit uns?»

«Ja.»

«Geröstete Leber. Gut?»

«Ausgezeichnet!»

Wir sahen einander an. Ich bemerkte, daß Cora sich – als sähe ich sie nach zehn Jahren heute zum erstenmal – gewaltig verändert hatte. Vor allem war sie abgemagert. Aus dem schmaler gewordenen, fast abgezehrten Gesicht blickten, mit einer Art Gier, die riesigen blauen Augen. Ich sah die gerade Nase, den grausamen Schwung des Mundes, die vollen, breiten Lippen. Ein seltsames rotes Feuer überglühte dieses Gesicht, ein Widerschein, mußte ich denken, der Glut jener fremden Begierden, die sie täglich schürte, begünstigte, ein ungesund-fiebriges Leuchten. Sie schlug die Hand vor den Mund, hustete mehrmals – ein trockenes, kurzes Husten von unbezwinglicher Gewalt. Ich fragte: «Bist du gesund?»

«Natürlich. Warum?»

«Du hustest. Außerdem bist du – außerdem bist du abgemagert.»

«Mit mir ist alles in Ordnung. Bis auf einen Rest Bronchitis von diesem Sommer. Sie ist nicht ganz ausgeheilt. Deshalb huste ich. Das ist alles.»

«Was sagt der Arzt?»

«Bronchitis.»

«Wann hat er das gesagt?»

«Vor drei Monaten.»

«Was sagt er jetzt?»

«Er sagt gar nichts. Ich war nicht bei ihm.»

«Warum nicht. Wenn du krank bist, mußt du zum Arzt. Dazu sind die Ärzte da.»

«Aber ich bin nicht krank. Wozu soll ich zum Arzt?»

Wieder verharrten wir schweigend. Dann sagte ich: «An einem der nächsten Tage besuche ich dich im Geschäft.»

«Wozu?»

«Um mit dir zu reden.»

«Mit mir zu reden?»

«Ja. Kein Grund zur Aufregung. Nichts, was dich betrifft.»

«Wen denn?»

«Einen Roman, den ich schreibe.»

«Was habe ich damit zu tun?»

«Erinnerst du dich? Vor zehn Jahren schrieb ich an einem Roman.»

«Ja.»

«Ich habe diesen Roman jetzt wiederaufgenommen. Und ich brauche ein paar Auskünfte.»

«Was für Auskünfte?»

«Der Roman erzählt die Geschichte unserer – unserer Liebe.»

«Schöne Liebe!»

«Ob schön oder nicht schön, er erzählt sie jedenfalls – sollte sie zumindest erzählen. Und deshalb brauche ich Auskünfte über unser damaliges Verhältnis.»

«Wenn's sonst nichts ist.»

«Sonst nichts. Ich kann also auf dich zählen? An einem der nächsten Tage treffen wir uns und reden. Ja?»

«Wie heißt dein Roman?»

«*Dasein*.»

«*Dasein*?»

«Ja, *Dasein*. Im Gegensatz zu Nichtdasein.»

«So soll dein Roman wirklich heißen? *Dasein*?»

«Ja, *Dasein*. Warum?»

«Den schreibst ausgerechnet du! Ein Mann, der nie da ist!» Aus den freundlich-scherzhaften Worten sprach die Erleichterung, nicht von ihrem Doppelleben sprechen zu müssen. Und damit ging sie hinaus.

Ich wies im Vorwort darauf hin, daß ich mir das Recht vorbehalte, die Geschehnisse, deren Fixierung mein Tagebuch dient, im Zuge der Niederschrift nach Gutdünken zu erweitern, zu ergänzen, ja wo nötig sogar zu verändern. Ich sagte aber auch, daß ich dergleichen Veränderungen irgendwie bezeichnen wollte, um sie später, wenn ich daran ging, das fertige Tagebuch zu einem Roman umzugestalten, vom wirklichen Tatbestand klar unterscheiden zu können.

Nun sehe ich zu meiner Verblüffung, daß ich mich dieses Rechts schon zu allem Anfang bediente, nicht absichtlich, sondern gleichsam unbewußt, wie eben ein Erzähler im Banne der Inspiration Wahrem Erfundenes beimischt, ohne dessen inne zu werden.

Also: Es trifft nicht zu, daß ich in jener Nacht, nach der Unterredung mit Baba, aus einem Albtraum aufschreckend, ein Buch suchte, *König Ödipus*, Taschenbuchausgabe, auf meinem Nachttisch fand, die erste Seite aufschlug und ein paar Verse las, die mir zu meiner Lage in Beziehung zu stehen schienen. Wahr ist, daß ich nachts erwachte, die Geschehnisse des Vortags an mir vorüberziehen ließ, dabei, ich weiß nicht warum, plötzlich an Ödipus dachte und zwischen dem Sophokles-Drama und meinem persönlichen Schicksal Übereinstimmungen zu sehen glaubte. Nun wäre ich kein Romanschriftsteller, würde ich nicht dazu neigen, Erfahrungen zu nützen, auch wenn besagte Erfahrungen mit Unbehagen einhergehen, mit tiefer Ratlosigkeit. Ich dachte also daran, das Ödipus-Drama später in meinem Roman zu erwähnen, und sah keinen Gegengrund, diesen Bezug im Tagebuch nicht jetzt schon vorwegzunehmen.

Als ich am nächsten Morgen die Ereignisse des Vortags ins Tagebuch übertrug, stand ich daher nicht an, zu erfinden, das Buch sei, während ich schlief, auf meinen Nachttisch gelangt, wie von Zauberhand hingelegt, ein wahres Menetekel, in Erwartung meines Erwachens.

Vielleicht wird jetzt jemand sagen: Und wenn schon. Was macht es. Welcher Unterschied trennt in einem Fall wie diesem Erdachtes von Erlebtem, tatsächlich Geschehenem? Der Unterschied ist vorhanden und vielleicht einer Erläuterung wert. Die Erläuterung gilt übrigens für sämtliche Änderungen, Zusätze und ähnliche Freiheiten, deren ich mich auf den folgenden Seiten, schriftstellerischer Versuchung erliegend, noch schuldig machen werde.

Zwischen Erdachtem und Erlebtem besteht – zumindest was mein Tagebuch betrifft – der nämliche Unterschied, der die innere Wahrheit der Lüge von Wahrheit als solcher trennt. Letztere existiert, unmittelbar, absolut, vollzogen im Moment des Geschehens. Erstere, mittelbar, ist nicht dem Geschehen abzulesen, sondern dem Sinn des Geschehens. Führte ich ein Selbstgespräch an Stelle dieses Tagebuchs, würde ich wahrscheinlich sagen: «Du Heuchler, dem einzigen Menschen, der keine Nachsicht verdient, bezeigst du sie, nämlich dir selber, du hast die ganze Ödipus-Sache ausschließlich deshalb erfunden, um dein Thema zu veredeln, den Ton hinaufzuschrauben, dein eigenes Schuldgefühl im riesenhaften Schatten eines literarischen Vergleichs gleichsam untergehen zu lassen. Da hast du die innere Wahrheit deiner Lüge vom Bezug zwischen deiner eigenen Geschichte und jener des Ödipus. Und nur, wenn du sie nicht abstreitest, wenn du sie unterstreichst, hast du das Recht, das Drama im Tagebuch zu erwähnen.»

Das wäre sie, die innere Wahrheit. Die Zukunft wird mich lehren, wenn ich darangehen werde, das Tagebuch umzugestalten, ob meiner Heuchelei etwas abzugewinnen sein wird, sei es durch Einbekennen, sei es durch ein Verschweigen, dessen Durchschauung letztlich dem Leser überlassen bleibt. Denn ich bezwecke ja nicht, mich kraft dieses Tagebuchs zu bessern, sondern es eines Tages zu einem Roman zu formen.

Freitag, 23. Oktober

Heute hat Baba Geburtstag. Es ist ihr zwanzigster. Sie hat es mir selber gesagt, kam heute früh in mein Zimmer – ich saß bereits an der Arbeit –, nahm zwischen Schreibtisch und Fenster sozusagen Aufstellung und sagte: «Wünsch mir alles Gute.»

«Warum alles Gute?»

«Weil heute mein Geburtstag ist.»

«Wie alt bist du?»

«Zwanzig.»

Sie sieht mich an wie abwartend, noch immer in Positur, als spiele sie eine Rolle und sei ihrer obendrein sicher. Ich zwang mich zu einem Lächeln und sagte: «Alles Gute!»

«Danke.»

Noch immer betrachtet sie mich, offenbar unzufrieden. Ich verstehe, erhebe mich, gehe zu ihr, küsse sie etwas linkisch auf beide Wangen, sodann – da ihr Kopf sich mir nähert – küsse ich auch den Haarvorhang, der bis zu den Brauen reicht, doch Baba tritt zurück, als kämen ihr meine Küsse weder erwartet noch gelegen, und sagt hastig: «Bitte hör zu. Du mußt dich heute ein bißchen zusammennehmen, Santoro kommt zu Mittag, ich habe ihn eingeladen. Er weiß, ich habe Geburtstag, also zeig bitte, daß du es weißt.»

«Wie?»

«Indem du nett bist, freundlich, liebevoll, kurzum, mich feierst.»

«Verstehe.»

«Santoro . . .»

«Apropos . . .»

«Was?»

«Warum nennst du ihn eigentlich Santoro? Heißt er nicht Paolo?»

«Gewohnheit. Santoro hat mir etwas geschenkt.»

«Was?»

«Schallplatten.»

«Soll das heißen, ich muß dir auch etwas schenken?»

«Ja.»

«Ich weiß nicht, was dich freut.»

«Ach, irgend etwas. Hauptsache . . .»

«Hauptsache, es ist ein Geschenk.»

«Ja.»

«Du hättest es mir früher sagen müssen. Ich wußte nicht, daß du Geburtstag hast. Jetzt ist es schon spät und . . .»

«Mach dir keine Gedanken, ich habe an alles gedacht.»

«Wie meinst du das?»

«Du weißt nicht, daß heute mein Geburtstag ist, das habe ich vorausgesehen, auch daß du Arbeit hast und nicht hinuntergehen kannst, um ein Geschenk zu kaufen. Also habe ich das Geschenk selber gekauft, sozusagen an deiner Stelle, du gibst mir das Geld, ich gebe dir das Geschenk, und du gibst es mir wieder. Verstehst du?»

«Was für ein Geschenk ist es denn?»

«Ein wunderschönes Kopftuch. Genau, was ich gern haben wollte.»

«Wieviel bin ich dir schuldig?»

«Zehntausend Lire. Zu teuer?»

Ich entnehme meiner Brieftasche einen Zehntausend-Lire-Schein, überreiche ihn Baba, sie gibt mir dafür eine längliche, rot eingeschlagene Schachtel mit grünem Seidenband, und ich frage, etwa wie ein Schauspieler den Regisseur: «Und jetzt? Soll ich dir das Geschenk bei Tisch geben, wenn alle dabei sind, oder gleich hier?»

«Gleich hier.»

Ich will ihr die Schachtel reichen, doch sie blickt mich an, unverwandt, mit einer Art ruhiger, zielstrebiger Pedanterie. Ich begreife stehe auf, sage: «Meinen herzlichsten, aufrichtigsten Glückwunsch zu deinem Geburtstag, Baba. So, und das ist für dich.»

Diesmal fällt sie mir um den Hals, wie eine Tochter dem Vater nach Empfang des Geburtstagsgeschenks. Doch während der Umarmung zeigt sich, gewollt oder ungewollt, wieder die Zweideutigkeit, die unserer Beziehung zugrunde liegt. Babas Hand gleitet wie zärtlich von meinem Ohr über mein Haar, vollführt eine Art Liebkosung, die nicht unbeabsichtigt sein kann, Babas Körper preßt sich an meinen, mit jähem, forderndem Schwung; ich fühle die Form ihrer Brüste, die, dicht an mich gedrückt, vorbeigleiten – Baba hat sich ein wenig gedreht –, bis mein Arm zwischen ihnen ruht, als sei Baba darauf bedacht, mich Festigkeit und Form deutlich empfinden zu lassen; ihr Atem streicht über mich hin, rastlos, heiß, beinahe gierig, weht über meine Wange, um sich schließlich zwischen Ohr und Mund, genau in Wangenmitte, zum kindlichen Kuß zu wandeln. Wir lösen uns voneinander; ich sehe Baba nicht ohne Neugier an und merke, daß ihr Gesicht nach wie vor jene vieldeutige, durchtriebene, ruhige Gelassenheit zeigt, als wolle sie sagen: Du liebst mich, ich weiß genau, daß du mich liebst; vielleicht liebe ich dich auch, aber wir sind Vater und Tochter, so ist es abgemacht, was immer geschehen mag.

Immerhin war es möglich, daß sie meine Gedanken erriet, denn sie sagte, während sie das grüne Band löste, in vernünftigem, natürlichem Ton: «Vielleicht findest du, daß ich dir eine Komödie zumute. Aber so ist es nicht. Für mich nicht. Das schwöre ich dir. Seit jeher wünsche ich mir, dich als Vater anzusehen, und jetzt freue ich mich eben, daß ich es endlich darf.»

Die Schachtel ist offen. Baba zieht das Tuch hervor, entfaltet es, zeigt es mir. Das Muster: Rauchrequisiten. Mundstücke, Pfeifen, Streichhölzer, Zigarren, Zigaretten, Feuerzeuge, Pfeifenbestecke, Tabaksbeutel, Aschenbecher, dunkel auf cremefarbenem Grund, mit tabakbrauner Umrandung. Baba nimmt das Tuch, legt es um, geht zum Spiegel, betrachtet sich und sagt: «Schön, nicht? Was meinst du, steht es mir? Sag, daß es mir steht.»

Einige Stunden später sitzen wir alle bei Tisch, Cora, Baba, Santoro und ich. Santoro ist ein junger Mann von handfestem, friedlichem Aussehen, beinahe vierschrötig, gedrungen. Sein breites, farbloses Gesicht erinnert an einen Laib nichtdurchgebackenen Landbrots. Der Ansatz des dicht-braunen Kraushaars beginnt auf halber Stirnhöhe, die kleinen kastanienfarbenen Augen sind rege, aber ausdruckslos, ein winziges Grübchen sitzt inmitten des kräftigen Kinns. Ein Provinzlergesicht, ernst, ein wenig sorgenvoll, gleichzeitig aber selbstsicher, vielleicht auch eine Spur kalt. Er sitzt zwischen Cora und Baba, bedachtsam, konzentriert, und wenn er nicht ißt, so schweigt er, den Blick auf das Tischtuch geheftet, und formt mit kurzen, kraftvollen Fingern die Brotkrumen zu Kügelchen. Mitunter hebt er den Kopf, um Baba zuzulächeln, und dann zeigen sich zwei weitere Grübchen, eines auf jeder Wange. Er spricht nur, wenn man ihn anspricht, dann aber langsam, präzise; er setzt seine Worte sorgfältig, reiht sich bedächtig aneinander mit leiser, tiefer Stimme.

Cora sitzt, wie gewohnt, kerzengerade, schweigend, die geweiteten Pupillen der riesigen blauen Augen unverwandt auf uns gerichtet, den breiten roten Mund zu einem Lächeln verzogen, dessen sie sich wohl kaum bewußt ist.

Baba hingegen redet, als einzige, mit Überzeugung. Man weiß auch, warum sie redet. Dieses Geburtstagsessen war ihr Wunsch, ihr Projekt; sie trägt für die Durchführung Sorge, und der Grundriß ihres Plans schimmert durch den Ablauf der Mahlzeit, ähnlich wie ein Wasserzeichen in einem Blatt weißen Schreibpapiers.

Wovon ist die Rede? Von allem, was Santoro betrifft, Baba, Cora oder mich. Wir erörtern daher meine Reisen, den Journalistenberuf, Santoros Medizinstudium, seine Zukunftsaussichten, die Tatsache, daß Baba schon Geld verdient – mit der Abfassung von Doktorarbeiten für bequeme beziehungsweise für unfähige Studenten –, ferner Coras Modesalon. Baba hält die Unterhaltung im Gang, mit einem Minimum an Worten und Gebärden, stellt angemessene Fragen im richtigen Augenblick, wechselt das Thema wo nötig, legt sich diskret ins Mittel, wenn das Gespräch zu erlahmen droht, ohne es zu unterbrechen, kurzum, sie beträgt sich wie eine vollendete Gastgeberin, der ihre Rolle Spaß macht. Der Erfolg läßt nicht auf sich warten: Die eisige Anfangsstimmung – Verlegenheit, Wissen um alles, was sich hinter unserer Geselligkeit verbirgt – weicht nach dem Erscheinen eines großen gefüllten Truthahns, einem Werk Babas (die alte Dienerin, wie es sich gehört der Familie treu zugetan, bringt ihn auf einem Tablett, bebend vor Bewunderung), allem Anschein nach ist Baba auch eine erstklassige Köchin –, die eisige Stimmung weicht, wie gesagt, einer freundlicheren, wärmeren Brise, das Geburtstagsmahl, zwar noch verankert, wiegt sich eine Weile, schwankt, reißt sich von den Tauen los und schwebt, einem Luftballon gleich, in klarer Familienluft, nach Wunsch der Regisseurin. Und ich hege tatsächlich einen Herzschlag lang den Wahn, derjenige zu sein, den Baba so gern in mir sähe – der liebevollheitere Vater, der vertrauend-zufriedene Gatte, ja vielleicht sogar der künftige Schwiegervater, wohlwollend und verständnisvoll.

Gegen Ende der Mahlzeit jedoch läßt Baba aus der Küche eine Flasche Schaumwein bringen sowie vier Sektkelche und verlangt, Cora solle die Flasche entkorken. Und Cora nimmt die dickwandige Flasche in ihre großen weißen, gepflegten, unreinen Hände –

sie ist aus dunklem Glas mit gelbem Etikett, der Hals steckt in rotem Stanniolpapier –, hält sie ein wenig von sich fern, die Augen halb geschlossen, die Zigarette im Mundwinkel, und schiebt den großen, breiten, drahtnetzumhüllten Kork langsam mit dem Daumen hoch. Der weiße Daumen, überwölbt vom scharlachrotgelackten Nagel, läßt den Kork, gemach, gemach, aus dem Flaschenhals gleiten – der rituelle Knall –, Baba mimt «Erschrecken», stößt einen kleinen Schrei aus, verbirgt den Kopf unter dem Tischtuch – Cora, mit einem Lächeln, nähert die Flasche den Kelchen, schäumend entquillt der Sekt, füllt einen um den anderen. Und diese Bewegung schwemmt, zumindest was mich betrifft, das Trugbild von Babas Geburtstagsmahl rettungslos mit sich fort, denn ich kann nicht umhin, zu denken, da ich Coras Hand betrachte – die Finger, weiß, Schlingpflanzen gleich, umklammerten das dunkle Glas, und die schäumende Flüssigkeit, die, perlend, gleichsam mehrmals Anlauf nehmend, den schlanken Kelchen zuströmt –, ich kann nicht umhin, zu denken, daß sich ebenso, in Coras Zimmern, im Augenblick des Orgasmus nach langer Vorbereitung der männliche Same ergießt. Jetzt erscheint mir die Familienszene in abscheulich-zweideutigem Licht, und Babas Anstrengungen dünken mich ebenso müßig wie die Mühen eines Regisseurs, der es sich nicht nehmen läßt, ein unrettbar häßliches Schauspiel beharrlich in Szene zu setzen.

Ein Schauer überläuft mich, ich verschütte Sekt, und Baba, bemüht, den Regeln entsprechend zu handeln, taucht ihre Finger ein, berührt mein Ohr und sagt: «Das bringt Glück!» Nun stehen wir alle auf, Sektglas in der Hand, Gott sei Dank wird kein Trinkspruch ausgebracht, aber wir stoßen an, nennen einander beim Namen – Francesco, Baba, Cora, Paolo – trinken einander zu, Aug' in Auge, über das knisternde Perlen der Sektoberfläche hinweg, einander vertraulicher nahe als während des vertraulichsten Trinkspruchs. Baba berührt meinen Ellbogen, sie will allein mit mir trinken, «auf deutsche Art», das heißt, sie schiebt ihren Arm unter meinen, wir trinken, und wieder einmal werde ich mir der Vielschichtigkeit unserer Beziehung bewußt. Sie blickt mir in die Augen, mit einem zweideutigen Ausdruck, den ich nicht zu enträtseln vermag, beinahe als wären wir beide eines Verbrechens schuldig, um das kein anderer wüßte. Jetzt zählt sie die Geschenke her, die sie bekommen hat: Schallplatten von Santoro (klassische Musik), ein neues Kleid von Cora und eine Kugel Parfum, mein Halstuch, andere Geschenke von Freunden und Freundinnen; jetzt zieht sie das Tuch hervor, entfaltet es, zeigt es herum, es gelangt in Santoros Hände, der es gewissenhaft betrachtet und dann mit Überzeugung sagt: «Schön, sehr schön», es an Cora weiterreicht, und Cora beschränkt sich darauf, es der Tochter zurückzugeben.

Ich blicke zum Fenster hinaus, zwischen Cora und Santoro hindurch, und sehe ein fernes Flugzeug, das sich mit großer Geschwindigkeit höher und höher erhebt. Ich schaue ihm nach. Es fliegt wie durch einen Schleier hindurch, ein kleiner, dunkler Fleck, der über den Himmel dahinflitzt, um schließlich zwischen zwei dunklen, hochaufgetürmten Wolken endgültig zu verschwinden. Ich denke – ich kann nicht anders – neidvoll-sehnsüchtig an das Flugzeug, sehe die Reisenden vor mir: Sie sitzen in zwei Reihen, die Köpfe den Luken zugewandt, sehe die Stewardess, die sich lächelnd zu ihnen hinabbeugt und ihnen Bonbons anbietet, die Leuchtschrift oberhalb der Tür zu der Pilotenkanzel «Nicht rauchen, bitte anschnallen», und ich sage mir, wenn ich wegflöge, könnte auch ich so sitzen, bald schon, sobald ich wollte, und mich entführen lassen, weg, nur weit weg von hier, von Cora, von Baba, von Rom, von allem, es steht nur bei mir, und warum nicht schon morgen. Da sehe ich, daß Baba mich anblickt, mit einem Lächeln, das, gleichsam durch ihren gewohnten schläfrigen Ausdruck hindurch, so wahr ist, so herzbewegend, daß ich mich meiner Gedanken schäme, gleichzeitig aber erfasse, wie sehr es mich schon beherrscht, das verworrendumpfe Gefühl, das ich für Baba empfinde, das sie mir, genauer gesagt, jeweils einzuflößen vermag, unweigerlich, übermächtig, durch ihr bloßes Vorhandensein.

Sonntag, 25. Oktober

Heute las ich *König Ödipus*, jenes Sophokles-Drama, das ich nach meiner Rückkehr aus Persien auf dem Nachttisch gefunden haben wollte. Was mir besonders auffiel: die Verbissenheit des Ödipus, die Wahrheit zu erfahren, nach so vielen Jahren der Zerstreutheit, der Gleichgültigkeit, des Vergessens. Gewiß, Apollos Orakel – es schreibt die Pest in Theben dem Umstand zu, daß die Ermordung des Laios, des einstigen Königs von Theben, noch immer der Sühne harrt – löst diesen Eifer aus. Dennoch bleibt die Vermutung erhalten, Ödipus, der so viele Jahre in Theben verbrachte, inmitten jener Thebaner, die Laios kannten und liebten, an der Seite jener Frau, die des Laios Gattin war, in des Laios eigenem Palast, wohl wissend, daß er sich einst, unter geheimnisvollen Umständen, mit einem Verbrechen befleckte – die Vermutung bleibt, wie gesagt, erhalten, Ödipus habe, im Laufe aller jener Jahre, nicht so sehr nicht gewußt, daß die Frau, der er sich vermählt hatte, die eigene

Mutter war, als nichts wissen wollen. Ich weiß, Glaubhaftigkeit ist nicht Sache der Mythen, doch ich meine annehmen zu dürfen, daß ihrer Unglaubhaftigkeit ein glaubhafter Sinn innewohnt. Was hat sie also zu bedeuten, die unwahrscheinliche Geschichte von dem Mörder, der unwissentlich die Witwe des Opfers freit und niemals, kein einziges Mal im Laufe des jahrelangen vertrauten Zusammenlebens im Gespräch das Verbrechen erwähnt, das sie des Gefährten beraubte, oder, falls er es erwähnt, der Übereinstimmung zwischen dem Bericht der Frau und den näheren Einzelheiten der eigenen Tat nicht gewahr wird? Was soll die Geschichte bedeuten, wenn nicht, daß sich Ödipus, was den Mord an seinem Vater betrifft, mit Absicht blind und taub stellt, es sich unbewußt verwehrt, die schreiende Ähnlichkeit zu sehen, die zwischen seinem Verbrechen und jenem anderen herrscht, dem sein Vorgänger zum Opfer fiel?

In Wahrheit ist Ödipus während der ganzen Zeit von seiner Ankunft in Theben bis zum Ausbruch der Pest unaufmerksam, abwesend, «nicht da», sowohl in seinem Verhalten Jokaste gegenüber als auch der Stadt Theben, kurzum, gegenüber der Wirklichkeit. Ödipus will nicht sehen, was er vor Augen hat; und dies gelingt ihm auch, obwohl um den Preis völliger Wirklichkeitsferne. Denn was vermag «wirklich» zu sein für den Sohn der eigenen Mutter, Bruder der eigenen Söhne, Vater der eigenen Geschwister, Gatten der eigenen Mutter? Nur Betäubung, durch bewußtes Nichtdasein erzielt, macht das Absurd-Irreale eines solchen Lebens erträglich. Hier aber erhebt sich die Frage: Warum ist Ödipus «nicht da»? Weil es sein Vorteil ist, ist die einzig mögliche Antwort. Und daß es sein Vorteil ist, erklärt sich einerseits durch seine Liebe zu Jokaste, ein Gefühl, das sich, da blutschänderisch, nur desto heftiger ausdrückt, wie alle verbotenen Gefühle, andererseits durch Machthunger – vergessen wir nicht: dank Vatermord und Inzest ist Ödipus König geworden –, in erster Linie jedoch durch die angeborene Scheu, der Wahrheit ins Auge zu blicken.

Dieses Vorteilsmotivs allerdings ist sich Ödipus nicht bewußt. Wäre er es, so sähen wir in seiner Geschichte mehr als irgendein Liebesdrama, irgendeine Ehrgeiztragödie. Ödipus weiß nichts. Und deshalb ist seine Tragödie das Drama des Nichtwissenwollens, der ruchlosen, feigen Anmaßung des Nichtzurkenntnisnehmens, der Abkehr, kurzum, des Nichtdaseins. Nun ist aber Ödipus fähig, zu sehen, zur Kenntnis zu nehmen, mit einem Wort, dazusein: Nicht umsonst endet sein Nichtdasein schon beim ersten Ruf des Gewissens. Apollo ist dieses Gewissen – er nötigt ihn mit Hilfe des Orakels, in Teiresias verkörpert, das noch nie erstorben war. Ödipus genießt die Lüste blutschänderischer Ehe, ihm nicht zustehender

Macht, doch der Gott bleibt stets gegenwärtig, allmächtig, alles sehend, läßt, ist die Zeit gekommen, die Wahrheit erdröhnen, erweckt Ödipus aus langem Schlaf. Straft Apollo Ödipus, weil er den Vater ermordet, die Mutter umarmt hat? Oder um seiner Abkehr, seines Nichtdaseins willen, der Wurzel allen Übels? Apollo straft Ödipus, weil er nichts wissen wollte, sich dem Nichtdasein überließ. Der Beweis: Des Ödipus Strafe – Blendung – scheint weniger dem Vatermörder, dem Blutschänder angemessen als dem, der nicht sehen wollte. Kaum aber ist Ödipus blind, wird er sehend, nur scheinbar widersprüchlicherweise, nicht anders als Teiresias, welcher Seher ist, weil er nicht sieht.

Was aber sieht Ödipus nun, da er nach seiner Blendung die Augen auftut, das heißt, sich entschließt, dazusein? Er sieht, daß er Gatte der Mutter, Mörder des Vaters ist, vor allem aber erkennt er, warum und auf welche Weise sein Dasein Nichtdasein wurde. Er begreift, daß sein Verbrechen nicht so sehr darin bestand, gewissen Leidenschaften zu verfallen, als vielmehr in dem Selbstbetrug, diese Leidenschaften nicht zu empfinden, um ihnen im Schutze dieses Wahns straflos erliegen zu können.

Ich weiß, eine solche Deutung der Ödipus-Tragödie, gleichsam ihre Reduzierung auf das psychologische Gefüge, von den üblichen Auslegungen – sei es der traditionellen, sei es der psychoanalytischen – gleichermaßen weit entfernt, eine solche Deutung, wie gesagt, mag willkürlich erscheinen. Allein, mir lag nicht daran, des Ödipus Wahrheit zu finden, sondern meine eigene. Ich durfte mich daher des Mythos bedienen, um mich selbst, meine eigene Lage, besser verstehen zu lernen. Die Fragen zum Beispiel, die Ödipus der Wahrheit näher führen, erinnerten mich daran, daß ich die Absicht hatte, Cora einem ähnlichen Verhör zu unterziehen.

Der anonyme Brief hatte mich auf den Verfall hingewiesen, der in meiner Familie herrschte. Während der Unterredung mit Baba war in mir der Verdacht aufgetaucht, an diesem Verfall der einzig wahrhaft Schuldige zu sein. Dies war aber, wohlgemerkt, vorerst nichts als ein Verdacht. Außerdem, gesetzt den Fall, es verhielte sich wirklich so, sei wirklich mir zuzuschreiben, daß Cora dies Handwerk betrieb – meine Liebe zu ihr war erstorben, ich hatte mich von ihr getrennt, den Wunsch nach normalem Familienleben vielleicht in ihr abgetötet, sie ihrer geheimen Berufung daher gewissermaßen in die Arme getrieben –, so blieb der wichtigste Punkt für mich dennoch ungeklärt: Warum war meine Liebe erstorben? Warum hatte sie eingesetzt? Ich mußte Cora fragen. Nur im Gespräch mit ihr konnte ich die Wahrheit finden, zumindest das Abbild meiner Wahrheit dem Abbild der ihren vergleichen.

Am späten Nachmittag machte ich mich auf den Weg. Coras Salon befand sich in der Gegend Circonvallazione Clodia. Ich war nie dort gewesen. Seinerzeit, in den Jahren, da ich mich Coras noch annahm, hatte sich die Schneiderwerkstätte in einem anderen Bezirk befunden. Ich parkte den Wagen gegenüber, mußte auf Grünlicht warten, um die Straße überqueren zu können, und betrachtete das Haus. Es schien aus einer hellen und einer dunklen Hälfte zu bestehen: Das Erdgeschoß hell beleuchtet – Straßenlampen, Schaufensterbeleuchtung tauchten es in gelbes Licht –, die oberen Stockwerke im Dämmer, kaum unterscheidbar vom schwarzen Hintergrund des Monte Mario. Das Haus war nicht sehr hoch: Die Äste der Platanen rührten an den vierten Stock. Jetzt stand die Ampel auf Grün. Ich überquerte die Straße. Neben dem Hauseingang, auf einer schwarzen Tafel, stand in goldenen Lettern: *Salon Cora*. Flur, Aufzug, erster Stock, zweiter Stock, dritter Stock, vierter Stock. Jetzt stehe ich auf dem Treppenabsatz. Eine Tafel, kleiner als die erste, bezeichnet die Tür, sie ist offen, eine zweite Tür mit großen Milchglasscheiben ist von innen her erhellt. Ich stoße sie auf, es läutet – das Läutwerk wird offenbar vom Öffnen der Tür ausgelöst –, ein Korridor. An seinem Ende sehe ich undeutlich Frauen um einen großen Tisch, einen Zuschneidetisch wahrscheinlich. Eine der Frauen dreht sich um – es ist Cora – und ruft mir zu: «Warte auf mich im Anprobezimmer. Erste Tür rechts.»

Das Anprobezimmer. Ein Diwan, zwei Fauteuils, eine Schneiderpuppe – ein Stoffrumpf auf einer Stange –, ein dreiteiliger Spiegel. Der Spannteppich ist grau, die Möbel sind rot bezogen. Ich nahm Platz, griff nach einer Zeitschrift, durchblätterte sie, legte sie weg, sah mich von neuem um, stand plötzlich wieder auf, von jäher Unruhe befallen, und trat auf den Korridor. Drüben in der Schneiderwerkstatt, jenseits der angelehnten Tür, war ein lebhaftes Gespräch im Gang. Ich wagte mich weiter, öffnete die erste Tür: siehe da, ein Bad – die zweite: eine Küche – die dritte: ein Schlafzimmer. Ich schaltete das Licht an. Der Raum stand dem Anprobezimmer an Unpersönlichkeit nicht nach. Ein riesenhaftes Ehebett – man kam kaum daran vorbei –, zwei Nachttischchen, ein Einbauschrank, alles aus hellem Holz, auf einem hellen Teppich, mit hellen Vorhängen. Ein klarer Fall, dieser Modesalon, da ich um Coras Handwerk wußte. Hätte ich nichts gewußt, vielleicht wäre mir die Bestimmung der Räume entgangen, wie vieles, was sich hinter derlei gesichtslosen Zimmern verbirgt. Denn was sah ich eigentlich? Etwas, dessen graue Alltäglichkeit, dessen vertraute Unscheinbarkeit jenem Mimikry entsprach, das Coras Gewerbe anhaftete, es dem täglichen Einerlei zuordnete, jenem wie selbstverständlichen, allenthalben herrschenden Verfall, der es diesem Gewerbe ermöglichte, zu blühen und zu gedeihen.

Coras Stimme ließ mich zusammenfahren: «Du schaust dir die Wohnung an? Ich habe sie erst seit einem Jahr und alles unverändert gelassen. Sogar ein Schlafzimmer war da.»

«Wozu brauchst du das Schlafzimmer?»

«Manchmal, wenn viel zu tun ist, ruhe ich nach dem Essen hier aus.»

«Also. Bist du fertig? Können wir gehen?»

«Wohin? Was hast du denn vor?»

«Weißt du nicht mehr? Die Auskünfte.»

«Ach so, ja, die Auskünfte. Wir können ja hier reden, nicht?»

«Nein, hier nicht. Gehen wir.»

Sie folgte mir schweigend. Im Aufzug, auf engstem Raum nebeneinander, sahen wir aneinander vorbei. Erst als wir im Auto saßen, fragte sie: «Wohin fahren wir?»

Mir kam ein Gedanke: Wie, wenn ich zu der Via Cassia führe, zu Coras Stundenvilla? Ich war zwar noch nie dort gewesen, doch ich hatte mir die Adresse von Baba geben lassen. Wenn ich vor dem Eingang parkte, gab ich Cora zu verstehen, daß ich Bescheid wußte und brauchte doch kein Wort zu sagen. Ich antwortete: «Ich weiß nicht, vielleicht auf die Via Cassia. Dort bleibe ich dann irgendwo stehen.»

Sie machte keinerlei Bemerkungen. Ich fuhr bis Piazzale di Ponte Milvio, dann die Via Cassia hinauf. Cora saß unbeweglich da, den Oberkörper aufgerichtet, die Hände über der Tasche verschränkt, die sie auf den Knien hielt. So fuhren wir eine Weile und schwiegen. Die Häuser wurden spärlicher. Plötzlich, zwischen begrasten Hügeln, holunderheckenbestanden, kam ein Stück freies Land. Ich wußte, jenseits dieser Strecke begann wieder bebautes Gebiet, und richtig, da sah ich es, ein kleines schwarzes Tor, von roten Ziegelpfeilern gesäumt, einsam inmitten der Hecken. Auf einem der beiden Pfeiler las ich die gesuchte Nummer. Vor dem Tor, glücklicher Zufall, war eine Ausweichstelle. Ich wendete den Wagen, parkte ihn vor dem Tor, den Kühler stadtwärts, stellte den Motor ab, zog die Handbremse an und sah zum Eingang hinüber: Man konnte nichts mehr unterscheiden, es war völlig Nacht geworden. Ein offenbar ansteigender Kiesweg schimmerte undeutlich, weiß, jenseits der Gitterstäbe. Das Haus, vermutlich eine Villa, auf der Anhöhe gelegen, war von der Straße her nicht zu sehen.

Cora hustete mehrmals, öffnete ihre Handtasche, suchte, zog ein gelbes Metallschächtelchen hervor, entnahm ihm eine Pille und schob sie in den Mund. Während dessen tauchten die Scheinwerfer der Wagen, welche die Via Cassia in beiden Richtungen befuhren, bald Coras Gesicht, bald ihren Rücken in grelles Licht. Ich entzündete eine Zigarette am Autofeuerzeug und berührte dabei die Zündschlüssel. Sie schlugen mit scharfem Klicken an das Armaturenbrett. Cora sagte: «Also? Was wolltest du mir sagen?»

Ich sagte rasch: «Ach ja. Ich brauche Auskünfte für den Roman, den ich schreibe.»

«Ach, richtig. Ja, der Roman.»

«Ich habe diesen Roman vor zehn Jahren angefangen – genau vor zehn Jahren – und dann – dann habe ich aufgehört. Jetzt möchte ich weiterschreiben, aber dazu brauche ich von dir ein paar Auskünfte.»

«Schön. Frag. Ich antworte.»

«Der Roman ist unsere Geschichte – soll unsere Geschichte erzählen – vom Augenblick der ersten Begegnung bis zu unserem Hochzeitstag. Ich wüßte gern ...» Hier hielt ich inne, geriet in Verlegenheit. Was wollte ich eigentlich wissen? Ich hätte fragen sollen, was jetzt, augenblicklich, geschah. Das wollte ich aber nicht. Also blieb mir nichts übrig, als zu fragen, was sich seinerzeit, vor zehn Jahren, zwischen uns abgespielt hatte. Aber war nicht auch dies ein Weg, wenn auch ein weniger direkter, der Wahrheit näher zu kommen? «Ich möchte von dir erfahren: Warum habe ich mich – deiner Meinung nach – seinerzeit in dich verliebt, warum habe ich dich geheiratet?»

Sie drehte ein wenig den Kopf, sah mich an, vielleicht ironisch, aus den Augenwinkeln heraus, und sagte: «Das ist eine Frage! Du hast mich gemocht!»

«Und warum? Warum habe ich dich gemocht?»

«Warum mag ein Mann eine Frau? Er mag sie. Schluß.»

«Dann sagen wir: Warum – da ich dich doch mochte – hat die Geschichte geendet, wie sie geendet hat?»

«Wie hat sie denn geendet?»

«Damit, daß ich mich eines Tages für euch nicht mehr interessierte, weder für dich noch für Baba, auf Reisen ging und schließlich in meinem eigenen Haus zu einem Fremden wurde.»

«Den Grund weiß ich nicht. Den wirst du wissen.»

«Angenommen, ich weiß ihn nicht?»

«Soll das heißen, du tust Dinge, ohne zu wissen warum?»

«Tun wir das nicht alle? Nein?»

«Ich hab da so meine Gedanken.»

«Was für Gedanken?»

«Warum interessieren sie dich?»

«Habe ich dir nicht eben gesagt, ich brauche Auskünfte, um meinen Roman zu schreiben?»

«Ach ja! Der Roman.»

«Du glaubst nicht an meinen Roman?»

«Ja und nein.»

«Warum ja und nein?»

«Weil du dich, so weit ich zurückdenken kann, auf diesen Roman herausredest, um zu tun – oder nicht zu tun –, was dir jeweils in den Kram paßt. Auch damals vor zehn Jahren, als du mit mir auf einmal nicht mehr ins Bett gehen wolltest. Da hast du auch den Roman vorgeschoben. Du müßtest dich für ihn aufsparen! Kein Wort davon war wahr. Du hast den Roman nicht geschrieben, aber ins Bett bist du trotzdem gegangen, und wie! Aber nicht mit mir.»

«Woher weißt du das?»

«Ich weiß es.»

«Was hat das damit zu tun? Sag mir lieber deine Gedanken!»

Sie betrachtete mich eine Weile, mit dem anrüchigen Wohlwollen der Kupplerin für ihren Kunden, während sie herauszubekommen sucht, welcher Typ Frau ihm entspräche. «Du hast mich wirklich geliebt. Das steht außer Zweifel.»

«Weiter.»

«Warte. Daß du mich wirklich geliebt hast, das hast du mir auch bewiesen. Es gibt Dinge, die kann man nicht vortäuschen.»

«Ich habe dich auch geheiratet.»

«Das meine ich nicht. Heiraten kann jeder. Ich spreche von der Art, wie du mich damals umarmt hast, bevor wir verheiratet waren.»

«Wie habe ich dich umarmt?»

«Eben wie ein Mann, der liebt.»

«Wie ein Mann, der liebt?»

«Ja.»

«Wie liebt ein Mann, der liebt?»

«So, wie du damals geliebt hast. Weißt du das auch nicht mehr?»

«Ich werde mich benommen haben, wie man sich eben benimmt in so einer Situation.»

«Ja und nein.»

«Ich verstehe nicht. Und du hast mir noch nicht gesagt, warum diese große Liebe so völlig erloschen ist.»

«Weil du etwas gebraucht hast, und zwar etwas ganz Bestimmtes, und weil ich es dir eines Tages nicht mehr gegeben habe.»

«Was habe ich gebraucht?»

«Eine bestimmte Frau. Eine Frau ganz bestimmter Art. Als wir uns kennenlernten, war ich diese Frau – später nicht mehr.»

«Das könnte unter Umständen stimmen. Ich war auf der Suche nach etwas, das ich das ‹Authentische› nannte. Und dieses Authentische glaubte ich in dir zu finden.»

«Das Authentische?»

«Ja.»

«Was heißt das?»

«Rein, unverfälscht, echt – nicht parodistisch.»

«Parodistisch?»

«Von Parodie: ironische Nachahmung.»

«Du mußt mir ein Beispiel geben. Was ist authentisch?»

«Zum Beispiel: aus Trauben gemachter Wein, zum Unterschied von Getränken, die man mit Pulvern anrührt.»

«Was hat das mit mir zu tun?»

«Warte. Ich habe damals gewisse Gefühle gehabt, gewisse Vorstellungen, und auf Grund dieser Gefühle, dieser Vorstellungen war ich davon überzeugt, das sogenannte Volk sei der letzte, einzige Bewahrer alles Authentischen. Du warst eine Frau aus dem Volk, also –»

«– hast du dich in mich verliebt, hast mich geheiratet.»

«Ja.»

«Na also! Wenn du weißt, was zwischen uns los war, was willst du dann noch von mir?»

«Vielleicht irre ich mich.»

«Du irrst dich.»

«Ich irre mich?»

«Ja.»

«Warum?»

«Ich habe es schon gesagt. Ich habe so meine Gedanken, und die sind ganz anders als deine.»

«Sag sie mir.»

«Also paß auf: Das Volk ist durchaus nicht ‹authentischer›, wie du es nennst. Das Volk unterscheidet sich überhaupt nicht von den höheren Schichten, nur: die haben Geld, das Volk nicht.»

«Eben dieser Unterschied läßt das Volk echter erscheinen.»

«So? Mir kommt vor, du nennst echt, was du magst, und was du nicht magst, das nennst du ... Wie hast du vorhin gesagt?»

«Parodistisch.»

«Ja. Parodistisch.»

«Gesetzt den Fall, es wäre so. Weiter!»

«Wenn du mich fragst, so sage ich, ‹authentisch› hast du genannt: erstens, daß ich kein Geld hatte und zweitens eine Art Hure war.»

Wir sahen einander an, das heißt, ich betrachtete sie. Cora hatte sich nicht gerührt, wandte mir nach wie vor das Profil zu, schien aber, aus den Augenwinkeln heraus, die Wirkung ihrer Worte von meinem Gesicht ablesen zu wollen. Die Wirkung war unbestreitbar. Ich hatte den verwirrenden Eindruck, einer optischen Täuschung zu unterliegen, als sähe ich etwas Vertrautes aus einem neuen, ungeahnten Blickwinkel. Ich sagte: «Du hattest kein Geld. Aber du warst keine Hure.»

«Du hast offenbar vergessen, wo wir uns kennenlernten.»

«Im Café, im Gordiani-Viertel. Das weiß ich noch ganz genau.»

«Und wohin sind wir gegangen?»

«Zu dieser Freundin von dir. Wie heißt sie doch? Erminia?»

«Freundin!»

«Wieso? Wart ihr nicht befreundet?»

«Doch, doch.»

«Was willst du damit sagen?»

«Erminia tat nichts umsonst. Wenn sie mir ihr Zimmer geborgt und Männer vorgestellt hat, so nicht aus Herzensgüte. Ich gab es dir zu verstehen. Hast du auch das vergessen?»

«Nein. Aber du hast gesagt, du tätest es längst nicht mehr – hättest es früher getan, früher, als du arbeitslos warst, dann wieder aufgehört. Die Sache war mir nicht wichtig, schließlich habe ich sie ganz vergessen.»

«Ich hatte nicht aufgehört. Ich habe auch noch weitergemacht, als wir uns schon kannten, die ganze Zeit hindurch, bis wir geheiratet haben. Außerdem stimmt es nicht, daß dir die Sache nicht wichtig war.»

«Wieso nicht?»

«Ich mußte dir dauernd erzählen, wie oft ich – mit wem ich – warum – wo zum erstenmal – wann, und so weiter. Gequält hast du mich mit deinen Fragen. ‹Nicht wichtig!› Daß ich nicht lache. Weißt du, wie du mich genannt hast im Bett?»

«Wie habe ich dich genannt?»

Sie wandte sich mir zu, betrachtete mich eine Weile aus ihren gnadenlosen, unmenschlichen blauen Augen und sagte dann langsam, bedächtig, fast ohne die Lippen zu öffnen, nichtsdestoweniger aber deutlich, mit unverkennbarem Genuß: «Du bist meine kleine Hure, meine kleine Bloßfüßige, du bist meine kleine Sau – und lauter ähnliche Dinge. – Und ich habe antworten müssen – das hat dir Spaß gemacht: ‹Du hast ganz recht, jawohl, ich bin deine kleine Hure, ich bin deine kleine Sau, deine kleine Bloßfüßige.› In Wirklichkeit wollte ich gar nicht. Es war nämlich gar nicht wahr, das heißt nur zum Teil; ich bin gar nicht oft auf die Straße gegangen, nur, wenn es nicht anders ging, als letzter Ausweg sozusagen. Du hast aber auf diese Sache so großen Wert gelegt, daß ich dir den Willen tat.» Und sie fügte nach einem Moment des Schweigens nachsichtig hinzu: «Daß wir uns recht verstehen, es ist ja nichts weiter dabei, dergleichen Dinge sagt man im Bett. Natürlich jetzt, sozusagen nüchtern, hören sie sich merkwürdig an. Nur laß mich, bitte, in Frieden mit ‹Authentischem› und so weiter.»

Ich antwortete nicht sogleich. Ich mußte überlegen. Vielleicht sprach Cora die Wahrheit. Vielleicht hatte ich dergleichen wirklich einmal gesagt, aber wenn, dann nicht öfter als einmal, oder höchstens zweimal. Es waren ja wirklich Worte, sie gab es selber zu, die man während des Liebesaktes, gleichsam ohne es zu merken, vor sich hin sagen mochte. Jedenfalls war es bezeichnend, daß sie von all den Dingen, die ich gesagt haben mußte, gerade diese im Gedächtnis behalten hatte. Und ich gab schließlich zu: «Ich hatte vollkommen vergessen, so etwas jemals gesagt zu haben.»

«Ich nicht. Ich hab's nicht vergessen.»

«Warum nicht?»

«Weil du diese Worte auf eine Art gesagt hast, die mich gefreut hat.»

«So? Auf was für eine Art?»

«Leidenschaftlich.»

«Leidenschaftlich?»

«Jawohl. Weißt du, was du noch gesagt hast?»

«Was habe ich noch gesagt?»

«Wenn ich mich entschuldigte, daß meine Wäsche nicht schön war, geflickt und so weiter –»

«Was?»

«Du hast gesagt: ‹Wenn du zu mir kommst, zieh ja keine andere an. Deine löcherige Hose, dein geflicktes Hemd, dein Baumwollunterkleid, deine Laufmaschenstrümpfe – die regen mich zehnmal mehr auf als die ganze Seidenwäsche der Damen meiner Kreise.› Hast du eine Wut gehabt, auf die Damen deiner Kreise! Du hast sie auf den Tod gehaßt, so sehr, daß ich dich einmal fragte, ob du vielleicht Kommunist wärst.»

«Was hatte das damit zu tun?»

«Du hast jedenfalls geredet, als ob du einer wärst.»

«Und was habe ich zur Antwort gegeben?»

«Daß du Parteimitglied bist.»

Ich widersprach lebhaft: «Unmöglich!»

«Ehrenwort! Wieso unmöglich? Wo du doch Parteimitglied warst.»

Ich geriet in Verwirrung. Ich war niemals Mitglied der Kommunistischen Partei gewesen. Und ich konnte nicht umhin, festzustellen, daß es mich weniger verdroß, die abscheulichen Worte zuzugeben, die ich laut Cora während der Liebe gesagt hatte, als einzugestehen, einer Sache wegen gelogen zu haben, die – wie die Frage der Zugehörigkeit zu einer politischen Partei – mit Liebe so wenig zu tun hatte. Ich merkte, daß ich mich schämte, und versuchte abzuschwächen: «Ich wollte lediglich sagen, daß es mir sonderbar vorkommt, mich dir gegenüber gerühmt zu haben, bei der Partei zu sein. Das hatte doch mit uns beiden nicht das geringste zu tun.»

«Du hast dich nicht gerühmt. Du hast gesagt, du bist dabei. Weißt du, was du noch getan hast?»

«Was habe ich noch getan?»

«Du hast meine Hose genommen – sie war wirklich ein einziges Loch und nicht einmal gar so sauber – und sie leidenschaftlich geküßt.»

«Leidenschaftlich?»

«Ja, leidenschaftlich.»

«Jetzt machst du mich obendrein auch noch zum Fetischisten.»

«Was ist das, ein Fetischist?»

«Ein Mann, den Gegenstände sinnlich erregen.»

Cora sagte langsam, als dächte sie nach: «Nein, Fetischist warst du keiner, du hast mich ehrlich geliebt, dich hat damals alles erregt, was zu mir in Beziehung stand, nicht nur meine Hose.»

«Was noch?»

«Das ganze Gordiani-Viertel. Hast du vergessen, daß du mit mir unbedingt hingehen wolltest?»

«Ich erinnere mich dunkel.»

«Dunkel? Wir waren mindestens viermal dort! Ich war dort aufgewachsen, im Gordiani-Viertel, aber damals wohnte ich längst woanders. Du wolltest trotzdem hin. Und als wir dann endlich dort waren, wolltest du nicht mehr weg.»

«Was wollte ich denn?»

«Alles sehen. In welcher Baracke wir gewohnt hatten, wie sie innen aussah, wer unsere Nachbarn waren, welchen Männern ich begegnet war, alles. Du wolltest sogar mit ins Café, und ich sollte dich dem Kellner als meinen Verlobten vorstellen.»

«Was ist da Schlimmes daran?»

«Nichts Schlimmes. Im Gegenteil. Du wolltest das Waschhaus sehen, wo ich als kleines Mädchen die Wäsche gewaschen hatte, den Brunnen, wo ich Wasser holte, die Kneipe, in die ich für meinen Vater Zigarren kaufen ging, sogar das öffentliche Klo für Leute, wie wir es waren, die zu Hause nichts dergleichen hatten und dann ... Weißt du noch?»

«Was?»

«Dann wolltest du mit mir schlafen, unbedingt, dort, in einer der Baracken. Und ich mußte reden und reden, bis eine gewisse Elda

– sie war nicht von gestern, diese Elda – uns endlich ihr Zimmer lieh. Ich sagte, wir wüßten nicht, wohin wir gehen sollten. Und weißt du, was du mir gesagt hast, damals, dort in der Baracke?»

«Was für ein Gedächtnis!»

«Schönes vergißt man nicht. Du hast mir gesagt, während du mich wie wild geküßt hast: ‹Ich finde es wundervoll, daß du in diesem Viertel geboren und großgeworden bist, daß deine Mutter Wäscherin ist, dein Vater Gärtner, daß du Dialekt sprichst, ordinäre Worte verwendest, daß du ungebildet bist, daß du eine Tochter hast, deren Vater niemand kennt. Wenn ich wüßte, du wärst eine Diebin, hätte ich dich noch viel lieber!› Und da habe ich dir zuliebe behauptet, ich wäre eine Diebin. Erinnerst du dich?»

«Nein, oder – ja: Ich erinnere mich an eine Sache in einer Villa. Ein Pelzdiebstahl, nicht, oder Kleider, oder so etwas Ähnliches?»

«Ja.»

«Und es war nicht wahr?»

«Es war wahr, aber ich hatte nichts damit zu tun.»

«Wer denn?»

«Eine gewisse Pina, ein Mädchen aus dem Viertel.»

«Und wie habe ich reagiert?»

«Du hast gar nicht aufgehört, mich zu küssen und zu umarmen, hast in einem fort gesagt: ‹Meine einzige kleine Diebin, mein süßes Diebsgesicht, mein Galgenvögelchen!› Du warst ganz versessen darauf, in mir eine Diebin zu sehen, ja, und von diesem Tag an hast du mir keine Ruhe gelassen, du wolltest die zwei Burschen kennenlernen, meine angeblichen Komplicen, hast dauernd Fragen gestellt – was wir gestohlen hätten, wo, und wieviel der Hehler uns dafür gegeben hätte. Schließlich blieb mir nichts anderes übrig, als mich an Pina zu wenden – Pina war die echte Diebin – und mir erzählen zu lassen, wie alles gewesen war.»

«Unter welchem Vorwand?»

«Ich habe ihr gesagt, du wärst Schriftsteller, hättest ein Buch in Arbeit, ein Buch über uns, die Leute aus dem Gordiani-Viertel. Und von diesem Tag an war in deiner Brieftasche nicht nur mein Bild, sondern auch ein Zeitungsausschnitt – der Bericht über den bewußten Diebstahl. Daß mit den Worten ‹die unbekannten Täter› auch ich gemeint war – diese Vorstellung hat dich erheitert.»

«Das kann schon stimmen.»

«Du bist damals auch des öfteren zu dieser Villa gegangen, wo der Diebstahl geschehen war, das hast du mir wenigstens gesagt. Du hast sie dir angesehen und dich darüber gefreut, daß ich nachts dort etwas gestohlen hatte. Dabei war ich nie dort gewesen.»

Ich wollte ironisch bemerken: Ebensowenig wie ich bei der Kommunistischen Partei, hielt mich jedoch zurück. Cora fuhr fort: «Das waren Kleinigkeiten. Am meisten aufgeregt hat dich, daß ich mich – wenn auch nicht sehr oft – verkauft hatte, ja, ich mußte mit dir sogar zu der Vermieterin, bei der ich, Jahre vorher, mit Männern gewesen war, und du wolltest unbedingt in einem dieser Zimmer schlafen, in einem dieser Stundenzimmer, die so kalt sind, so häßlich, du, der eine so schöne Wohnung hatte. Ich habe mich beinahe geschämt, mit dir – wie in einem Stück – dasselbe zu wiederholen, was ich Jahre vorher aus purer Not getan hatte, aber dann dachte ich, jeder liebt auf seine Weise und du müßtest, um mich lieben zu können, in mir eine Bettlerin sehen, eine Diebin oder eine Hure.»

«Schöne Liebe!»

Sie sah mich an. Und unvermittelt, wie ein plötzlicher Windstoß an windstillen Tagen den Baum erfaßt und beugt, daß jedes einzelne Blatt erzittert, so durchbebte jähe Erinnerung ihre sonst so gebändigte Starre. Ich sah ihre Augen erglänzen, die Nasenflügel erzittern; ihre Brust hob sich, und sie sagte mit beherrschter Stimme, aus der jedoch Stolz und Zufriedenheit klangen: «Du kannst es ruhig laut sagen. Sie war schön unsere Liebe, schön, leidenschaftlich, heiß. Keine oberflächliche Liebe. Nein, sie war tief, eine Liebe, wie es nicht oft eine gibt, und heutzutage schon gar nicht.» Sie schwieg einen Augenblick und schloß dann, den Blick geradeaus gerichtet: «Ich habe dich geliebt, du hast mich geliebt, und unsere Liebe war von der Art, die ein ganzes Leben lang vorhält.»

«Dann erklär mir bitte, warum sie nur ein paar Jahre gedauert hat.»

«Logisch. Ich habe dir gefallen, du hast mich geliebt. Warum? Weil ich arm war und eine Art Hure, weil ich dir vorgelogen hatte, sogar eine Diebin zu sein. Dann aber, nach unserer Hochzeit, da war ich plötzlich eine Dame wie alle die anderen auch, habe dir nicht mehr gefallen, und deine Liebe war dahin.»

«Logisch, wie du behauptest. Vielleicht etwas zu logisch, nein?»

«Du glaubst mir nicht?»

«Ich glaube, du glaubst, die Wahrheit zu sprechen.»

«Ich spreche die Wahrheit. Ich weiß es. Ich habe Beweise.»

«Beweise? Beweise wofür?»

«Daß das, was ich sage, wahr ist.»

«Was sind das für Beweise?»

«Die Sache mit Gianna zum Beispiel.»

«Gianna? Wer ist Gianna?»

«Gianna war bei mir angestellt. Ein schönes, schwarzhaariges Mädchen, arm, ungebildet, einfach, die Tochter eines Maurers. Das war genau zu der Zeit, als du mich nicht mehr wolltest. Ich wollte sehen, ob ich recht hatte, wollte es darauf ankommen lassen. Also habe ich dir Gianna geschickt.»

Gianna –. Dieser Name weckte in meiner Erinnerung etwas Bestimmtes. Jetzt wußte ich, wer sie war: Das erste der zahlreichen Callgirls, die sich mir unmittelbar nach dem Zusammenbruch meiner Liebe zu Cora telefonisch angeboten hatten.

«Du hast mir damals Gianna geschickt?»

«Ja.»

«Warum? Warum hast du das getan?»

«Ich habe es dir schon gesagt: um den Beweis zu haben.»

«Was denn für einen Beweis?»

«Daß du nur einen bestimmten Frauentyp lieben konntest. Mich nur deshalb nicht mehr mochtest, weil ich dieser Typ nicht mehr war.»

«Und ein solches Experiment war dir nicht widerwärtig? Du sagst doch, du hast mich geliebt?»

«Ja, ich habe dich geliebt. Aber ich wußte genau, du mochtest mich nicht mehr, und als ich dir Gianna schickte, ist es mir vorgekommen, als könnte ich über sie – ich weiß nicht, wie ich's ausdrükken soll – weiter mit dir verkehren, sozusagen indirekt.»

«Erfinderisch! Wie hast du Gianna dazu gebracht, mich anzurufen?»

Sie betrachtete mich eine Weile, grausam, unerschrocken, und sagte: «Ich stellte sie vor die Wahl. Wenn sie anrief, bekam sie ein Kleid, wenn nicht, hätte ich sie entlassen.»

«Gianna war nicht die einzige. Dann kamen andere. Waren das auch deine Arbeiterinnen? Kamen die auch von dir?»

Sie sagte, jetzt lebhafter, schamlos-professionell: «Ja. Ich wollte dich weiterlieben, wenn auch, wie gesagt, indirekt. Ich wies diese Mädchen an, sie sollten sich einfach geben, vulgär und ungebildet, Dialekt sprechen und so weiter. Für die meisten galt das sowieso. Die brauchten dir nichts vorzumachen.»

«Kompliment! Deine Arbeiterinnen waren wirklich sehr gefügig.»

«Ein Mädchen in diesem Alter geht mit dem erstbesten ins Bett. Ein Naturgesetz, sonst nichts. Wenn man ihnen den richtigen Weg zeigt, gehen sie von selber weiter.»

«Du hast ihn ihnen gezeigt.»

«Sie taten es auch mir zuliebe. Sie wußten, du warst mein Mann.»

«Sie haben wahrscheinlich gedacht, ich stecke hinter der Sache, zwinge dich, sie zu verkuppeln.»

«Es kann dir doch gleichgültig sein, was sie gedacht haben. Nicht?»

«Hat sich denn keine aufgelehnt? Keine geweigert? Waren sie samt und sonders wirklich von dieser Art?»

«Was interessiert dich das? Lauter anständige Mädchen. Heute sind sie fast alle verheiratet, einige haben schon Kinder. Das hat überhaupt nichts zu sagen.»

«Was meinst du damit: nichts zu sagen?»

«Daß man sehr wohl etwas tun kann, und auch das Gegenteil.»

Endlich, dachte ich, sprach sie zu mir in der Fachsprache ihres Gewerbes, ruhig und rückhaltlos. Wie geschickt, wie unmerkbar-allmählich – ich konnte nicht umhin, sie zu bewundern – war sie zu dem Eingeständnis ihres Berufes gelangt, ohne jedoch das geringste zugegeben zu haben. Ich sagte:

«Ich verstehe eines nicht. Du sagst, du hättest mich – indirekt – weitergeliebt? Mußten dir die Mädchen erzählen, was vorgefallen war?»

«Ja.»

«Und das taten sie?»

«Ja. Weißt du was?»

«Was?»

«Stell dir vor, einmal, da habe ich mich im Nebenzimmer versteckt und euch dabei zugeschaut, dir und einem meiner Mädchen.»

«Das hast du getan?»

«Jawohl. Und dabei habe ich gesehen – du warst ganz unverändert.»

«Inwiefern unverändert?»

«Nach wie vor dasselbe Schwein.»

«Danke.»

«Du bist doch nicht böse?»

«Ich bin nicht böse.»

«Mein Gott, ich weiß ja, bei der Liebe, da schaut man nicht anders drein.»

«Nein. Aber sag einmal...»

«Was?»

«Diese ‹indirekte Liebe› – hast du derlei Beziehungen auch zu anderen Männern gehabt?»

«Was willst du damit sagen?»

«Ob du auch anderen Männern zu Mädchen verholfen hast?»

Sie zögerte eine Sekunde. Wahrscheinlich fragte sie sich, ob es richtig war, in aller Offenheit ihren Beruf einzugestehen. Schließlich sagte sie, völlig ruhig: «Natürlich nicht. Nur dir. Ich bin keine Kupplerin.»

«Du hast mir aber gesagt, du hättest aus Liebe gehandelt. Seither sind zehn Jahre vergangen. Du hättest dich schließlich seitdem in jemand anderen verlieben können.»

«In niemanden.»

«Bist du sicher?»

«Na hör einmal!»

«Du hast also nur mich geliebt?»

«Ja.»

«Und liebst mich noch immer?»

«Ja.»

«Tatsächlich? Du liebst mich noch immer?»

«Ich habe es schon gesagt.»

«Wenn ich dich also bitten würde, mir wieder ein Mädchen zu schicken, so tätest du's?»

«Natürlich.»

«Schade.»

«Schade? Warum?»

«Weil deine Anschauungen sich im Laufe der letzten zehn Jahre überhaupt nicht verändert haben. Meine schon.»

«Deine schon? Was hattest du für welche?»

«Ich sagte es vorhin. Ich war auf der Suche nach dem Echten, nach dem Authentischen, nach etwas jedenfalls, das mir das Authentische erschien.»

«Jetzt glaubst du nicht mehr daran?»

«Nein.»

«Warum glaubst du nicht mehr daran?»

«Warum hört man eines Tages auf, an eine Sache zu glauben? Wahrscheinlich, weil man entdeckt, daß es diese Sache nicht gibt.»

«Heißt das, du bist daraufgekommen, daß es das Authentische nicht gibt?»

«Wenn du so willst.»

«Ich habe mich nicht verändert.»

«Das habe ich gemerkt.»

«Ich glaube an die Liebe, ich glaube noch immer an sie.»

«Das ist mir klargeworden.»

«Ich habe dich geliebt, ich liebe dich noch immer. Für dich, das kannst du mir glauben, täte ich sogar etwas, was du dir in deinen kühnsten Träumen nicht einmal vorstellen würdest.»

«Was?»

«Gott weiß, ich liebe Baba, aber wenn du in Baba verliebt wärst und wenn es, sagen wir, ausschließlich von mir abhinge, ob du sie bekämst oder nicht – ich würde keinen Moment zögern.»

Darauf war ich nicht gefaßt. Ich verharrte schweigend, verblüfft, hatte die größte Mühe, meine Betroffenheit zu verbergen. Denn Cora beobachtete mich, als wollte sie aus meinem Gesicht ersehen, ob ich ihr verschleiertes Angebot annähme oder nicht. Und in diesen Sekunden des Schweigens erkannte ich: Ich liebte Baba, und meine Liebe zu ihr beruhte nicht nur auf dem Umstand, daß sie meine Tochter war, genauer gesagt, auf dem Umstand, daß ich sie als solche betrachtete, sondern auch auf der Tatsache, daß sie eine solche Mutter hatte, eine Mutter wie Cora, die ihre Tochter schon einmal schamlos feilgeboten hatte und nun nicht davor zurückscheute, es ein zweites Mal zu tun. Ich konnte mir auch nicht verhehlen, daß mir Cora ins Herz geblickt, mit unfehlbarem Kupplerinneninstinkt eine Wahrheit entschleiert hatte, eine Tatsache, die ich mir selber niemals eingestanden hätte – dazu war ich zu feig –, kurzum, daß sie sogar mit mir, mittelbar, andeutungsweise, ihr Gewerbe zu betreiben suchte. Ich ließ mir jedoch nichts anmerken – zumindest hoffte ich, daß mir dies gelang –, denn ich war mir sehr wohl bewußt, daß Cora mich musterte, und fragte langsam, vorsichtig: «Bei Baba tätest du's auch, um mich – wie hast du gesagt? – indirekt weiterzulieben?»

«Ja.»

«Wie schön, so sehr geliebt zu werden. Allerdings: Liebst du auch Baba?»

«Glaubst du mir nicht?»

«O doch! Allerdings – zwischen den Fakten besteht ein Widerspruch.»

«Fakten? Zwischen was für Fakten?»

«Zwischen den Tatsachen, daß du einerseits Baba liebst, andererseits aber imstande bist, unsere – Babas und meine – zum Glück rein imaginären Beziehungen zu fördern.»

«Habe ich vielleicht gesagt, ich täte es für jeden? Ich sagte, ich täte es für dich.»

«Kein großer Unterschied. Zumindest, was Baba betrifft.»

«Warum sollte eine Mutter nicht wünschen, daß sich ihre Tochter in einen bestimmten Mann verliebt?»

«Warum nicht. Es ist nichts dagegen einzuwenden. Du vergißt lediglich, daß Baba meine Tochter ist.»

«Stieftochter.»

«Schön, Stieftochter. Und daß ein sexuelles Verhältnis zwischen Baba und dem ‹bestimmten Mann› einem Inzest gleichkäme.»

«Ich weiß nichts von Inzesten. Ich weiß nur – und das kannst du mir glauben –, wenn du Baba lieben würdest, wäre sie für dich weder Tochter noch Stieftochter, noch sonst was, sondern einfach die Frau, die du liebst, und sonst nichts, Punkt, basta.»

«Richtig! Doch ich meinte nicht mich.»

«Wen denn?»

«Dich.»

«Mich? Wieso? Was habe ich damit zu tun?»

«Möglich, daß Baba für mich weder Tochter noch Stieftochter ist. Für dich aber ist und bleibt sie, was immer geschieht, deine Tochter. Das solltest du nie vergessen können, nicht einmal eine Sekunde.»

«Natürlich nicht.»

«Siehst du. Jetzt sag mir: Wie kann eine Mutter ihrer Tochter Böses wünschen?»

«Wer sagt, daß ich meiner Tochter Böses wünsche?»

«Du hast es selber vorhin gesagt.»

«Und was ist das, dieses ‹Böse›?»

«Liebe zwischen ihr und mir.»

«Aber wir haben doch festgestellt, daß du mit ihr nicht verwandt bist! Was ist da Böses daran, wenn eine Mutter wünscht, ihre Tochter soll einen Mann lieben, der nicht mit ihr verwandt ist?»

«Jetzt sind wir wieder, wo wir waren. Angenommen, die Mutter will, die Tochter soll einen Mann lieben, der nicht mit ihr verwandt ist, und die Tochter ist erst vierzehn? Wäre das auch nichts Böses?»

«Baba ist aber nicht vierzehn. Baba ist zwanzig.»

«Angenommen, sie wäre vierzehn.»

«Weißt du, daß du sonderbar bist?»

«Sonderbar? Wieso?»

«Weil du dir in den Kopf setzt, Baba soll vierzehn sein.»

«Sie war vierzehn, vor sechs Jahren.»

«Mit der Zeit kommt mir langsam der Gedanke, du magst kleine Mädchen.»

«Ein merkwürdiger Gedanke.»

«Baba ist zwanzig und selbständig, Baba tut, was sie will. Was ich vorhin gesagt habe – das war nur so hingesagt.»

«Das gilt auch für meine Antwort.»

«Wozu reden wir denn davon?»

«Das frage ich mich ebenfalls.»

Wir schwiegen eine Weile. Cora hatte sich wacker verteidigt, das mußte ich ihr zugestehen, auf die wirksamste Art, nämlich durch den Angriff. Ich hatte ihr unvermittelt Ereignisse vorgeworfen, die nun sechs Jahre zurücklagen. Sie hatte blitzschnell pariert, und zwar mit der Anschuldigung, ich liebte kleine Mädchen. Ich fühlte mich plötzlich sehr müde, wie nach einem langen Zweikampf, dessen Gefährlichkeit weniger auf der Schärfe der Waffen beruht hatte als auf der Unmöglichkeit, sich ihrer richtig zu bedienen. Ich sagte langsam: «Jedenfalls vielen Dank. Du hast mir mit meinem Roman ein gutes Stück weitergeholfen.»

«Ach ja, der Roman! Den hatte ich ganz vergessen.»

«Warum? Ich sagte dir doch, ich wollte dich deshalb sprechen.»

«Jaja, das hast du gesagt. Aber ich hatte es vergessen. Mit der Zeit hatte ich nämlich den Eindruck, es war dir ernst damit.»

«Womit?»

«Ernst damit, etwas erfahren zu wollen.»

«Es ist mir ernst mit dem Roman. Oder meinst du, es ist nichts Ernstes, einen Roman schreiben zu wollen?»

«Doch, doch. Ich sage ja nichts. Aber wirklich ernst ist, was man tut, nicht, was man in einem Roman schreibt.»

«Und warum, deiner Meinung nach, tut man diese ‹ernsten› Dinge?»

«Aus denselben Gründen wahrscheinlich, weshalb man alles tut: weil man Lust dazu hat.»

«Nun, leider, was mich betrifft: Nichtstun heißt, etwas tun, und – etwas tun, heißt nichts tun.»

«Was soll das sein? Ein Rätsel?»

«Nein. Das zu tun, was du ernst nennst, kommt mir wie Nichtstun vor. Nichtstun hingegen, ich meine, was du Nichtstun nennen würdest, zum Beispiel, einen Roman zu schreiben – das ist für mich ernste Arbeit.»

«Das heißt also, Ernstes tun, bedeutet für dich nichts tun? Warum?»

«Da gibt's kein Warum. Es ist so.»

«Sag mir ein Beispiel, wenn ich dich verstehen soll.»

«Bitte sehr: unsere Ehe. Gewiß eine ernste Sache. Ich habe sie seinerzeit auch durchaus ernst genommen. Das Ergebnis ist dir bekannt.»

«Aber du hast gehandelt, hast etwas getan, nicht wahr? Du hast mich geheiratet. Eines geht ins andere über.»

«Genau. Eines ins andere. So ist auch die Welt entstanden. Und heute besteht sie noch. Eines geht ins andere über. Hitler war ein Ungeheuer. Doch die Deutschen haben ihm geglaubt, und das hat zum Krieg geführt, zu fünfzig Millionen Toten. Eines geht ins andere über.»

«Was hat Hitler damit zu tun?»

«So viel und so wenig wie alles. Oder war Babas Vater vielleicht nicht ein deutscher Soldat? Und ist Baba nicht hübsch?» Sie fragte es herausfordernd, mit einem ironischen Seitenblick aus ihren sprühenden Augen. Ich sagte: «Wir müssen fahren. Wir können nicht in alle Ewigkeit vor diesem Tor stehenbleiben. Wir verstellen ja den Weg, falls jemand hinauffahren will.»

Sie sagte nichts, setzte sich nur so zurecht, daß sie mir das Gesicht zuwandte – ihre Art, abwesend zu sein –, doch ich gab nicht nach und sagte, während ich den Zündschlüssel drehte: «Ich wüßte gern, wem es gehört, dieses geheimnisvolle Haus ohne Namen.»

«Ohne Namen? Warum ohne Namen? Wie sollte es denn heißen?»

«Ich weiß nicht. Villa soundso. Villa Cora.»

«Warum Cora?»

«Ein Name wie jeder andere. Vielleicht ist er mir eingefallen, weil du hier neben mir sitzt.»

«Ich wollte, ich hätte so ein Haus.»

Ich sagte nichts – das Versteckspiel mochte ewig so weitergehen –, trat auf das Gaspedal und reihte mich in die Kolonne ein, die Richtung Rom zurückfuhr.

Donnerstag, 29. Oktober

«Hast du das Gespräch mit Cora wahrheitsgetreu wiedergegeben?»

«Ja.»

«Bist du dessen sicher?»

«Ja.»

«Ganz sicher?»

«Ja, ganz sicher.»

«Gut, lesen wir gemeinsam nach, untersuchen wir gemeinsam, ob diese Sicherheit wirklich gerechtfertigt ist.»

«Lesen wir nach. Bitte sehr. Der Dialog stimmt genau. Vielleicht habe ich, hie und da, ein Wort ausgelassen, aber der Sinn ist unangetastet geblieben, allerdings . . .»

«Allerdings –?»

«Allerdings hast du recht. Jetzt fällt es mir ebenfalls auf. Wie üblich – wer weiß, warum – war ich nicht ganz aufrichtig.»

«‹Wer weiß, warum?› Soso. Spiel nicht den Unschuldigen, den Vergeßlichen, den Dichter im Feuer des Schaffens! Du bist das alles nicht. Du weißt so gut wie ich, daß du unaufrichtig warst, weißt, wo du es warst und warum.»

«Bitte, ich gebe zu, ich war nicht ganz aufrichtig, und zwar an jener Stelle, wo Cora mir anbietet – ihrem Beruf getreu, doch ganz uneigennützigerweise –, Beziehungen zwischen mir und Baba anzuknüpfen und zu fördern. In Wirklichkeit sagte Cora nichts dergleichen. Von Baba war gar nicht die Rede. Ich habe keine Ahnung, was mich bewogen hat, unserer Unterhaltung dieses Nachspiel beizufügen. Vielleicht, weil ich Cora im Grunde eines solchen Angebots durchaus für fähig halte, der Vorschlag zwar unterblieben, aber glaubwürdig ist und mir es daher erleichtert, Coras Wesen zu veranschaulichen.»

«Siehe da. Coras Wesen. Und warum nicht deins?»

«Meins? Was habe ich damit zu tun? Wer hat den Vorschlag gemacht, ich oder Cora? Wer hat Baba ins Stundenzimmer mitgenommen? Ich habe mich aufs Zuhören beschränkt, und darauf, selbstverständlich, den Abscheu zu empfinden, der solch einem Angebot zukommt.»

«Du hast den Vorschlag nicht gemacht, Baba nicht ins Stundenzimmer mitgenommen, du beschränkst dich darauf, zuzuhören und Abscheu zu empfinden, doch dafür, du Pharisäer, erfindest du in Bausch und Bogen, daß Cora den Vorschlag gemacht hat, kurzum, dichtest diese Lüge oder Tagebuchwahrheit hinzu. Das kannst du nicht leugnen.»

«Nein. Aber ich sagte schon: Wahrscheinlich tat ich es deshalb, weil es mir logisch erschien, ganz logisch und natürlich, daß Cora mir – nach all den anderen Mädchen – schließlich auch Baba anböte.»

«Logisch und natürlich, sagst du? Daß ich nicht lache, mein Lieber. Vielmehr ist es logisch und natürlich, daß du an dieser Idee Gefallen gefunden hast.»

«Gefallen? Ich? Warum?»

«Weil du in Baba verliebt bist, auf jene besondere Art, die durch eure Verwandtschaft bedingt ist sowie durch dein Verhältnis zu Cora.»

«Und?»

«Der Gedanke behagt dir, die Mutter hätte dir die Tochter angeboten, du könntest Baba womöglich in jener Wohnung besitzen, in einem der Stundenzimmer – die Vorstellung behagt dir, und nicht zum erstenmal, Baba sei ein Ding, das du kaufst, und zwar bei ihrer Mutter.»

«Ist das so? Bist du dessen sicher?»

«Jawohl, ich bin dessen sicher, insofern man einer Sache überhaupt sicher sein kann. Und daß der Verdacht berechtigt ist, das wirst du zugeben müssen.»

«Dann kann aber alles falsch sein, verlogen, unwahr, verfälscht! Ich kann auch erfunden haben, daß Cora Callgirls und Männern Zimmer zur Verfügung hält, daß sie ihre vierzehnjährige Tochter in ein solches Zimmer führte, daß ich dort war und so weiter. All das hätte ich erfinden können, weil ich meine Stieftochter liebe und, um sie lieben zu können, der Vorstellung bedarf, ihre Mutter sei Kupplerin und hätte vor sechs Jahren die Tochter verkauft. Mit anderen Worten: Objektiv wahr bleibt ausschließlich, daß ich Baba liebe. Sonst nichts.»

«Bring jetzt nicht alles durcheinander, nur um dich zu rechtfertigen! Du weißt sehr genau, daß Cora tatsächlich Stundenzimmer vermietet, daß Baba die Wahrheit sprach, als sie sagte, ihre Mutter hätte sie in solch ein Zimmer geführt, daß das Haus existiert, daß du es selber gesehen, sogar betreten hast, und schließlich, daß dein Roman, solltest du ihn jemals schreiben, zweierlei Wahrheit enthalten wird, objektive und subjektive, obgleich eine solche Trennung – und auch das weißt du genau – im Grunde nicht existiert. Du selber bist der Roman. Es liegt daher nur an dir . . .»

«Was?»

«Völlig du selbst zu sein, rückhaltlos, vorbehaltlos, dir Widerfahrenes zu trennen von nur angeblich Erlebtem, der Ursachen bewußt zu bleiben, die dich bewogen, gerade dies und nichts anderes zu erfinden.»

Samstag, 31. Oktober

Und das graue Einerlei, das meinem Roman felsengleich zugrunde liegen sollte? Wiederum war es der Wucht dramatischen Geschehens gewichen. Ich hatte beabsichtigt, den Roman ohne Handlung zu schreiben, in mein Tagebuch Tag für Tag die Dinge einzutragen, die einander folgten, sinnlos, bedeutungslos, ungesucht, ungewollt. Und was war geschehen? Ich sah mich Ereignissen gegenüber, deren Dramatik, bedeutungsvoll und durchaus folgerichtig, nach sorgsamer Darlegung verlangte und mich obendrein nötigte, Standpunkte zu beziehen. Doch halt – war diese Geschichte, die so dramatisch wirkte, vielleicht in Wirklichkeit gar nicht dramatisch? Ich glaube, ich erwähnte die Möglichkeit. Vielleicht gibt es keine Entwicklung. Vielleicht ist jede Entwicklung im Grunde Illusion. Vielleicht ist, was mir geschieht, ebenso normal, so alltäglich wie alles Alltägliche. Findet Alltäglichkeit nicht vielfältige Ausdrucksformen? Das wurde mir heute bewußt, während des kurzen Spaziergangs, den ich morgens vor der Arbeit zu unternehmen pflege. Dieser Spaziergang vollzieht sich seit Jahren auf die gleiche Weise, allmorgendlich während der Zeit, die ich zwischen zwei Reisen in Rom verbringe, und stellt daher für mich ein Höchstmaß an Alltäglichkeit dar, eine Kette von Handlungen, welche durch Gewohnheit und oftmalige Wiederholung keinen Platz für Willkür bietet und daher beinahe schon dem Bereich des Reflexhaften zugehört.

Auch heute verließ ich das Haus und ging durch die Via Mazzini zu dem Zeitungskiosk an der Kreuzung. Der Zeitungsverkäufer – ich kenne ihn – ist ein Mann in der Blüte der Jahre, wie man zu sagen pflegt, mit dunklem, stumpfem Gesicht, kleinen, hervorquellenden Augen, einer Hakennase, einem Kinn, das die Nase zu berühren scheint, und einem struppigen Schnauzbart. Sein Gesicht erinnert an das Aussehen eines sehr scharfen, dummen, unbedingt verläßlichen Wachhundes, und richtig, er verkriecht sich in seinem Kiosk wie ein Wachhund in seine Hütte, bereit, würde man fast glauben, nach jeder Hand zu schnappen, die sich, eine Zeitung wählend, in seine Höhle wagt. Der Zeitungsmann – auch er kennt mich – hat mich erkannt und begrüßt: «Guten Morgen, Signor Merighi! Wann geht's wieder auf große Fahrt?» Ohne zu fragen, gab er mir mit Diktatoren-Gebärde die Morgenzeitungen, die ich seit Jahren lese, seit zehn Jahren mindestens; ich klemmte sie unter den Arm, zahlte, und ging weiter, zum Café an der nächsten Ecke.

Ich trat ein, ging zu der Theke, stützte die Ellbogen auf, bestellte einen Kaffee und sah mich dann genau um, obwohl ich das Café kenne und es wahrlich nichts enthält, das des Betrachtens wert wäre. Die Theke – die obere Hälfte aus etwas Glänzendem, Grauem, möglicherweise Stahl, die untere aus etwas Dunklem, möglicherweise Holz; auf der Theke die Kaffeemaschine, kofferförmig, verchromt, ein Mixer, ein Toaster, ein Glasbehälter, links für Toastbrot, rechts für belegte Brote, eine bauchige Dose aus dunkelrotem Glas mit Plastikdeckel, und ins Glas eingeschmolzen die Beschriftung AMARENA; mehrere Metallzuckerstreuer mit durchsichtigem Plastikdeckel. Der Cafetier, hochgewachsen, schmächtig, blond, auf der Stirn eine nicht zu übersehende Beule, kleine wasserblaue Augen, stand, mit einer Schürze angetan, zwischen Theke und Flaschenregalen und bediente mit großen roten Händen die Hebel der Kaffeemaschine. Auch er erkannte mich, genau wie der Zeitungshändler, rief mit lauter, rauher Stimme: «Ein Kurzer, wie gewöhnlich», und stellte die Tasse vor mich hin, mit einer ihm eigenen Gebärde, fast ein wenig gauklerhaft: Er vollführt mit der Tasse in der Luft eine kleine Drehung, dann erst setzt er sie vor mich hin. Langsam trank ich aus, zahlte, verließ das Café und ging zum Tabakladen in einer Nebenstraße.

Ich betrat das Geschäft, das, eng und dunkel, den Ladentisch an der Schmalseite, an einen Gang erinnerte. Der Zigarettenhändler, ein großer, aufgedunsener Mensch mit einem so fetten Bauch, daß er sich nicht an den Ladentisch stützen kann, sondern an das Regal lehnen muß, das sich hinter ihm befindet, saß ganz im Hintergrund, am äußersten Ende des Raums, weit entfernt von den Käufern, die an ihm vorüberziehen. Auch er erkannte mich – ich ersah es aus seinem Blick –, streckte, ohne sich umzuwenden, den kurzen Arm nach hinten, ergriff mit nur zwei Fingern, zangengleich, geübt, zielsicher, drei Päckchen Zigaretten meiner bevorzugten Sorte, legte sie auf den Ladentisch und beäugte sodann meine Hand aus stumpfschwarzen Weiberaugen, den Mund ein wenig geöffnet zu krankhaft-asthmatischem Keuchen. Ich wählte das weichste der drei Päckchen, warf eine Münze auf den Tisch, der Tabakhändler gab heraus, ohne ein Wort zu sprechen – Sprechen ermüdete –, dankte jedoch mit einem Blick, der sogleich fragend wurde, da er von meinem Gesicht zu jenem des nächsten Kunden schweifte, der soeben den Laden betrat. Ich nahm das Geld und ging.

Mein nächster Weg führte mich zum Papierhändler nebenan, genauer gesagt, zu der Papierhändlerin, einer Frau jener Art, die man im allgemeinen als «angenehm» bezeichnet: an die Vierzig, ein Teint wie Milch und Blut, klare schwarze Kugelaugen und eine Haarpyramide, ebenfalls schwarz und glänzend, möglicherweise gefärbt. Nun, die Papierhändlerin erkannte mich nicht nur, sondern sprach auch von meinen Reisen, freute sich meiner Rückkehr, fragte, wie lange ich bliebe, und klagte mit bekümmerter Miene, meine Reiseberichte leider nicht lesen zu können, da die Zeitung, für die ich schrieb, in Mailand erschien, nicht in Rom. Ich sprach ein paar verbindliche Worte, verlangte Schreibpapier, Kohlepapier, ein schwarzes Farbband und einen Kugelschreiber. Die Papierhändlerin erhob sich – sie steckte, schön und geschmeidig, in einem spiegelnden schwarzen, futterallähnlich-einengenden Kleid und holte das Verlangte von verschiedenen Regalen. Dann nahm sie wieder hinter dem Ladentisch Platz, griff nach einem Zettel, hielt ihn mit der schneeweißen Hand, deren rosagelackte Nägel aussahen wie die eines Kindes, rechnete flink, verkündete, wieviel ich zu zahlen hätte, abzüglich Skonto, wie immer, verfertigte ein Paket, nahm das Geld, gab heraus, all das geübt und schnell. Dann betrachtete sie mich starr, aus dem glänzenden Schwarz ihrer Augen – sie sahen aus wie auf Glas gemalt –, so aufmerksam und gespannt, als erwarte sie, ich würde sprechen. Ich nahm das Paket und ging.

Jetzt war ich auf dem Heimweg. Von ferne sah ich mein Auto. Es stand vor meinem Haus. Ich entsann mich des letzten Mals, da ich es benutzt hatte: damals, als ich in Coras Gesellschaft auf die Via Cassia gefahren und vor dem Tor ihres Hauses stehengeblieben war. Und plötzlich erkannte ich, daß ich meinen Morgenspaziergang bis dorthin hätte fortsetzen können, im gleichen Stil, gleichen Rhythmus. Manche ziehen es vor, am frühen Morgen zu lieben, gestärkt nach langer Nachtruhe. Ein Anruf, die Fahrt zu der Villa, das Zimmer, die Frau, die sich auszieht, nach und nach alles zur Schau stellt, hie Ware, hie Preis, der Beischlaf, die Geldscheine in die Hand der Kupplerin. Die Morgenwanderung vom Zeitungskiosk zum Café, vom Café zum Tabakladen, vom Tabakladen zum Papiergeschäft hätte sich, ohne deshalb an Bedeutung und Rhythmus die geringste Änderung zu erfahren, zur Stundenvilla fortsetzen lassen. Einkäufe, weiter nichts: eine Zeitung, ein Kaffee, ein Päckchen Zigaretten, Schreibpapier, Kohlepapier, ein Farbband, ein Kugelschreiber, ein Frauenleib. Eine Ereignisfolge, in deren Verlaufe ich Zeitung las, Kaffee trank, rauchte, maschineschrieb und, schließlich, ein Callgirl umarmte. Und damit war es nicht zu Ende. Der Fahrt in die Via Cassia würden andere Wege folgen, andere Erwerbungen, andere Geschehnisse, einförmig, bar jeder Bedeutung, wie das Kommen und Gehen der Brandung über einen leeren Strand.

Vor allem aber begriff ich: Der Zeitungsmann in seinem Kiosk, der Cafetier in seinem Café, der Tabakhändler in seinem Laden, die Papierhändlerin in ihrem Geschäft – sie alle bedingten, rechtfertigten das Mädchen in Coras Villa. Gewiß, ich hätte auch von Verderbtheit sprechen können, doch war um diese Verderbtheit durchaus nichts Dramatisches, sie haftete vielmehr den Dingen an, war ein Teil ihres Wesens. Deshalb schien es mir passender – ich sagte es schon einige Male –, besagte Verderbtheit als «Alltäglichkeit» zu bezeichnen, als tägliches Einerlei.

Dienstag, 3. November

Bald unter diesem, bald unter jenem Vorwand bringt Baba es stets zuwege, ihren Willen durchzusetzen oder, genauer gesagt, ihren Plan auszuführen, der offenbar darin besteht, täglich eine gewisse Zeit in meiner Gesellschaft zu verbringen, liebevoll und vertraut, wie eben eine Tochter der Gegenwart des Vaters bedarf. Heutiger Vorwand: die Auswahl eines Hundes im städtischen Hundezwinger. Auf der Fahrt Richtung Porta Portese erkundige ich mich bei Baba, warum sie sich einen Hund wünscht. Sie sagt nach kurzem Nachdenken: «Ich hatte einen, vor Jahren. Vor sechs Jahren, ganz genau. Er ist überfahren worden, zu jener Zeit, als Cora mich – ich meine Baba – in jene Wohnung mitnahm. Weißt du, was ich übrigens glaube?»

«Was?»

«Der Schmerz über den Tod des Hundes ließ Baba damals nicht empfinden, was mit ihr selber geschah.»

«Kränkte sich Baba sehr über den Tod des Hundes?»

«Ja, sie hat tagelang geweint, dachte, daß alles schiefging, daß ihr böse Zeiten bevorstanden.»

«Warum hat sie sich nicht bemüht, einen anderen Hund zu bekommen?»

«Sie wollte keinen anderen. Sie wollte den.»

«Verstehe.»

Indessen waren wir beim Zwinger angelangt. Wir betraten das Gelände durch eine Eisentür: Vor uns lag der Verwaltungstrakt, ebenerdig, langgestreckt, weiß, mit grünen Fensterladen, links und rechts waren die Käfige, kaum größer als Bienenhäuser. Wir warten einen Augenblick. Tiefe, schwere Stille. Tiergeruch liegt in der Luft. Der Angestellte kommt, jung, blond, sportlich, mit kurzgeschorenem Haar, in einem weißen Kittel, führt uns zu den Käfigen, und in diesem Augenblick bricht wildes Gebelle los, Zusammenklang verschiedenster Hundestimmen, denen gemeinsam nur eine Färbung herzzerreißenden Flehens ist.

Babas heutige Art, sich zu geben, erinnert mich an ihr Betragen bei unserem ersten Gespräch: gleichmütig – ihre Ruhe scheint nicht frei von Arglistigkeit –, ein wenig geistesabwesend, wie in einem luftleeren Raum, einem Vorraum der Stimmungen, die sie zu bedrohen scheinen, ähnlich der schwarzen Wolke, die uns zu Häupten steht, in der schwülen Schirokkoluft. Sie geht neben dem Angestellten einher, die Hände in den Taschen der Jacke – die Jacke steht vorn offen, über der gewölbten Brust –, hüftschwingend, in enger Hose, mit katzenhafter Lässigkeit. Und während wir so einhergehen, stürzen die Hunde an die Gitter, stellen sich auf die Hinterpfoten, bellen auf vielerlei Art, mit vielerlei Zungen, gleichsam, als empfählen sich Gefangene aus aller Herren Länder in ihrer jeweiligen Sprache lautstark unserer Gnade. Baba bleibt stehen, betrachtet sie aus graugrünen, verschlafenen Augen, dann geht sie wieder weiter und fragt, mit unbeteiligter Neugier: «Wie lange behaltet ihr sie?»

«Die Vorschrift wäre, drei Tage, vom Aufnahmetag gerechnet. Wir behalten sie aber meist eine Woche.»

«Und was geschieht dann mit ihnen?»

«Dann kommen sie in die Gaskammer.»

«Wie viele vertilgt ihr pro Woche?»

«Zehn, fünfzehn.»

«Ihr habt ja auch reinrassige! Wieso?»

«Ausgesetzte Hunde oder entlaufene.»

«Warum werden sie ausgesetzt?»

«Oh, da gibt es viele Gründe. Manchen gehen die Hunde ganz plötzlich auf die Nerven. Oder sie kommen darauf, daß sich der Hund nicht bezahlt macht.»

«Was heißt das, nicht bezahlt?»

«Ein Jagdhund ohne Spürsinn zum Beispiel.»

«Glauben Sie, wissen es die Hunde?»

«Was?»

«Daß man sie ausgesetzt hat. Daß sie in die Gaskammer kommen.»

«Natürlich wissen sie es. Hunde sind intelligent, wissen alles.»

«Aber ein solcher Hund, der einmal hier war – wird der nicht sein Leben lang trübsinnig bleiben, nervös, bösartig und so weiter?»

«Da können Sie unbesorgt sein. Ein Hund will nur eines: einen Herrn. Hat er den, ist er zufrieden und vergißt alles, was war.»

Und so fort, und so fort. Dieses informative Geplauder, wie von ungefähr praktiziert, in ruhig-gelassenem Ton, während von allen Seiten die Hunde auf uns einheulen, dieses Gespräch, wie gesagt, regt mich auf. Ich sage zu Baba – wir haben inzwischen den letzten Käfig erreicht: «Jetzt hast du alle gesehen, die in Betracht kommen könnten.»

Wir gehen also zurück, und Baba bleibt jedesmal stehen, wenn ein Hund sie interessiert, streckt ihm mechanisch die Hand hin, und der Hund, auf den Hinterbeinen, leckt die Hand aus Leibeskräften, fleht schweifwedelnd, unter Gewinsel, während Baba den Angestellten nach Alter, Rasse, Art und so weiter des langen und breiten ausfragt, mit solch gründlicher Pedanterie, daß der Argwohn in mir aufsteigt, Babas hundefreundliche Güte sei nicht frei von Grausamkeit. Hängt nicht der Hund am Gitter, während des endlosen Verhörs, heulend vor Aufregung, flehend? Ich sage: «Los, such einen aus, daß die Sache ein Ende hat! Siehst du denn nicht, daß die armen Tiere leiden?»

«Man kann nicht den erstbesten Hund einfach nach Hause mitnehmen. So etwas will überlegt sein.»

«Möchten Sie den?»

«Nein, nein, der ist zu häßlich! Er sieht ja aus wie ein Kalb. Diese Schnauze! Diese weiß-gelben Flecken! Ich habe nichts gegen Bastarde, aber alles hat seine Grenzen.»

«Die häßlichsten sind die dankbarsten.»

«Wirklich? Warum?»

«Weil die armen Teufel wissen, daß sie nicht schön sind und nur wie durch ein Wunder noch leben. Dafür sind sie ihrem Herrn dankbar.»

Wir sehen einen Köter, er stammt entfernt von einem Fuchs ab, einen anderen, den man, mit Nachsicht, für eine Bracke halten könnte, einen dritten, der, wohlwollend betrachtet, einem Pudel nicht unähnlich ist. Baba spricht mit dem Angestellten, als wäre ich nicht vorhanden, zeigt schließlich auf einen Käfig und sagt entschlossen: «Den.»

Der Hund, klein und grau, terrierähnlich, der Kopf ein einziger

Haarwust, aus dessen Dickicht weiße Zähne, schimmernde Augen blitzen, beruhigt sich augenblicklich, da Baba auf ihn zeigt, hört auf zu winseln, weiß, daß er gerettet ist.

«Sie haben gut gewählt», lobt der Angestellte. «Sie werden sehen, wie dankbar er ist. Außerdem haben Sie ihn wirklich gerettet. Morgen wäre er vertilgt worden. Er ist schon sechs Tage da, und niemand wollte ihn haben.»

Unter dergleichen Geplauder sperrt er den Käfig auf, holt den Hund hervor und geht in die Kanzlei voraus. Dort muß ich unterschreiben, 5000 Lire bezahlen; Baba übernimmt den Hund und wir können endlich gehen. Die Hunde protestieren mit ohrenzerreißendem Geheule, als verstünden sie, daß von uns beiden nichts mehr zu erhoffen ist. Doch kaum fällt die Tür ins Schloß, ist kein Laut mehr zu vernehmen.

Im Auto sage ich zu Baba: «Ein richtiges kleines KZ nach Nazimuster. Alles da.»

«Ja», sagt Baba, «apropos ...» und sie wirft mir einen raschen Blick zu.

«Apropos?»

«Erinnerst du dich, was ich sagte – über mein Erlebnis mit Cora, damals, als ich vierzehn war?»

«Du sprichst wohl von dem Erlebnis der anderen Baba?»

«Ja. Du darfst das nicht wörtlich nehmen.»

«Was darf ich nicht wörtlich nehmen?»

«Das mit der anderen Baba. Natürlich hat Cora mich vor sechs Jahren hingeführt.»

«Das war auch mein Eindruck, nur – ich wagte nicht, es zu sagen.»

«Schon gut. Aber trotzdem stimmt auch, daß ich es nicht war.»

«Und jetzt sag mir, was das alles mit dem Hundezwinger zu tun hat?»

Sie antwortete bedächtig, als expliziere sie mir das Ergebnis reiflicher Erwägungen: «Du hast die Hunde gesehen: ausgesetzt, eingesperrt, zum Tod verurteilt. Wenn nun einer davonkommt, was tut er? Wenn du mich fragst, wird er sich, um weiterleben zu können, bemühen, so zu tun, als wäre nichts gewesen, als wäre die ganze Sache einem andern Hund passiert, nicht ihm, als sei er ein neuer Hunde, mit einem neuen Herrn und einem neuen Leben. Natürlich trifft das, wie ich sagte, objektiv gesehen, nicht zu. Der Hund ist nach wie vor derjenige, der ausgesetzt, eingesperrt, zum Tode verurteilt wurde; gleichzeitig stimmt aber auch, daß er ein anderer Hund ist, denn zwischen ihm und dem Hund, der ausgesetzt, eingesperrt, zum Tod verurteilt wurde, steht die Erfahrung der Aussetzung, Einsperrung, Verurteilung, jenes Geschehen eben, das sein Leben zerrissen hat in zwei unterschiedliche Hälften.»

«Meines Wissens haben Hunde ein ausgezeichnetes Gedächtnis für schlechte Behandlung und Schmerzen.»

«Eben deshalb glaube ich, daß sie vergessen können, indem sie sich selber vormachen, es sei nichts geschehen.»

«Scharfsinnig. Erinnerung an die Vergangenheit, gleichsam als Vorbedingung, um sie vergessen zu können?»

«Ja.»

«Sie niederwalzen zu können wie ein abbruchreifes Haus? Nur in die Zukunft zu schauen, einzig und allein in die Zukunft?»

Diesmal erwidert sie nichts, beschränkt sich darauf, mir einen Blick zuzuwerfen, einen merkwürdigen Blick, träge, aber gleichzeitig gierig, von fast kannibalischer Gier, und dennoch seltsam unglücklich. Während sie mich anblickt, streichelt sie unablässig den Hund auf ihren Knien; plötzlich nimmt sie das Tier mit beiden Händen, erhebt sich ein wenig, setzt es auf den Rücksitz mit dem Befehl: «Still jetzt, und niedergelegt!» und fällt mir um den Hals – ihr ganzes Gewicht lastet auf mir –, umschlingt mich mit beiden Armen, küßt mich auf die Wange und flüstert: «Ich danke dir für den Hund. Und du hast nicht recht, wenn du glaubst, daß ich alles niederwalzen will, schon gar nicht meine Liebe zu dir, ich habe dich wirklich lieb, glaub mir, wie eine Tochter eben ihren Vater lieb hat.» Mit diesen Worten drückt sie ihre Wange kurz an die meine – wie weich ihre Haut ist, wie durchfiebert von einer Glut, deren Ursprung ich nicht kenne, und gleichzeitig jugendfrisch – und wieder kann ich nicht umhin, der Zweideutigkeit inne zu werden, die in ihrer Umarmung, ihrem kindlichen Liebesbeweis liegt. Nahezu unwillkürlich hebe ich meine Hand, drücke ihr Gesicht an meins, als wolle ich die Berührung noch ein wenig andauern lassen; da macht sie sich frei, lehnt sich in den Sitz zurück und sagt: «Wie soll ich ihn nennen? Hilf mir, einen Namen für ihn zu finden.»

Ich lasse den Motor anspringen und schlage vor: «Rauch. Was meinst du? Er ist rauchgrau.»

Sie schüttelt den Kopf. «Ich werde ihn Dienstag nennen, ähnlich wie Robinson seinen Diener Freitag nannte, denn erstens ist heute Dienstag und zweitens war ich, wie er, auf einer einsamen Insel und mußte mit meinem Leben wieder ganz von vorn beginnen.»

«Hast du dich jemals näher für Coras Beruf interessiert?»

«Inwiefern?»

«Ich meine, hast du versucht, festzustellen, was sie tut, wann und wo?»

«Das war nicht nötig.»

«Wieso?»

«Weil Cora sich in meinem Beisein keinerlei Zwang auferlegt. Ich gehe sogar manchmal hinaus, um über gewisse Dinge nichts Näheres zu erfahren.»

«Was für gewisse Dinge?»

«Gewisse Telefongespräche zum Beispiel. Cora führt sie ohne Scheu in meiner Gegenwart. Sie nennt zwar die Dinge nicht beim Namen, aber nicht, weil ich dabei bin, sondern vorsichtshalber.»

«Wen ruft sie an?»

«Mädchen, Männer.»

«Hast du oft zugehört?»

«Einige Male. Ja.»

«Was sagt sie?»

«Nichts Besonderes. Wüßte ich nicht, worum es geht, würde ich etwa meinen, Cora handelt mir Parfumeriewaren.»

«Wieso?»

«Sie verständigt zum Beispiel jemanden, es sei soeben ein Posten Schildpattkämme eingetroffen, helle oder dunkle, je nachdem, ob das Mädchen blond ist oder dunkel, dann sagt sie, diese Kämme hätten soundso viele Zähne, sechzehn, achtzehn, zwanzig oder fünfundzwanzig, je nach dem Alter des Mädchens, oder sie fügt hinzu, die Kämme seien etwas Besonderes, Kämme ganz neuer Art. Das soll wahrscheinlich heißen, das Mädchen ist unberührt. Und dergleichen mehr. Verstehst du? Zum Schluß nennt sie die Adresse, Tag, Stunde und legt auf.»

«Und wie erklärt sie dir, wieso sie mit Kämmen handelt?»

«Sie erklärt überhaupt nichts. Cora tut es einfach und schweigt.»

«Dieser Kamm-Code ist für die Männer. Was sagt sie den Mädchen?»

«Zum Beispiel, das Kleid ist zur Anprobe fertig, sie sollen an dem und dem Tag, um die und die Zeit kommen.»

«Das sagt sie den Mädchen, die wollen, die sie vorher überzeugt hat. Aber den anderen?»

«Bitte?»

«Was sagt sie den anderen Mädchen? Cora wird am Telefon doch auch überreden, verführen? Oder nicht?»

«Ja, sicher. Und?»

«Was macht sie in solchen Fällen?»

«Oh, sie ist sehr tüchtig.»

«Tüchtig? Inwiefern?»

«Insofern, als sie ihr Handwerk nicht nur mit Begabung betreibt, sondern geradezu mit Hingabe.»

«Wie äußert sich diese Begabung?»

«In ihrer Art und Weise, die Sache darzustellen.»

«Wie stellt sie sie dar?»

«Erstens als etwas Unwichtiges, zweitens etwas Angenehmes, drittens etwas Einmaliges, das heißt etwas, das sich nach diesem einen Mal nicht wiederholen wird.»

«Der Reihe nach. Wie überzeugt sie die Mädchen, daß die Sache unwichtig ist?»

«Sie sagt, alle täten es, es hätte keinerlei Folgen, nachher ginge das Leben weiter, als sei überhaupt nichts geschehen, man vergißt, es getan zu haben, es sei genau dasselbe wie mit dem Bräutigam, und dergleichen mehr.»

«Angenehm?»

«Die Männer, um die es sich handelt, sind immer ausnehmend nett, distinguiert, gut erzogen.»

«Einmalig?»

«Es steht den Mädchen frei, es bei diesem einen Mal zu belassen, niemand drängt sie, niemand zwingt sie, außerdem ginge es nicht um ‹irgendeinen› Mann, sondern um einen besonderen, dem das Mädchen aufgefallen sei, der es kennenlernen wolle, mit einem Wort, ein seltener, außergewöhnlicher Fall, der sich eben seiner Seltenheit wegen nie mehr wiederholen wird.»

«Und lassen sich alle Mädchen von diesen Gründen überzeugen?»

«Alle nicht. Aber Cora macht sich nie an ein Mädchen heran, das sie nicht von allem Anfang zu Hoffnungen berechtigt hätte, wenn auch nur zu den allerschwächsten. Darin äußert sich eben ihre Begabung.»

«Wie äußert sie sich noch?»

«Cora ist imstande, ablehnende Haltung, solange sie nicht gänzlich feindselig ist, in Zustimmung zu verwandeln. Im übrigen: geht es nicht auf gütliche Weise, schreckt Cora nicht davor zurück, schärfere Mittel anzuwenden.»

«Was für schärfere Mittel?»

«Neulich – ich habe den Fall rekonstruiert –, da hatte sie ein Mädchen nach vielen Mühen so weit, hatte ihr die Adresse gesagt, den Tag und die Zeit angegeben. Plötzlich rief das Mädchen an, sie hätte es sich überlegt. Was glaubst du, was tat Cora?»

«Hat sie das Mädchen erpreßt?»

«O nein. Sie hat sie gezwungen.»

«Wie?»

«Sie ist sofort hingefahren, in die Wohnung dieses Mädchens – das Mädchen saß eben bei Tisch, mit Vater, Mutter und Geschwistern –, hat behauptet, sie dringend zu brauchen aus irgendeinem Grund; und das Mädchen, eingeschüchtert, ist tatsächlich mitgegangen. Das heißt, sogar in diesem Fall hat Cora ihren Willen durchgesetzt. Bedenk doch: dieser Mut, diese Unerschrockenheit! Bei ihr daheim, Auge in Auge mit der gesamten Familie! Schließlich hat sogar die Mutter der Tochter zugeredet – Cora hat irgendeinen höchst wichtigen Grund erfunden –, Cora doch zu begleiten, denn das Mädchen wollte nicht. Cora brachte es also zuwege, das Mädchen kleinzukriegen – mit Hilfe der eigenen Mutter!»

«Weiter?»

«Was, weiter?»

«Was ist aus dem Mädchen geworden?»

«Ich glaube, sie hat sich getröstet, an Cora gewöhnt, ja Cora mit der Zeit sogar liebgewonnen. Jedenfalls macht sie seit damals keine Schwierigkeiten mehr.»

«Wie telefoniert Cora?»

«Wie meinst du, wie sie telefoniert?»

«Wie benimmt sie sich am Telefon? Spricht sie viel oder wenig? Laut? Leise?»

«Sie hört die meiste Zeit zu. Cora versteht zuzuhören, den anderen zum Sprechen zu bringen, damit sie dann zuhören kann. Im übrigen spricht sie sehr leise, fast wie ein Priester im Beichtstuhl, immer beherrscht, zurückhaltend, immer im gleichen Ton. Sie läßt sich niemals fortreißen, redet grundsätzlich wenig, aber wenn, dann im richtigen Moment und immer präzise, sie geht niemals aus sich heraus, schreit niemals, wird niemals zornig. Ihre Stärke liegt, glaube ich, darin, daß sie unbeteiligt wirkt.»

«Vielleicht ist sie unbeteiligt.»

«Ja und nein.»

«Wenn man dir zuhört, könnte man meinen, du bewunderst sie.»

«Nein. Ich bewundere sie nicht.»

«Aber du sagst, sie ist tüchtig.»

«Das ist sie auch.»

«Stört es dich nicht – ich meine, widerstrebt es dir nicht, von diesen Dingen zu reden? Ist es dir nicht peinlich?»

«Nein.»

«Wieso nicht?»

«Weil es im Grunde ganz gewöhnliche Dinge sind.»

«Was willst du damit sagen?»

«Wenn in diesem Haus jemand das Recht hat, keinen Ekel zu empfinden, dann bin ich es. Oder nicht?»

«Ja.»

«Außerdem, wie schon so oft: Cora ist schließlich meine Mutter.»

«Ja, sie ist deine Mutter, aber ...»

«Manchmal ist es mir beinahe, als hätte ich sie deshalb so gern, weil sie dieses Gewerbe betreibt, ohne es vor mir zu verbergen, weil ich es sehe und weiß.»

«Aber die Mädchen ...»

«Zum Beispiel, wenn Cora badet und ich muß sie abtrocknen, frottieren – ich sehe, sie ist nicht mehr jung, nein, ärger, sie ist eine Ruine, man könnte sie abstoßend finden. Das ist mir völlig klar. Aber sie stößt mich nicht ab, denn sie ist meine Mutter. Und ich, ich habe sie gern, wie eben eine Tochter die eigene Mutter gern hat, ja beinahe kommt es mir vor, als hätte ich sie deshalb noch lieber, weil sie so alt ist, so zerstört, so abstoßend und so häßlich.»

Sie sieht mich bei diesen Worten an wie aus weiter Ferne, und in den graugrünen Augen, von den Lidern halb überdeckt, steht jener Ausdruck verschlafener, weltfremder Durchtriebenheit, den ich nunmehr so gut kenne. Wir gehen den Tiber entlang, unweit der Piazza Mazzini, führen den Hund spazieren, neuester, letzter Programmpunkt auf Babas Familienplan. Sie betrachtet mich noch immer. Plötzlich steckt sie zwei Finger in den Mund, stößt mit verblüffender Fertigkeit einen gellenden Pfiff aus, und der Hund kommt angelaufen mit lautem, freudigem Bellen.

Sonntag, 8. November

Ich erwog es einige Tage, ohne mich entschließen zu können. Heute, endlich, verließ ich das Haus, setzte mich in den Wagen und fuhr in die Via Cassia.

Es war etwa fünf Uhr nachmittags, gewittrig, aber noch schön. Ich überquerte die Milviobrücke, reihte mich in die lange, stadtauswärts fahrende Kolonne, steuerte den Wagen in der Abenddämmerung langsam, beinahe geistesabwesend, unter dem rot-gelben Blätterdach sich verfärbender Platanen hindurch, deren Zweige die Straße überwölbten.

Und während ich so dahinfuhr, beinahe schlafwandlerisch, stellte ich mir die Frage, was mich bewogen hatte, zu Coras Villa zu fahren. Wollte ich mich vielleicht – diese Antwort lag am nächsten – mit Coras geheimem Beruf vertraut machen, dieser unfaßbaren

Wahrheit? Wollte ich die Tatsache sehen, mit eigenen Händen berühren, mit eigenen Ohren hören, mit meiner Nase riechen? Warum? Um diese Kluft des Ekels zu überwinden, jenen unüberschreitbaren Graben des Widerwillens, der mir, da ekelerregend, Coras geheimen Beruf ins Irreale, Unerreichbare entrückte? Ich überlegte weiter. Ein zweites Motiv tauchte auf. Ich fuhr zu Coras Villa, wollte die Villa sehen, weil Cora sechs Jahre früher die vierzehnjährige Baba in ein ähnliches Haus gebracht hatte. Ich gedachte in diesem Zusammenhang meines Gesprächs mit Cora, ihren Bemerkungen über meine Art zu lieben, daß ich darauf bestanden hatte, sie in einer der Baracken des Gordiani-Viertels zu umarmen, und ich erkannte, auch dieses Mal einem ähnlichen Trieb zu gehorchen, begriff, daß der Grundriß meines Lebens noch immer derselbe war. Allerdings, die Baracke damals war mir im Licht meines Strebens nach Echtheit vermittels Armut begehrenswert erschienen. Der heutige Gedanke hingegen, der mich veranlaßte, Coras Villa aufzusuchen, entsprach der Vorstellung, eben in dieser Villa den Sitz des Nichts zu erblikken, jenes Nichts, das dort Tag für Tag gleichsam vollzogen wurde. Und weil dieses Nichts im Inzest seinen deckendsten Ausdruck fand, seine äußerste, letzte Entsprechung, deshalb liebte ich Baba. Mit ihr, durch sie – dessen war ich mir bewußt – vermochte ich jenes Nichts auszuloten, sobald mir der Sinn danach stünde.

Der Wagen hielt, gleichsam von selbst, vielmehr, ich hatte unwillkürlich gebremst, ohne es zu bemerken. Ich blickte hinaus. Ein Polizist, hünenhaft, schlaksig, in Gamaschen, Lederhelm, Lederkoppel, regelte den Verkehr mit Hilfe eines grün-roten Stabs. Einige Wagen standen, warteten auf das Zeichen zur Weiterfahrt. Offenbar war ein Unfall geschehen. Auf der linken Seite stand ein kleines graues Lieferauto mit eingedrücktem Kühler, auf der anderen ein weißer Sportwagen, niedrig, langgestreckt, den Kotflügel verbeult, dazwischen schwarzer Asphalt, besprenkelt mit roten und gelben Blättern, von Glasstaub und Splittern überglitzert. Ich mußte eine Weile warten. Dann fuhren die Wagen weiter, an dem Polizisten vorbei, ich schloß mich ihnen an, passierte die Unfallstelle, bog um eine Kurve und sah einen Mann, der hastig ausschritt, den Straßengraben entlang, und mir ein Zeichen machte. Ich hielt.

«Nehmen Sie mich mit?»

Ich musterte ihn. Das Gesicht wirkte vulgär, aber nicht unsympathisch. Ein Geschäftsmann aus Rom, vermutlich, gesund, gut genährt, gut durchblutet, Augen, die – seltsam flach – keck, unverfroren blickten, niedrige Stirn, Kraushaar, ein roter, lüsterner Mund, der Leidenschaftlichkeit verriet, Heftigkeit, Unbeherrschtheit. Der

Mann drückte die Hand an die Schulter, als müsse er sie stützen, als hätte er sie verstaucht. Ich sagte: «Ich fahre nicht weit.»

Er antwortete: «Ich will auch nicht weit, etwa fünf Kilometer.»

«Steigen Sie ein.»

Er stieg ein, ich gab Gas, und der Wagen fuhr weiter unter den Bäumen dahin.

Ich fragte: «Sie hatten den Unfall?»

«Woran haben Sie das bemerkt?»

«Sie haben Ihre Schulter massiert. Der weiße Wagen ist Ihrer, nicht?»

Ich war auf Flüche gefaßt. Er war der Typ des Mannes, dem Leidenschaft für schnelle Wagen im Gesicht geschrieben steht. Doch zu meiner Verblüffung sagte er leise und in einem sanften Ton: «Ja, der weiße ist meiner. Aber es ist nichts passiert, nur ein zerbeulter Kotflügel und ein verstauchter Rücken.»

«Ihnen, ja. Aber den anderen?»

«Auch nichts Besonderes. Sie sind mit dem Autobus weitergefahren. Eine neue Kühlerhaube, und die Sache ist wieder in Ordnung.»

«Wessen Schuld war es?»

Wieder erwiderte er, ohne mich anzusehen, den Blick geradeaus gerichtet, in den Augen ein winziges Flackern gereizter Unduldsamkeit: «Meine. Ich hatte es eilig, hätte nicht überholen sollen. Ich konnte dann nicht mehr ausweichen. Die anderen waren im Recht.»

Wieder verblüffte mich das – für einen Mann seinen Schlages – erstaunliche Schuldbekenntnis. Es sei denn, hinter seiner Objektivität verbarg sich etwas anderes, etwas, das ihm wichtiger war als sein weißer Sportwagen – die Ursache seiner Eile, der mittelbare Grund des Unfalls. Ich fragte: «Sind Sie versichert?»

«Ja.»

«Aber die Versicherung zahlt Ihren Schaden nicht, oder nur den des anderen?»

«Ja, nur den des anderen.»

Von da an schwiegen wir. Nach etwa einem Kilometer berührte er meinen Arm. «Ich bin da. Bitte halten Sie.»

Ein Blick durch die Windschutzscheibe – die ersten Regentropfen waren dagegengeklatscht, breit, von der Form kleiner Blumen – und ich erkannte das Tor. Das Ganze schien unvermeidlich, von anekelnder Fatalität. Mein Fahrgast, ungeduldig, hatte den Wagenschlag geöffnet, war auf die Straße gesprungen, gelenkig und schnell, und sagte: «Danke fürs Mitnehmen.» Ich tat, als hätte ich Schwierigkeiten mit dem Schalthebel, fuhr nicht an, sah dem

Mann nach, wie er auf das Tor zuging, den Mantelkragen hochgestellt, das Tor aufstieß und verschwand. Da erst gab ich Gas, fuhr los, fuhr noch eine Weile, etwa zwanzig Kilometer. Der Regen – nach jenem ersten Schwall winziger, flüssiger Chrysanthemen – rauschte jetzt dichter herab, ein fast undurchdringlicher Vorhang, den die Blätter des Scheibenwischers jeweils nur sekundenlang zu kleinen, durchsichtigen Dreiecken auseinanderzuschieben vermochten. Jetzt setzte er noch heftiger ein, fahler Dunst quoll durch die Ritzen, eine Art qualmenden Nebels. Ich hielt an, schob die Fenster hoch, entzündete eine Zigarette.

Ich dachte an den jungen Geschäftsmann, an das, was er eben tat, an das dämmerige Zimmer, die Höhlengeborgenheit, an den niederrauschenden Regen jenseits der beschlagenen Scheiben, an den nackten, warmen Körper der Frau, an den lautlosen Liebesakt, die Donnerschläge des Gewitters. Das war das Ziel gewesen, jetzt wurde es mir neuerlich klar, in jähem völligem Verstehen, das Ziel, dem der junge Mann mit aller Rastlosigkeit des aufgewühlten Bluts zugestrebt war. Und ich hatte von Unfall gesprochen, von Schaden, von Versicherung.

Ich rauchte die Zigarette zu Ende, ließ das Fenster herunter, warf den Stummel hinaus, schloß das Fenster, entzündete eine neue Zigarette. Es regnete noch immer heftig, doch schon etwas weniger dicht, man sah wieder ein paar Meter weit. Ich startete, fuhr los, fuhr etwa noch zwanzig Minuten bis zu einer Straßenkreuzung, die sich als Ortschaft entpuppte. Sie bestand nur aus wenigen Häusern. Ich hielt an, stieg aus, sperrte ab, ging, die Pfützen vermeidend, zu einem Café, dessen Lichter herübergeleuchtet hatten. Der Inhaber, ein Einheimischer, schwatzte mit seinen Gästen, gleichfalls Einheimischen. Ich setzte mich in eine Ecke – der Stahlrohrtisch wackelte auf den roten, sägespänebestreuten Fliesen – und bestellte einen Kaffee.

Es war ein Viertel vor sechs. Der junge Mann, rechnete ich, hatte die Villa Coras gegen 5 Uhr 15 betreten. Lieben würde bei ihm etwa 30 Minuten dauern, höchstens 35 Minuten, das hieß, ich mußte mich noch eine Viertelstunde gedulden.

Ich bekam meinen Kaffee, trank ihn und griff sodann nach einer der Illustrierten, die auf dem Nebentisch lagen: ein Bildgeschichtenheft, schmutzig und abgegriffen, ferner ein Fotoroman: *Die Vergangenheit kehrt zurück*. Ich las ihn, genauer gesagt, ich besah ein Bild nach dem anderen, betrachtete die Fotos in allen Einzelheiten und las aufmerksam die Worte, die den Mündern der Personen entquollen.

Die beiden Hauptpersonen, ein prächtiger junger Mann und ein engelhaftes Mädchen, diskret-elegant gekleidet, den Gesichtsaus druck je nach Bedarf sorgenvoll, traurig, feurig, zärtlich, verträumt, erzürnt – jedoch immer würdig –, trieben ihr Wesen in den kleinen, skandinavisch möblierten Zimmern eines modernen Appartements. Soviel ich begriff, hatte das Mädchen einst einen Liebhaber gehabt, dies dem Verlobten verschwiegen, nun tauchte der Liebhaber auf, erpreßte das Mädchen, das sich somit vor der Wahl sah, dessen Schweigen zu erkaufen (durch neuerliche Hingabe) oder aber dem Verlobten, der sie für unberührt hält, die Wahrheit zu gestehen, auf die Gefahr hin natürlich, von ihm verstoßen zu werden. Auch eine höchst vornehm aussehende, alte weißhaarige Dame, seine oder ihre Mutter, wohlfrisiert, schwarz gekleidet, mit Brille, machte sich um die beiden zu schaffen. Da befiel mich der Gedanke: Wie, wenn ich im Begriff stand, Geschehnisse von der Art dieses Bilderromans zu erleben? Wenn die Verfälschtheit, wie schon so oft, den Dingen selbst innewohnte, die Wirklichkeit daher dem Wesen nach unecht war, genau wie diese Bilder? Wie, wenn man ihre Bedeutung daher nicht dem Geschehen selbst, sondern dessen Unwirklichkeit entnehmen mußte? Ich ließ die Frage offen – sie bedurfte auch keiner Antwort – und setzte meine Lektüre fort. Sie war wirklich äußerst fesselnd. Als ich zu dem Bildchen kam – die Mutter beschwor das Mädchen, dem Bräutigam alles zu sagen, und zwar mit den Worten: «Sprich mit ihm, sag ihm die Wahrheit; wenn er sie nicht erträgt, ist er deiner nicht wert» –, rief ich den Besitzer, zahlte und verließ das Lokal. Es regnete nicht mehr. Vereinzelte Wasserlachen spiegelten, schwarz und still, das gelbliche Licht der Laternen. Die Luft, feucht, mild, fast warm, wurde von Zeit zu Zeit von einem Windstoß durchkühlt. Ich stieg in den Wagen, wendete, fuhr Richtung Rom zurück und hielt zehn Minuten später vor der Einfahrt zu Coras Haus.

Ich stieg aus, öffnete – das Tor war nun angelehnt – und folgte dem Weg hügelan, vorbei an einem Spalier regennasser, glitzernder Sträucher. Bald tauchte die Villa auf: zuerst die oberen Etagen, sodann, je höher ich kam, langsam auch das Erdgeschoß, endlich der ganze Bau. Beim Schein zweier Kugellampen – sie erhellten die Fassade mit blaßem, gedämpftem Licht – begriff ich, warum Cora gerade dieses Haus gewählt hatte. Zweifellos vor allem deshalb, weil die Miete erschwinglich war, doch diese Erschwinglichkeit – das schien ganz offensichtlich – war der Tatsache zuzuschreiben, daß der ursprüngliche Besitzer nach Fertigstellung des Baus festgestellt haben mußte, daß die Villa mißlungen war, daß er sie aus diesem Grunde um jeden Preis loswerden wollte. Eine Atmosphäre des Irrtums, unwiderruflichen Mißglücktseins lag um diesen Bau: Für ein gewöhnliches Wohnhaus war er zu wuchtig, zu groß, für eine Luxusvilla zu grobschlächtig, zu vulgär. Er stammte aus den dreißiger Jahren, man sah es an dem Stil, jener groben, ungefügen Bauweise, die man den «Faschistenstil» nennt: glatte, simslose Fassade, trübgrau getüncht, von Feuchtigkeit angefressen, von Mauerrissen durchfurcht und von einem Turm überragt. Dieser ganz besonders, das Haus finster überschattend, siedelte es unbestimmbar zwischen Ritterburg und Silo an. Zwei Balkone in Etagenhöhe verliefen längs der Vorderfront. Die Fenster waren geschlossen, die Eingangstür, flankiert von den beiden kugelförmigen Lampen, war angelehnt wie das Tor, zweifellos aus den gleichen Gründen. Ich überquerte den Vorplatz mit ein paar raschen Schritten, stieß die Tür auf, trat ein. Das Innere der Villa stand hinsichtlich der Häßlichkeit und Nacktheit dem Äußeren keineswegs nach. Ein langer, kahler Vorraum, die Wände dunkel verschalt, eine Tür mit Milchglasscheiben, eine schmale, steile Treppe, wie aus dem Beton herausgehauen, der erste Stiegenabsatz überraschenderweise mit einem Buntglasfenster geziert – der heilige Georg zu Pferd, im Begriff, den Drachen zu töten, das Ganze auf die drei Farben Rot, Schwarz und Grün beschränkt. Ich stieg bis zu diesem Fenster, betrachtete es, stieg weiter zum zweiten Treppenabsatz hinauf und gelangte zu einer Art Estrade. Zwei leere, schmale Gänge, mit je vier Türen, nahmen von hier ihren Ausgang, von würfelförmigen Lampen in milchiges Licht getaucht. Da, plötzlich, öffnete sich im linken Gang eine Tür. Ich sprang gerade noch rechtzeitig zurück, um nicht gesehen zu werden, blieb im Schatten eines Bogens stehen, der den Abschluß des Treppenabsatzes bildete, spähte dann, flach an der Wand, behutsam hervor und sah die beiden auf der Schwelle – den jungen Mann, den ich vorhin im Wagen mitgenommen hatte, und eine junge Frau. Er wandte mir den Rücken. Die junge Frau war nackt: groß, kräftig gebaut, breitschultrig, mit festen Armen, voller Brust, geraden, starken Beinen, einem schönen, primitiven Gesicht: schwarze, kühne Augen, eine Nase, mit Nachdruck gezeichnet, ein fester, voller Mund – kurze, grobe, einfache Züge. Braunes Haar, weich und dicht, an Haupt, Achselhöhlen, Scham, ließ ihre weiße Haut im Dämmerlicht des Ganges noch heller, noch weißer erscheinen. Sie standen einander gegenüber. Jetzt legte der junge Mann die Hände auf ihre Schultern und küßte – oder biß – ihren Hals. Sie stieß einen kleinen Schrei aus, wand sich ein wenig, schob sich jedoch näher an ihn, gab ihn dann frei und sagte: «Also, dann. Wiedersehen. Aber weißt du, daß ich mich fürchte, so ganz allein zu bleiben, in dem häßlichen, finsteren Haus.»

Und er erwiderte mit männlicher, tönender Stimme: «Wenn ich

das Auto da hätte, würde ich dich mitnehmen. Aber so? Es wird lange in der Werkstatt bleiben.»

«Dann warte noch ein bißchen. Ich bestelle uns ein Taxi, und wir fahren gemeinsam in die Stadt.»

«Nein, danke. Ich fahre mit dem Bus. Die Haltestelle ist nebenan.»

«Warum bleibst du nicht? Wir könnten schlafen. Zu zweit schlafen ist sehr schön.»

«Nein, ich muß weg.»

Ich sah, wie seine Hand an ihrer Hüfte verweilte, bedauernd, beinahe zärtlich, sodann das Bein entlang, und endlich höher glitt, fast bis zur Taille hinauf. Sie sagte: «Ich kenne dich nicht, ich habe dich nie gesehen. Trotzdem tut's mir leid, daß du gehst. Sonderbar, nicht?»

«Eigentlich nicht.»

«Wieso nicht?»

«Hm. Angeblich verstehe ich mich darauf.»

«Du bist eingebildet. Aber du mußt wiederkommen. Versprich, daß du wiederkommst.»

«Ich rufe die Signora an.»

«Das sagst du nur so.»

«Nein, wirklich.»

«Weißt du was? Hol mich doch einmal ab, vom *Alaska-Kino*. Ich bin dort Platzanweiserin, täglich, außer Sonntag und Donnerstag. Nach der Vorstellung bin ich frei.»

«Hm, wenn's sich einmal ergibt.»

«Verstehe schon. Du wirst nicht kommen.»

«Aber ja. Wenn es mal paßt.»

«Also dann. Wiedersehen. Und danke.»

«Danke? Wofür?»

«Es war schön. Wiedersehen, Wiedersehen.»

Er beugte sich nieder, küßte – oder biß wieder ihren Hals, sie schauderte zusammen, lachte, streckte die Hand nach unten, zumindest erschien es mir so, und packte offenbar zu, denn er rief aufgebracht: «Was ist denn! Du tust mir ja weh!» Und sie lachte zurück: «Das wollte ich, ich wollte dir weh tun.» Er sagte, jetzt sichtlich in Eile: «Wiedersehen, Wiedersehen, auf bald!», löste sich von ihr, ging zu der Treppe, den Kopf gesenkt, und verschwand.

Das Mädchen trat ans Geländer – ich sah es aus meinem Versteck –, beugte sich vor, winkte, auf den Zehenspitzen stehend, mit hocherhobenem Arm, drehte sich sodann um, an die Eisenstäbe gelehnt, rekelte sich und gähnte. Aus ihrem träg-satten Rekeln ersah ich die Befriedigung über die soeben genossene, soeben gespendete

Lust, und ich begriff, daß sie mit den Worten «Es war schön» nicht gelogen hatte. Sie ging langsam zu ihrem Zimmer, trat ein, und die Tür schloß sich.

Ich ließ mir Zeit. Ich sagte mir, das Mädchen wäre bei meinem Anblick höchstens ein wenig erschrocken, so wie man stutzt, wenn plötzlich an einem zufällig leeren, jedoch allgemein zugänglichen Ort jemand auftaucht, aber nicht, wie man erschrecken würde, stünde man in der eigenen Wohnung unversehens einem Fremden gegenüber. Dann trat ich aus meinem Versteck, ging die Treppe hinunter, setzte mich wieder ins Auto und fuhr nach Rom zurück.

Während der Heimfahrt überlegte ich mir, wie sehr sich die Wirklichkeit – ich hatte sie in Coras Villa soeben vor Augen gehabt – von den Vorstellungen unterschied, die mich dort hingetrieben hatten. Kaum eingetroffen, hatte ich Baba vollkommen vergessen und nurmehr an die beiden gedacht, deren Abschied ich zufällig beiwohnte. Was ich erlebt hatte, widerlegte die gängige Meinung, um derlei käufliche Begegnungen müsse etwas Schmutziges sein. Ich war, so erschien es mir, in einen Tempel gedrungen, der jedermann offenstand, hatte einem Geschehen beigewohnt, das weit eher der letzten Phase einer Zeremonie glich als einem Geschäft, dem Ende eines Ritus, zu dessen Vollzug Geld zwar vonnöten, aber weder von besonderer Wichtigkeit noch unerläßlich war. Bestätigte sich nicht solcherart, was Baba über Cora gesagt hatte: daß Coras Tätigkeit im Grunde uneigennützig war, daß sie die Welt, in der sie lebte, für die beste aller Welten hielt, weil für die einzig wahre, und daß sie deshalb überzeugt war, nichts Böses zu tun, sondern Gutes: Sie ermöglichte es den Menschen, sexuell miteinander zu verkehren, mochte es sich dabei auch um den Verkehr ihrer vierzehnjährigen Tochter mit einem Zufallskunden handeln.

Donnerstag, 12. November

Eine der unvorhergesehenen Auswirkungen meines Vorhabens, ein Tagebuch zu führen, um es später zu einem Roman umzuformen: Es beeinflußt mein ganzes Verhalten, wenn auch nur mittelbar. Kaum stehe ich im Begriff, etwas Bestimmtes zu tun, stelle ich mir, immer öfter, die Frage: Könnte sich diese Handlung, die im Tagebuch vermerkt werden wird, auf den geplanten Roman negativ auswirken, ihn gar unmöglich machen? Um ein Beispiel anzuführen: Hätte ich Cora neulich sogleich zur Rede gestellt, wie jeder andere an meiner Stelle, und Aufklärung gefordert, statt meine Entrüstung zu zügeln, die Aussprache zu verschieben, so hätte ein solches Vorgehen, im Tagebuch festgehalten, meinen Roman unausweichlich dem Genre Fotoheftchen, Hintertreppenroman näher gebracht.

Hier zeigt sich der wahre Wert des Tagebuchs als Romanstudie: Das Projekt wirkt nicht als Antrieb, wie man vielleicht meinen könnte, gewisse Dinge zu tun, um sie dann aufzeichnen zu können, dies wäre übler literarischer Ästhetizismus, eine journalistische Entgleisung, sondern der Roman ist vielmehr als Prüfstein zu verstehen, für etwas, das zu tun oder zu lassen ist. Damit bestätigt sich, was ich schon einmal sagte: die Funktion des Romans als Mittler zwischen mir und der Realität. Kaum schiebe ich den Roman zwischen mich und die Wirklichkeit, finde ich, wie durch Zauber, die Unverfälschtheit, ich, der ich unfähig bin, echt, unverfälscht zu handeln.

Dergleichen Überlegungen stellte ich heute an, als ich mir Babas Verhalten während der letzten Tage vergegenwärtigte. Baba, ich sagte es schon, hat sich das Ziel gesteckt, aus uns Vater und Tochter zu machen, und verfolgt dieses Ziel bewußt, bedächtig, gewissenhaft. Jenem Bestreben liegt, auch das vermerkte ich schon, im tiefsten etwas Echtes zugrunde, etwas Herzzerreißendes, das mit solch gründlicher Planmäßigkeit vielleicht versöhnen könnte, gerieten wir nicht durch Babas Schuld – vielleicht handelt sie unbewußt – immer wieder in Situationen, in deren Verlauf es uns freisteht, wie wir uns verhalten wollen: wie Vater und Tochter, wie Liebende, oder aber, noch schlimmer, wie Vater und Tochter, die gleichzeitig Liebende wären. Baba ist sich, wie gesagt, all dessen nicht bewußt, handelt vielleicht unwillkürlich; ich jedoch weiß es, fühle es, weiß, daß ich ihr Vater bin, daß ich es zumindest sein sollte, aber auch, daß ich sie liebe und daß ich mir zuweilen mit aller Kraft wünsche, Babas Geliebter zu werden.

Außerdem läßt sich nicht leugnen, daß Baba sich mitunter absonderlicher Mittel bedient, um ihren Plan durchzuführen, so daß man fast meinen möchte, sie bezwecke dessen Gegenteil. Ich bin abends meistens daheim, da ich meine Reiseberichte abends zu schreiben pflege, oft bis in die Morgenstunden. Baba wiederum geht oft aus, mit Santoro und einer Gesellschaft gleichaltriger Freundinnen und Freunde.

Seit einer Woche nun hat Baba es sich angewöhnt, mir «Gute Nacht» zu wünschen. Sie kommt gegen Mitternacht heim – manchmal auch später, geht in ihr Zimmer, zieht sich aus, wäscht sich, streift das Nachthemd über, kommt zu mir, ohne anzuklopfen, auf den Zehenspitzen, von hinten, schlingt die Arme um meinen Hals – ein Mitternachtskuß sozusagen, harmlos, vertraut, unschuldig. Zwischen uns beiden aber trübt sich dergleichen sofort, wird zweideutig, schillernd, gefährlich. Ihre nackten Arme umarmen mich, rundlich und frisch, ihre Lippen streifen meine Wange mit leiser, sachter Berührung, ihr Atem streicht über meine Haut, heiß, erregt, ihre Haare, knisternd und duftend, kitzeln mir Ohr und Hals, doch das alles dauert gerade so lange, um einen Verdacht aufkeimen zu lassen, denn kaum sagt die kindliche wie atemlose Stimme: «Gute Nacht, schlaf gut», da ist Baba auch schon fort, auf den Zehenspitzen gegangen, wie sie gekommen war. Wahrscheinlich, denke ich jedesmal, will sie wirklich nur gute Nacht sagen. Daß mir ihr Verhalten dabei den Schluß nahelegen könnte, sie hätte anderes im Sinn – das ist nicht ihre Schuld.

Die Versuchung ist stark, wird stärker, wird gleichsam unwiderstehlich. Dennoch beherrsche ich mich durch folgende Überlegung: Wenn ich Babas Liebhaber werde, was wird aus meinem Roman? Ich weiß, es klingt seltsam, unglaubhaft, beinahe lächerlich, im Augenblick, da sich die Frau, die ich liebe, mir darbietet und ich mit aller Gewalt versucht bin, die Gelegenheit zu nützen – lächerlich, sage ich, in einem solchen Moment an einen Roman zu denken. Aber Seltsamkeit, Unglaubhaftigkeit, Lächerlichkeit werden zunichte, wenn ich daran erinnere, daß dieser Roman für mich unendlich mehr bedeutet als eine literarische Gattung: einen Weg, ich wiederhole es, der Wirklichkeit näher zu kommen. Was will ich mit all dem sagen? Daß mein Romanvorhaben für mich im Laufe der Zeit eine Art Gewissen wurde, Gewissensmerkmale ausbildet, das heißt die Fähigkeit, zwischen mir und meiner Umwelt unverfälschte Beziehungen herzustellen. Ohne den Romanplan könnte ich der Versuchung, Babas Geliebter zu werden, nicht länger widerstehen. So aber weiß ich, ich könnte – würde ich ihr Geliebter – den Roman nicht mehr schreiben, nie mehr. Ich fühle genau: ein Verhältnis mit Baba würde, aus meinem Tagebuch dem Roman eingefügt, diesen unausweichlich ins Pornographische abgleiten lassen. Der Roman – einziges Gewissen, das mir zur Verfügung steht – läßt mich dort innehalten, wo mich mein Gewissen als Mann nicht mehr zu zügeln vermöchte. Der Mann in mir hat jener süßen, aufwühlenden Versuchung auch nichts entgegenzusetzen, keinen einzigen triftigen Grund. Anders der Romanschriftsteller. Er allein kann mir sagen: «Tu es nicht. Wenn du es tust, so zeige ich dir, wie in einem Spiegel, was daraus entstehen muß.»

Ein Kapitel meines Romans – ich schrieb es gestern abend, in Erwartung, daß Baba käme, um mir «Gute Nacht» zu sagen – mag die Richtigkeit dieser Erwägung erhärten. Warum gebe ich es hier wieder? Vielleicht, weil ich bei der Niederschrift von der Absicht geleitet wurde, mir gleichsam vor Augen zu führen, was mein Tagebuch und damit auch der Roman enthielte, würde ich Babas Geliebter.

Es folgt also das Kapitel, das ich schrieb, anstatt Baba zu lieben, oder, genauer gesagt, das Kapitel, das ich schrieb, um nicht ihr Geliebter zu werden:

... auch heute, wie jeden Abend, merke ich, daß meine Arbeit stockt, je näher die Mitternacht rückt, daß ich immer zerstreuter werde, gleichsam durchsichtiger wie Morgenträume im Licht einfallender Sonnenstrahlen, da man geträumte Wahrheit plötzlich als Traum erkennt. Die Sonne, in dem Fall, ist Baba, das heißt, mein Verlangen nach ihr, und je näher der Augenblick rückt, da sie mich besuchen wird, desto flimmernder, unübersehbarer wird die Verwirrung in mir.

Endlich höre ich sie heimkommen, jetzt ist sie im dunklen Korridor, stößt mit der ihr eigenen bärenhaften Tapsigkeit an einen Sessel, und plötzlich kommt mir der Gedanke, es wäre vielleicht geraten, ihr mitzuteilen, sie möge ihre Mitternachtsbesuche ein für allemal einstellen, dienten sie doch – weit entfernt, unser Vater-Tochter-Verhältnis zu fördern – eher dazu, es zu hintertreiben, ja sogar zu zerstören. Gedacht, getan. Ich stehe auf, öffne die Tür und sage ins Dunkel hinein, in dessen Tiefe ich Baba, Schatten im Schatten, weniger sehe denn vermute: «Baba.»

«Was ist? Du hast mich erschreckt.»

«Bitte, komm einen Augenblick herein. Ich möchte dir etwas sagen.»

«Du möchtest mir etwas sagen», wiederholt sie, verwundert, erfreut, tritt folgsam aus dem Dunkel und geht in mein Zimmer voraus. Wie immer um diese Zeit ist das Bett schon aufgeschlagen. Ich nehme meinen Pyjama, schiebe ihn unter das Polster, ziehe die Dekke darüber, bedeute Baba, Platz zu nehmen, all das, ohne etwas zu sagen. Jähe, plötzliche Erregung macht mir das Sprechen unmöglich. Ich sehe, wie Baba langsam die Matrosenjacke auszieht – jetzt ist sie in rotem Pullover und dunkelblauer Hose – und es sich auf dem Bett bequem macht, halb liegend, halb sitzend, die Arme auf das Polster gestützt. Nun schlägt sie die Beine übereinander, betrachtet mich ruhig aus ihren kurzsichtigen Augen und sagt: «Also? Was ist?»

Ich blicke zu Boden. Da sehe ich etwas Unerwartetes: An Babas Bein erglänzt, zwischen Hosensaum und Schuh, ein breites goldenes Kettchen, baumelt bis zum Knöchel hinab. Ich frage verblüfft: «Sag einmal – diese Kette –, seit wann trägst du diese Kette?»

Sie betrachtet selbstgefällig ihren Fuß. «Ich habe sie ungefähr vor einem Jahr gekauft, eine Weile getragen und dann beiseite gelegt. Heute früh – ich weiß nicht warum – habe ich sie wieder hervorgeholt.»

Ich besehe ihren Fuß – die nicht allzu schlanke Fessel, das Kettchen. So geschmacklos oder, vielmehr, bezeichnend für eine Art Geschmack, denke ich, verbunden sowohl dem Gedanken an Sklavin als auch an einen Typ Frauen von leicht antiquierter Verruchtheit. Während ich die Kette betrachte, merke ich zu meiner Verblüffung, daß meine Wangen brennen, daß mein Wunsch, mit Baba die Frage der Gute-Nacht-Besuche zu klären, restlos verflogen ist, falls ich ihn jemals hegte. Endlich sage ich albern: «Was hast du heute abend gemacht?»

«Ich war aus, mit Santoro und Freunden. Bei einem Kollegen.»

«So? Bei was für einem Kollegen?»

«Einem Studienkollegen.»

«Was habt ihr getan?»

«Das übliche.»

«Und das heißt?»

«Platten gehört, getanzt, geredet.»

«Hast du dich gut unterhalten?»

«Ja, sicher. Warum?»

«Nur so. Worüber habt ihr geredet?»

Sie betrachtet mich schweigend, verhalten. Ich sehe, daß ihr Körper allmählich vorgerutscht ist, vielleicht, weil das Bett so breit ist und jede Möglichkeit zum Anlehnen fehlt. Sie liegt fast ausgestreckt, den Bauch gleichsam dargeboten unter dem straffen Stoff der dunkelblauen Hose, die Beine leicht gespreizt. Ich kann nicht mehr neben ihr sitzen, springe auf, unvermittelt, mit jäher Unduldsamkeit, gehe mehrmals durchs Zimmer und nehme dann wieder Platz, doch diesmal nicht auf dem Bett, sondern unten, auf dem Teppich, an Babas Beine gelehnt. Baba hat sich Zeit gelassen. Schließlich antwortet sie: «Wovon wir gesprochen haben? Oh, über dies und das – auch von dir, stell dir vor.»

«Von mir?»

Ich sage die Worte zerstreut, mit anderem beschäftigt: Ich schiebe einen Finger unter das goldene Kettchen und ziehe ein wenig daran, als wollte ich es zerreißen. Baba wirft mir einen schrägen Blick zu und sagt: «Ja, von dir. Wir haben sogar gestritten.»

«Warum habt ihr gestritten?»

«Zwei Burschen – Freunde von mir – haben dich angegriffen. Ich habe dich verteidigt.»

«Du hast mich verteidigt?»

«Natürlich. Eine Tochter muß schließlich den Vater verteidigen.»

Ich sitze jetzt, das Gesicht an Babas Knie gedrückt, die Arme erhoben, als wollte ich ihre Hüften umfassen, die Hände auf den beiden seitlichen Reißverschlüssen der dunkelblauen Hose, und sage: «Da hast du vollkommen recht. Eine Tochter muß schließlich den Vater verteidigen. Was sagten sie denn über mich, diese Burschen, deine Freunde?»

«Das möchte ich lieber nicht sagen.»

«Warum nicht?»

«Es ist häßlich. Ich sollte es nicht wiederholen.»

Meine Hände ergreifen nunmehr die Reißverschlüsse, wie eines Befehls gewärtig. «Das macht nichts», beharre ich. «Was haben sie gesagt?»

«Sie haben dir angekreidet, daß du damals umgeschwenkt bist von deiner sozialistischen zu der konservativen Zeitung. Sie sagten, du hättest es nur des Geldes wegen getan.»

«Was noch?»

«Warum willst du es wissen?»

«Nur so. Weil es mich interessiert.»

«Sie haben gesagt, daß du ... Willst du das genaue Wort hören?»

«Ja.»

«Daß du ein Schuft bist. Jetzt weißt du's. Was hast du davon?»

War die Beleidigung «Schuft» vielleicht der Befehl? Fast scheint es so, denn da Baba das Wort ausspricht, verlegen, als hätte es für sie einen zusätzlichen Sinn, ziehen meine Hände an den Reißverschlüssen, die Metallzahnreihen weichen zurück, die Hose geht auf wie von selbst, abgeschält sozusagen vom durchbrochenen Blau des Höschens wie die Haut einer reifen Frucht. Ich blicke auf: Baba liegt auf dem Rücken, die Ellbogen aufgestützt, das Kinn an die Brust gepreßt, den Körper vorgeschoben, tut, als sei es Ehrensache, völlig zu übersehen, was mit ihrem Körper, von der Taille abwärts, geschieht. Ich wiederhole: «‹Schuft›. Und du hast mich also verteidigt?»

«Ja.»

«Mit Überzeugung?»

«Ja.»

«Aber im Grunde warst du ihrer Meinung, nicht?»

«Nein. Ich war nicht ihrer Meinung.»

«Wirklich nicht?»

«Wirklich nicht.»

Ich packe den Vorderteil der Hose, ziehe, und siehe da, unter dem Schleier des Höschens tritt dunkel der Nabel zutage, dreieckiger Abdruck im straffen Fleisch des Bauches. Ich ziehe noch einmal: Der Schamhügel erhebt sich, schwärzlich, dreieckig, fest. Ich sage und habe den Kopf geneigt: «Weißt du, wie ich dich insgeheim nannte? Damals vor zehn Jahren, als ich es nicht mehr ertrug, mit Cora zusammen zu leben?»

«Nein.»

«Bastard.»

Ich blicke auf, schaue sie an, sie lächelt ein wenig verlegen, dann sagt sie ironisch: «Was sich ein Vater so denkt über die Tochter. Wie, Francesco?»

«Du bist nicht meine Tochter», sage ich unwillkürlich.

«Also gut: Stieftochter.»

«Weder Stieftochter noch Tochter», beharre ich und Wut steigt in mir auf, «Bastard, und sonst nichts.»

Wiederum blicke ich auf. Sie liegt jetzt ganz ausgestreckt, das Kinn gegen die Brust gestemmt, die Beine gespreizt, völlig nackt von der Mitte bis zu den Knien, lächelt mir zu, verzerrt – ich muß an ein sterbendes Tier denken –, und sagt dann langsam, deutlich: «Der Vater entkleidet die Tochter.»

«Stört es dich?»

«Der Stiefvater entkleidet die Stieftochter.»

«Stört es dich?»

«Der Schuft entkleidet den Bastard.»

«Stört es dich?»

Sie schüttelt den Kopf, wie unfähig, weiterzusprechen; und wieder beschleicht mich die grausame Vorstellung, ein todwundes Tier zu sehen. Ich stehe auf ...

Wie gesagt: ich schrieb dieses kurze Kapitel gestern abend in dem Bestreben, mir klar vor Augen zu führen, wie die Wirklichkeit aussehen müßte, würde ich Babas Geliebter. Dann überlas ich das Geschriebene und fügte einige Seiten hinzu, um die Gedanken festzuhalten, die sich mir aufgedrängt hatten.

«Pornographie. Sie ergibt sich nicht sosehr aus der Art der Schilderung deiner Beziehung zu Baba als aus dieser Beziehung selbst, die du lediglich verschleiern, nie aber aus der Welt schaffen könntest. Pornographie, nicht minder, die auslösenden Momente deines Verlangens nach Baba:

Erstens: Kaum kommt Baba nach Hause, beeilst du dich, ihr zu sagen, daß du sie sprechen willst. Dir selbst hast du weisgemacht, du möchtest sie darum bitten, die mitternächtlichen Besuche in Zukunft einzustellen. Wozu also diese Hast? Du weißt doch, daß Baba kommen wird, um dir ‹Gute Nacht› zu sagen, einen kindlichen Kuß zu geben? Der Grund ist offenbar: Baba ist vorderhand noch in Hose und Pullover, später wird sie im Nachthemd sein. Nun weißt du aber genau, daß mit dem Bild jener Baba, das deine Begierde erregt, ein Mädchen in Hosen gemeint ist, ein Mädchen in Männerkleidern. Du willst Baba daher in der Hose sehen, die sie tagsüber trug.

Zweitens: das Knöchelkettchen. Auf den ersten Blick ein schier unlösbares Rätsel. Baba trägt nichts dergleichen, trug nie etwas dergleichen. Irgendwoher stammt es aber, das rätselhafte Bild, von etwas Geschehenem, einem Eindruck, der jedenfalls stark genug war, um seither in der dunkelsten Tiefe deiner Erinnerung zu nisten. Hast du nicht in Afrika, Indien an den Knöcheln eingeborener Frauen derartige Kettchen gesehen? Die Knöchel waren anders gewesen als Babas Fuß, zarter gewachsen, dunkler, knochiger auch mitunter, der Fußschmuck war zuweilen ein schwerer Silberring, doch der Gedanke, der mit derlei Schmuck verbunden ist: Sklaverei, Unterjochung, Frau als Objekt, als Ware, käuflich, verkäuflich, besitzbar, mittels einer festen Fußkette an eventueller Flucht gehindert – der Gedanke war hier wie dort derselbe.

Drittens: du stellt dir vor, dich auf den Boden zu setzen, Baba zu Füßen, das heißt, dem sadistischen Bild – angekettete Frau – unterschiebt sich das masochistische: Abhängigkeit, Unterwerfung, Erniedrigung, derselben Frau gegenüber. Baba, Sklavin, Gegenstand, trägt um den Knöchel die Kette, die sie als dergleichen ausweist – als Sklavin und Gegenstand. Du aber, Ding dieses Dinges, bist Sklave dieser Sklavin.

Viertens: die Beleidigung ‹Bastard›. Auch ihr liegt die Absicht zugrunde, Baba zu entwerten, zu erniedrigen, zu einer Ware zu stempeln, vermittels jener Verachtung, die seit urdenklichen Zeiten unehelichen Kindern gilt. Baba ist ein Bastard, das heißt unbeschützt, verfügbar, dir, jedem zu Gebot, der sich seiner bedienen will.

Fünftens: die Beleidigung ‹Schuft›, sie entspricht deinem Bedürfnis, dich deinerseits beschimpfen zu lassen, doch das Motiv dieses Wunsches ist weniger klar, als es scheint: Du wolltest dich nicht so sehr strafen als von Baba strafen lassen, das heißt eine neue Verbindung von Sadistischem – Beleidigung Babas – mit Masochistischem – Selbstbeleidigung.

Sechstens: der Vater entkleidet die Tochter, der Stiefvater entkleidet die Stieftochter, der Schuft entkleidet den Bastard. Dies bedarf keiner Erklärung. Inzest, erkannt und verworfen, ihm desto besser zu frönen, Liebe, gesehen als Durchbrechung der allerletzten Schranke, gleichsam als Sprung ins Nichts.»

Ich hielt mit dem Schreiben inne, überlegte ein wenig, fuhr fort: Schön, angenommen, Gefühle und Motive seien tatsächlich dieser Art – muß darum ihre Beschreibung ins Pornographische abgleiten? Notwendigerweise ja. Dir stehen nur zwei Wege offen, beide führen in die Pornographie: Der erste zu einer verschleierten, uneingestandenen, der zweite zu offener.

Gewiß, du könntest nach Art traditionsverhafteter Autoren die körperlichen Beziehungen durch psychologische ersetzen. Du müßtest die Einzelheiten, Fußkette, Hose, Reißverschluß, Höschen, Hemd, Bauch, weglassen, müßtest dich darauf beschränken, ausschließlich Empfindungen keusch-einfühlsam zu zergliedern, nach vorheriger Reduzierung auf kompliziert-mittelbare. Gewiß, das könntest du, nur besteht zwischen dir und traditionsverhafteten Autoren folgender Unterschied: Sie glauben an die Psychologie. Daher: wenn du nun nach Art jener Autoren verfährst, die körperlichen Beziehungen zu seelischen sublimierst, so betreibst du, im Grunde, nichts anderes als Amateurpsychologie, schöngeistige Seelenentblößung, mit anderen Worten: lediglich verschleierte Pornographie, und die ist bekanntlich ärger, als offen eingestandene. Deshalb, wiederhole ich, stehen dir nur zwei Wege offen, zwei Wege, an deren Ende nach wie vor eines steht: Pornographie.

Warum? Stellen sexuelle Beziehungen, folglich auch inzestuöse, nicht eine Wirklichkeit dar, gültig wie jede andere? Warum also Pornographie?

Ich hielt einen Augenblick inne. Dann schrieb ich: Pornographie, weil am Ursprung deines Gefühls zu Baba, der körperlichen Beziehung, die zwischen euch möglich wäre, nichts Wahres, Klares steht, sondern etwas Verfälschtes, nämlich der Vaterschaftsgedanke. Er ist die Illusion, deren du bedarfst, um Baba lieben zu können. Solltest du eines Tages tatsächlich ihr Liebhaber werden, würde sich diese Täuschung, das weißt du, verflüchtigen, du würdest erkennen, daß Baba nicht nur eine Frau wie jede andere, sondern darüber hinaus obendrein etwas Verfälschtes ist: jene beliebige Frau, die du nur lieben kannst, weil du sie als deine Tochter ansiehst. Daher die Pornographie, die im Grunde nichts anderes ist als unechte, verfälschte Darstellung sexueller Beziehungen. Das Falsche, ich wiederhole es, eignet den Dingen bereits, ehe sie dargestellt werden. Und deine einzige Möglichkeit, es als solches zu entlarven, ihm aus dem Weg zu gehen, ist deine Idee, den Roman nicht als literarische Gattung, sondern als Prüfstein zu verstehen, als Mittler zwischen dir und der Welt, wenn du willst, als dein Gewissen. An der geplanten Darstellung mißt du die darzustellende Tat, verhältst dich dann je nach Ausfallen dieses schlüssigen Vergleichs. Damit bleibt alles Verfälschte, Unechte in dir beschlossen, als Traum vielleicht, als Versuchung, nie in Handlung umgesetzt, in eine Handlung, die ihrerseits Kunst – vielmehr Unkunst – werden könnte.

Mit anderen Worten: Du hast einen Maßstab für deine Handlungen, einen Maßstab allerdings, der dich zwingt, sie zu unterlassen – der einzige Weg, wie es scheint, die Verfälschtheit zu umgehen, die jeglichem Handeln innewohnt.

Bis hierher war ich gekommen. Da fühlte ich mich plötzlich sehr müde, niedergeschlagen, fast verzweifelt. Ich zog mich langsam aus, angespannt horchend. Nichts regte sich. Endlich verließ ich das Zimmer – es war keine überlegte Handlung –, ging zu Babas Tür und dachte: Jetzt klopfe ich dreimal. Macht Baba auf, trete ich ein, lege mich zu ihr ins Bett und verzichte endgültig darauf, Romanschriftsteller zu werden. Gedacht, getan. Ich klopfte leise, dann lauter, dann laut, wartete vor der Tür, barfuß auf den kalten Fliesen, doch Baba antwortete nicht. Ich ging in mein Zimmer zurück, legte mich nieder und schlief kurze Zeit später ein. An dem Abend unterließ Baba es, mir gute Nacht zu wünschen. Oder vielleicht ist sie gekommen, und ich habe es nicht bemerkt.

Sonntag, 15. November

Ich hatte soeben die letzte Reportage über Persien fertig verbessert, als Baba mein Zimmer betrat, den Hund Dienstag an der Leine. Diesmal war sie nicht in Hosen, sondern in einem engen flammendroten Rock, einem schwarzen Pullover und hohen Kosakenstiefeln aus weichem schwarzem Leder. Sie ging geradewegs zum Fenster, wandte mir den Rücken zu, sah hinaus. Ich wußte, sie hatte den Platz zwischen Schreibtisch und Fenster in dem Bestreben gewählt, ihre Stiefel bewundern zu lassen. Und wirklich, nach einiger Zeit drehte sie sich um und sagte: «Du schaust meine Stiefel an, nicht? Sie sind schön!»

«Ja, sie stehen dir gut.»

«Weißt du, wer sie mir geschenkt hat?»

«Nein, keine Ahnung.»

«Du.»

«Ich? Wieso ich?»

«Ich meine, du wirst sie mir schenken. Weil ich nämlich die Rechnung an dich habe schicken lassen. Ja? Bin ich nicht deine Tochter? Bist du nicht mein Vater? Es ist nur recht und billig, daß du die Rechnungen bezahlst.»

Ich mußte mir eingestehen, daß ihr Vorschlag mich freute, mehr als ich zugeben wollte. Der Gedanke war unabweisbar, daß ich mit ihr zumindest acht Stunden verbringen würde. Ich sagte: «Schön, einverstanden», und bemühte mich, so gut es ging, meine Freude nicht zu zeigen.

«Gehst du gern mit mir aus?»

Ihre Miene, nichtssagend, fast scheinheilig, erinnerte mich unvermittelt an ein Kind, das in aller Stille, heimlich, eine Falle vorbereitet. Ich sagte, mißtrauisch geworden, kurz angebunden: «Klar. Sonst täte ich es nicht.»

Schweigen. Dann sagte Baba: «Schön, ich laufe jetzt schnell hinunter, Abendessen einkaufen, dann fahren wir.» Wieder eine kleine Pause. Dann fügte sie ruhig hinzu: «Natürlich kommt Cora mit.»

Die Falle war zugeschnappt. Ich hatte mich darauf gefreut, den Tag mit ihr zu verbringen, und sie zog den Menschen hinzu, dessen Gegenwart mir die unliebste, die allerverhaßteste war. Unwillkürlich rief ich gereizt: «Cora? Wie kommst du auf Cora?»

Baba sagte: «Es geht ihr nicht gut. Ich möchte, daß sie an die Luft kommt.»

«Aber ich wollte mit dir allein sein.»

«Wirst du auch. Cora ist sehr diskret. Am Strand lassen wir sie allein und gehen miteinander spazieren.»

Ich verschluckte die Bemerkung, daß ich Coras Diskretion, eine Kupplerinnentugend, noch widerwärtiger fand als Coras Gegenwart, beschränkte mich darauf, die eben angerauchte Zigarette im Aschenbecher auszudrücken, nahm meinen Artikel über Persien und schob ihn in einen Umschlag. «Gib her, ich werfe ihn ein», sagte Baba, bemächtigte sich des Briefes und ging aus dem Zimmer, wobei sie den Hund Dienstag hinter sich herzog. Ich blieb eine Weile sitzen, immer noch gereizt, dann stand ich auf, ging zum Fenster und sah auf die Straße hinab. Jetzt trat Baba aus dem Haus – ich folgte ihr mit den Blicken –, überquerte die breite Fahrbahn, den Hund an der Leine, ging auf den Briefkasten zu, langsam und träge, behindert von dem engen Rock, von ihren schweren Stiefeln, warf den Brief ein, ging weiter, verschwand hinter der nächsten Ecke. Ich nahm wieder am Schreibtisch, vor meiner Schreibmaschine Platz, steckte eine Zigarette an, rauchte und wartete, in den Anblick des aufsteigenden Rauchs vertieft. Endlich kam Dienstag zurück, schweifwedelnd, unter Gejaule, Baba folgte ihm. Ich sagte, ohne mich umzudrehen: «Hör zu.»

«Was?»

«Du darfst nicht glauben, daß ich Cora nicht mitnehmen will.»

«Warum sagst du das?»

«Weil ich vorhin nicht einverstanden war.»

Sie erwiderte langsam: «Natürlich willst du sie nicht mitnehmen. Hast du mir nicht gesagt, du willst mit mir allein sein? Ich sehe nach, ob sie fertig ist.» Und damit ging sie hinaus.

Bald darauf fuhren wir zu dritt auf der Straße zum Meer dahin. Baba saß neben mir, Cora allein auf dem Rücksitz. Eine Zeitlang steuerte ich schweigend. Dann, plötzlich, bei einer Kreuzung, blickte ich in den Innenrückspiegel und sah, daß er schlecht angebracht war: er zeigte mir nicht die Straße, sondern Coras Gesicht. Schon wollte ich ihn zurechtrücken, als ein Blick auf dieses Gesicht mich innehalten ließ: abgezehrt, fleckig-rot, von tintenschwarzem Haar umrahmt, die blauen Augen vergrößert, ins Grausam-Riesenhafte geweitet, die große, gerade Nase rot, anders rot als die Wangen – sie glich einer falschen Nase –, der Mund gekrümmt, verzerrt zu einer unbewußten Grimasse des Abscheus und des Ekels, als sei das Antlitz eine Maske, die sich verschoben hätte, das elende, zerstörte Gesicht dahinter erahnen ließe. Ich musterte Cora eingehend, rückte schließlich den Spiegel zurecht und fragte: «Cora, wie geht es dir heute?»

«Gut.»

«Das würde man nicht meinen.»

«Warum nicht?»

«Du siehst aus, als wärst du krank.»

«Unsinn! Mir geht es bestens.»

«Hast du Fieber?»

«Ich habe nicht gemessen.»

«Hast du gestern abend Fieber gehabt?»

«Erhöhte Temperatur. Siebenunddreißig-vier.»

«Und der Husten?»

«Ist besser.»

«Was sagt der Arzt?»

«Wegen ein bißchen Husten und erhöhter Temperatur braucht man nicht zum Arzt zu gehen.»

«Wenn du mich fragst, würde ich sagen, du tätest gut daran.»

Hier schaltete Baba sich ein: «Siehst du? Francesco ist meiner Meinung.»

«Du sei ganz still. Ich weiß genau, was ich habe: eine nicht ausgeheilte Bronchitis.»

«Warum willst du nicht zum Arzt?»

«Weil ich keine Zeit habe. Und die Ärzte sind alle gleich, sie sagen immer: Luftveränderung. Ich kann nicht weg aus Rom.»

«Warum nicht? Was hast du zu tun?»

«Das Geschäft. Jetzt fängt die Saison an.»

«Welche?»

«Die Wintersaison.»

Bis hierher und nicht weiter, dachte ich. Das Geschäft: der Modesalon und vor allem die Stundenvilla, die sie beharrlich verschwieg, weder erwähnen konnte noch wollte. Trotzdem fragte ich: «Geht der Modesalon gut?»

«Nicht sehr gut. Auch deshalb kann ich nicht weg.»

«Warum geht er nicht gut?»

«Die Kundinnen zahlen nicht.»

«Ein Grund mehr, zuzusperren und dich endlich zu erholen.»

«Du bist verrückt!»

«Warum?»

«Was kümmerst du dich um mich? Laß mich in Ruhe.»

«Warum soll ich mich nicht um dich kümmern. Du bist schließlich meine Frau.»

«Deine Frau! Zehn Jahre ist dir meine Existenz nicht einmal aufgefallen! Und jetzt entdeckst du plötzlich, ich bin deine Frau.»

«Das hätte ich eben nicht tun sollen. Aber es ist nie zu spät, Unrecht wiedergutzumachen.»

«Du willst nichts wiedergutmachen. Du tust alles nur Baba zuliebe.»

«Was hat Baba damit zu tun?»

«Sie will, ich soll zusperren, zum Arzt gehen, vielleicht sogar weg aus Rom. Und du hältst zu ihr.»

Ich fühlte, wie Babas Finger plötzlich meinen Arm umschlossen, als wollte sie sagen, laß. Trotzdem gab ich nicht nach: «Glaubst du nicht, daß uns deine Gesundheit am Herzen liegt?»

«Baba schon. Aber dir? Nein. Du tust es nur Baba zuliebe.»

«Was willst du damit sagen?»

«Was ich gesagt habe.»

«Und zwar?»

«Kennst du den Spruch?»

«Welchen?»

«Wer Ohren hat, der höre.»

«Mir scheint, du willst damit sagen, daß meine Gefühle für Baba nicht restlos väterlich sind.»

«Das will ich nicht sagen. Nur, daß du dir nicht um meinetwillen plötzlich solche Mühe gibst, wie du mir gern weismachen möchtest, sondern Baba zuliebe.»

Hier legte sich Baba ins Mittel, eilends, beflissen, sie machte dem Geplänkel ein Ende, in zärtlich-bestimmendem Ton: «Aber nein, nein, alles nur Einbildung, Mama, daran ist kein wahres Wort, glaub mir, wirklich, Francesco schickt dich zum Arzt, weil er dein Bestes will. Nur deshalb, nicht wahr, Francesco?»

Wieder fühlte ich, wie ihre Hand meinen Arm drückte, und sagte: «Selbstverständlich.»

«Du darfst dich nicht aufregen, Mama, niemand verlangt von

dir, den Modesalon zuzusperren oder Rom zu verlassen, oder zum Doktor zu gehen. Du machst weiter wie bisher, und du wirst sehen, Mama, das Fieber vergeht von selbst.»

Wiederum herrschte Stille. Plötzlich stieß Cora hervor:

«Ich brauche niemanden. Ich weiß selber, was gut für mich ist.»

«Natürlich weißt du das selber, niemand macht dir Vorschriften. Und wir drei, wir sind eine Familie, Vater, Mutter und Tochter, und du, Cora, beweist jetzt Francesco, daß du nicht mehr böse bist, legst die Hand an seine Wange, und du Francesco, ja, du drückst Coras Hand.»

Halt, hätte ich am liebsten geschrien, doch ich war nicht schnell genug. Schon kniete Baba auf dem Sitz, langte nach Coras Hand, legte sie an meine Wange. «Was fällt dir denn ein?» sagte Cora, zog aber die Hand nicht weg. Ich fühlte sie an meinem Gesicht mit aufflackerndem Widerwillen, steuerte aber unbeirrt weiter, während sich Coras Hand, von Babas Hand gesteuert, öffnete und bewegte, mein Gesicht liebkoste, schweißfeucht, die Hand einer Fiebernden. Baba sagte: «Komm, Francesco, jetzt mußt du Coras Hand drücken.» Ich ergriff sie, zögerte, führte sie mit Überwindung schließlich an meine Lippen. Cora sagte abermals «Laß», mit einem kleinen nervösen Lachen, und da erkannte ich, daß sie sich im Grunde freute, ob wegen des Kusses oder deshalb, weil ich nicht darauf beharrte, sie solle zum Arzt gehen und zusperren – kurz, weswegen weiß ich nicht.

Endlich zog sie die Hand zurück und sagte zu ihrer Tochter: «Du kennst dich aus», ein zweideutiges Kompliment, das sowohl mütterlicher Liebe als auch dem Berufsinstinkt der Kupplerin entsprungen sein mochte.

Ich streckte die Hand aus – der Wunsch, dieser unerträglichen Szene irgendwie ein Ende zu machen, wurde in mir übermächtig – und schaltete das Radio ein. Der Wagen jagte nun über die schnurgerade Straße, mitten zwischen zwei Reihen hoher, schräger Pinien hindurch, den schwarzen Wolkenfahnen entgegen, die vom Himmel flatterten. Die Abzweigung nach Latina, ein Rondell – Kreisverkehr –, die eukalyptusgesäumte Straße nach Borgo Sabotino, dann endlich, nach holpernder Fahrt über unebenen Asphalt, die Häuser von Lido di Latina. Wir fuhren das Meer entlang, rechts Dünen, links Sümpfe, die Nebelform des Circeo hob sich in der Ferne ab, überragte, selbst überragt von einem seltsamen Gebilde – lange, schmale Wolkenschläuche, gedärmeartig gelagert –, das ruhige, leuchtende Meer. Ich bog auf einen Platz ein, hielt, stellte den Motor ab.

Wir saßen eine Weile, ohne uns zu bewegen, dann streckte ich die Hand aus und schaltete das Radio ab. Plötzliche, völlige Stille. Auch draußen rührte sich nichts. Der Ginster auf den Dünen oben stand wie versteinert. Offenbar herrschte Windstille. Weit draußen über dem Meer hing bleiern das Gewitter. Ich sagte: «Steigen wir aus. Es ist noch zu früh, um zu essen.»

«Gehen wir.»

Wir stiegen aus. Der Hund schoß davon, verschwand in Richtung Meer, wir folgten ihm über den Sand, einen Weg entlang, der sich in Serpentinen die Dünen hinanschlängelte. Als wir oben angelangt waren, bewunderte ich die Farben. Sie wirkten kalt, unvermischt, waren voll krasser Gegensätze, bewirkt durch die Abwesenheit der Sonne und den niedrigen Stand der Wolken. Bimssteinweißer Sand, grasgrünes Meer, tintenschwarzer Saum des Strandes – angeschwemmter Tang und dergleichen. Auch fiel mir auf, daß die Stille, die Reglosigkeit des Tages im Vergleich zu der Erregung, dem freudigen Gebell des Hundes, der uns umsprang und umtollte, noch deutlicher fühlbar wurde. Ich blieb stehen, und betrachtete das Meer. Ein seltsames Wassergebilde – flüssiges, funkelndes Glas – schwoll, stob dahin, weiter schwellend, zerstäubte zu einem Schaumkamm, verschlang ihn, verschlang gleichsam sich selbst, verflachte und verebbte, ohne das Ufer zu erreichen. Ich sagte zu Baba: «Schnell, beeilen wir uns mit dem Spaziergang, es sieht nach Regen aus.»

Sie sagte: «Ich laufe voraus, komm mir nach», und eilte die Dünen hinab, dem Hund nach, jauchzte und vollführte große Sprünge mit ihren schwarzen Stiefeln auf dem weißen Sand. Ich zögerte eine Sekunde, der Gegenwart Coras bewußt.

Cora sagte: «Geht nur. Ich warte einstweilen auf euch, lege mich hier in den Sand.»

«Wird dir nicht kalt sein?»

«Nein. Es ist nicht kalt. Geh zu Baba.»

Sie entfernte sich. Ich sah ihr nach. Nun blieb sie stehen, streckte sich in den Sand und stützte sich auf den Ellbogen. Sie trug ein rotes Kleid – Rot war ihre Lieblingsfarbe –, und dieses Rot, dunkel, doch leuchtend, lohte im fahlen Licht auf dem weißen Strand, wie Glut, von Asche kaum bedeckt. Jetzt nahm sie, gesenkten Hauptes, eine Handvoll Sand vom Boden, ließ ihn durch die Finger gleiten. Ich ging zu ihr und fragte: «Ist dir nicht gut?»

«Doch, doch. Ich habe nur keine Lust, spazierenzugehen.»

«Wir gehen nicht weit, nur ein paar Schritte. Wir kommen bald wieder zurück.»

«Geht nur.»

Sie hustete mehrmals, öffnete ihre Handtasche, kramte Zigaretten hervor und schob eine zwischen die Lippen. Ich beugte mich nieder, hielt ihr das Feuerzeug hin und ließ das Flämmchen hervorzüngeln. Cora steckte die Zigarette an, sog den Rauch ein, blies ihn aus, ohne den Kopf zu heben. Ich zögerte ein wenig. Dann ging ich schweigend zu Baba, die mich erwartete, ganz nahe, ohne sich zu bewegen.

Wir gingen eine Weile schweigend. Dann sagte ich endlich: «Baba.»

«Was ist?»

«Vor ein paar Tagen war ich in Coras Villa an der Via Cassia.»

«Wozu?»

«Ich weiß es nicht. Vielleicht im Gedanken daran, daß Cora dich vor sechs Jahren in dieses Haus geführt hat.»

«Nicht in dieses. In ein anderes. Das Haus an der Via Cassia hatte sie damals noch nicht.»

«Wohin dann?»

«In eine Wohnung.»

«Wo war sie?»

«Warum willst du das wissen?»

«Nur so.»

«Ich weiß nicht, wie die Straße heißt. Ich weiß nicht einmal die Hausnummer. Trotzdem würde ich hinfinden, sogar mit verbundenen Augen.»

«Wo war diese Wohnung?»

«Wenn du willst, gehen wir morgen hin, und ich zeige dir das Haus.»

«Wann hat Cora dich dort hingeführt? Ich meine, genau?»

«Wart einmal – im März 1957.»

«Du hast mir einmal gesagt, du warst nicht öfter dort als höchstens fünf-, sechsmal. Nicht?»

«Ja.»

«Wann hat Cora den Gedanken, dich in diese Wohnung zu führen, endgültig aufgegeben?»

«Ich glaube, das war im Mai.»

«Das heißt, die ganze Geschichte hat alles in allem nur zwei, drei Monate gedauert?»

«Nicht länger.»

«Aber diese zwei, drei Monate waren wichtig für dich, nicht wahr?»

«Für die damalige Baba.»

«Ja, für die damalige Baba.»

«Sie waren wichtig.»

«Später hatte sie dann auf einmal andere Augen. Nicht wahr?»

«Andere Augen? Wieso?»

«Ich habe Baba einmal – Anfang März 1957 – im Aufzug getroffen. Damals waren ihre Augen noch anders.»

«Woher weißt du so genau, daß es Anfang März 1957 war?»

«Weil es geschneit hatte. Und Schnee ist in Rom sehr selten. Ich erinnere mich an die Begegnung, weil an dem Tag draußen Schnee lag. Ich stand schon im Aufzug, Baba kam angerannt, eben als ich die Tür schloß. Sie trug einen schwarzen Pullover und eine Skihose, war ein wenig außer Atem, lehnte sich während der Abwärtsfahrt mit dem Rücken an die Liftwand, schaute mir gerade ins Gesicht und hielt mit beiden Händen etwas hinter sich versteckt. Ihre Augen fielen mir auf.»

«Wie waren ihre Augen?»

«Strahlend, hell, lebhaft, arglos – Kinderaugen. Dann blieb der Aufzug stehen, und Baba lief davon, und ich sah, was sie versteckt gehalten hatte: eine kleine rote Schneeschaufel.»

«Möglich. Aber die Sache mit den Augen ist einfach: Etwa um diese Zeit begann Babas Kurzsichtigkeit, und seither trägt sie eine Brille.»

«Ja. Aber trotzdem. Damals hatte sie einen anderen Blick.»

«Bist du dessen sicher?»

«Ich denke schon. Aber es hat nichts zu sagen. Kehren wir lieber zu den zwei, drei Monaten zurück, die für Baba wichtig waren. Sag mir, warum waren sie wichtig?»

«Oh, aus einer Reihe von Gründen.»

«Keinesfalls, weil sie Babas Liebe zu Cora erschüttert hätten.»

«Das nicht.»

«Ebensowenig, weil sie Babas Leben verändert hätten – ich meine, im Grunde.»

«Ebensowenig.»

«Warum also waren sie dann wichtig?»

«Das ist schwer zu sagen. Sie waren wichtig. Das genügt.»

«Nein, das genügt eben nicht. Hör mir zu.»

«Tu ich ja. Ich tu überhaupt nichts anderes, schon seit geraumer Zeit.»

«Das ist keine Antwort, Baba. Denk lieber nach.»

«Worüber?»

«Warum die zwei Monate damals für Baba wichtig waren. Was war das für eine Wichtigkeit?»

«Also schön, sagen wir, Baba hat damals eine Erfahrung gemacht.»

«Das würde die Theorie widerlegen, daß zwischen der heutigen und jener damaligen Baba keine Verbindung besteht. Erfahrungen machen heißt aber, sich entwickeln, letzten Endes man selber bleiben.»

«Wieso? Ein Mann wird überfahren, und ein paar Stunden später stirbt er im Spital. Dieser Mann hat eine Erfahrung gemacht, nämlich jene, unter ein Auto zu geraten. Da er aber anschließend stirbt, kann man von ihm schwerlich behaupten, er hätte sich entwickelt, wäre er selber geblieben. Er hat sich nicht weiterentwikkelt und war nie wieder er selber.»

«Du willst damit sagen, daß die damalige Baba seit jener Erfahrung tot ist, abgelöst von einer neuen, anderen Baba. Nicht wahr?»

«Ja.»

«Worin also hat jene Erfahrung bestanden?»

«In dem Bewußtsein – ich weiß nicht, wie ich es erklären soll –, keine Person mehr zu sein, sondern ein Ding.»

«Ein Ding?»

«Ein Ding. Ein Gegenstand.»

«Was für ein Gegenstand?»

«Irgendeiner. Ein Sessel meinetwegen, oder eine Blumenvase.»

«Wann hat Baba diese Erfahrung gemacht, ein Gegenstand zu sein? Als Cora sie dort hinführte?»

«Nein. Als Cora sie an der Hand nahm und in jene Wohnung führte, da betrachtete sich Baba noch als Person. Der Beweis: Sie war willens, zu tun, was Cora ihr eingeschärft hatte.»

«Warum ist das ein Beweis?»

«Weil Baba damals noch dachte, es stünde bei ihr, zu tun oder nicht zu tun, was Cora ihr eingeschärft hatte.»

«Was hatte Cora ihr eingeschärft?»

«Sagen wir, etwa folgendes: ‹Wir gehen jetzt in eine Wohnung, dort stelle ich dich jemandem vor, der dich kennenlernen möchte. Bemüh dich, nett zu sein und laß ihn tun, was er will, was immer das auch sein mag.›»

«Und dazu war Baba bereit. Warum?»

«Weil Cora es war, die ihr das eingeschärft hatte, und Cora war ihre Mutter.»

«Und Baba war nicht im geringsten – sagen wir – überrascht?»

«Nein. Aber hier muß ich hinzufügen, daß Baba damals sehr dumm war, daß sie überhaupt nichts verstand, und am allerwenigsten verstand sie, nicht zu verstehen.»

«Das erste Mal, sagtest du aber, ist niemand gekommen. Wann machte Baba die Erfahrung, ein Ding zu sein, wie du es nennst? Das zweite Mal?»

«Ja.»

«Bei der Liebe?»

«Soweit ist es gar nicht gekommen. Es war nichts als Peinlichkeit. Nein, nachher. Als der Mann fortging.»

«Warum? Was ist da geschehen?»

«Der Mann war etwa eine Stunde mit Baba zusammengewesen, hatte mit ihr gesprochen, hatte sie umarmt oder, genauer gesagt, er hatte es versucht, dann zog er sich an, ging hinaus, um zu telefonieren, wie er sagte, und kam nicht mehr zurück. Baba ging zum Fenster, schaute auf die Straße hinunter, sah ihn aus dem Haustor kommen, ins Auto steigen, wegfahren. Dann drehte sie sich wieder um, schaute wieder ins Zimmer, und da hatte sie das Gefühl, daß zwischen ihr und den Möbeln kein Unterschied bestand. Der Mann war nicht wiedergekommen, hatte sich nicht verabschiedet, ebensowenig wie er dem Sessel oder der Nachttischlampe ‹Auf Wiedersehen› gesagt hatte.»

«Soll das heißen, Baba hatte erwartet, er würde ihr ‹Auf Wiedersehen› sagen?»

«Ja.»

«Warum?»

«Weil Baba für diesen Mann zwar nichts weiter empfand, nicht einmal begriffen hatte, was man eigentlich von ihr wollte, aber dennoch glaubte, daß zwischen ihr und ihm eine Beziehung bestünde wie eben zwischen zwei Menschen. Wäre er wiedergekommen, um sich von ihr zu verabschieden – vielleicht hätte Baba ihn sogar umarmen können.»

«Eine liebevolle Baba, die damalige Baba.»

«Nein, sie war nicht liebevoll. Sie war lediglich der Meinung, daß zwischen einem Menschen und einem anderen Menschen eine Beziehung bestehen müßte.»

«Demnach würde es genügen, einen Menschen nicht zu grüßen, um in ihm das Gefühl zu erwecken, ein Gegenstand zu sein?»

«Unter Umständen, ja. Und dann war da noch etwas.»

«Was?»

«Als Baba ins Zimmer schaute und sie das Gefühl überkam, daß zwischen dem Sessel und ihr kein Unterschied bestand, da sah sie einen gefalteten Geldschein auf der Marmorplatte der Kommode, den der Mann dort heimlich hingelegt hatte. Damit nahm das Gefühl, ein Ding zu sein, keine Person, greifbare Form an. Verstehst du? Dinge kann man kaufen und verkaufen. Folglich ...»

«Ich verstehe. Und sag – wie ist dieses Gefühl, ein Gegenstand zu sein?»

«Ein Gefühl wie jedes andere.»

«Unangenehm?»

«Nicht unbedingt. Für Baba war es unangenehm. Baba, die dumme Gans, hatte sich eingebildet, eine Person zu sein. Daher erlebte sie eine Enttäuschung. Aber ich könnte mir vorstellen, daß es auch angenehm sein kann, daß man sich förmlich wünscht, dieses Gefühl zu empfinden, wenn auch nur aus Neugier. Das hängt davon ab, wer's erlebt.»

«Kehren wir zu Baba zurück, die auf der Kommode Geld findet und von da an das Gefühl hat, ein Gegenstand zu sein. Was hat Baba gemacht? Cora gerufen?»

«Nein. Cora war nicht da.»

«Cora war nicht in der Wohnung?»

«Nein.»

«Wo war Cora?»

«Fort. Cora war fortgegangen, sobald sie den Mann zu Baba ins Zimmer gelassen hatte. Sie käme in einer Stunde, hatte sie gesagt.»

«Verstehe. Was tat Baba also, allein?»

«Sie hat sich beschäftigt.»

«Womit?»

«Zuerst räumte sie auf, peinlich genau, sorgfältig. Sie machte das Bett, breitete die Decke darüber, sammelte die Papierschnitzel der Schutzgummihülse auf, den unbenutzten Schutzgummi, und warf alles in den Papierkorb. Dann, mit derselben Sorgfalt, derselben Genauigkeit, brachte sie sich selber in Ordnung. Sie ging ins Bad, zog sich aus, seifte sich ein, duschte, zog sich an, kämmte sich, ging wieder ins Zimmer zurück, setzte sich in den Sessel, drehte das Radio lauter und wartete auf Cora.»

«Das Radio hatte gespielt?»

«Jawohl, die ganze Zeit. Operettenmusik, gedämpft. Es gab auch einen Kamin, und in dem Kamin brannte Feuer. Kurzum, es war alles vorhanden.»

«Hat Baba lange gewartet?»

«Ja, beinahe eine Stunde.»

«Und woran dachte Baba in dieser Stunde?»

«An nichts. Woran denkt ein Ding? Ein Ding kann nicht denken.»

«Wieso? Baba fühlte sich noch immer als Ding?»

«Sie fühlte sich nicht als solches. Sie war eines.»

«Was soll das heißen?»

«Daß Baba von jenem Moment an, bis zu dem Augenblick, etwa zwei Monate später, als Cora den Gedanken aufgab, Baba verkaufen zu wollen, überhaupt nicht mehr dachte. Sie war ein Ding, Schluß, Punktum, und sie betrug sich als solches.»

«Wie beträgt sich ein Ding?»

«Überhaupt nicht.»
«Das heißt?»
«Es – es ist da. Es ist da. Das ist alles.»
«Aha! Und als Cora zurückkam, was sagte sie?»
«Sie sagte: ‹Ist er schon fort?›»
«Und Baba? Was erwiderte Baba?»
«Baba erwiderte: ‹Ja.›»
«Und was antwortete Cora?»
«Cora antwortete: ‹Nicht wahr, was habe ich gesagt. Ein feiner, gebildeter Mensch.›»
«Und was sagte Baba?»
«Baba sagte: ‹Er hat das Geld dagelassen.›»
«Und was hat Cora getan?»
«Sie hat das Geld genommen.»
«Wie?»
«Auf die einfachste Art: in aller Offenheit, ohne Hast, ohne Skrupel, wie etwas, das ihr zukam.»
«Und dann?»
«Dann sind Cora und Baba wieder nach Hause gefahren.»
«Was sagten sie?»
«Baba schwieg. Cora aber redete.»
«Wirklich?»
«Wirklich. Sie setzte Baba ihre Lebensauffassung auseinander.»
«Wie faßt sie das Leben auf?»
«Baba hat nicht richtig zugehört. Aber im großen und ganzen sagte Cora damals, es gäbe im Leben nur eines – nämlich das.»
«Was?»
«Nun, das, was zwischen Baba und dem Mann geschehen – vielmehr – nicht geschehen war.»
«Wie hat sie das ausgedrückt?»
«Ich weiß es nicht mehr genau. Aber sie sprach mit Überzeugung, Leidenschaft, ehrlich bewegt. Als wäre sie außer sich. Es war das erste Mal, daß Baba sie so sprechen hörte, erstens soviel, und zweitens mit dieser Anteilnahme.»
«Wo waren Baba und Cora, während Cora auf Baba einsprach?»
«Im Auto. Cora fuhr und redete dabei, hörte nicht auf zu reden, während der ganzen Fahrt. Es war eine Art Monolog.»
«Und Baba? Was dachte Baba?»
«Baba dachte überhaupt nicht. Das habe ich dir schon gesagt.»
«Warum – was denkst du heute – warum ging Cora fort, während Baba mit dem Mann allein war?»
«Ich weiß nicht. Sie tat es nur damals, ich meine, jenes erste Mal. Die anderen Male blieb sie im Wohnzimmer, glaube ich. Vielleicht

sollte Baba denken, sie handle aus freien Stücken, sei gern ein Gegenstand, habe sich freiwillig entschlossen, ein Gegenstand zu werden.»

Hier wurde unser Gespräch von einem Gebell unterbrochen, das freudig klang, beinahe lustvoll. Wir blickten auf und sahen, daß Dienstag, der Hund, auf dem Rücken lag, die Pfoten von sich gestreckt und sich an etwas rieb, das von ferne einem Sandhügel glich, einer kaum merklichen Bodenerhebung. «Dienstag!» schrie Baba, lief und sagte während des Laufens: «Er wälzt sich mit Wonne im Dreck. Dann stinkt er, und ich muß ihn baden.» Jetzt liefen wir alle beide bis zu dem Sandhügelchen, Baba verscheuchte den Hund und dann blieben wir stehen und betrachteten, woran er sich gerieben hatte.

Es war ein Aas. Vielleicht das Aas eines Schafs, halbvergraben im weißen, feinen Sand. Der obere Teil, gedunsen, von bläulichem Weiß, war sichtbar, leuchtend fast, fäulnisschimmernd unter der glasigen Haut. Vereinzelte Fellbüschel waren hier und dort verblieben, der Kopf, zurückgebogen, lag in unnatürlicher Stellung da, in den Augenhöhlen war Sand, die gelben Zähne waren noch immer ganz fest zusammengebissen. Ich wandte den Blick von dem Aas, ließ ihn den Strand entlangschweifen, der weiß dalag, kalt und leer unter tiefstehenden Wolken, bis zum fernen Horizont, über die Gestalt Coras hinweg, die drüben ausgestreckt lag, ein rötlich schimmerndes Etwas, und prompt überkam mich der unvermeidbare Vergleich zwischen dem Aas jenes Schafes und dem rötlichen Etwas Cora. Ich verweilte, nicht ohne Behagen, bei der physischen Ähnlichkeit, die den Gedanken an eine psychische Entsprechung nahezulegen schien: beide regungslos, verdorben, im wörtlichen Sinn das Aas, im übertragenen Cora. Dann aber, ich weiß nicht wieso, erwog ich, welchen Eindruck ein derartiger Vergleich in dem Roman machen würde, und kam zu dem Schluß, er würde sich äußerst schlecht machen, geschmacklos, überholt, der typische Einfall eines mittelmäßigen, aus der Mode gekommenen Autors. Und plötzlich, wie durch Zauberei, konnte ich zwischen Cora und dem Aas keine Ähnlichkeit mehr entdecken, weder im wörtlichen noch im übertragenen Sinn, das Aas war ein Aas, nichts weiter, Cora ein menschlicher Körper, im Sand ausgestreckt, sonst nichts. Das Bewußtsein, an den beiden Gemeinsames gesehen zu haben, erfüllte mich jetzt mit Scham, und ich war dem Romanprojekt dankbar, daß es – gleichsam als mein Gewissen – diese Scham in mir ausgelöst hatte.

Ich blickte auf und sah, daß Baba mit Dienstag spielte. Sie lief voraus, er ihr nach, den Strand entlang, bellend und japsend, umtollte sie aufgeregt. Jetzt ergriff Baba ein Holzstück, schleuderte es weit weg, und Dienstag stürzte davon, um es zu apportieren. Es sah aus, als kollere er, schwarzer Kern eines weißen Sandballs, doch er fand das Holzstück nicht mehr. Es war davongeschwemmt worden. Jetzt näherte Baba sich mir, die Wangen gerötet, die Augen blickten wie immer starr, wie berauscht, überglast von der Kurzsichtigkeit, und sagte: «Der Hund spielt! Zum erstenmal! Bis jetzt war er eher traurig.»

«Er hat den Zwinger vergessen», erwiderte ich.

Sie sagte: «Er hat ihn nicht vergessen. Er ist ein anderer Hund.»

«So wie du eine andere bist, eine andere Baba.»

«Nein. Viel mehr als ich. Ich heiße noch immer Baba, genau wie das dumme Ding, das sich vor sechs Jahren von Cora in jenes Haus führen ließ. Aber der Hund hier – wer weiß, wie er einmal hieß? Trotzdem: wenn ich ihn jetzt rufe, bei seinem neuen Namen, dann kommt er.»

Wir gingen auf Cora zu. Sie lag noch immer wie schlafend, ein rötliches Etwas auf dem weißen, kalten Sand, unter der tiefstehenden grauschwarzen Wolkendecke, lag, ohne sich zu rühren, rührte sich nicht einmal, als wir schon neben ihr standen. Sie lag nach wie vor auf der Seite, die Augen halb geschlossen, die Wangen eingerahmt von zwei losen schwarzen Haarsträhnen und sagte, ohne aufzublicken: «Nun? Fertig mit dem Spaziergang?»

«Ja. Und was hast du gemacht?»

«Nichts. Auf euch gewartet.»

«Dann gehen wir essen. Steh auf, es ist Zeit.»

Ich sah, wie sie zögerte, ehe sie sich erhob, als wäge sie meine Worte. Und plötzlich hatte ich das Gefühl, als sei sie ein Mensch ohne Zugang zu der Wirklichkeit, die sie umgab, als seien die Wörter: ‹Gehen wir essen› unverständlich, beziehungslos zu dem, was sie im Augenblick war, darstellte und tat. Vielleicht bemühte sie sich soeben, die Beziehung herzustellen, den Abgrund zu überbrücken, der sie von einer Welt trennte, wo derlei Worten Sinn zukam. Da donnerte es plötzlich, ein lautes, wohliges Geräusch, das über das glattgrüne Meer dahinrollte wie eine Kugel über Pflastersteine. Da erst stand Cora auf und ging mit uns in Richtung der Dünen.

Montag, 16. November

Dich kümmert es nicht, zu erfahren, was in Coras Villa geschieht, wie es geschieht, warum, welche Wichtigkeit, welche Bedeutung jenen Geschehnissen zukommt. Du willst sie dir nicht erklären, sondern du willst sie erleben, dich mit ihnen identifizieren, willst gleichsam Cora sein, die ihre Tochter verkauft, Baba, die verkauft wird, der Kunde, der Baba kauft, vielleicht sogar das Bett, das den beiden als Liegestatt dient, das Fenster, durch welches Baba dem Kunden nachgeblickt hat, als er das Haus verließ, die Farbe des Autodachs, das sie von oben sah, die Kühle des Marmorsimses unter den Händen Babas, die Stille, während der Baba das Zimmer ordnete, das Prasseln des Duschestrahls auf Babas nacktem Körper, und ihre Augen im Spiegel, vor dem sie ihr Haar kämmte. Statt dem «Warum» nachzuspüren, willst du im «Wie» aufgehen. Daher wird dein Roman – sofern du ihn jemals schreibst – eine einzige lange Folge jener Selbstentäußerungen sein, ein großes Identifizieren, mittels dessen du vielleicht sogar Handlung vortäuschen wirst, eine Ereigniskette, kurz, eine Illusion, glaubst du doch weder an Taten noch an jene auslösenden Kräfte, welche jedes Tun bewirken und rechtfertigen. Deshalb bleibt dir nichts anderes übrig, als dich dessen, was ist, zu versichern und die Frage nach dem Warum unbeantwortet zu lassen.

Allerdings geht es auch hierbei nicht ohne Widerspruch ab. Du kannst nicht umhin, den Dingen und den Geschehnissen Bedeutung zuzuordnen, Personen symbolisch zu sehen, Sinngebung und Symbole, deiner Theorie entsprechend, zueinander in Beziehung zu setzen. Das heißt, Baba, Cora, du selber, was du getan hast, was Cora Baba antat, was Baba durch sie erlitt – all das nimmt in deiner Vorstellung vielfältige Bedeutung an, wird Metapher, und läuft Gefahr, jedes Eigengewicht zu verlieren, jeden Wirklichkeitsbezug, sich allmählich zu austauschbaren Elementen eines abstrakten Gesprächs zu entkörpern.

Dienstag, 17. November

Heute führte mich Baba, ihrem Versprechen gemäß, zu dem bewußten Haus: Piazza Mazzini, Viale Giulio Cesare, an der Verkehrsampel vorbei, eine Weile geradeaus, dann sagte Baba: «Fahr langsam. Links muß jetzt die Straße kommen. Ach ja. Die.»

Eine Straße wie tausend andere, von Dutzendhäusern gesäumt. Als ich einbog, setzte Baba die Brille auf, sah sich um und sagte: «Dort drüben. Siehst du die Fleischerei, die weiße Marmortafel und die beiden Ochsenköpfe mit den vergoldeten Hörnern? Nein, nicht das, nicht das Nebenhaus. Das übernächste. Dort.»

Ich sagte nichts. Ein paar Meter weiter war Platz. Ich parkte, sah Baba an. Sie nahm die Brille ab, betrachtete mich ihrerseits und sagte: «Warum parkst du hier? Was hast du vor?»

Ich erwiderte: «Tun wir, als sei es damals. Baba ist soeben mit Cora im Auto angekommen. Was war dann?»

«Cora hat damals den Wagen nicht weit von dem Haus geparkt. Siehst du dort drüben den Bäcker? Dort.»

«Das heißt, Baba und Cora mußten die Straße überqueren?»

«Ja. Sie überquerten die Fahrbahn.»

«Wie?»

«Wie meinst du das?»

«Nebeneinander? Eine hinter der anderen, ging Cora voraus?»

«Nebeneinander. Cora führte Baba an der Hand.»

«An der Hand?»

«Ja, an der Hand. Baba dachte nämlich bei dieser Gelegenheit daran, daß Cora sie schon lange nicht mehr so an der Hand geführt hatte, zum Unterschied von früher.»

«Wann früher?»

«Als Baba noch klein war.»

«Und was dachte Baba, als Cora sie so an der Hand führte?»

«Sie dachte an Coras Worte, sie würde in diesem Haus einen Herrn treffen, der sie kennenlernen wolle, zu dem sie nett sein müsse. Baba dachte, daß Cora sie so hielt, um sie am Weglaufen zu hindern.»

«Verstand Baba Coras Worte?»

«Welche?»

«Die, nett zu dem Herrn zu sein?»

«Ja und nein. Theoretisch. Praktisch nicht.»

«Erzähl weiter.»

«Baba und Cora überquerten also die Straße, gingen zum Haus, betraten es, die Portiersfrau schaute heraus, sagte: ‹Guten Tag›, Cora antwortete: ‹Guten Tag›, und dann stiegen sie drei Treppen hoch.»

«War kein Aufzug da?»

«Er war kaputt.»

«Weiter.»

«Oben, im dritten Stock, war eine Tür ohne Türschild; Cora sperrte auf, und die beiden betraten die Wohnung.»

«Sagte Cora etwas?»

«Ja. Daß es schlecht roch in der Wohnung, nach Zigarettenrauch, und sie schimpfte über die Portiersfrau, die an diesem Tag, sagte Cora, die Wohnung nicht saubergemacht hätte. Sie öffnete die Fenster.»

«Und was tat Baba indessen?»

«Sie ging ins Wohnzimmer, setzte sich und wartete, allein, während Cora sich in der Wohnung zu schaffen machte.»

«Worauf wartete sie?»

«Auf den Herrn. Cora hatte gesagt: ‹Warte hier, er muß gleich kommen.›»

«Ist er dann gekommen?»

«Nein. Er ist überhaupt nicht gekommen. Ich habe dir doch gesagt, das erste Mal kam niemand.»

«Woher weißt du, daß niemand kam?»

«Ich weiß jedenfalls, daß ins Wohnzimmer niemand gekommen ist. Nach einer Weile kam Cora und sagte: ‹Ich gehe jetzt. In etwa einer Stunde bin ich wieder zurück. Ich lasse die Tür angelehnt, damit er herein kann. Bleib ruhig sitzen und warte.› Baba sagte: ‹In Ordnung.› Und Cora ist fortgegangen; aber gekommen ist niemand.»

«Vielleicht ist der Mann gekommen und wieder fortgegangen, aus irgendeinem Grund, ohne daß Baba es merkte? Wie hat Baba dagesessen?»

«Bitte?»

«In welcher Haltung, meine ich. Und wo, von der Tür aus gesehen?»

«Der Tür gegenüber stand eine Sitzgarnitur – ein Diwan und zwei Sessel. Auf einem der Sessel saß Baba.»

«Gesicht oder Rücken zur Tür?»

«Den Rücken.»

«Warum?»

«Baba wollte den Mann nicht ansehen, wenn er zur Tür hereinkäme.»

«Warum nicht?»

«Du wirst es vielleicht sonderbar finden: Weil sie einerseits neugierig war, sich andererseits aber diese Neugierde nicht anmerken lassen wollte. Sie wollte den Eindruck erwecken, nicht neugierig zu sein. Als hätte sie schon des öfteren auf einen Herrn gewartet, selbstsicher, vorurteilslos.»

«Siehst du? Es wäre denkbar, daß jemand sehr vorsichtig, leise, die Tür geöffnet, hereingeschaut und sich, von Baba unbemerkt, wieder davongeschlichen hätte.»

«Nun, vielleicht war es so.»

«Warum, glaubst du, ist dieser Herr nicht geblieben?»

«Keine Ahnung. Ich weiß es nicht. Vielleicht hat er Baba gesehen, und sie hat ihm nicht gefallen.»

«Wie konnte er sie denn sehen. Sie wandte ihm doch den Rücken zu.»

«Ein Spiegel hing über dem Diwan, Baba gegenüber.»

«Das heißt, Baba sah den Herrn?»

«Nein. Sie blickte nie in diesen Spiegel. Sie wollte gesehen werden, nicht sehen.»

«Warum wollte sie gesehen werden?»

«Ich habe es dir schon gesagt. Sie wollte den Eindruck erwecken, nicht neugierig zu sein. Genauer betrachtet, vielleicht auch aus einem anderen Grund.»

«Welchem?»

«Baba war drauf und dran, sich in ein Ding zu verwandeln, das spürte sie ganz genau. Sie wußte, daß man sie sozusagen zur Schau gestellt hatte, daß sie begutachtet, bewertet werden sollte. Also hielt sie den Blick gesenkt und sah nicht in den Spiegel, in dem unbewußten Bestreben, den Beschauer nicht zu stören, kurzum, sich schaustellen, bewerten, begutachten zu lassen als das Ding, das sie fast schon war.»

«Aber was tat Baba?»

«Cora hatte Baba eine Zeitschrift gegeben, eine Illustrierte. Die blätterte Baba durch, Seite um Seite, besah jede Fotografie und horchte, ob jemand käme. Ich glaube, sie hat die Illustrierte ein dutzendmal durchgesehen.»

«Wie saß Baba da?»

«Wohlerzogen, Beine übereinandergeschlagen, Ellbogen auf den Lehnen des Fauteuils. Sie wollte einen guten Eindruck machen.»

«Wie lange wartete sie so mit der Zeitschrift?»

«Lange, sehr lange. Arme und Beine waren im Laufe der Zeit schwer geworden, der Nacken ganz steif. Sie stand auf – etwa nach einer Stunde – und ging durch die ganze Wohnung. Niemand war da. Vier Zimmer. Und alle vier waren leer.»

«Die Tür war immer noch angelehnt?»

«Ja.»

«Was tat Baba dann?»

«Sie ging ins Wohnzimmer zurück, um dort auf Cora zu warten, setzte sich, diesmal auf den Diwan.»

«Warum auf den Diwan?»

«Um Coras Gesicht sehen zu können, wenn sie käme und feststellen mußte, daß niemand dagewesen war.»

«Warum das?»

«Keine Ahnung. Vielleicht, um zu begreifen, warum Cora so großen Wert darauf legte, sie diesem Herrn vorzustellen.»

«Mußte Baba lange warten?»

«Nein. Nicht sehr lange, etwa eine halbe Stunde.»

«Was sagte Cora? Was tat sie?»

«Sie schien nicht sehr überrascht, fragte nur: ‹War er da?›»

«Und was erwiderte Baba?»

«‹Er war nicht da.›»
«Und was sagte Cora?»
«‹Das habe ich mir gedacht.›»
«Sonst nichts?»
«Doch. Sie sagte noch: ‹Er wird Angst bekommen haben.›»
«Ah ja?»
«Ja.»
«Wie hat sie dreingeschaut?»
«Wie immer. Cora versteht es, sich nichts anmerken zu lassen.»
«Was tat sie dann?»
«Sie sagte: ‹Wart einen Augenblick. Ich ruf einen anderen an. Vielleicht hat der Zeit.›»
«Was war dann?»
«Sie ließ mich im Wohnzimmer sitzen und ging hinaus, telefonieren.»
«Wohin?»
«Ins Vorzimmer.»
«Hat Baba das Gespräch gehört?»
«Natürlich. Die Tür war offen.»
«Was sagte sie am Telefon?»
«Sie wählte, fragte, ob es Riccardo sei, ja, und dann drängte sie ihn.»
«Drängte ihn? Wie?»
«Sie sagte: ‹Schnell, schnell, kommen Sie sofort, da wäre etwas für Sie, genau das Richtige, setzen Sie sich ins Auto, kommen Sie.›»
«Wie sagte sie das? In welchem Ton?»
«Drängend, zuredend, entschlossen, wie jemand, der, koste es, was es wolle, ein Geschäft abschließen will.»
«Verstehe. Und was war weiter?»
«Riccardo erwiderte wahrscheinlich, er könnte jetzt nicht kommen. Da sagte Cora: ‹Schade. Es wäre hier für Sie bereit.›»
«Und dann?»
«Dann haben sie sich geeinigt, und Cora sagte: ‹Schön. Heute um fünf.›»
«Und weiter?»
«Sie kam ins Wohnzimmer zurück und sagte zu Baba: ‹Der kommt ganz bestimmt. Um fünf.›»
«Du hast mir nicht gesagt, daß ich das zweite Mal am selben Tag abgespielt hat.»
«Du hast mich nicht danach gefragt.»
«Wie spät war es denn, als Cora telefonierte?»
«Mittag.»
«Woran dachte Baba, während Cora telefonierte?»

«An nichts.»
«Weißt du das sicher?»
«Ja.»
«Und warum dachte sie nichts?»
«Weil sie begriffen hatte, daß bei den Worten Coras, ‹Da wäre etwas für Sie›, von ihr die Rede war. Dieser Satz hatte genügt, sie wie mit einem Zauberschlag zu einem Ding werden zu lassen, einem Körper ohne Denkfähigkeit.»
«Das heißt, sie war es zufrieden?»
«Zufrieden nicht.»
«Unzufrieden?»
«Auch nicht.»
«Wie wirkte der Umstand auf Baba, daß der erste Kunde ausgeblieben war? War sie erleichtert?»
«Nein.»
«Enttäuscht?»
«Auch nicht.»
«Was dann?»
«Verärgert. Ärgerlich über sich selber.»
«Warum?»
«Wegen der Komödie, die sie vor dem Spiegel aufgeführt hatte. Sie hatte sich sozusagen für nichts und wieder nichts in Unkosten gestürzt.»
«Ich verstehe. Und was geschah zwischen zwölf Uhr mittags und fünf?»
«Nichts Besonderes.»
«Was taten Cora und Baba?»
«Sie verließen die Wohnung, gingen die Treppe hinunter, fuhren im Auto nach Hause.»
«Was war zu Hause?»
«Nichts. Sie haben zu Mittag gegessen.»
«Und Cora? Was sagte Cora?»
«Sie hat kaum etwas gesagt. Nur einmal, da sagte sie: ‹Mach doch kein solches Gesicht! Für einen, der ausbleibt, kommen hundert andere gerannt. Der, der heute nachmittag kommt, ist übrigens – du wirst sehen – viel netter. Wirklich sympathisch.›»
«Und was erwiderte Baba?»
«Nichts.»
«Warum?»
«Sie war in Sorge. Es war nämlich Sonntag, und Sonntag kam immer ihre Freundin. Die beiden lernten zusammen, machten miteinander die Aufgaben. Also wußte sie nicht, was tun.»
«Wieso?»

«Weil die Freundin für gewöhnlich den ganzen Nachmittag blieb.»

«Was tat Baba?»

«Sie sagte es Cora.»

«Und was erwiderte Cora?»

«Baba könnte die Freundin halb fünf nach Hause schicken.»

«Sonst sagte sie nichts?»

«Sonst nichts.»

«Was war dann?»

«Baba ging in ihr Zimmer und wartete auf ihre Freundin. Die Freundin kam gegen zwei. Die beiden lernten gemeinsam.»

«Was?»

«Italienisch.»

«Wie? Schriftlich oder mündlich?»

«Mündlich. Leopardi-Gedichte.»

«Haben sie tatsächlich gelernt?»

«Ja.»

«Baba war nicht zerstreut?»

«Nein. Nur besorgt. Sie hatte Angst, bis halb fünf nicht fertig zu werden.»

«Womit?»

«Mit dem Auswendiglernen.»

«Und dann?»

«Dann, fünf Minuten vor halb fünf, sagte Baba ihrer Freundin, sie müsse mit Cora ausgehen. Die Freundin verabschiedete sich, und Baba brachte sie an die Tür. Doch an der Schwelle begann die Freundin auf einmal ein Gespräch, es dauerte ziemlich lange, vielleicht zehn Minuten, und Baba stand wie auf Nadeln, denn sie wußte, daß Cora wartete. Endlich war die Freundin fort. Da kam Cora herausgeschossen und war gar nicht nett zu Baba.»

«Was sagte Cora?»

«Etwas wie: ‹Kannst du nicht pünktlich sein, ich hatte gesagt, halb fünf.› Nichts Besonderes eigentlich, aber der Ton war nicht nett.»

«Wie war der Ton?»

«Unduldsam. Baba wollte noch einmal hinein, um sich die Hände zu waschen, ihre Rechte war tintenbekleckert, doch Cora sagte, dazu sei jetzt keine Zeit, packte Baba beim Arm, und stieß sie so heftig hinaus – auf den Flur, aus der Wohnungstür –, daß sie fast gefallen wäre. Baba tat sich weh.»

«Sehr weh?»

«Nein, nur ein bißchen. Wahrscheinlich war die Verblüffung größer als der eigentliche Schmerz. Cora schien außer sich zu sein, und das war Baba ganz neu. Sie kannte Cora nur als die leibhaftige Beherrschung. Die beiden fuhren hinunter, setzten sich in den Wagen und machten sich auf den Weg.»

«Sprach Cora während der Fahrt?»

«Nein. Sie war noch immer wütend.»

«Und dann?»

«Dann war alles wie am Morgen: Cora parkte vor der Bäckerei, führte Baba an der Hand hinüber, die beiden stiegen gemeinsam zum dritten Stock hinauf, gingen ins Wohnzimmer; Cora sagte, sie ginge in die Küche, um Kaffee zu trinken, ließ aber die Tür offen.»

«Mußte Baba diesmal lange warten?»

«Nein, höchstens zehn Minuten. Dann läutete es. Sie hörte, wie Cora öffnen ging.»

«Wer war es?»

«Dieser Riccardo. Baba stand diesmal am Fenster. Sie sah ihn nicht sofort, doch sie hörte seine Stimme, während er mit Cora sprach.»

«Was redeten die beiden?»

«Cora sagte: ‹Sie sind zu früh dran. Wir haben Sie eigentlich erst in einer Viertelstunde erwartet. Um ein Haar hätten Sie uns verfehlt.›»

«Was antwortete Riccardo?»

«Er hätte die Entfernung überschätzt. Und dann fragte er: ‹Ist es auch wirklich da?›»

«Was, es?»

«Es. Baba.»

«Und was erwiderte Cora?»

«‹Natürlich ist es da. Machen Sie sich's drüben bequem, ich bringe sie Ihnen hinüber.›»

«Wo, drüben?»

«Im Schlafzimmer.»

«Was tat er?»

«Er machte es sich bequem, wie Cora ihm empfohlen hatte.»

«Und dann?»

«Dann kam Cora ins Wohnzimmer zu Baba und sagte leise: ‹Komm, gehen wir. Er ist da.›»

«Und was hat Baba gemacht?»

«Baba ist aufgestanden und mit Cora gegangen.»

«Wohin?»

«Ins Schlafzimmer. Die Tür stand offen. Riccardo saß auf dem Bett. Cora schob Baba ins Zimmer und sagte: ‹Das ist Gabriella.›»

«Gabriella, nicht Baba?»

«Ja.»

«Warum?»

«Ich weiß es nicht.»
«Und was geschah dann?»
«Dann sagte Cora zu Baba, sie hätte Besorgungen zu machen, würde bald wiederkommen, und inzwischen solle Baba dem Herrn Gesellschaft leisten. Damit ging sie hinaus, schloß die Tür, und ließ Baba mit Riccardo allein.»
«Irritiert es dich, weiterzuerzählen?»
«Nicht im geringsten. Ich habe dir schon so oft gesagt, das Ganze ist nicht mir passiert, sondern einer anderen Baba.»
«Wo waren wir stehengeblieben?»
«Cora ist weg, die Tür zu, Baba steht vor Riccardo, Riccardo sitzt auf dem Bett.»
«Was tat Riccardo?»
«Er war sehr nett zu Baba, sehr freundlich, sehr behutsam. Er nahm ihre Hand, zog sie näher und stellte eine Menge Fragen.»
«Was für Fragen?»
«Ich denke, die üblichen. Vor allem, wie alt sie wäre.»
«Und was erwiderte Baba?»
«Sie gab vor, älter zu sein. Ein Jahr älter. Sie sagte, sie wäre fünfzehn.»
«Warum?»
«Ich weiß es nicht, wahrscheinlich aus Gewohnheit.»
«Was fragte er noch?»
«Ob Baba zur Schule ging.»
«Ob sie zur Schule ging?»
«Ja. Die Hand, die er hielt, war nämlich die tintenbekleckerte. Er fragte, ob das vom Aufgabenmachen herrühre, und Baba sagte ja. Da fragte er eben weiter, ob sie zur Schule ginge.»
«Und was erwiderte Baba?»
«Daß sie zur Schule ginge.»
«Stellte er noch andere Fragen?»
«Ja, eine ganze Menge. Vor allem über die Schule.»
«Über die Schule?»
«Ja. Er wollte alles wissen: In welche Klasse sie ging, was für Fächer sie hatte, wie der Lehrer hieß, die Freundinnen – alles, mit einem Wort. Er fragte sogar nach den Noten in jedem Fach.»
«Wie sprach Riccardo mit Baba?»
«Wie meinst du das, wie er sprach?»
«Ich meine – wie klang seine Stimme?»
«Oh, ganz normal. Gelassen. Ruhig. Eine Spur unbeteiligt.»
«Und dann? Was war dann?»
«Er bat Baba, ein Gedicht aufzusagen.»
«Was für ein Gedicht?»

«Irgendeins.»

«Welches Gedicht sagte sie auf?»

«Das Leopardi-Gedicht, das Baba kurz vorher mit der Freundin durchgenommen hatte, *Samstagabend im Dorf*.»

«Wo stand Baba, als sie das Gedicht aufsagte?»

«Baba stand vor Riccardo, ihre Hand in der seinen.»

«Was dachte sie?»

«Daß Riccardo nett war. Sympathisch.»

«Sympathisch?»

«Ja.»

«Hatte Baba nicht begriffen, daß er mit diesem Gespräch nichts anderes bezweckte, als ‹nett und sympathisch› zu sein?»

«Möglicherweise, ja. Aber es störte sie nicht.»

«Warum nicht?»

«Schwer zu sagen. Vielleicht, weil es Baba vor allem darum ging, ernst genommen zu werden, als die Person zu gelten, die sie noch glaubte zu sein – nicht als der Gegenstand, der sie, ohne es zu wissen, bereits geworden war. Hätte Riccardo Baba bis zum Schluß als Person behandelt – vielleicht wäre sie fähig gewesen, zu tun, was er von ihr verlangte.»

«Wie behandelte er sie denn?»

«Ich sagte es dir schon: wie ein Ding.»

«Genauer gesagt?»

«Zum Beispiel: Baba war eben dabei, ihm etwas zu erklären, etwas, das die Schule betraf, ich weiß nicht mehr, was es war – ah ja, ich erinnere mich –, daß ihr das Lernen schwerfiel und daß sie die Klasse wahrscheinlich würde wiederholen müssen, da stürzte er sich plötzlich auf sie, so heftig, daß ihr Kopf gegen die Bettkante schlug.»

«Tat Baba sich weh?»

«Sehr weh.»

«Wieso?»

«Sie war nicht gefaßt darauf, dachte, er interessierte sich für die Dinge, die sie ihm erzählte. Er aber gab ihr durch sein Verhalten zu verstehen, daß sie ihm gleichgültig waren.»

«Weiter?»

«Baba hatte das Gefühl, plötzlich zu Eis zu werden, sie wollte sich einen Augenblick wehren, wollte davonlaufen. Doch dann entsann sie sich der Worte Coras – alles geschehen zu lassen –, ließ also alles geschehen, mehr nicht, und der Kampf begann.»

«Kampf?»

«Insofern zwischen einem Menschen und einer Marionette von Kampf die Rede sein kann.»

«Wer war die Marionette?»

«Baba.»

«Worin bestand der Kampf?»

«Riccardo versuchte, Baba zu Liebesbezeigungen zu bewegen, und Baba ließ es geschehen, jedoch ohne ihm zu helfen, ohne ihn zu behindern, kurz, ohne zu reagieren, wie eine jener Puppen etwa, deren Glieder man zwar verstellen kann, die aber dann so bleiben. Baba fiel dauernd herunter, überall, sozusagen, und Riccardo war außerstande, sie sich ‹zurechtzulegen›. Er versuchte, sie auszuziehen. Da Baba ihm aber nicht half, begann er, sich selber auszuziehen, zumindest teilweise.»

«Teilweise?»

«Er zog Jacke und Schuhe aus.»

«Und was tat er dann?»

«Dann befaßte er sich wieder mit Baba.»

«Auf welche Art?»

«Er versuchte, ihr den Pullover über den Kopf zu streifen. Und weißt du, was das Komischste war? Einen Augenblick saß Baba regungslos auf dem Bett, den Kopf im Pullover versteckt, mit hocherhobenen Armen. Riccardo versuchte nochmals, ihr den Pullover auszuziehen, doch es gelang ihm nicht. Bis er es endlich aufgab, ihn wieder herunterzog, und Babas Kopf tauchte auf, ganz zerrauft, und er saß ihr gegenüber in Hemdsärmeln und sah sie an.»

«Und was war dann?»

«Riccardo musterte Baba eine ganze Weile schweigend, und dann sagte er etwas Seltsames.»

«Was sagte er?»

«‹Zur Schule, zur Schule, zur Schule. Das ist das Richtige für dich.›»

«Das sagte er?»

«Ja.»

«In was für einem Ton?»

«In keinem angenehmen. Jedenfalls kam es Baba so vor. Es klang nach ironischer Ermahnung. Aber ohne Bösartigkeit.»

«Und was erwiderte Baba?»

«Nichts. Sie besah ihre tintenschwarzen Finger und sagte kein Wort.»

«Und was war dann?»

«Dann zog Riccardo sich an, er hatte es plötzlich sehr eilig – er sagte, er müsse telefonieren, und ging hinaus. Doch er ist nicht zurückgekommen. Das übrige ist dir bekannt.»

«Ja. Ist es dir peinlich, mir das alles erzählt zu haben?»

«Der damaligen Baba hätte es peinlich sein können. Die war ja so dumm. Mir nicht.»

«Um so besser. Dann warte hier auf mich.»

«Was hast du vor?»

«Ich will mir das Haus näher ansehen.»

«Ein Haus wie jedes andere.»

«Das weiß ich. Warte auf mich.»

Ich stieg aus und ging ein paar Schritte in dem flutenden Menschenstrom: ein Uhr. Um die Zeit herrscht in Arbeitervierteln reges, fröhliches Treiben: Mittagspause, Essenszeit. Die Leute gehen heim. Ehe ich das Haus betrat, blickte ich die Straße entlang: So war sie auch Baba damals erschienen. Zwei Reihen hoher Häuser, ein Balkon- und Fenstergewirr vor dem fernen Hintergrund der Vatikan-Umfriedung. Jetzt stand ich im Hausflur: grellroter Fliesenboden, Wände aus bräunlich-gelbem, von schwarzen Adern durchzogenem Marmor. Ich sah mir die Postfächer an, stieß eine Glastür auf und stand im Treppenhaus. Die Portierloge schien leer zu sein. Ich öffnete – Küchendunst, säuerlich-heiß, schlug mir aus dem Kellergeschoß entgegen –, machte mich lautstark bemerkbar, sah sodann nach geraumer Zeit auf der abwärtsführenden Stiege einen grauen Haarknoten auftauchen, ein Gesicht, grobknochig, einfach, bleich, Kugelaugen, Knollennase, ein schröpfkopfähnlicher Mund, endlich die gesamte Gestalt, die mühsam höherkeuchte, groß, dick, in einem Blaudruckkleid – die Hausbesorgerin. Sie trat aus ihrer Loge, und zwischen uns entspann sich folgender Dialog:

«Wohnt hier Frau Cora Merighi?»

«Nein.»

«Ich wollte sagen Mancini. Cora Mancini.»

«Die hat einmal hier gewohnt. Aber das ist lange her.»

«Wie lange?»

«Vier, fünf Jahre. Dann ist sie ausgezogen.»

«Können Sie mir sagen, wohin?»

«Sie hat keine Adresse dagelassen.»

«Wo wohnte sie? In welcher Wohnung?»

«Dritter Stock, Nummer elf.»

«Was für eine Art Mensch war sie?»

«Ein Mensch wie jeder andere.»

«Hat sie hier übernachtet?»

«Ich weiß nicht. Um neun sperre ich zu. Was oben in den Wohnungen vorgeht, das interessiert mich nicht.»

Ich sah sie an. Sie hielt meinem Blick stand, mit gespielter Gleichmütigkeit. Ich holte einen Geldschein hervor – 1000 Lire –, schob ihn in die Tasche ihrer Schürze, sie nahm den Geldschein zur Kenntnis, gleichsam aus den Augenwinkeln, sagte jedoch kein Wort. Das Gespräch nahm folgenden Fortgang: «Bewohnte sie die Wohnung allein?»

«Ja. Allein.»

«Aber sie brachte manchmal Besuch mit?»

«Ja, sie brachte manchmal Besuch mit, freilich.»

«Was für Besuch?»

«Männer. Auch Mädchen.»

«Mädchen welchen Alters?»

«Junge, vor allem.»

«Und die Männer, wie alt waren die?»

«Solche und solche.»

«Auch weniger junge?»

«Auch weniger junge, ja.»

«Und oben in der Wohnung – war da viel los? Ich meine – ein großes Kommen und Gehen?»

«Nein. Frau Cora hat aufgepaßt. Sie wollte kein Aufsehen.»

«Was für eine Frau war Frau Cora?»

«Eine seriöse Frau. Eine sehr feine Frau. Ich habe nie Grund gehabt, zu klagen.»

«Freigebig mit Trinkgeldern?»

«Ja. Freigebig. Richtig großzügig. Jeder weiß, schließlich und endlich, daß Hausmeister schlecht verdienen, daß sie schauen müssen, wie sie es sich aufbessern können.»

«Stimmt. Jetzt sagen Sie mir einmal – erinnern Sie sich, ob Frau Cora manchmal ihre Tochter mitbrachte?»

«Sie hat eine Tochter gehabt? Das habe ich gar nicht gewußt.»

«Ja, sie hatte eine Tochter.»

«Vielleicht hat sie sie mitgebracht, und ich habe es nicht bemerkt. Ich hab keine Ahnung, daß sie eine Tochter hat. Wohl eines der vielen Mädchen, die bei ihr oben waren.»

«Ich werde sie Ihnen beschreiben, und Sie sagen mir, ob Sie sie gesehen haben: ein Mädchen, etwa fünfzehn, mit rundem Gesicht, Ponyfransen und kurzgeschnittenem Haar.»

«Ach ja, die habe ich bemerkt. Meist in Hose und Pullover, nicht?»

«Ja.»

«Und ob ich mich an sie erinnere! Sie ist eine Zeitlang gekommen, mit Frau Cora und auch allein.»

«Allein?»

«Ja, allein. Sie ist die Treppe hinaufgerannt, immer zwei Stufen auf einmal, sie ist nie mit dem Aufzug gefahren.»

«Wie oft wird sie gekommen sein?»

«Ich weiß nicht. Ich hab's nicht gezählt. Sie ist mir nur noch im Gedächtnis, weil sie so jung war und immer in Hosen und immer hinaufgerannt ist.»

«Warum fuhr sie nicht mit dem Aufzug?»

«Woher soll ich das wissen? Wahrscheinlich wollte sie nicht.»

«Wie lange ist sie gekommen? Ein paar Jahre?»

«Jahre? Monate! Zwei Monate höchstens.»

«Sie sahen sie also mit Frau Cora und auch allein. Und mit Männern?»

«Mit Männern? Mit Männern nie. Die sind immer allein gekommen.»

«Mit mir haben Sie sie nicht gesehen?»

«Mit Ihnen? Wieso mit Ihnen? Sind Sie mit ihr gekommen?»

«Ja.»

«Ja? Was soll ich Ihnen sagen? An die Kleine erinnere ich mich wegen der Hose, und dann, weil sie noch so jung war. Aber an die Männer? Nein. Die habe ich mir nie angeschaut.»

«Schauen Sie mich ordentlich an. Erinnern Sie sich nicht an mich?»

«Nein.»

«Dabei bin ich an Ihnen vorbeigegangen – da, hier an Ihrer Glastür –, Frau Coras Tochter an der Hand.»

«Ich habe eben nicht aufgepaßt.»

«Ich suche Frau Coras Tochter. Deshalb die vielen Fragen.»

«Fragen Sie doch Frau Cora. Es wird nicht gar so schwer sein, Frau Cora zu finden.»

«Sie ist tot.»

«Nein, wirklich? Das tut mir aber leid. Wer hätte das gedacht. Eine so feine Frau. Woran ist sie gestorben?»

«Ich weiß nicht. Nur, daß sie tot ist.»

«Leider, über die Tochter kann ich Ihnen wirklich nichts sagen. Außerdem ist die längst erwachsen. Vielleicht schon verheiratet.»

«Haben Sie etwas dagegen, wenn ich auf Nummer elf hinaufgehe?»

«Meinetwegen, gehen Sie. Aber Sie werden sehen, die haben auch keine Ahnung.»

Ich stieg zwei Treppen, zwei weitere und noch einmal zwei. Nummer elf. Eine helle Holztür, ein ovales Messingschild: LORENZONI. Ich überlegte ein wenig, auf der Suche nach einem Vorwand, dann drückte ich die Klingel. Ein lauter, tiefer Ton, ähnlich dem Quaken einer Ente. Dann eine Weile Stille. Endlich wurde geöffnet: Ein Mädchen stand vor mir, etwa zwölf, in einer schmuddeligen pistaziengrünen Schürze, mit langem, offenem Haar, gekrönt von einer großen weißen Schleife. Das Gesicht der Kleinen war bleich, die Haut gleichsam undurchsichtig, die Augen bläulich umschattet. Sie musterte mich mißtrauisch, jedoch ohne erkennbare Furcht und sagte: «Was wollen Sie? Wen suchen Sie? Es ist niemand da.»

Ich sagte: «Ich komme von oben. Man schickt mich. Mit einem der Wasserrohre ist etwas nicht in Ordnung. Ich bin der Installateur.»

Sie gab den Weg frei, ohne Einspruch zu erheben, und ich betrat den Gang: der übliche Korridor derartiger Wohnungen, finster, küchendunsterfüllt. Meiner Schätzung nach mußte das Zimmer, von dessen Fenster aus Baba vor sechs Jahren hinabgeblickt und gesehen hatte, wie Riccardo in sein Auto gestiegen und davongefahren war, das erste zur Linken sein. Ich riß die Tür auf, doch ich hatte mich getäuscht, die Anordnung der Zimmer nicht richtig eingeschätzt. Der Raum, in dem ich mich befand, war eine schmale, enge, tücherverhängte Kammer, das einzige Fenster ging zum Hof hinaus. Ich vergewisserte mich. «Hier sickert nichts durch», sagte ich. «Wo liegen die Zimmer zur Straße?»

Sie blickte mir starr in die Augen und sagte in strengem Ton: «Wenn Sie das gleich gesagt hätten, anstatt hier hereinzustürzen!» Dann wies sie mir den Weg zu dem gesuchten Raum, der, wie damals, als Schlafzimmer diente. Ein Bett nahm die Nische ein, deren Wände mit geblümtem Stoff bespannt waren. Es gab auch einen Schreibtisch. Die Fenster waren ohne Vorhänge. Ich tat, als suchte ich die Decke nach Wasserflecken ab, trat ans Fenster und blickte hinab. Ja, unten war die Straße mit den Gehsteigen; den Leuten, deren Köpfe, von oben gesehen, an die Beine geklebt zu sein schienen; mit den ovalen, glatten Dächern der Autos, die sich in Reihen dahinschoben, langsam und träge, bunt, geblendeten Käfern ähnlich; den Geschäften gegenüber; den Leuten vor den Schaufenstern. Die vorwurfsvolle Stimme der Kleinen ließ mich zusammenfahren: «Mir scheint, Sie suchen die nassen Flecke unten auf der Straße?»

Ich sagte: «Ich habe nachgesehen, ob außen Leitungen sind.»

«Sie sind nicht der Installateur.»

«Warum nicht?»

«Erstens, weil über uns niemand wohnt. Die Wohnung steht leer. Seit zwei Monaten. Zweitens kenne ich den Installateur. Er ist jung und blond und trägt einen Overall.»

«Wer bin ich dann, deiner Meinung?»

«Ich weiß nicht, es ist mir auch gleich. Aber der Installateur sind Sie nicht.»

«Wie heißt du?»

«Annamaria.»

«Ich danke dir, Annamaria, und entschuldige, bitte, die Störung.»

Ich verließ die Wohnung, gefolgt von ihren mißtrauischen Blikken, stieg die Treppe hinunter, trat auf die Straße hinaus und setzte mich wieder ins Auto zu Baba, die eine Zeitschrift las.

Auf der Heimfahrt sagte ich dann: «Eines hast du mir verschwiegen.»

«Was?»

«Daß Baba nur das erste Mal von Cora hingebracht wurde. Die übrigen Male kam sie allein.»

«Du hast mich nicht danach gefragt.»

«Warum ist Baba gekommen? Sie hätte doch ebensogut nicht kommen können?»

«Cora sagte Baba, wann sie in dem Zimmer sein müßte, gab ihr den Wohnungsschlüssel, Baba nahm ihn, lernte so lange, bis es Zeit war, klappte die Bücher zu, ging hinunter und dann langsam, zu Fuß, von Straße zu Straße, bis hin zu jenem Haus, rannte die Treppe hinauf, immer zwei Stufen auf einmal, sperrte auf, ging ins Wohnzimmer, wartete, eine Zeitschrift auf den Knien. Wenn es läutete, ging sie öffnen, der Mann kam herein. Baba schloß die Tür wieder, legte die Kette vor, ging ins Schlafzimmer voraus, sperrte ab, der Mann stürzte sich auf Baba, der übliche Kampf begann, der Mann ging fort, Baba brachte sich und das Zimmer in Ordnung, dann ging sie ins Wohnzimmer, wo meistens Cora saß, oder Cora war noch nicht da und Baba wartete auf sie, dann gingen die beiden nach Hause, Baba fand ihre Bücher und ihren Schreibtisch genauso wieder vor, wie sie ihn verlassen hatte, und lernte genau dort weiter, wo sie unterbrochen worden war. Und jetzt sag mir . . .»

«Was soll ich dir sagen?»

«Läßt einem diese Folge bestimmter Handlungen Zeit, in Ruhe zu überlegen? Um davonlaufen zu können, hätte Baba überlegen müssen. Wann hätte sie überlegen sollen?»

«Sicherlich. So dargestellt, sieht die Sache ganz anders aus, eines geht ins andere über, zum Nachdenken bleibt keine Zeit. Aber trotzdem, letzten Endes war Baba kein Roboter.»

«Und ob sie einer war. Ein Roboter, den Cora daraufhin eingestellt hatte, gewisse Dinge zu tun, ausschließlich die, keine anderen. Wir können aber auch sagen, falls dir das lieber ist, daß Baba tot war, ich meine, die alte Baba war tot, die neue noch nicht geboren. Und jene Baba, die damals durch die Straßen Roms ging, jene Baba war nichts als ein willenloser, von Cora gesteuerter Körper.»

Zwischen der berußten, alterszerfressenen Travertinsteinfassade einer Barockkirche und der ockergetünchten eines Hauses aus dem vorigen Jahrhundert in einem der ältesten Stadtviertel leuchtete plötzlich grell eine Neonschrift hervor, weiß-lila Tätowierung der schwarzen, engen Gasse. ALASKA-KINO. Das Mädchen fiel mir ein, das ich in Coras Villa gesehen hatte. War sie hier nicht Platzanweiserin? Ich trat ein.

Der Vorraum war prunkvoll erhellt. Hinter dem Kassenschalter saß eine junge Frau mit leichenhaftem Gesicht, schwarzumränderten Augen, den Kopf gekrönt von einem Aufbau aus strohsteifen, blonden Haaren. Ich kaufte eine Karte und blickte den Gang entlang: Zu beiden Seiten der Saaltür standen zwei Frauen in Uniform, lebendige Karyatiden. Die Uniformen, grau, mit roter Verschnürung geziert, sahen wie auf den Leib genäht aus, so eng anliegend, daß sie nicht im geringsten gewagt, sondern nur mehr lächerlich wirkten. Die eine Frau, klein, blond, mollig, schien nur aus riesigem Hintern und riesigem Busen zu bestehen, die andere, groß, brünett, kräftig, war auffallend gut gewachsen. Ich erkannte in ihr sogleich das Mädchen aus Coras Haus, ging auf sie zu, gab ihr meine Eintrittskarte – mit einer jähen Drehung wies sie mir den Weg in den Saal, den Strahl der Taschenlampe hinter sich auf den Boden gerichtet –, packte fest ihren Arm, sobald sich der Saalvorhang hinter uns geschlossen hatte, und hielt sie zurück. Sie blieb stehen, mit einem kleinen Schrei, verblüfft eher als erschreckt, und ich flüsterte: «Wie heißt du?»

«Lassen Sie mich los, oder ich schreie.»

«Kleine Gans, wir kennen uns, haben uns doch schon getroffen, in dem Haus auf der Via Cassia, bei Signora Cora.»

Sie schwieg, dann sagte sie leise: «Ich heiße Delia. Und Sie? Was wollen Sie von mir? Ich kenne Sie nicht.»

«Wirklich nicht? Erinnerst du dich nicht an mich?»

Sie trat einen Schritt zurück, wartete im Dunkeln, bis es, von der Leinwand her, im Saal etwas heller wurde, musterte mich von Kopf bis Fuß und flüsterte ohne Scheu: «Wirklich nicht, Ehrenwort. Ich habe Sie nie gesehen.»

Ich zog 1000 Lire hervor, wie neulich bei der Portiersfrau, und legte sie in ihre Hand. «Ob du mich kennst oder nicht – treffen wir uns nachher? Bevor du nach Hause gehst?»

Sie musterte mich wieder, zwischen Mißtrauen und Neugier schwankend. «Die Vorstellung dauert bis eins.»

«Dann treffen wir uns um eins.»

«Was wollen Sie von mir?»

«Mit dir reden. Nur mit dir reden. Sonst nichts. Sag mir in welchem Café, und um eins bin ich dort.»

«Oh, ich habe keine Angst, nur ... Also gut, meinetwegen. Kennen Sie das *Café Torino*? Beim Tritone-Brunnen?»

«Ja. Also dann, bis auf nachher. Da, das ist auch noch für dich.»

«Oh, danke, danke, lassen Sie – aber es ist noch sehr früh. Wollen Sie den Film zweimal sehen?»

«Ist er schön?»

«Wie man's nimmt. Ein Thriller. Sagen Sie – sind Sie sicher, daß Sie mich kennen? Ich kann mich nicht an Sie erinnern – beim besten Willen nicht.»

Ein paar Zuschauer machten «Psst!». Delia lachte leise und entfernte sich, nicht ohne mir vorher einen leichten, verständnisinnigen Klaps auf die Schulter gegeben zu haben.

Ich lehnte mich in den Sessel und sah mir den Thriller an, ein typisches Beispiel seiner Gattung. Ein Verbrechen war geschehen, dessen Täter eruiert werden mußte. Und während oben auf der Leinwand ein Bild dem anderen folgte, bedachte ich, daß meine Lage und der Aufbau eines Thrillers manches gemeinsam hatten, allerdings in umgekehrter Reihenfolge: Der Thriller, vom Alltäglichen ausgehend, von unbedeutendem Grau-in-Grau, führt ins Bedeutsame, ins Ungewöhnliche. Meine Ausgangssituation hingegen, auf den ersten Blick ungewöhnlich, bedeutsam, führte geradewegs in die Alltäglichkeit, in die Selbstverständlichkeit moralischer Zerrüttung, die Verderbnis als Normalzustand.

Ich war zu der zweiten Hälfte des Films zurechtgekommen. Dann flammten die Lichter auf. Der lange, schmale Saal, einem Flugzeughangar nicht unähnlich, war überaus schwach besetzt, vorwiegend von Männern. Sie saßen einzeln, paarweise und verdrossen da, Männer von jener Sorte, die während der Abendstunden durch die Innenstadt flanieren. Delia, neben der Tür, fing meinen Blick auf und zwinkerte mir zu, so rückhaltlos-provokant, daß es fast wieder komisch wirkte. Es wurde wieder dunkel. Ich sah mir die Werbung an, einen Kulturfilm über Sardinien, die Wochenschau und zum Schluß die erste Hälfte des Thrillers. Es war fast Mitternacht. Ich verzichtete darauf, den Rest noch einmal zu sehen, tappte hinaus und ging durch die finsteren Gassen, über holperiges, nachtfeuchtes Pflaster, zu dem Café, das Delia mir angegeben hatte.

Dort saß ich dann wenig später, nicht draußen, sondern drinnen, auf einem Stahlrohrsessel, an einem Stahlrohrtisch, die Füße in den Sägespänen, von Neonlicht geblendet, in einer Atmosphäre kalten Rauchs, schlechter, abgestandener Luft, bestellte einen Kaffee und lauschte, als ich ihn getrunken hatte, gespannt einem Männergespräch, dessen Fetzen von Zeit zu Zeit, untermischt mit Stößen Dampfs aus der Espressomaschine, vom Nebenraum her zu mir drangen:

«... bekommen.»

«... am Telefon.»

«... über die Straße. Er wollte davonrennen. Stellen Sie sich vor ...»

«... wirklich? Und er ...»

«... dabei wissen doch alle ...»

«... scheußlich. Aber man muß ihm lassen ...»

Plötzlich sah ich mich Delia gegenüber, die, von mir unbemerkt, das Lokal betreten hatte. Sie trug einen grauen Mantel mit Hasenfellkrägelchen, eine abgegriffene Tasche, keine Handschuhe – ihre Hände waren groß und schön –, sah mich an und sagte lachend: «Nein, wirklich, ganz bestimmt, ich habe Sie nie gesehen. Aber das macht ja nichts. Sie laden mich wirklich ein, auf eine kleine Stärkung?»

Ich nickte, sie setzte sich, ich rief den Kellner und Delia bestellte heiße Schokolade und Sandwiches. Der Kellner blieb kurze Zeit fort und brachte dann einen großen, mit belegten Schwarzbrotschnitten beladenen Teller sowie eine Riesentasse heißer Schokolade. Delia vertilgte alles, ohne ein Wort zu sprechen, sah mich dann an und sagte, unter neuerlichem Gelächter: «Ehrenwort, wirklich, ich kann mich nicht erinnern. Es stimmt zwar, ich war ein paarmal in Signora Coras Villa, aber trotzdem.»

«Soll ich dir beweisen, daß wir einander kennen? Du hast eine Blinddarmnarbe.»

«Eine Blinddarmnarbe hat fast jeder. Auch meine Freundin hat eine, haargenau dieselbe. Sie verwechseln mich ganz bestimmt.»

«Warte, du hast noch etwas. Etwas, das seltener ist.»

«Was?»

«Einen dunklen Haarstreifen, bauchaufwärts, beinahe bis zu der Brust.»

«Sie machen einem angst und bange. Als ob Sie ein Zauberer wären.»

«Bleiben wir hier, oder gehen wir?»

«Gehen wir.»

«Wohin?»

«Am besten, Sie bringen mich nach Hause.»

«Wo wohnst du?»

«San Giovanni. Sie haben doch ein Auto?»

«Ja.»

Ich zahlte. Wir gingen hinaus, zurück zum Kino – dort hatte ich das Auto geparkt –, stiegen ein, fuhren los, und während ich den Wagen steuerte, begannen wir miteinander zu plaudern. Delia hatte das Gespräch mit der Frage eingeleitet: «Wie heißen Sie?»

«Francesco.»

«Ich hatte einmal einen Verlobten – es ist ein paar Jahre her –, der hieß auch Francesco, in Wirklichkeit, meine ich, er war nämlich aus der Toscana und hat sich ‹Cesco› genannt. Aber richtig hieß er Francesco. Sagen Sie, kennen Sie Signora Cora?»

«Ja.»

«Gut?»

«Nein. Gut nicht.»

«Wie wirkt sie auf Sie?»

«Was meinst du?»

«Ich meine, was halten Sie von ihr?»

«Ich finde sie nett.»

«Nett schon. Aber sonst. Kommt sie Ihnen nicht – wie soll ich sagen – merkwürdig vor?»

«Merkwürdig?»

«Eigen.»

«Was verstehst du unter ‹eigen›?»

Sie begann wieder zu lachen, schallend, nicht ohne Bösartigkeit. «Wenn ich es Ihnen sage, verraten Sie mich aber nicht? Signora Cora ist nämlich zu mir immer nett gewesen, hat mir immer geholfen, wenn nötig.»

«Ich verrate kein Wort.»

«Eigen, weil sie mir – wie soll ich es sagen – beinahe besessen vorkommt.»

«Besessen?»

«Ja, besessen. Wissen Sie, was sie tut?»

«Was?»

«Ich kann nicht. Ich schäme mich.»

«Unsinn!»

«Ich schäme mich wirklich.»

«Wovon besessen?»

«Davon. Verstehen Sie?»

«Nein.»

«Sagen wir: vom Körperlichen an der Liebe. Vielleicht weil sie krank ist und selber nicht mehr kann.»

«Wie äußert sich diese Besessenheit?»

«Passen Sie auf, Sie werden lachen.»

«Ich höre schon zu. Keine Angst.»

«Zu der Signora kommt, unter anderen, auch ein gewisser Marco. Er hat ein Elektrogeschäft. Cora und er sind befreundet. Und sie hat bei ihm durchgesetzt, daß sie immer zuschauen darf, wenn er und ich... Sie verstehen? Aber nicht, daß Sie glauben, ich meine... Cora tut nichts, sitzt nur da, im Sessel, rührt sich nicht, schaut uns zu, Marco und mir, und die Augen quellen ihr aus den Höhlen, richtig aus den Höhlen, daß ich, wenn ich sie so dasitzen sehe, mich richtig schämen muß. Und manchmal, stellen Sie sich vor, streckt sie die Hand aus, so, langsam, berührt Marco da – richtig da – mit einem Finger, nur einem, als wär's nicht genug, ihn zu sehen, um daran glauben zu können, als müßte sie ganz sicher sein, und sie berührt ihn, oh, kaum, zieht die Hand gleich zurück, wie beruhigt, und sitzt weiter so da wie aus Stein, mit aufgerissenen Augen. Und ich, währenddessen mit Marco, ich würde am liebsten lachen, und gleichzeitig hab ich Angst, denn sie kommt mir vor wie eine Irre, und bei Irren, das weiß man ja, muß man auf alles gefaßt sein. Wissen Sie, an wen die Signora mich in diesen Momenten erinnert? Sie werden sagen, ein böser Vergleich, aber das stimmt nicht, ich denke mir nichts Böses dabei, im Gegenteil, ich bin gläubig, dulde in Glaubensdingen nicht den geringsten Scherz, aber sie erinnert mich an die Bäuerinnen bei uns daheim, im Friaulischen, die gehen in die Kirche, knien nieder, bleiben auf den Knien liegen, mit aufgerissenen Augen, so ein, zwei Stunden hindurch, starren die Statue an, die oben auf dem Altar steht, küssen dann die eigenen Finger, berühren die Statue, und das alles wie im Traum, als wären sie behext. Verstehen Sie? Einmal sagte ich der Signora: ‹Wissen Sie, wie Sie das ansehen? Wie etwas Heiliges. Eines Tages werden Sie niederknien, wenn Marco mit mir im Bett ist, und es anbeten, mit gefalteten Händen, vielleicht dann Ihre Finger küssen, bevor Sie ihn dort berühren, so wie die Frauen in der Kirche bei uns daheim, in Friaul.› Und sie hat mir zur Antwort gegeben: ‹Du bist eine dumme Gans, es gibt sonst nichts auf der Welt, das ist das Einzige, Schönste, doch das verstehst du nicht.›»

«Woher kennst du Signora Cora? Wie hast du sie kennengelernt?»

«Oh, das war ganz einfach. Ich wollte mir ein Kleid nähen, hatte aber nicht genug Geld. Eine Freundin brachte mich zu Cora, und ich ließ mich überreden, ein teureres Kleid zu nehmen als das, das ich nähen wollte. Das sagte ich auch der Signora, und daß ich es nicht zahlen könnte, zumindest nicht vorderhand, und sie sagte, ich sollte mich nicht sorgen, sie könnte eine Weile warten, das sagte sie immer wieder, und dann plötzlich, aus heiterem Himmel, hat sie auf einmal gedroht, sie würde bei mir daheim anrufen und das Geld von meinem Papa verlangen, und das wollte ich natürlich nicht, denn mein Papa ist Amtsdiener und verdient wirklich sehr wenig, eigentlich so gut wie nichts, das hatte Signora Cora natürlich sofort heraus, sie ist ja sehr intelligent, nämlich, daß ich nicht wollte, Papa erfährt davon, deshalb hat sie auch so getan, als ob es ihr wirklich ernst wäre, bei mir daheim anzurufen; und ich habe Angst gekriegt und war zu allem bereit, wenn sie es nur ja nicht täte, und da hat sie mich erpreßt: Entweder du kommst zu mir in mein Haus auf die Via Cassia, läßt dich einem Freund von mir vorstellen, einem sehr netten Herrn, oder ich ruf deinen Papa an. Es war, wie gesagt, Erpressung, aber so geschickt gemacht, mit so viel Freundlichkeit, Takt, Charme, beinahe vornehm, als wäre Signora Cora ganz im Ernst meine Freundin, daß es mir dann zum Schluß beinahe vorgekommen ist, als hätte ich sie gebeten, den Herrn kennenlernen zu dürfen, als müßte ich ihr dankbar sein, weil sie mich sozusagen vor einer Gefahr bewahrt hatte. Also haben wir uns geeinigt, und seither sind wir immer bestens miteinander ausgekommen. Sie war immer so nett zu mir. Und wenn sie nicht so eigen wäre, würde ich wirklich meinen, sie ist meine beste Freundin. Aber sonderbar ist sie schon, wenn sie so in ihrem Sessel sitzt und uns anstarrt, Marco und mich, aus ihren blauen Riesenaugen, während wir miteinander im Bett sind, dann würde ich am liebsten lachen und muß mich zusammennehmen, um es nicht zu tun, denn das wäre nicht nur peinlich für sie, sondern auch für Marco – nicht wahr? – und könnte ihm außerdem weh tun, denn es tut weh, bei so etwas plötzlich unterbrochen zu werden, also denke ich an traurige Dinge, sonst müßte ich richtig losplatzen, zum Beispiel, daß sie verrückt ist und daß man sie eines Tages ins Irrenhaus schaffen wird ...»

Sie sprach unaufhörlich weiter, ließ sich über Cora aus mit einer Art unschuldsvoller, naiver Durchtriebenheit; ich steuerte schweigend, und schließlich waren wir in einem der Außenbezirke jenseits Porta San Giovanni. Sie redete noch immer, bat mich dann plötzlich, in einer breiten, unwirtlichen, häßlichen Straße anzuhalten, empfahl mir ein letztes Mal, Cora kein Sterbenswort von ihren Eröffnungen zu sagen, nahm mir das Versprechen ab, in der Via Cassia-Villa mit ihr zusammenzutreffen, sagte, daß ich ihr gefiele, obwohl sie davon überzeugt sei, ich wäre ein Zauberer, und fügte schließlich hinzu: «Das nächste Mal werde ich aber die Augen weit offenhalten, damit ich Sie wiedererkenne! Wissen Sie, daß ich mich wirklich nicht an Sie erinnere? Nicht im geringsten?»

Ich versprach, mich bei Cora zu melden, sie grüßte, stieg aus dem Wagen und verschwand in einem riesigen Tor, das in ein armseliges Haus führte.

«Deus ex machina: szenisches Hilfsmittel des klassischen Theaters; Erscheinung einer Gottheit mit Hilfe maschineller Vorrichtung, im Dienste eines Ritus, lokaler Tradition, oder auch nur zwecks Lösung des kunstreich geschürzten Knotens der dramatischen Handlung. Daher der sprichwörtliche Ausdruck Deus ex machina für eine Person oder Sache, die eine schwierige Situation unvermuteter Lösung zuführt.»

Diese Definition stammt aus einem Konversationslexikon. Ich schrieb sie ab, weil ich finde, daß sie auf Coras Krankheit – wäre diese Krankheit tödlich, wie ich zuweilen glaube – haargenau zutreffen würde. Ich kann es mir nicht verhehlen: tief in mir lebt nach wie vor der anmaßende Argwohn, daß ich, so wie Ödipus Schuld trug am Ausbruch der Pest in Theben, Schuld trage am allmählichen Verfall, an der Verderbnis der Meinen, daran, was Cora ist, tut, was Baba erleiden mußte, kurz, Schuld an allem und jedem. Und doch. Hier liegt ein Widerspruch: Glaube ich nicht, erkannt zu haben, daß es auf der Welt weder Schuldige gibt noch Opfer, sondern nur Alltäglichkeit, den trägen Fluß des normalen, sinnlosen Einerlei der allgemeinen Verrottung?

Kein Schuldgefühl ohne den Wunsch zu sühnen. Mir geht es nicht anders. Gewiß, ich kann mir nicht, wie Ödipus, die Augen ausstechen, doch in meiner Phantasie blitzt folgende Möglichkeit auf: Ich stelle Cora zur Rede, eröffne ihr, daß ich Bescheid weiß, ferner, daß sie sehr krank ist, sterbenskrank, und daher eine Heilstätte aufsuchen muß. Und ich mache ihr einen Vorschlag, der, was mich persönlich betrifft, des Ödipus freiwilliger Blendung an Selbstaufopferung nicht nachsteht: Ich biete ihr an – falls sie zustimmt, sich endlich ausheilen zu lassen –, das Reisen aufzugeben, aufs neue ihr Gatte zu sein, mein Leben mit ihr zu verbringen, ja, zur Bekräftigung sogar, sie ins Sanatorium zu begleiten, die zwei, drei Jahre ihres Aufenthalts dort an ihrer Seite zu bleiben.

Vielleicht sollte ich betonen, daß ich das durchaus ernst meine. Das Reisen einzustellen, Cora in die Heilstätte zu begleiten, mein Leben mit ihr zu verbringen, das sind keine Hirngespinste, sondern, ich weiß es sehr wohl, Lebensfragen, grundlegende Alternativen. Ich erwäge sie so ernsthaft, daß mein Herz sich zusammenkrampft, als bereitete ich mich zum Sterben, ich habe Angst, die zuweilen dann wieder unerklärlichem, jähem Mitleid, herausforderndem Mut weicht, meine Augen füllen sich mit Tränen, echten, brennenden Tränen des Überschwangs und der Hoffnung, ich weiß mich sühnebereit, gleichzeitig aber, im Schatten jener heroisch-erhebenden

Stimmung, regt sich die Furcht: zu spät. Cora wird an Tuberkulose sterben. Das bedeutet: keine Sühne, und alles kommt ins Lot, wie man zu sagen pflegt, ganz von selbst, ohne mein Zutun. Sollte vielleicht meine Angst im Grunde nichts anderes sein als die Maske der zynischen Hoffnung, Coras Krankheit, Deus ex machina, könnte mich der Sühne entheben, brächte wieder alles in Ordnung, nach den Regeln der Alltäglichkeit, der ihr innewohnenden Logik?

Nun frage ich: Was ist diese Logik, die Logik des Alltäglichen, wenn nicht Bevorzugung der leidenden zuungunsten der tätigen Form? Statt Dinge geschehen zu lassen, zu bewirken, auszulösen, lassen wir die Dinge geschehen. Nun betrachte man aber die Lage, in welcher ich mich befand: Gelähmt von meinem Wissen um die Unechtheit jeglichen Tuns, blieb mir keine andere Lösung, als eben Tod durch Krankheit, ein Tod, den wir nicht herbeiführen, sondern erleiden müssen. War dieser Tod durch Krankheit nicht der ideale Gott des täglichen Einerlei, ein Deus ex machina, nicht minder sinnlos, nicht minder vorsehungsgesandt als die Holz-Stoffmaschinerie, die auf dem klassischen Theater das Erscheinen der Gottheit und damit die Lösung «des kunstreich geschürzten Knotens der dramatischen Handlung» ermöglichte?

Der Deus ex machina, alias Tod durch Krankheit, enthebt überdies nicht nur der Sühne, sondern macht auch, das liegt auf der Hand, die zweite Schlußmöglichkeit hinfällig, und zwar die der Bestrafung. Sühne und Strafe, beide gleichermaßen verfälscht. Kann man sich Cora bestraft oder entsühnt vorstellen? Das einzig Echte wäre, Cora in einem Spitalbett, hingerafft von Tuberkulose, inmitten anderer Kranker, Schuldiger, Schuldloser, kurz, etwas Alltägliches, ungewollt, unbedeutend und nichtsdestoweniger dennoch derselbe Deus ex machina, dessen man sich bedient, um den «kunstreich geschürzten Knoten der dramatischen Handlung zu lösen».

Immerhin, wenn ich aufrichtig sein soll, so werde ich den Argwohn nicht los, daß meine Passivität in allem, was Cora betrifft, letzten Endes auf Feigheit beruht. Deshalb glaube ich mich dazu verpflichtet, Cora unter Aufbietung aller Kraft vor Krankheit und Verderben zu retten.

Schön. Nur – kaum bin ich entschlossen zu handeln, warnt mich jähes Unbehagen, daß ich vielleicht im Begriffe bin, einen Fehler zu wiederholen. Bin ich nicht drauf und dran, in Unechtheit zu verfallen, dieselbe Verfälschtheit wie damals, als ich Cora heiraten wollte?

Ich erwäge, daß ich irrte, als ich Cora heiratete, daß ich jetzt irren würde, wollte ich mein Leben ihr widmen. Heute, genau wie damals, würde mich jedes Tun in Unechtheit verstricken.

Ein Unterschied allerdings besteht zwischen damals und heute: Vor zehn Jahren schrieb ich meinen Roman im Einklang mit mir selber, stand zu meinen Handlungen. Heute gedenke ich ihn aus Teilen jenes Tagebuchs zu fügen, in welchem ich, Tag für Tag, mein Leben nachzeichne, das heißt, mein Romanprojekt dient mir – ich sagte es – als Prüfstein, beinahe als Gewissen in Hinblick auf jegliche Handlung, die ich auszuführen gedenke. Deshalb beschloß ich gestern, meine Beziehung zu Cora auf gleiche Weise zu prüfen wie neulich jene zu Baba mit Hilfe des Romans, die imaginäre Szene meiner Aussprache mit Cora ins Tagebuch zu schreiben:

Cora liegt im Bett, da sie seit heute morgen fiebert. Ich klopfe an die Tür ihres Zimmers, betrete es, sage ihr, ich hätte mit ihr zu reden. Sie weist mit dem Kinn auf den Lehnstuhl, der am Fußende des Bettes steht. Ich sehe Cora an, ehe ich zu sprechen beginne. Sie sitzt aufrecht im Bett, gegen zwei Kissen gelehnt, den Oberkörper in einen roten, grüngesäumten Wollschlafrock gehüllt. Endlich sage ich: «Cora, ich bin gekommen, weil ich mit dir sprechen will, dir etwas sagen muß, wozu es mir bis heute an Mut fehlte.»

«Und zwar?»

«Du errätst es nicht?»

«Nein.»

«Meine Haltung dir gegenüber sollte es dir aber längst zu verstehen gegeben haben.»

«Was denn für eine Haltung?»

«Ich habe in diesem Haus zehn Jahre als Fremder gelebt, mich dann auf einmal entschlossen, alles ganz anders zu machen, wieder dein Mann, wieder Babas Vater zu sein. Nun bin ich aber der Meinung, man soll Dinge ganz tun oder gar nicht. Zehn Jahre habe ich dich übersehen, einfach nicht zur Kenntnis genommen. Jetzt, da ich beschlossen habe, mich wieder um dich zu kümmern, muß ich es ernsthaft tun, ohne Einschränkungen. Verstehst du? Und damit müßte dir klar sein, was ich dir sagen will.»

«Es ist mir aber nicht klar.»

«Nein? Du hast noch nicht begriffen, daß von deinem Gewerbe die Rede ist, von deinem zweiten Gewerbe?»

«Ich habe kein zweites Gewerbe.»

«Und außerdem von Baba.»

Diesmal erwidert sie nichts, zeigt aber weder Verblüffung noch die geringste Angst. Ich spreche weiter: «Damit dürfte alles gesagt sein.» Noch immer schweigt sie. Ich sage: «Für Baba ist das alles, als hätte nicht sie es erlebt, sondern eine andere Baba – zumindest behauptet sie es –, eine Baba, die mit ihr heute nicht das geringste gemein hat. Ich schlage nun vor, wir tun, als hätte – was du getan hast – eine andere Cora getan, eine Cora, die mit dir heute nicht das geringste gemein hat. So. Und jetzt reden wir von der Hauptsache, deiner Gesundheit.»

«Warum von meiner Gesundheit?»

«Baba hat mir gesagt, du hättest dich endlich entschlossen, wärst endlich beim Arzt gewesen. Fortgeschrittene Tuberkulose. Stimmt das, oder stimmt das nicht?»

«Ja, es stimmt, aber ...»

«Moment. Der Arzt hat ferner gesagt, wenn du gesund werden willst, mußt du fort aus Rom, ins Gebirge, in eine Lungenheilstätte, und das mindestens auf ein paar Jahre.»

«Stimmt. Aber ich fahre nicht. Ich habe zuviel zu tun.»

«Zuviel zu tun? Wo denn? In der Villa an der Via Cassia?»

Wieder gibt sie keine Antwort. Ihr beharrliches Schweigen, im Grunde demütigend, erinnert an die Haltung des Gläubigen, der sich über seinen Glauben in keine Diskussionen einläßt. Ich sage: «Du willst also sterben?»

«Ich werde mich in Rom auskurieren.»

«In Rom kannst du dich nicht auskurieren.»

«Wer sagt das?»

«Du weißt es: der Arzt. Du mußt dein Leben ändern, das ist die erste Bedingung. Fort aus Rom, fort, hörst du, Cora. Ein anderes Leben führen.»

«Ich denke nicht daran, ein anderes Leben zu führen; mir ist es recht, wie es ist. Ich sehe nicht ein, warum sich da etwas ändern sollte.»

«Cora, jetzt paß einmal auf. Ich mache dir einen Vorschlag.»

«Was für einen Vorschlag?»

«Wenn du einwilligst, Rom zu verlassen und ins Sanatorium zu gehen und, das versteht sich von selbst, die Villa aufzugeben sowie jegliche Tätigkeit, die mit dieser Villa auch nur im entferntesten zu tun hat, wenn du einwilligst, sage ich, so verspreche ich dir feierlich, ich höre auf zu reisen, begleite dich ins Gebirge, bleibe bei dir, solange du krank bist, und auch dann, weiterhin, bis an dein Lebensende.»

Sie mustert mich, die Augen von grausamem Mißtrauen geweitet, und stößt zwischen den Zähnen hervor: «Ich denke nicht daran.»

«Warum nicht?»

«Ich habe dir schon gesagt, mir ist es recht, wie es ist. Ich sehe keinen Anlaß zu irgendwelchen Änderungen.»

Ich sehe sie an und schweige. Das zerstörte, abgezehrte Gesicht – nur Augen, Nase, Mund – gleicht einer roten Maske im roten

Widerschein des roten Seidenlampenschirms, zusätzlich rötlich getönt vom leuchtenden Rot des Schlafrocks. Und da, mit einemmal, überkommt mich das bittere Wissen um die Verderbnis, deren Verkörperung Cora in diesem Augenblick zu sein scheint, aber auch um die Möglichkeit, diese Verderbnis in ihr Gegenteil zu verkehren. All das kann nicht endgültig sein, es muß eine Möglichkeit geben, die grausam-unreine Maske von Coras Gesicht zu reißen, es ihr zurückzugeben, ihr wahres Menschenantlitz. Und plötzlich, ohne es zu wollen, ohne zu wissen, wie es zuging, halte ich Cora in den Armen, umarme ihren Oberkörper, der von dem Schlafrock mumienhaft umwickelt ist, atme den Geruch ihres Körpers – ein Parfum- und Schweißgemisch – und sage: «Du kannst gesund werden, Cora, du kannst dich auch noch ändern, wenn du nur willst, du mußt wollen, hörst du? Ich werde dir helfen.»

Und schon fühle ich, daß ich weine, die Nase im Wollstoff des Schlafrocks, die Hände an Coras Rücken, bitterlich weine, aus Angst vor einem Nein, aus Hoffnung auf ein Ja, beides wäre mir gleich schmerzlich. Doch während ich zu ihr spreche, während ich weine, spüre ich, daß sie sich frei zu machen sucht, freier atmen will, als vermeine sie, ersticken zu müssen. Ich gebe sie frei, sie richtet sich auf und beginnt plötzlich zu husten. Der Husten scheint, nach und nach, aus immer tieferen Regionen aufzusteigen, schärfer und schmerzhafter, und auf einmal sehe ich, wie Cora die Hände vor den Mund schlägt, wie sich die blauen Augen oberhalb der verkrampften Hände vor nacktem Grauen weiten, wie es, beim letzten Hustenstoß, im roten Licht des roten Seidenlampenschirms inmitten des roten Gesichts vor dem roten Hintergrund des Schlafrocks zwischen den Fingern hervorquillt, rot, unaufhaltsam – Blut.

Soweit, im Tagebuch, das Kapitel der erdachten Aussprache. Ich las es, überlegte und vermerkte sodann: verlogen, sentimental, willkürlich, unwahr, kitschig, nichtssagend, kurzum, verfälscht. Wie immer handelt es sich auch diesmal um Lüge mit wahrem Kern: Lüge ist dein Versprechen, Cora in die Heilstätte zu begleiten, dein Leben mit ihr zu verbringen, Wahrheit der Wunsch, sie möge sterben. Hättest du sonst den jähen, tödlichen Blutsturz erfunden? Ja, sie soll sterben, aber nicht, ehe du ihr das Versprechen gabst, dein Leben mit ihr zu verbringen, dann aber schnell, damit du das Versprechen nicht halten mußt. So stehst du schön da, wie man sagt, mit einem Mindestaufwand an Kosten, und darfst zudem sicher sein, von deinem Gewissen in Zukunft nicht einmal mehr die allerleiseste Einflüsterung zu vernehmen.

Laue, regenschwere Herbstluft, gewittrig, wolkendurchzogen. Die Travertinsteinfassaden, das Pflaster der Gehsteige, kalt, beschlagen, glitschig, die Fetzen Himmelsblau in dauerndem Auf und Ab, bald riesenhaft, bald winzig, je nach der Bahn der Wolken, die der Wind vor sich her treibt. Das Schweben der Blätter, vereinzelt, doch unablässig, von den kahlen Zweigen der Platanen auf die Via Veneto hinab, gelbliche, rötliche Blätter, sie scheinen Händen mit ausgestreckten Fingern zu gleichen. Der Asphalt, schwarz und porös, lederähnlich, von nassen Rissen durchfurcht, mit welken Blättern beklebt, von Ölflecken gezeichnet, deren Flächen regenbogengleich schimmern.

Baba bleibt vor einem Café stehen, zeigt auf ein Tischchen: «Wollen wir uns hierhersetzen?» Jemand am Nebentisch schiebt beim Klang der Stimme Babas die Zeitung weg – gerade so viel, um sich Baba zu zeigen, nicht mir –, und ich höre: «Sieh einmal an. Erkennst du mich?»

Baba dreht sich um, betrachtet ihn: «Ja.»

«Wie geht es dir?»

«Gut. Und dir?»

«Ausgezeichnet. Was treibst du?»

«Ich studiere.»

«So etwas. Wenn ich bedenke. Ich habe dich gleich wiedererkannt. Dabei sind ein paar Jahre vergangen.»

«Sechs Jahre.»

«Sechs Jahre, ja. Wie die Zeit vergeht. Als ob's gestern gewesen wäre. Du hast dich nicht verändert.»

«Wirklich nicht?»

«Wirklich nicht. Erwachsener geworden. Aber sonst ganz dieselbe. Nur schöner.»

«Danke.»

«Sag einmal – wollen wir uns treffen?»

«Nein.»

«Wirklich nicht?»

«Wirklich nicht.»

«Ich geb dir meine Nummer. Ruf mich doch mal an.»

«Nein.»

«Verzeih. Ich wollte dich nicht verletzen.»

«Du hast mich nicht verletzt.»

«Ja, ich muß gehen. Wiedersehen.»

«Wiedersehen.»

Ich schaue ihm nach. Er geht verlegen wie jemand, der sich

nichts anmerken lassen will, pfeifend, die Hände in den Taschen einer abgetragenen, aber eleganten Sportjacke – tabakfarben, grünkariert –, ein Mann in den besten Jahren, etwa an die Fünfundvierzig, mit schmalem, gebräuntem Gesicht, feingezeichneten Zügen, schwermütigem Ausdruck, ein gut erhaltener Jüngling, sympathisch, im Grunde, nicht vulgär, gütig, von einer Güte, die aus dem zaghaften Aufleuchten des sonst eher traurigen Blicks sprach, als er sich erhob, um Baba auf Wiedersehen zu sagen. Ich blicke ihm nach, er verschwindet um eine Ecke. Dann frage ich Baba, wer er ist. «Riccardo», antwortet sie. «Der erste Mann, dem Cora Baba vorstellte.»

Sonntag, 22. November

Heute blieb Cora zu Hause. Ich sah sie, vom Korridor, in ihrem Zimmer sitzen, in dem gewohnten roten Schlafrock mit der grünen Seidenborte, die Füße in roten Pantoffeln. Was tut Cora daheim, wenn sie fiebert und daher nicht ausgehen kann? Sie telefoniert. Ich schließe es aus dem oftmaligen Klicken des Nebenstellenapparates. Wahrscheinlich telefoniert sie mit Kunden und mit Mädchen, vereinbart Zusammenkünfte in der Villa an der Via Cassia, oder ruft auch die Werkstätte an und fragt, wie die Arbeit vorangeht. Die meiste Zeit aber, glaube ich, sitzt sie untätig da, den Blick ins Leere gerichtet, so wie sie mir damals erschien, am Strand der Circeo-Halbinsel, als mir war, sie suche vergebens Zugang zur Wirklichkeit, über die schwindelnden Tiefen des eigenen Seins hinweg.

Coras Fieber wirkte sich allerdings noch anderweitig aus: Sie beauftragte Baba, den Eltern an ihrer Stelle das Monatsgeld zu überbringen. Und Baba, darauf bedacht, ihr Recht hervorzukehren, das Recht der Tochter, vom Vater Unterstützung in jedweder Lage zu fordern, ersuchte mich unverzüglich, sie auf diesem Botengang zu begleiten.

Wir brachen also auf, am späten Nachmittag; es dunkelte bereits – die Novembernacht setzt früh ein –, und ich fuhr eine Weile schweigend. Wir mußten ganz Rom durchqueren, bis zu der Via Tuscolana, wo Coras Eltern wohnten. Plötzlich sagte Baba, die regungslos neben mir saß, die Hände im Schoß gefaltet: «Ich freue mich, daß du mitkommst.»

«Warum?»

Wir bogen soeben in die Via dell'Impero ein.

«Weil ich weiß, die Großeltern werden sich freuen. Wann warst du das letzte Mal bei ihnen?»

«Ich glaube, vor etwa zehn Jahren.»

«Sie haben oft nach dir gefragt. Die Großmutter besonders. Und das war für mich immer schwierig, denn ich wußte nicht, was ich sagen sollte. Ich konnte ihnen doch nicht sagen, du wolltest sie nicht mehr sehen. Also sagte ich, du wärst auf Reisen.»

«Die Wahrheit immerhin – jedenfalls ein Teil der Wahrheit.»

«Stört es dich sehr, mitzukommen? Vorhin, als ich dich darum bat, da hast du dreingeschaut wie damals, erinnerst du dich, als wir ans Meer hinausfuhren und ich sagte, Cora kommt mit.»

«Wie habe ich dreingeschaut?»

«Ich weiß nicht. Enttäuscht, widerwillig.»

«Es stört mich nicht, mitzukommen, das heißt, ein bißchen schon, jedenfalls viel weniger, als mit Cora zusammenzusein.»

«Warum stört es dich überhaupt?»

«Das ist eine lange Geschichte. Ich müßte dir zu vieles erklären.»

«Erkläre es.»

«Also schön. Um es kurz zu machen: Was ich an Cora liebte, das liebte ich auch an ihren Eltern. Mit meiner Liebe zu Cora erlosch die Zuneigung zu ihnen. Sie wiederzusehen ist mir peinlich: Es erinnert mich daran, wie verliebt ich in Cora war.»

«Was hast du an Cora geliebt? An Cora und daher auch an ihnen?»

«Auch das ist nicht unkompliziert. Sagen wir: ihre Armut.»

«Was ist Schönes daran, arm zu sein?»

«Das Echte. Das Unverfälschte. Ich bildete mir damals ein, Authentizität und Armut wären sozusagen gleichbedeutend.»

«Jetzt glaubst du das nicht mehr?»

«Nein.»

«Eigentlich wußte ich das.»

«Du wußtest es?»

«Ja. Eines Tages fragte ich Cora, was zwischen ihr und dir eigentlich gewesen wäre, was dich bewogen hatte, zu uns wie ein Fremder zu sein. Sie sagte mir damals: ‹Nichts, davon abgesehen, daß ich nicht mehr die arme Haut bin, die ich war, als wir uns kennenlernten. Francesco ist wie diese Herren Gutsbesitzer und dergleichen, die den Bauerndirnen nachlaufen, anstatt sich mit den Damen ihrer Kreise abzugeben. Ich sage nicht, er hat unrecht. Eine Sache des Geschmacks. Nur konnte ich nicht, ihm zuliebe, mein Lebtag in Lumpen gehen.›»

«Ich weiß, das ist ihre Meinung.»

«Und was ist deine?»

«Worüber?»

«Über deine Ehe mit Cora?»

«Daß ich mich geirrt habe. Sonst nichts.»

«Und wer hat recht, sie oder du?»

«Ich weiß nicht. Wahrscheinlich liegt die Wahrheit, wie immer, in der Mitte.»

«Erzähl mir, wie es war. Wie hast du Cora kennengelernt?»

«Warum willst du das wissen?»

«Nur so, aus Neugier.»

«Sonderbare Neugier.»

«Willst du's erzählen, oder nicht?»

«Wenn du Wert darauf legst.»

«Ich lege Wert darauf.»

«Schön. Also, was willst du wissen?»

«Wie hast du Cora kennengelernt? Erzähl es mir ganz genau.»

«Ich bin Cora zum erstenmal im Gordiani-Viertel begegnet.»

«Was ist das?»

«Das war, denn ich glaube, es existiert nicht mehr, eine sogenannte ‹Borgata›, eine Gruppe von Häusern, vielmehr eine Anzahl Baracken, auf gewisse Art angeordnet.»

«Wie?»

«Wie in einem KZ.»

«Was hattest du dort zu tun?»

«Ich war öfters dort.»

«Warum?»

«Ich fühlte mich hingezogen zu derlei Örtlichkeiten, zu den Menschen, die dort wohnten.»

«Hingezogen?»

«Ja. Ich schaute und schaute. Ich wurde nicht müde, zu schauen.»

«Warum?»

«Ich weiß es nicht. Vielleicht war der Mythos daran schuld.»

«Welcher Mythos?»

«Der Armutsmythos.»

«Was verstehst du darunter?»

«Zum Beispiel: stell dir einen jungen Mann vor, der vom Adelsmythos beherrscht wird. Er selber ist nicht von Adel, aber er streicht um die Paläste herum, schaut zu den Fenstern hinauf, beobachtet, wer ein und aus geht, weiß über die Eigenheiten, die Gewohnheiten der Leute, die in diesen Palästen wohnen, genauestens Bescheid, träumt schlafend und wachend davon, eine Prinzessin zu erobern. Was wird geschehen? Irgendwie wird er sich Zugang verschaffen zu diesen adeligen Kreisen, die ihm unerreichbar erscheinen, wird schließlich die Frau seiner Träume, die ‹Edelfrau›, wirklich heimführen. Und was wird weiter geschehen? Er wird merken, daß seine Gattin eine Frau ist wie jede andere. Aber dann ist es zu spät. So ist es mir ergangen. Nur mußt du die Paläste durch die Barakken ersetzen, die Adeligen durch Huren, Diebe, Arbeitslose, die Edeldame durch Cora, die Tochter einer Wäscherin und eines Gemüsegärtners.»

«Aha! Das war also dein Mythos. Nur – warum gerade der?»

«Warum glaubt man an einen Mythos? Das läßt sich nicht so leicht erklären, würde vor allem zu lange dauern. Man glaubt, oder man glaubt nicht.»

«Verstehe. Dann erzähl mir jetzt, wie du Cora begegnet bist. Wie hat es sich abgespielt?»

«Du willst also alles wissen?»

«Ja.»

«Warum?»

«Ich hätte die näheren Umstände seit jeher gern erfahren, habe auch Cora gefragt. Doch aus ihr war nichts herauszubekommen.»

«Folgendermaßen: die Zeitung, für die ich arbeitete, schickte mich ins Gordiani-Viertel, um einen Bericht zu schreiben. Genauer gesagt, ich selber hatte es dahin gebracht, den Auftrag zu bekommen, hatte mir diesen Auftrag sozusagen zugeschanzt. Ich fuhr also hin, eines Julitags, gegen zwei Uhr nachmittags. Ich muß dir die Borgata beschreiben, sonst kannst du nicht verstehen, was damals geschehen ist: Zwei Reihen Baracken, schmutziggelb, ebenerdig, die Fenster behängt mit schmutzigen, ehemals weißen Fetzen, die Dächer graues Wellblech, dazwischen eine Straße, nichts als Baracken und Straße, kein Garten, kein Baum, kein Geschäft, kein Brunnen, nichts. Und in der Mitte dieser Straße – sie war breit, lang und völlig leer – eine Art Haus, zweistöckig, wacklig, fensterlos, orangefarben gestrichen, darauf riesige schwarze Lettern: Wohnungen, Wohnungen, Wohnungen. In diesem Bau war eine Art Espresso mit öffentlichem Fernsprecher – ich sah das Zeichen an der Hauswand –, also stieg ich aus und ging hin.»

«Ins Espresso? Wozu?»

«Um die Redaktion anzurufen. Der Fotograf war nicht da, obwohl wir vereinbart hatten, uns in der Borgata zu treffen.»

«Wer wohnte in der Borgata? Ich meine, was für Menschen?»

«Menschen aller Art. Huren, Diebe, auch Arbeiter, Maurer vor allem, und dann noch andere Leute, dein Großvater zum Beispiel. Er war Gemüsegärtner.»

«Du bist also ins Espresso gegangen.»

«Und bestellte einen Kaffee. Als ich mich umdrehte, sah ich ein Mädchen in gelber Bluse und grünem Rock. Sie hatte blaue Augen, Schultern und Arme waren bloß, sonnengebräunt, sehr gebräunt, beinahe wie übergoldet. Es war Cora.»

«Was tat Cora?»

«Sie telefonierte. Dann hängte sie ein, und ich ging zum Telefon. Der Apparat befand sich neben der Tür, ich ging von der Theke aus hin; Cora kam zu der Theke, wir mußten aneinander vorbei, es geschah in der Mitte des Zimmers, und sie sah mich an, nachdrücklich, wie man eben jemanden ansieht, an dem man Gefallen findet. Ich ging weiter zum Telefon, drehte mich um und sah Cora, die mit dem Kellner sprach. Plötzlich hörte sie auf zu sprechen, ging zur Tür, als wolle sie fort – ich sagte schon, es war Juli und heiß, sie hatte bloße Arme, ich trug ein kurzärmeliges Hemd –, sie ging knapp an mir vorbei, und im Vorübergehen streifte ihr Arm den meinen, Haut an Haut, aber fest, nicht etwa wie unabsichtlich. Dabei sah sie mir in die Augen. Dann ging sie hinaus.»

«Und du? Was hast du gemacht?»

«Ich habe nicht telefoniert. Ich bin ihr nachgegangen.»

«Warum? Gefiel dir Cora?»

«Ja.»

«Und dann?»

«Sie ging voraus, unter der brennenden Sonne, durch das grelle Tageslicht, zu meinem Auto, dem einzigen, das weit und breit zu sehen war; ich öffnete, sie stieg ein, und wir fuhren los, ohne ein Wort.»

«Was war dann?»

«Cora saß neben mir, beschränkte sich darauf zu sagen: rechts – links – geradeaus – kurzum, mir den Weg zu zeigen. Wir fuhren eine Weile, über Landstraßen zumeist, bis zu einer Eisenbahnbrücke. Dort war ein weißes Haus, dreistöckig, mit grünen Jalousien. Cora sagte, ich solle anhalten; wir stiegen aus, gingen hinein. Es gab keinen Aufzug. Wir stiegen zwei Treppen hoch. An der Tür stand TORRINI.»

«Du erinnerst dich an alles.»

«Um es kurz zu machen: Eine Frau öffnete, nicht mehr jung, schlecht gelaunt, unangenehm, eine gewisse Erminia, und führte uns in das Zimmer.»

«Wie sah es aus?»

«Ein breites Eisenbett, schwarz lackiert, vier Kissen, ein roter Überwurf, eine Kommode mit Marmorplatte, darauf Familienfotos, zwei Nachtkästchen, gleichfalls mit Marmorplatte, ein Spiegelkasten, vor dem Fenster ein ehemals weißer vergilbter Spitzenvorhang mit dem Muster: Vögel und Blumenkörbe. Cora zog sich aus. Ich trat indessen ans Fenster und sah drüben auf der Eisenbahnbrücke einen Zug langsam dahinfahren, einen Waggon nach dem anderen.»

«Und dann?»

«Dann sind wir ins Bett gegangen. Soll ich dir die drei Dinge nennen, auf die meine Liebe zu Cora zurückzuführen ist?»

«Ja.»

«Als wir nebeneinanderlagen, streckte Cora die Hand nach mir aus – sie lag mit geschlossenen Augen da, den Kopf zurückgeworfen, packte zu, drückte und flüsterte wie in Ekstase: ‹Schön.› Das war das erste. Das zweite, das sie mir sagte, kurz bevor wir uns umarmten: ‹Ich bin Schneiderin, gehe fast nie mit Männern. Also darfst du nicht böse sein, wenn ich mich nicht darauf verstehe.› Das dritte: ich griff zur Brieftasche, da sagte sie: ‹Gib mir, soviel du kannst. Ich habe ein Kind zu versorgen.›»

«Wieso ist deine Liebe zu Cora auf diese drei Dinge zurückzuführen?»

«Ich sagte dir, ich war auf der Suche nach dem Authentischen. Diese drei Sätze schienen mir Ausdruck dafür zu sein.»

«Und weiter? Was war nach dem erstenmal?»

«Dann haben sich die Dinge auf die übliche Art entwickelt. Wir trafen einander wieder, bei Erminia, hie und da, dann öfter, dann, nach einer Weile, haben wir miteinander gelebt und schließlich geheiratet. Eine alltägliche Geschichte.»

«Wann ist dir klargeworden, daß du Cora nicht mehr liebst?»

«Unmittelbar nach der Hochzeit. In unserer neuen Wohnung.»

«Glaubst du, Cora hat schon damals ihr Gewerbe ausgeübt?»

«Möglich. Sie war schon damals verschlossen, geheimnisvoll. Sie sagte zum Beispiel, sie arbeite in einer Schneiderei – aber sie war oft nicht dort. Außerdem hatte sie Bekannte – Freunde und Freundinnen –, denen sie mich nicht vorstellen wollte.»

«Warst du damals oft bei den Großeltern?»

«So oft wie möglich – damals, als ich Cora noch liebte. Ich suchte stets einen Vorwand, um sie besuchen zu gehen. Sie zogen mich an wie Cora und alles, was Cora betraf, eine Auswirkung des Mythos. Verstehst du? Der Mythos bezog sie mit ein. Dann, als er für mich nicht mehr gültig war, erschien es mir unbegreiflich, sie jemals besucht, vor allem, mich so sehr bemüht zu haben, sie überhaupt kennenzulernen.»

«Du hast dich bemüht?»

«Und wie. Cora wollte mich ihnen nicht vorstellen, warum, habe ich keine Ahnung. Es kostete mich große Mühe, sie endlich so weit zu bringen, daß sie mich eines Tages mitnahm.»

«Und heute? Wie wirkt es heute auf dich, sie zu besuchen?»

«Als ob ich mich schämen müßte, etwa wie man sich schämt, an einen Ort zurückzukehren, wo man sich betrunken und, in betrunkenem Zustand, Dummheiten angestellt hätte.»

«Vielleicht waren es keine Dummheiten.»

«Möglich. Aber was soll ich tun, wenn sie mir jetzt als solche erscheinen?»

Von da an stellte Baba mir keine weiteren Fragen mehr. Ich steuerte eine Zeitlang schweigend. Wir fuhren durch die Via Tuscolana, eine schluchtähnliche Gasse, von Arbeiterhäusern gesäumt: balkonbesetzte Fassaden, ebenerdige Geschäfte, erleuchteten Höhlen gleich, Passanten, die im hellen Licht der Schaufenster aussahen wie schwarze Schatten. Cafés, Kinos, Milchläden, Konditoreien, Haustore. «Warst du nie da?» fragte Baba.

«Nein. Damals, zu jener Zeit als ich noch mit den Großeltern verkehrte, wohnten sie in der Borgata, später, als Cora mehr verdiente – auf welche Weise auch immer –, in der Via Casilina. Hier war ich nie.»

«Wir sind da.»

Ich hielt, wir stiegen aus, und Baba steuerte sogleich auf eine Konditorei zu, mit den Worten: «Für die Großmutter. Ich bringe ihr immer etwas mit. Sie erwartet das von mir.»

Ein großer Raum, kahl, weiß. Zitterndes Neonlicht lag über dem Verkaufstisch, ließ die Keramikfliesen aufglänzen, die Verchromung der Tischchen und Sessel, die spiegelverkleideten Wände hinter den aufgereihten Flaschen. Die Jukebox war in Betrieb, einige junge Leute hörten der Lärmmusik zu. Baba trat an die Vitrine, musterte die Teller, auf denen sich Kuchen und belegte Brote türmten, wählte eine Bonbonniere mit bemaltem Deckel und sagte, entschlossen wie gewöhnlich, mir die Rolle des Vaters zuzuteilen, mit allem was dazugehörte: «Zahlst du?»

Ich zahlte. Wir gingen hinaus, und schon nach wenigen Schritten bog Baba in eine Einfahrt, führte mich durch einen Hof – soviel ich erkennen konnte, war er groß, kerkerhaft kahl, von hohen Mauern umschlossen – bis zu einer beleuchteten Tür mit der Aufschrift «D». Wir öffneten, traten ein, zwängten uns in den Aufzug – er war ganz besonders schmal – und Baba drückte den Knopf: 8. Stock.

Der Lift fuhr langsam, sehr langsam. Wir hatten so wenig Raum, daß wir einander berührten, und sprachen kein Wort. Babas Jacke war offen, die Brüste zeichneten sich unter dem Pullover ab. Eine sachte Pendelbewegung – bewußt oder unbewußt, ich vermochte es nicht auszumachen – drängte Baba immer wieder an mich. Dann fühlte ich die Form der Brüste. Ich blickte ihr in die Augen und fand darin zu meinem Erstaunen die provozierende Deutung, die ich ihrem Betragen gab, nicht im geringsten bestätigt. Die Augen waren wie immer: starr, kurzsichtig und schön, die reglosen Pupillen von den träg-halbgeschlossenen Lidern wie mitten entzweigeschnitten. Ich fragte unvermittelt:

«Weiß die Großmutter Bescheid?»

«Worüber?»

«Über Cora?»

«Du denkst unaufhörlich daran.»

«Ja oder nein?»

«Ja und nein.»

«Was willst du damit sagen?»

«Vielleicht hat sie es gewußt und dann vergessen wollen. Und jetzt – wer weiß –, vielleicht glaubt sie, sie hat das Ganze geträumt.»

«Und der Großvater?»

«Weiß es nicht. Aber er spürt es.»

«Was meinst du damit?»

«Es gibt Leute, die wissen Dinge. Andere spüren sie. Großvater gehört zu den letzteren.»

Der Aufzug blieb stehen, ein endgültiger Ruck warf Baba ein letztes Mal gegen mich. Wir traten auf einen kleinen, von zwei großen Abfallkübeln nahezu verstellten Flur. Baba drückte die Klingel und sagte: «Sei nett zu ihnen. Auch wenn du für sie nichts empfindest.»

«Warum?»

«Mir zuliebe. Ja? Bitte. Ich bitte dich.»

Die Tür öffnete sich, die Großmutter erschien – Ausrufe froher Überraschung, liebevoller Freudigkeit –, umarmte und küßte Baba, und wurde dann ihrerseits von Baba umarmt und geküßt. Es folgten Dankesbezeigungen für die Bonbonniere; dann endlich trat Baba beiseite, zeigte auf mich und sagte: «Großmutter, schau her, wen ich heute mitgebracht habe.»

Seinerzeit, vor zehn Jahren, als ich noch mit ihnen verkehrte, hatten Coras Eltern mir gefallen, nicht nur im Lichte des Mythos von der Authentizität der Armut, nein, sondern, ich möchte fast sagen, auch aus ästhetischen Gründen. Die beiden Leute wirkten mit ihren einfachen, strengen Gesichtern wie jene bäuerlichen Paare, die sich Hand in Hand, in weißen Marmor gemeißelt, mitunter auf den Platten römischer Sarkophage finden. Jetzt auf den ersten Blick, sah ich die Großmutter verändert. Die Züge ihres Gesichts, von rosigem Fett verwischt, hatten jene bäuerliche Kantigkeit vollkommen eingebüßt, die blauen Augen, einst einfach, lebendig wie Feldblumen, verbargen sich nun, trübe geworden, unter geröteten Lidern. Die Nase verschwand nahezu in roter Pausbäckigkeit, der honigsüß redende Mund, verschwommen und klein, erweckte Sehnsucht nach der Hochmütigkeit von einst. Mir fiel auf, daß die Haare anders frisiert waren als damals, nicht mehr streng zum Knoten gerafft, sondern gewellt und gescheitelt, nicht grau, sondern künstlich gefärbt, in einer Art hellen Rotbrauns. Die dünnen Lippen zeigten Spuren eines Lippenstifts, der ohne rechte Überzeugung angewendet worden war, Puder, zu rosa, zu hell, bemehlte die welken Wangen. Sie betrachtete mich und rief: «Der Professor!»

Seinerzeit hatte meine Schwiegermutter «du» zu mir gesagt, mich sogar, nach der Hochzeit, ihren lieben Sohn genannt. Jetzt war ich, Gott weiß warum, auf einmal der Professor. Ich wollte den Gründen nicht nachgehen und sagte meinerseits, so herzlich ich es vermochte: «Und Sie? Wie geht es Ihnen?»

Sie wies den Weg ins Wohnzimmer und murmelte vor sich hin: «Gut, aber die bin ich nicht mehr, die ich einmal war»; und ich sah tatsächlich, daß das Gehen ihr Mühe bereitete. Sie zog die Füße nach, die in riesigen Hausschuhen steckten. Im Wohnzimmer führte sie uns zu der Sitzecke – ein Diwan, zwei Sessel, mit lila Rips bespannt – und lud uns ein, Platz zu nehmen. «Hier, bitte, Professor.» Ich setzte mich und sagte, mit einem Blick auf die sichtlich funkelnagelneuen Möbel (schwarzes Palisanderholz, hellgraues Stahlgestell):

«Schöne Wohnung.»

«Wir haben sie auf Raten gekauft, zahlen noch immer ab.»

«Wie viele Zimmer haben Sie?»

«Fünf, ohne Nebenräume. Dann noch ein Dienstbotenzimmer, mit eigenem Bad.»

«Ah ja? Haben Sie eine Hausgehilfin?»

«Eine Kleine aus meinem Dorf. Ich habe sie kommen lassen. Jetzt ist sie unten, Milch holen.»

Ich bemerkte in einer Ecke das große, grau-blinde Auge eines Fernsehapparats. «Sehen Sie gern fern?»

«Ja, sehr gern. Am Abend besonders. Da kommen dann die Nachbarn, und wir schauen alle zu, am liebsten bei Schlagerprogrammen.»

Sie saß steif auf dem Sessel – ihre gezwungene Haltung verriet ihre bäuerliche Herkunft – und fügte hinzu: «Aber wir sind nicht immer daheim, ich meine, nicht jeden Abend, manchmal gehen wir ins Kino, wir haben eins ganz in der Nähe. Gestern haben wir einen Film gesehen, stellen Sie sich vor, so einen, wo man sieht, was sein wird.»

«Was wird sein?»

«Ich weiß nicht genau. Ich hab mich ein bißchen gefürchtet und den Film eigentlich gar nicht gemocht. Was sagen Sie, Professor?

Glauben Sie wirklich, eines Tages kommen von irgendeinem Stern irgendwelche Ungeheuer und bringen uns alle um?»

«Wer weiß? Aber ich glaube eigentlich nicht daran.»

Plötzlich rief sie: «Kaffee? Kaffee, Professor?»

Baba sagte: «Warum sagst du ‹Professor› zu ihm? Sag doch Francesco, und du.»

«Vielleicht das nächste Mal. Heute würde es mir noch schwerfallen. Wir haben uns so lange nicht gesehen. Kaffee, ja?»

«Nein, danke.»

«Er ist gleich gemacht.»

«Danke, nein.»

Sie schwieg einen Augenblick, sah mich an, wohlgefällig, und sagte dann lächelnd zu Baba: «Weißt du, daß sich der Professor überhaupt nicht verändert hat. Derselbe wie früher.»

«Und Ihr Mann?» fragte ich, um das Thema zu wechseln. «Wie geht es Ihrem Mann?»

«Er ist im Geschäft.»

«Im Geschäft?»

«Cora hat uns mit der Wohnung auch ein Geschäft gekauft.»

«Was für ein Geschäft? Obst und Gemüse?»

«Nein, das haben wir nicht mehr. Man hat den Stand niedergerissen. Nein, ein Elektrogeschäft. Elektrozubehör.»

«Und wie geht das Geschäft?»

«Soso. Konkurrenz, wie überall.»

«Nun, vielleicht war Ihrem Mann der Grünzeugladen lieber?»

«Ja, den hat er lieber gemocht. Kein Wunder, er war ja Gärtner, wie sein Vater und Großvater vor ihm.»

«Ist er allein im Geschäft?»

«Nein. Wir haben einen Angestellten, einen sehr tüchtigen, der kümmert sich um alles. Mein Mann ist nicht viel im Geschäft. Ein bis zwei Stunden täglich. Er ist auch nicht mehr der, der er war. Sein liebster Aufenthaltsort ist – was glauben Sie? – das Wirtshaus.»

«Trinkt er?»

«Ob er trinkt? Wie ein Loch.»

Ein Bild drängte sich mir auf: der einstige Obstverkäufer, der eine Glühbirne aus der Umhüllung nimmt und sie, ehe er sie verkauft, in die Prüffassung am Verkaufspult einschraubt. Ich konnte nicht umhin, die saftigen, nahrhaften Früchte, die er einstmals feilgeboten hatte, den Glühbirnen zu vergleichen: eine wie die andere, massenproduziert, auf der Wölbung in weißen Buchstaben die Anzahl der Watt. Ich fragte: «Ein großes Geschäft?»

«Ziemlich groß.»

«Was verkauft ihr? Nur Glühbirnen?»

«Nein, alle möglichen Elektrogegenstände: Heizstrahler, Bügeleisen, Lampen –»

Sie wandte sich Baba zu, lächelte und fuhr fort: «Er hat sich nicht verändert. Ich erkenne ihn am vielen Fragen! Er ist derselbe geblieben! Auch damals hat er gefragt, hat alles wissen wollen. Einmal – ich erinnere mich –, da hat er mich stundenlang ganz genau ausgefragt, wie eine Baracke aufgestellt wird, eine ohne Genehmigung, wieviel Ziegel man braucht, wieviel Mörtel, wieviel Wellblech und so weiter; wir haben nämlich damals im Gordiani-Viertel gewohnt, aber davon weißt du nichts mehr, du warst damals noch zu klein. Nicht aufgehört hat er zu fragen, und schließlich habe ich ihm gesagt: ‹Statt so viele Fragen zu stellen, Sie, der Sie Journalist sind und so viele Leute kennen, verschaffen Sie mir lieber eine Wohnung, aber eine wirkliche, und wenn diese Wohnung nur ein einziges Zimmer hat!› – Cora, die dabei war, ist richtig wütend geworden, hat gesagt, ich hätte das nicht sagen dürfen. Damals habe ich den Professor das letzte Mal gesehen. Ich habe gedacht, er ist böse. Aber Cora hat gesagt, er ist auf Reisen gegangen und so gut wie nie mehr in Rom. Und jetzt haben wir die Wohnung! Sehen Sie, Professor? Was sagen Sie! Eine schöne große Wohnung, und die verdanken wir Cora.»

Ich sagte: «Cora ist eine gute Tochter.»

Sie sah mich an, gerührt, mit einem Lächeln, das ich nicht zu deuten wußte, war es ernst gemeint oder spöttisch: «Ja, das muß man anerkennen, eine gute Tochter, wirklich.»

Baba schaltete sich ein, mit einer jener autoritären, im Grunde oberflächlichen Gesten, die für sie bezeichnend waren: Sie umarmte die Großmutter plötzlich, küßte sie überschwenglich und sagte: «Und die Enkelin, Großmutter? Was ist mit der Enkelin? Hast du vielleicht nicht auch eine gute Enkelin?»

«Ja, eine gute, schöne. Hör auf, du zerwühlst ja alles.»

«Was sagst du, Francesco, Großmutter geht jede Woche zum Friseur, waschen, legen, tönen. Nicht wahr? Wie eine Zwanzigjährige.»

Ich fragte: «Besucht Baba Sie oft?»

«Ja, mindestens zweimal die Woche.»

«Und was tut Baba, wenn sie hier ist?»

«Sie und Ihre Fragen, Professor! Was sie tut? Sie leistet mir Gesellschaft, oder wir sehen fern oder gehen einkaufen.»

«Und Cora?»

«Die sehe ich nicht oft. Sie hat uns gern, ich weiß, sie ist eine gute Tochter, aber sie hat viel zu tun.»

Baba betrachtete uns, die Großmutter und mich, mit einer sanften Befriedigung, die ich aufreizend fand, und sagte: «Apropos, Großmutter, hier ist der Scheck.»

Sie griff in die Jackentasche, holte einen Umschlag hervor und reichte ihn der Alten. Die nahm ihn mit den Worten: «Cora ist so verläßlich, sie schickt mir das Monatsgeld immer auf den Tag genau.»

Und Baba fügte hinzu: «Mama läßt dir sagen, sie kommt dich nächste Woche abholen und fährt dich nach Sermoneta, damit du dir das Haus ansehen kannst.»

Die Alte sagte: «Als ob man eigens sagen müßte, daß Cora eine gute Tochter ist! Ich habe ihr zu verstehen gegeben, daß es mich freuen würde, ein kleines Landhaus zu haben, für den Sommer, wissen Sie, wenn es in Rom so heiß wird, und schon kauft sie mir eins. Ja, sie ist eine gute Tochter, wirklich eine gute Tochter.» Sie wiederholte den Lobspruch mehrmals, in einer Art seltsamen Singsangs, als sei es ihr eigentlich nicht ernst damit. Dann wandte sie sich an Baba: «Warum ziehst du die Jacke nicht aus? Es ist warm hier. Dir wird sonst zu heiß.»

«Weil wir gehen müssen», erwiderte Baba und stand auf.

«Du bleibst aber heute nicht lange! Sonst bleibst du viel länger.»

«Ja. Heute haben wir zu tun.»

«Wartet doch, bis mein Mann kommt! Er muß jeden Augenblick hier sein.»

«Wo ist er denn hingegangen?»

«Professor!» Die Alte schüttelte den Kopf. «Wohin wird er gegangen sein? Ins Wirtshaus natürlich.»

«Sei bitte nicht böse, Großmutter, aber Francesco hat zu arbeiten. Er wird Großvater das nächste Mal sprechen.»

Die Alte drängte nicht weiter, erhob sich, ging voraus und sagte auf dem Weg ins Vorzimmer, ohne sich umzuwenden: «Bleiben Sie in Rom, Professor, oder fahren Sie wieder weg?»

«Ich werde wohl wieder wegfahren.»

«Wohin?»

«Das weiß ich noch nicht genau.»

«Sie haben's gut, wirklich, so viel herumfahren zu können! Wissen Sie, was mir leid tut?»

«Was?»

«Daß ich nicht gesund genug bin, um nach Rußland zu fahren. Ich würde so gern sehen, wie's dort ist, ob's den Leuten dort wirklich besser geht, ich meine besser als uns. Aber jetzt ist es zu spät. Ich bin schon zu alt. Waren Sie in Rußland, Professor?»

«Ja.»

«Und wie geht es den Leuten? Besser als uns?»

«Nicht besser als Ihnen, Agnese.»

«Ja, uns geht's gut, Gott sei Dank. Aber was glauben Sie? Auf eine Familie, der es so gut geht wie uns, kommen viele, die kämpfen müssen! Nicht jeder hat das Glück, eine Tochter wie Cora zu haben, die sich, aus dem Nichts sozusagen, in die Höhe gearbeitet hat. Jeder hat nicht eine solche Tochter wie Cora.»

«Das stimmt.»

«Gibt es Kaufhäuser in Rußland?»

«Natürlich gibt es Kaufhäuser, aber die gehören dem Staat.»

«Wie bei uns die Eisenbahn, zum Beispiel?»

«Wie bei uns die Eisenbahn.»

«Ist es wahr, daß man in diesen Kaufhäusern nimmt, was man will, und fortgeht? Ich meine, ohne zu zahlen?»

«Fährt man mit unserer Eisenbahn umsonst, wohin man will?»

«Das heißt, man muß zahlen, wie bei uns?»

«Natürlich.»

«Mit Geld, wie bei uns?»

«Selbstverständlich.»

«Dann können Sie Gift drauf nehmen, wenn die Geld haben wie wir, dann haben sie auch denselben Saustall.»

«Großmutter, nächstes Mal kannst du mit ihm weiterreden; ich verspreche dir, nächste Woche bring ich Francesco wieder mit.»

«Sie haben's wirklich gut, Professor! Können da einfach herumfahren und alles sehen, ich meine, mit eigenen Augen.»

«Auf Wiedersehen, Großmutter.»

Die beiden Frauen umarmten und küßten einander auf dem Flur. Da tauchte der Lift auf, blieb stehen, die Tür öffnete sich und ein alter Mann erschien, in einem dunklen Anzug, die Krempe des schwarzen Hutes tief ins Gesicht gezogen. Babas Großvater.

Ich fand auch ihn verändert, ähnlich wie seine Frau. Auch ihm war, wie Agnese, jener Römerkopf eigen gewesen, jene gemeißelten Züge antiker Grabplattenfiguren, als deren Nachfahren man noch heute manche Bauern Latiums erkennt. Ebenso wie Agnese dicklich geworden war, wie der Fettansatz ihres Gesichts nicht nur dessen Maße verändert, sondern auch das Verhältnis der Züge zueinander aus dem Gleichgewicht gebracht hatte, so daß sie nicht mehr römisch wirkten und wenn, so ganz anders als einst, so schien seine Nase, ehedem adlerhaft, kühn, nun kleiner geworden zu sein, eingebettet in schwammige Wangen, einem Haken aus Fleisch zu gleichen, glänzend und violett. Der schnurrbartverhangene Mund wirkte verzerrt, unzufrieden, die Augen, einst einfach blau, nicht anders als jene Agneses, lagen nun, wie erloschen, unterhalb der gedunsenen Lider. Er war dunkel gewesen, karg, hager, das Gesicht wie durchkerbt von ein paar Falten. Jetzt war er rosig, glatt, mit wohlgenährten Bäckchen, deren Fettschicht das Geäst violetter Äderchen nicht zu überdecken vermochte.

Als er uns bemerkte, schien es, als wolle er so schnell wie möglich wieder im Aufzug verschwinden, doch seine Frau hielt ihn zurück und sagte mit einem Lächeln, das nicht frei von Hinterlist war: «Siehst du nicht, wer da ist, Antonio?»

«Wer denn?» Die Stimme klang leise, unsicher, trotzdem seltsam angriffslustig. Sein Blick fiel mir auf: Er war flackernd, wie Kerzenflammen im Wind. Ich dachte an die Bemerkungen Agneses hinsichtlich seiner Gepflogenheiten und zweifelte nicht daran, daß er betrunken war. Die Frau beharrte: «Der Professor! Coras Mann! Erkennst du ihn nicht?»

«Der Professor? Unmöglich!»

«Wieso unmöglich?»

«Der reist doch, der reist, der reist! Wer kriegt den je zu Gesicht?»

Baba brach in Gelächter aus. Die Frau sagte, nachsichtig lächelnd: «Er ist es aber doch. Schau ihn doch an, den Professor! Deinen Schwiegersohn!»

«Was geht mich der Schwiegersohn an. Ich habe keine Schwiegersöhne.»

«Du hast keinen Schwiegersohn? Da steht er.»

«Wer hat den je gesehen!»

«Im Wohnzimmer steht das Foto von Coras Hochzeit, zum Glück. Ich zeige es dir. Dann siehst du ihn, Cora, dich und mich.»

«Hochzeit? Was für eine Hochzeit?»

«Erkennst du denn jetzt nicht einmal mehr deine eigenen Verwandten?»

«Ich habe keine Verwandten. Bin mit niemandem verwandt.»

«Deine Enkelin Gabriella erkennst du doch wenigstens?»

«Gabriella? Nie gehört.»

«Und mich erkennst du auch nicht? Mein Gesicht sagt dir nichts?»

«Nichts, nichts, nichts.»

«Ich bin deine Frau.»

«Ich habe keine. Ich hab überhaupt keinen Menschen.»

Hier warf uns Agnese einen Blick stillen Einverständnisses zu und sagte: «Du hast überhaupt keinen Menschen? Dann will ich dir etwas sagen: Du hast eine Tochter, Cora, eine Frau, Agnese, eine Enkelin, Gabriella, einen Schwiegersohn, Francesco, und du selbst heißt Antonio.»

«Antonio? Wer ist das?»

«Also bitte!» Agnese sagte es bescheiden-triumphierend, als hätte sie soeben ein schwieriges Experiment glücklich beendet. «Wenn er getrunken hat, erkennt er nicht einmal sich selbst, von den anderen ganz zu schweigen.» Sie wandte sich ihm wieder zu: «Wenn du nicht Antonio bist, wer bist du dann?»

«Der, der ich bin. Was geht's dich an?» Damit wandte er uns den Rücken, stieg wieder in den Aufzug, ein Alter mit rundem Rükken, krummbeinig, die Arme herabhängend, ein Bauer, obwohl weder in Barchent noch Lammfell, sondern in schwarzem Kammgarn, nicht in schwarzen, klobigen Stiefeln, sondern in schmalen, spitzen Schuhen, so spitz wie die Schuhe der Burschen, die in der Konditorei die Jukebox umlagert hatten. Dieser Bauer also drehte sich noch einmal um, blieb einen Moment unbeweglich aufrecht in der Liftkabine stehen, nicht unähnlich einer Mumie in ihrem Sarkophag, schloß die Tür, der Aufzug versank, und wir sahen durch die Scheibe zuerst die Beine versinken, sodann den Oberkörper, Gesicht, und endlich, zuletzt, den Hut. Die alte Frau sagte lächelnd: «Haben Sie gesehen, Professor? Betrunken erkennt er niemanden, nicht einmal sich selber! Was sagen Sie?»

«Weinseligkeit.»

«Jaja. Aber das muß nicht heißen, daß er es nicht absichtlich macht. Er hat so seine Tage. Jetzt eben, zum Beispiel. Wer weiß? Vielleicht war er völlig nüchtern. Manchmal spielt er Theater.»

«Warum?»

«Woher soll ich das wissen. Vielleicht so zum Spaß. Habe ich dir erzählt, Gabriella, einmal, vor längerer Zeit, ist er ins Wohnzimmer gegangen, hat sich vor den Spiegel gestellt und auf sich eingeredet: ‹Wer bist du? Wer bist du denn? Wer dich kennt, soll schleunigst verschwinden, und wer dich jemals gesehen hat, der ist ein gemeiner Hund.›»

Baba lachte herzlich – sogar die Großmutter lächelte –, ging zum Aufzugschacht, drückte den Knopf, und dann warteten wir alle drei, schweigend und unbeweglich, die Großmutter auf der Schwelle, Baba und ich auf dem Flur, wie Schauspieler nach Ende des Stückes das Fallen des Vorhangs erwarten, und der Vorhang kommt nicht, weil irgend etwas kaputt ist. Der Lift war hinuntergefahren, nun brauchte es einige Zeit, ehe er wieder heraufkam, die acht Stockwerke bewältigt hatte. Endlich wurde er sichtbar, kam mit einem Ruck zum Stillstand, wir grüßten ein letztes Mal, zwängten uns in die Kabine, und der Lift fuhr wieder hinab. Baba stand dicht vor mir, wie während der Aufwärtsfahrt. Wiederum schwankte sie leicht, wieder fühlte ich den Druck ihrer Brüste. Dann sagte sie: «Sag danke. War das nicht nett von mir?»

«Was?»
«Den Besuch abzukürzen. Ich wußte, du warst nicht gern dort.»
«Bleibst du sonst länger?»
«Ja. Den ganzen Nachmittag.»

Sonntag, 22. November

Ich las meine Schilderung des Besuchs bei Coras Eltern. Wieder muß ich erwähnen, daß ich Tatsachen verändert habe, obwohl diesmal nicht unwillkürlich, gleichsam unbewußt wie damals, als ich behauptete, *König Ödipus* von Sophokles auf dem Nachttisch gefunden zu haben, sondern willkürlich, allerdings aus Beweggründen, die ich nicht restlos durchschaue.

Was hat das zu bedeuten?

Ich glaube, es hat zu bedeuten, daß die Gründe, die mich bestimmen, im Zuge der Niederschrift die Tatsachen zu verändern, sich nach eben jenen Tatsachen richten, nach meinem Verhältnis zu ihnen. Das heißt, in gewissen Fällen kürze ich, verschleiere, streiche, in anderen wiederum strecke ich, ergänze, entwickle.

Nehmen wir beispielsweise den Besuch bei Coras Eltern: Ich schilderte neun Zehntel vollkommen wahrheitsgetreu, veränderte höchstens ein paar Worte, ließ hie und da einen Satz aus. Das zehnte Zehntel allerdings, das Auftauchen des alten Großvaters in der Kabine des Lifts, seine Behauptung, uns nicht zu kennen, sein Rückzug, sein Verschwinden – all das habe ich erfunden oder, genauer gesagt, aus den Tatsachen entwickelt.

In Wirklichkeit spielte sich die Szene folgendermaßen ab:

Der Großvater trat aus dem Aufzug, sichtlich betrunken, schwankend, stolperte, grüßte wirr, als ob er uns nicht erkennte, und verschwand sogleich in der Wohnung. Die Großmutter entschuldigte sich im Namen ihres Gatten und sagte, in diesem Zustand erkenne er niemanden. Wir verabschiedeten uns und gingen.

Kein Zweifel, im Tagebuch ist diese Szene länger, ausgebaut, ausgesponnen, entspricht nicht mehr restlos der Wahrheit. Nicht genug, daß der Großvater uns, meiner Schilderung nach, nicht erkennt, er sagt es auch, unterstreicht es, läßt keinen Zweifel daran. Mit anderen Worten, seine Haltung, nicht wirr, unterschiedlich deutbar, wie sie es in Wirklichkeit war, ist diesmal klar und entschlossen. Das Fremdtun des Großvaters mochte in Wirklichkeit Zufall gewesen sein, unwichtig, bedeutungslos, tatsächlich rauschbedingt. Im Tagebuch hingegen wohnt diesem Nichterkennen eine besondere Bedeutung inne, kommt einer Verurteilung gleich.

Warum erkennt uns, laut Tagebuch, der Großvater nicht?

Der Großvater erkennt uns nicht, weil sich jeder neue Reichtum, mit Coras Geld erkauft, dem Geld, dessen Herkunft der Alte, wie Baba sich ausdrückt, «spürt», zwischen ihn und die Umwelt schiebt, ihn sich und den anderen entfremdet. Das heißt, im Tagebuch habe ich das Geschehene gedeutet, zurechtgerückt, entwickelt, einer Idee untergeordnet, nein, einer Ideologie, in deren Licht Coras Geld, unsauberer, trüber Herkunft, Entfremdung bewirken muß, Entwirklichung der Umwelt. Gewiß, ich habe erfunden, daß der Alte uns nicht erkennt, nichtsdestoweniger aber habe ich mich an die Wahrheit gehalten, eine Richtung weiterverfolgt, einen Samen zum Keimen gebracht. Die Darstellung erfühlter, rekonstruierter Wahrheit ist letztlich wahrheitsgetreu.

Trotzdem bleibt die Tatsache, daß sich die Dinge in Wirklichkeit anders abgespielt haben, daß die Nichterkennens-Szene – in einem Roman wäre sie von unbestreitbarer Wirkung – von mir erfunden wurde. Geld übler Herkunft, das stimmt zwar, verdirbt den Nutznießer, das habe ich an zahllosen Beispielen immer wieder festgestellt, entfremdet ihn nicht nur der Umwelt, sondern auch letztlich sich selbst. Nur: dies ist durchaus nicht die Regel. Und wäre es selbst eine solche, wer sagt nicht, daß Babas Großvater die berühmte Ausnahme darstellt? Mit anderen Worten: Vielleicht weiß Babas Großvater sehr gut, daß Cora ihr Geld durch Kuppelei verdient, dank der Villa an der Via Cassia, doch vielleicht nimmt er daran nicht den geringsten Anstoß. Ihm schmeckt der Wein, deshalb trinkt er, er weiß alles über Cora, oder besser gesagt, er spürt es, aber es macht ihm nichts aus, er liebt Cora trotzdem, wie eben ein Vater die Tochter, sein Gewissen peinigt ihn nicht, ja, vielleicht billigt er sogar das Leben und Treiben Coras.

Ich weiß nichts über Coras Vater, nicht das geringste, habe ihn nur einmal gesehen, ein einziges Mal, einen Farbfleck, etwas Greifbares, Umfangreiches, das meinen Gesichtskreis durchquerte, einmal, und dann verschwand. Natürlich verschlüge es nichts, die Nichterkennens-Szene dem Roman einzugliedern, sie wäre wirkungsvoll. Dennoch bezweifle ich, daß ich sie ihm einfügen werde – nicht weil sie erfunden ist, sondern weil dieser Erfindung etwas unterliegt, das nicht echt ist, nicht unverfälscht, sondern wieder etwas Verfälschtes, jene Unechtheit, kurzum, der ich entrinnen will, indem ich dieses Tagebuch schreibe.

Baba kam heute nicht, um mir gute Nacht zu sagen. Ich hörte sie auch nicht heimkommen. Im Augenblick war ich enttäuscht, vergaß es aber dann und ging schlafen. Ich schlief nicht lange, erwachte – es war erst sieben –, stand auf, ohne zu überlegen, zog einen Schlafrock an und ging zu Babas Tür. Ich klopfte. Keine Antwort. Ich wartete einen Moment und drehte sodann den Türknauf. Das Zimmer war in Ordnung, das Bett unberührt. Baba hatte die Nacht außer Haus verbracht.

Ich machte kehrt, wusch mich, zog mich an, frühstückte und setzte mich an meinen Schreibtisch. Jetzt war es acht Uhr vorbei. Plötzlich hörte ich, vom Korridor, das Öffnen und Schließen der Eingangstür, dann Schritte auf dem Gang. Ich begann trotzdem zu schreiben, schrieb etwa drei Viertelstunden, stand unvermittelt auf, auch diesmal nicht vorsätzlich, ging aus meinem Zimmer und nochmals bis zu Babas Tür. Die Tür war angelehnt. Ich trat ein – diesmal ohne anzuklopfen – und sah Baba sofort. Sie lag auf dem Diwan und schlief, in Hose und Pullover. Sie hatte sich nicht ausgezogen – die Beine gespreizt, das rechte nahe der Wand, das linke über den Bettrand hinabhängend, den Fuß knapp über dem Boden, einen Arm über die Augen gelegt, wie um sie vor dem Licht zu schützen. Außerdem hatte Baba, um bequemer schlafen zu können, den Hosenreißverschluß geöffnet. Das Hellblau des Höschens, durchsichtig, zerknittert, erinnerte mich an die Szene der imaginären Verführung, die in meinem Tagebuch stand. Der Hund lag an seinem Platz am Fußende des Bettes, auf dem Teppich, erkannte mich, ließ es aber bei einem Heben des Kopfs und einem Schweifwedeln bewenden.

Ich trat auf den Zehenspitzen näher an das Bett heran. Babas Stellung, als sei sie nach ihrer Heimkehr sofort eingeschlafen, von Müdigkeit überwältigt, als hätte sie eben noch die Kraft gehabt, den Reißverschluß aufzumachen, nicht aber, sich auszuziehen und richtig ins Bett zu legen, die Stellung, wie gesagt, legte die Vermutung nahe, Baba hätte die Nacht mit einem Mann zugebracht. Man sieht, ich reagierte nicht so sehr als besorgter Vater, denn als argwöhnischer Liebhaber, der sich betrogen wähnt. Ich empfand wütende Eifersucht, konnte nicht umhin zu denken: Du hast sie respektiert, bist auf ihr Spiel eingegangen, und bitte, das ist das Ergebnis. Ich beugte mich vor und betrachtete den breiten, eigenwilligen, kaum merklich geöffneten Mund: die Oberlippe, vorgewölbt, von dunklem Flaum leicht überschattet, die Unterlippe, fast wulstig, kinnwärts hinabgebogen, die Fleischlichkeit beider Lippen, wie dürstend, ausgedörrt vom heißen Hauch des Atems, wie aufgequollen, offengehalten von unbewußtem Begehren. Plötzlich wurde ich gewahr, daß ich mich, wie vornübergezogen, dem Mund immer näher zuneigte, als wollte ich ihn küssen, zumindest den Atem spüren, der diesem Mund entströmte. Da, plötzlich, bewegte sich Baba, nahm den Arm vom Gesicht, schlug die Augen auf, und wir sahen einander an, aus sehr naher Entfernung. Sie schwieg eine Weile. Dann sagte sie: «Was wolltest du?»

Ich richtete mich auf und sagte: «Ich habe dich angeschaut.»

Auch sie setzte sich jetzt auf, schloß den Reißverschluß, beugte sich vor, stützte das Kinn in die Hände, maß mich von unten bis oben und sagte in jenem belehrenden, mir sattsam bekannten Ton, der mich stets aufs neue erbitterte: «Man soll schlafende Frauen nicht anschauen. Das ist gefährlich.»

«Warum?»

«Um nicht auf Gedanken zu kommen.»

«Auf was für Gedanken?»

Sie antwortete nicht sogleich, gähnte, besah den Teppich und sagte dann endlich, sehr langsam: «Zwischen uns – das spüre ich seit langem – ist eine Aussprache fällig. Also gut, ich geb's zu, du gefällst mir, und auch ich scheine dir nicht zu mißfallen. Schön. Aber wir sind nun einmal Vater und Tochter, und so soll es auch bleiben, unbedingt. Verstehen wir uns?»

Wieder konnte ich nicht umhin, mich über ihren Ton zu ärgern. Er war nicht nur unangenehm, er war gleichsam satt, gesättigt, als hätten die Geschehnisse der Nacht Baba mir gegenüber fühllos gemacht, gleichgültig, unempfindlich. Ich sagte: «Ich habe dich nach Hause kommen gehört. Um acht Uhr früh. Wo warst du? Wo bist du heute nacht gewesen?»

«Wo es mir paßt.»

Ich unterdrückte eine geschmacklose Erwiderung, konnte mich aber nicht enthalten zu sagen: «Vater und Tochter? Bitte sehr. Dann habe ich aber das Recht, zu erfahren, wo du heute nacht warst.»

Sie schien mir diese Worte durchaus nicht übelzunehmen, im Gegenteil, es war fast, als bereiteten sie ihr Vergnügen. Sie auszuschimpfen, war letztlich auch eine Art, mich väterlich zu betragen. Und sie gab zu, scheinheilig, mit einem Seitenblick aus den schläfrig-verquollenen Augen: «Du hast ganz recht. Also bitte: ich war heute nacht bei Santoro.»

«Bei Santoro?»

«Ja. Willst du wissen, was wir gemacht haben?»

Ich zögerte und sagte dann grob: «Das kann ich mir lebhaft vorstellen.»

«Zuerst waren wir auf einer Party, in einer Villa auf dem Land.»

«Wo, auf dem Land?»

«Santa Marinella.»

«Und was habt ihr gemacht, auf der Party?»

«Gegessen, getanzt.»

«Wer war noch dort?»

«Junge Leute.»

«Wann war die Party aus?»

«Gegen vier.»

«Von Santa Marinella nach Rom braucht man kaum eine Stunde. Wo warst du von fünf bis acht?»

«Santoro wollte mir unbedingt seine neue Wohnung zeigen. Sie ist vorläufig noch ganz leer, er ist noch beim Einrichten – bis auf ein paar Möbel im Wohnzimmer. Dort waren wir, bis etwa halb acht.»

Mit diesen Worten stand sie auf, ging langsam zur Frisierkommode – mehr denn je erinnerte mich ihr Gang an die schläfrige Tapsigkeit eines Bärenjungen –, nahm eine Bürste, begann ihr wirres Haar mit aller Kraft zu bürsten und fügte nach einer Weile hinzu, lässig, wie von ungefähr: «Willst du denn gar nicht wissen, was wir von fünf bis halb acht gemacht haben?»

Ich empfand jähe Wut, genauer gesagt, den Wunsch, wütend zu werden, und zu meiner Überraschung gelang es mir augenblicklich. Ich sagte durch die Zähne: «Komm her!»

Sie kam näher, schlafschwer, das Gesicht halbverdeckt von einer breiten Haarsträhne. Ich sah sie einen Augenblick an, und sie, ohne zu verstehen, fragte: «Willst du mir etwas sagen?»

«Das!» Der Schlag, der ihre Wange treffen sollte, landete auf dem Mund. Hatte ich im letzten Moment die Richtung absichtlich geändert?

Baba blieb regungslos stehen, konsterniert eher als beleidigt, als müsse sie erst überlegen, wie sie sich zu verhalten hätte. Endlich legte sie die Hand an die Wange und stellte fest: «Du hast mich geschlagen.»

«Ja.»

Wieder sah sie mich an, wandte sich schließlich um, ging zum Spiegel zurück und bürstete ihr Haar mit wütendem Kraftaufwand weiter. Dann sagte sie völlig ruhig: «Ich war gar nicht bei Santoro. Wir waren bis sieben in Fregene, bei einem der Kollegen. Dann sind wir in die Stadt zurückgefahren. Santoro hat mich heimgebracht und ist dann nach Hause gegangen.»

«Warum hast du mich angelogen?»

«Um zu sehen, wie du's aufnehmen wirst.»

«Und wie habe ich's aufgenommen? Was meinst du?»

Sie schwieg eine Weile, dann sagte sie in einem vieldeutigen Ton, dem jedenfalls eine Spur ungreifbarer Ironie beigemischt war sowie die übliche Lehrhaftigkeit: «Schlecht. Väterlich, ja. Aber eher altmodisch-väterlich, handgreiflich. Intolerant. Doch du bist auf dem richtigen Weg. Nur so weiter.»

Donnerstag, 26. November

«Arbeitest du? Störe ich dich?»

«Nicht im geringsten.»

«Ich wollte dir etwas sagen.»

«Was?»

«Eigentlich wollte ich dich um eine Gefälligkeit bitten.»

«Was für eine Gefälligkeit?»

«Ist dein Bruder noch immer Makler? Devisenmakler?»

«Ich glaube.»

«Ich habe Ersparnisse. Könntest du deinen Bruder fragen, ob er...»

«Was?»

«Angeblich kommt eine Entwertung. Ob er mein Geld irgendwo in der Schweiz investieren kann.»

Ich betrachtete Cora schweigend. Dazu also, mußte ich denken, dazu hatte sie gedient, die von Baba inbrünstig ersehnte Aussöhnung mit meiner Familie: um für Cora den Hehler zu spielen. Ich suchte Zeit zu gewinnen und fragte: «Um wieviel handelt es sich?»

Cora bemühte sich durchaus nicht, ihr Mißtrauen zu verbergen: «Das sage ich dir, sobald ich weiß, ob es überhaupt möglich ist.»

«Es ist nicht möglich.»

«Aber wenn dein Bruder will, kann er.»

«Er wird nicht wollen.»

«Warum nicht?»

«Er wird dir nur raten können, wie du die Ersparnisse legal investieren kannst.»

«Du sollst ihn doch nur fragen, ob er es machen kann.»

Mittlerweile hatte ich nachgedacht. Der Vorwand der Ungesetzlichkeit solch einer Transaktion war nicht aufrechtzuerhalten: Überweisungen in die Schweiz waren üblich und durchführbar, das wußte Cora zweifellos. Verweigerte ich Cora den Gefallen, mußte ich auch den Grund für meine Weigerung nennen, nämlich den Widerwillen, den ich für ihr Geld empfand. Dies aber war unmöglich, es sei denn, ich hätte endlich von ihrem Gewerbe gesprochen, und diese Aussprache wiederum hätte notwendigerweise zu Bruch oder Mitwisserschaft geführt, zwei Möglichkeiten, die mir gleichermaßen widerstrebten. Gescheiter, so zu tun, als würde ich meinem Bruder das Ansinnen unterbreiten und Cora nachher sagen, er bedauere, er gebe sich mit dergleichen Dingen nicht ab. Im übrigen kein schlechter Vorwand, ihn wieder einmal zu besuchen. Seit unserem letzten Zusammensein waren etwa acht Jahre vergangen.

Ich sagte Cora daher, ich würde mich informieren, und rief noch am selben Morgen Massimiliano an. Ich lasse unser Gespräch wahrheitsgetreu hier folgen, da nichts mein Verhältnis zu ihm besser zu bezeichnen vermöchte.

«Wer spricht?»

«Ich, Francesco.»

«Francesco? Wer, Francesco?»

«Dein Bruder Francesco.»

«Sieh da! Noch am Leben. Wie geht's dir?»

«Gut. Und dir?»

«Auch gut.»

«Der Familie geht's auch gut?»

«Ja, danke. Und deiner?»

«Ich habe mich von Mathilde getrennt.»

«Das tut mir leid.»

«Mir nicht.»

«Wie geht's deinen Kindern?»

«Bestens. Denen geht's wirklich bestens.»

«Ich möchte dich sprechen.»

«Mich?»

«Ja.»

«Was willst du mir sagen?»

«Das sage ich dir, wenn wir uns sehen.»

«Komm, wann du willst. Auch heute.»

«Um wieviel Uhr?»

«Zum Kaffee?»

«Kann ich Baba mitbringen?»

«Baba? Was ist das?»

«Meine Tochter.»

«Keine Ahnung, daß du eine hast.»

«Eigentlich die Tochter meiner Frau.»

«Bring mit, wen du willst.»

So kam es, daß Baba und ich am Nachmittag desselben Tages zu meinem Bruder fuhren, um bei ihm Kaffee zu trinken. Er wohnte in der Nähe der Villa Borghese, in unserem Vaterhaus, wo auch ich bis zum Tag meiner Hochzeit gewohnt hatte. «In die-

Schmutziges Geld ...

ser Gegend habe ich bis zum Tag meiner Hochzeit gelebt», sagte ich zu Baba, als wir am Borghese-Museum vorbeifuhren. «Seither war ich, alles in allem, vielleicht zwei- oder dreimal hier.»

«Wie wirkt sie auf dich, die Gegend?»

«Als wäre ich nie hier gewesen.»

Und da war sie auch schon, die leicht abschüssige Straße: ein säuberliches Asphaltband, zwei Reihen Bürgerhäuser, zwei Reihen Vorgärten, zwei Reihen Oleanderbäume, zwei Reihen abgestellter Wagen, im Hintergrund das Parkgitter, jenseits des Gitters die Bäume. Wir stiegen aus, und plötzlich überkam mich ein Gefühl, als sei es die falsche Straße, aber nicht in dem Sinn, als hätte ich mich verfahren, sondern als wäre die Straße, wo ich seinerzeit gewohnt hatte, gleichsam vom Erdboden verschwunden. Wo war es denn hingekommen, das weiße, vierstöckige, schlößchenähnliche Haus, das ich jahrelang bewohnt hatte? An seiner Stelle erhob sich ein Neubau, terrakottafarben, die Fassade aus hohen, schmalen, marmorgefaßten Fenstern, wabenähnlich zusammengefügt. Einen Augenblick, ich gestehe es, hoffte ich, nicht nur das Haus sei durch irgendeinen Spuk von der Erdoberfläche verschwunden, sondern auch mein Bruder sowie dessen gesamte Familie. Ob ich wollte oder nicht, ich dachte: Nichts mehr vorhanden, nichts mehr, und vielleicht ist nie etwas gewesen. Wir lassen Besuch Besuch sein, Baba und ich, und fahren aufs Land. Indessen hatte ich mich dem Hauseingang genähert und erblickte das vertraute, nur zu gut bekannte Messingschild mit dem Namen meines Bruders, der auch der meinige war. Ich sagte: «Siehst du, was passiert, wenn man auf Reisen geht, statt sich um die Familie zu kümmern?»

«Was passiert?»

«Zum Beispiel, daß man eines Tages entdeckt, daß das Vaterhaus dem Erdboden gleichgemacht wurde, daß dort, wo es früher war, etwas ganz anderes steht.»

«Wie war das Haus?»

«So wie das dort. Jahrhundertwendestil, trübselig, veraltet, aber, wie man zu sagen pflegt, hochherrschaftlich.»

«Wer wohnte dort?»

«Wir. Im dritten und vierten Stock. Die Eltern, mein Bruder, seine Familie, ich. Unten war das Büro meines Vaters.»

Wir betraten das Haus, schritten über schwarz-rote Marmorplatten zum Lift, einem gelben Metallbehälter, stiegen ein, er glitt hoch, hielt im dritten Stock. Läuten, Warten, Schrittegeräusch, Öffnen der Tür, ein Dienstmädchen erschien und führte uns in das Wohnzimmer, einen Raum, randvoll verstellt mit Möbeln verschiedenster Stilarten. Oder warfen die großen Spiegel – rosa, grablichtartig erhellt, von polierten Metalleisten umrahmt – die zahlreichen Einrichtungsgegenstände verwirrend-vervielfacht zurück? Die Sofas, die Sessel, mit weißem Damast bespannt, mit goldenen Schnörkeln verziert, die Konsolen, die schwarzvioletten Sessel, Stil Louis-Philippe, die wasserblauen Lüster, die blau-beigen China-Teppiche, die afrikanischen Masken, die Kunstblumen unter Glas, und den grün-gelben Käfig mit einem gleichfalls grün-gelben lebendigen Papagei? Wir traten zu der Glastür, blickten auf die Terrasse hinaus. Das Lackweiß der Eisenmöbel biß sich, im Dämmerlicht des dunklen, bewölkten Herbsthimmels, mit dem glänzenden Lila der Fliesen. «Sag einmal», fragte Baba, «was ist dein Bruder für ein Mensch?»

«Keiner. Ein Ungeheuer.»

«Ein Ungeheuer?»

«Jawohl.»

«Und die Frau deines Bruders?»

«Gleichfalls. Aber die kriegen wir nicht zu Gesicht. Sie haben sich getrennt.»

«Mir scheint, du bist deinen Verwandten nicht eben wohlgesinnt.»

«Sehr richtig!»

«Was haben sie dir getan?»

«Nichts.»

Hinter uns öffnete sich eine Tür. Es folgte die ungute Szene, die ich erwartet hatte. Mein Bruder drückte mir die Hand, schlug gleichzeitig mit seiner Linken auf meine Schulter und sagte: «Fein, daß du gekommen bist. Laß dich anschauen. Du bist völlig unverändert!» und küßte mich auf beide Wangen, wie übermannt von jäher, unbezwinglicher Bewegung. Ich wich schleunigst zurück und sagte: «Du bist auch völlig der alte.» Dann sagte mein Bruder: «Und diese hübsche Puppe? Wer ist diese hübsche Puppe?» Ich sagte: «Das ist meine Stieftochter Baba.» Sie reichten einander die Hände, und mein Bruder sagte: «Sehr gut, sehr gut, setzt euch», und wir setzten uns alle drei, der Terrassentür gegenüber.

Ich sah meinen Bruder an und mußte feststellen, daß meine alte lebenslange Antipathie unverändert weiterbestand; jener besondere Widerwille, der weniger ihm persönlich als vielmehr seinem Gesicht galt, und zwar deshalb, glaube ich, weil es auch das meine war. Unser Gesicht, sozusagen, war, bei meinem Bruder, entstellt – so wollte es mir zumindest erscheinen – von einer Sinnlichkeit, einem Streben nach Diesseitigem, dessen Niederschlag ich jeden Morgen im Spiegel an mir zu entdecken fürchtete. Unsere Züge waren seinerzeit harmonisch, regelmäßig gewesen. Bei meinem

Bruder jedoch schien der untere Teil des Gesichts zuungunsten der oberen Hälfte massiger geworden zu sein. Die Stirn wirkte niedriger, schmaler als in meiner Erinnerung, die Nase auf einmal kürzer, die Augen waren plötzlich kleiner, dafür sah die jetzt vorgewölbte Mundpartie aus, als sei sie größer geworden, affenähnlich, und die Kiefer schienen breiter, wie gekräftigt durch emsiges Kauen. Etwas Gedunsen-Geschwollenes war um sein rotes Gesicht, dessen Farbe nicht den Gedanken an gutes Aussehen nahelegte, sondern an Apoplexie. Ich stellte auch mit Widerwillen fest, daß er sich auffallend kleidete: flauschige tabakbraune Jacke, graue Flanellhose, Rauhledermokassins. Er schlug die Beine übereinander und sagte: «Na, was sagst du? Hier hat sich einiges verändert, wie?»

«Ja. Vor allem das Haus.»

«Ich habe es niederreißen lassen, um das Terrain besser zu nützen. In einem Viertel wie diesem, bei den astronomischen Bodenpreisen, war eine Villa wie unsere die reinste Geldverschwendung. Drei Wohnungen! Jetzt sind es zwölf.»

«Ich wußte nichts von dem Abbruch.»

«Du hast dich ja nie gerührt. Es gab auch noch ganz andere Abbrüche! Ich habe meine Beziehungen zu Mathilde abgebrochen.»

«Das sagtest du heute morgen.»

«Du wirst es vielleicht merkwürdig finden, nach mehr als zwanzig Jahren Ehe, aber es war mit Mathilde wirklich nicht mehr auszuhalten.»

«Warum?»

«Weil sie ein Scheusal ist, eine verrückte Hexe. Nach außen hin sanft, honigsüß. Aber in Wirklichkeit, unter der Zuckerglasur – eifersüchtig bis zum Wahnsinn! Stell dir vor, sie hat mich jede halbe Stunde im Büro angerufen, um zu kontrollieren, ob ich da war. Ja, ob du's glaubst oder nicht, sie hat sich nicht entblödet, sich selber Briefe zu schreiben, anonyme Briefe, über meine angeblichen Liebesaffären, nur um einen Vorwand zu haben, mir die wüstesten Szenen zu machen. Endlich habe ich gesagt, genug, sie soll schauen, daß sie weiterkommt. Sie hat es nicht billig gemacht, wollte eine Wohnung, die Kinder, Geld, Geld und noch einmal Geld – aber ich bin sie los. Dieses Stück. Diese alte Hexe. Kanaille. Blutsaugerin.» Er beschimpfte die Gattin langsam, beinahe methodisch, mit Nachdruck. Dann fügte er hinzu: «Unser Zusammenleben war zum Schluß die reinste Hölle. Besonders, als sie mir auf mein Verhältnis mit Popi kam.»

«Wer ist Popi?»

«Das Mädchen, das ich jetzt bei mir habe. Ihr werdet sie gleich kennenlernen.»

Wir schwiegen eine Weile. Plötzlich krächzte der Papagei: «Kretonne.» Baba sagte: «Merkwürdig. Hat dieser Papagei einer Schneiderin gehört?»

«Wieso einer Schneiderin?»

«Er hat ‹Kretonne› gesagt.»

«Nein, nein. Er schreit nicht ‹Kretonne›. Er schreit ‹Kretin›. Weil er aber selbst der Kretin ist, versteht man ihn nicht.»

«Kretin? Wer hat ihm das beigebracht?»

«Popi natürlich. Sei ehrlich», er wandte sich unvermittelt an mich, «du findest mich dick.»

«Wirklich nicht.»

«Doch. Ich habe zugenommen. Daran ist Popi schuld. Sie gibt mir zuviel zu essen. Sehr dick?»

«Um die Wahrheit zu sagen, ich weiß nicht.»

«Fragen wir eine Dame. Baba, was sagst du? Bin ich dick geworden oder nicht?»

Baba sah meinen Bruder mit einem ihrer verschlafenen Blicke und sagte: «Was geht das mich an?»

«Wir beide sind Onkel und Nichte. Es gibt Dinge, die sagt man einander, unter Verwandten. Also? Was ist deine Meinung? Bin ich dick geworden, ja oder nein?»

«Ich weiß nicht, wie du früher warst. Aber verglichen mit Francesco würde ich sagen ja.»

«Siehst du. Ich glaube, vor lauter Freude, Mathilde loszusein, habe ich so viel zugenommen. Harpye. Betschwester. Scheusal.» Wiederum machte mein Bruder noch nachträglich seinem Haß auf die Gattin Luft. Dann wandte er sich jäh an Baba und fragte:

«Und du, Puppe? Was machst du so?»

«Ich heiße Baba, nicht Puppe.»

«Ach, richtig, ja! Baba. Verzeih. Ich hoffe, du bist nicht beleidigt.»

«Ich bin nicht beleidigt. Nein. Ich studiere.»

«Ah ja? Was studierst du Schönes?»

«Literatur.»

«Tüchtig, tüchtig! Tüchtige kleine Baba.» Mein Bruder beugte sich mit rotem Gesicht vor – es war nicht ganz einfach für ihn, aus dem Sessel hochzukommen –, gab Baba einen zärtlichen Klaps auf die Wange, ließ die große, behaarte, kurzfingrige Hand mit den spachtelförmigen Nägeln und dem goldenen Gliederarmband einer mächtigen Präzisionsuhr einen Augenblick in der Luft verweilen und beendete die Geste mit der Andeutung einer Liebkosung. Baba, aufrecht, unbeweglich, wartete, bis die Hand sich von ihrer Wange entfernte. Mein Bruder sackte gewichtig in seinen Sessel zurück und rief, da die Tür aufging: «Da ist Popi, will sagen, Isabella.»

Wir blickten auf, erhoben uns. Popi, sehr groß, sehr mager, mit übergroßem Busen – unter dem straffen Blusenstoff ragten die Brüste als riesiger, waagrechter Blickfang vor –, hatte ein Vogelköpfchen, das von einem langen, schmalen, stengelgleichen Hals herabnickte, graue, kugelrunde Augen und eine spitze Nase. Mein Bruder spornte sie an, Baba und mich zu umarmen: «Mein Bruder, meine Nichte, los, gib ihnen einen Kuß!» – Popi gehorchte ihm zimperlich, wir nahmen wieder Platz, sie jedoch blieb stehen, um uns mit Kaffee von einem Servierwägelchen zu bedienen, das sie hereingeschoben hatte. «Wieviel Zucker? Du trinkst ihn ohne, nicht wahr. Zucker? Ein Stück? Zwei Stück?»

Sie reichte uns die Täßchen mit ihrer mageren Hand, deren Finger spitz zuzulaufen schienen, tat, auf überhohen Stöckelabsätzen, vom schmalen Rock beengt, kleine Schrittchen von einem zum anderen. Die riesenhaften Brüste des hohen, hageren Körpers erinnerten an Kürbisse an langen, feinen Stielen, wie man sie mitunter auf Gemüseäckern liegen sieht. Endlich nahm Popi Platz, dicht neben meinem Bruder, auf der Armlehne seines Sessels, und fragte:

«Sie sind Journalist, nicht wahr?»

«Willst du wohl ‹du› zu ihm sagen, Popi!»

«Du bist Journalist, nicht wahr?»

«Ja.»

«Max hat mir erzählt, du warst schon in so vielen Ländern. Reisen ist mein Traum.»

Der Klang ihrer Stimme, sanft, bebend-begehrlich, fast tierisch, griff dennoch ans Herz. Popi umarmte meinen Bruder und sagte: «Wir fahren nach New York. Versprochen?» Und dann, zu mir gewandt: «Ich möchte die Hochzeitsreise so gern nach Amerika machen.»

«Ihr heiratet?»

«So schnell wie möglich. Sobald Max die Annullierung durchgesetzt hat.»

Mein Bruder sagte: «Popi, geh mir die Pfeife holen. Ich glaube, ich habe sie im Schlafzimmer liegengelassen.»

Der Stelzvogel erhob sich gehorsam, trippelte auf hohen, dünnen Beinen aus dem Raum, die kaum merklich schwankenden Brüste waagrecht vorgereckt. Mein Bruder schwieg eine Weile. Dann sagte er mit gedämpfter Stimme, indem er mich unverwandt ansah:

«Sie ist fünfundzwanzig.»

«Ah ja? Sie schaut – sie schaut jünger aus.»

«Sie war Mannequin. Aber ihre Stärke ist Kochen. Da ist sie unschlagbar. Ihr werdet sehen... Nächstens müßt ihr zum Essen kommen. Die reinsten Leckerbissen.»

«Daß sie Mannequin war, merkt man am Gang.»

«Sie ist ein gutes Kind. Natürlich denke ich nicht daran, sie zu heiraten, nicht im Traum. Ich lasse sie nur in dem Glauben, damit sie Ruhe gibt. So kommt sie auf keine dummen Gedanken, setzt mir keine Hörner auf – Aber heiraten? Kommt nicht in Frage. Ich bin doch nicht wahnsinnig. Erstens finde ich, eine schiefgegangene Ehe genügt nachgerade im Leben, und zweitens, wozu überhaupt? Heutzutage wird eine Frau nach zwei, drei Jahren ausgewechselt, genau wie das Auto. Genauso. Wenn die Frau nicht mehr entspricht, muß eben eine jüngere her.»

Baba sagte: «Francesco hat Cora geheiratet, meine Mutter meine ich, und hat sie nicht ausgewechselt.»

«Francesco ist Idealist. Das ist eine alte Geschichte. Wir sind zwar Brüder, wir zwei, könnten aber nicht verschiedener sein. Er hat den Kopf in den Wolken, ich die Füße auf der Erde. Der beste Beweis: Ich bin Devisenmakler, Francesco ist Dichter. Jeder hat eben so seine Ideen.»

«Aber eigentlich warst du doch auch lange mit deiner Frau beisammen.»

«Ich verwünsche jeden Tag. Dieses Aas. Diese alte Hexe. Diese Verbrecherin. Wenn ich denke, daß ich die besten Jahre meines Lebens mit ihr verplempert habe. Zum Haareausreißen.»

Popi kam mit Pfeife und Tabaksbeutel zurück. Mein Bruder streckte die Hand aus, doch sie wehrte ab, setzte sich wieder auf die Armlehne und sagte: «Ich stopfe die Pfeife. Du weißt, Pfeifestopfen macht mir Spaß.»

Sie begann die Pfeife zu stopfen, nahm mit den Fingerspitzen Prise um Prise aus dem Beutel, flink und gewandt, und mein Bruder betrachtete währenddessen Baba, ließ den Blick langsam, lange von den Füßen bis zu den Hüften gleiten. Endlich fragte er: «Läufst du immer in Hosen herum?»

«Fast immer.»

Popi rief, die Pfeife emsig weiterstopfend: «Hosen sind viel bequemer.»

«Dir steht die Hose gut, weil du schmale Hüften und gerade Beine hast, zum Unterschied von Popi. Sie ist breithüftig. Deshalb stehen ihr Hosen nicht.»

Popi rief wiederum: «Du Böser! Das ist nicht wahr. Hosen stehen mir ausgezeichnet. Da ist deine Pfeife, du Scheusal.»

Mein Bruder nahm die Pfeife, steckte sie zwischen die Zähne

und wiederholte zu Baba gewandt: «Du hast einen knabenhaften Körper, deshalb steht dir die Hose.»

Popi schrie: «Von knabenhaft keine Spur. Sie hat eine Frauenfigur. Die Hose ist gut geschnitten. Das ist alles.»

Mein Bruder gab noch keine Ruhe. «Das ist das erste Mal, daß ich Hosen mit Stegen sehe. Zeig einmal her.»

Baba betrachtete ihn auf die für sie bezeichnende Weise, verschlafen-hinterhältig, lehnte sich zurück, streckte das Bein aus, legte den Fuß auf die Knie meines Bruders und mein Bruder beugte sich vor, apoplektisch, die Pfeife zwischen den Zähnen, und berührte ihren Knöchel, unter dem Vorwand, zu prüfen, ob die Hose auch straff gespannt säße. Baba sagte: «Fühl mal an der Wade, wie eng sie anliegt.»

Mein Bruder sah ihr ins Gesicht und sagte, absichtlich schamlos: «Sag das nicht noch einmal.»

Popi schrie: «Ich bin eifersüchtig! Sehr eifersüchtig!»

Und der Papagei im Käfig kreischte in höchstem Falsett: «Kretonne, Kretonne, Kretonne.»

Mein Bruder ließ sich schwer in den Sessel zurückfallen und sagte: «Gib mir Feuer, Eifersüchtige.»

Popi ergriff eine Schachtel Riesenzündhölzer, nahm eines heraus, es maß etwa dreißig Zentimeter, entzündete es, hielt das Flämmchen an den Pfeifenkopf, mein Bruder zog zwei-, dreimal, paffte und sagte zu Baba: «Du studierst also.»

«Ja.»

«Aber doch nicht die ganze Zeit? Manchmal wirst du dich doch auch amüsieren?»

«Manchmal amüsiere ich mich.»

«Wie?»

«Je nachdem.»

«Gehst du tanzen?»

«Ja, ich geh tanzen.»

«Wohin?»

«Wie es sich ergibt.»

«Mit wem?»

«Mit Freunden. Mädchen und Jungen, Kolleginnen und Kollegen.»

«Bist du verlobt?»

«Nein.»

«Würdest du dich gern verloben?»

«Warum nicht?»

«Heiraten?»

«Klar, wenn ich mich verlobe.»

«Möchtest du Kinder?»

«Natürlich.»

«Wie viele?»

«Sechs bis acht, vielleicht zehn.»

«Mahlzeit! Warum so viele?»

«Wenn schon, denn schon. Oder nicht?»

«Wie stellst du dir deinen Mann vor? Den Idealmann, sozusagen?»

«Gar nicht. Hauptsache, ich mag ihn.»

«Dürfte er auch älter sein?»

«Er dürfte auch älter sein.»

«Wie ich, oder wie Francesco?»

«Warum nicht?»

Mein Bruder brach das Gespräch ab und wandte sich mir unvermittelt zu. Damit trat klar zutage, daß die Unterhaltung mit Baba nichts anders gewesen war als tierhafte Annäherung, gleich dem Verhalten eines Hundes, der eine Hündin beschnuppert; er sagte: «Apropos. Weißt du, daß eine Menge Zeug von unseren Eltern da ist? Im Grunde gehören die Sachen genauso dir wie mir. Ich weiß nicht, wohin damit. Ich habe dir damals geschrieben, sie ständen zu deiner Verfügung, doch du hast mich wissen lassen, du wärst nicht daran interessiert. Ich habe das Ganze hinaus auf die Terrasse getan, dort ist noch so eine Art Zimmer, und mit der Zeit völlig vergessen. Aber jetzt brauche ich den Raum – ich will eine Bar einrichten – und würde den alten Kram am liebsten wegwerfen. Vielleicht wäre es deshalb doch besser, du siehst dir die Sachen einmal an. Vielleicht hättest du gern das eine oder andere Stück, zur Erinnerung an unsere Eltern.»

Ich sah ihn an. Er hielt die Pfeife fest zwischen den weißen, kräftigen, regelmäßigen Zähnen und blickte mich an, fast bittend, nach wie vor mit rotem Gesicht. Ich sagte: «Schön, meinetwegen. Gehen wir.»

Er sagte prompt: «Popi, zeig Francesco das Terrassenzimmer.» Popi blieb sitzen und schrie: «Ich weiß schon, warum ich mit ihm ins Terrassenzimmer soll! Du willst mit Baba allein bleiben!»

«Los, Popi, red keinen Unsinn! Geh mit Francesco!»

Popi erhob sich verärgert. Ich sah erst ihn an, dann Baba. Popi hatte recht. Es stimmte. Es war, als warteten beide, daß wir endlich gingen. Also folgte ich Popi zu der Tür – sie hatte sie indessen geöffnet – und hörte, wie sie nicht gerade scherzhaft rief: «Daß ihr die Vorhänge nicht zuzieht! Wir wollen euch im Auge behalten!»

Wir standen auf der Terrasse. Dunkles Gewittergewölk, fransigzerfetzt, tief hängend, wie aufgequollen, überschattete das unendlich vervielfachte Bild weißer Betonterrassen. Das Wolkengebilde schien einem prallen Fischernetz zu gleichen, dessen zu weiten Maschen tropfend, glitschig-unaufhaltsam, schwärzlicher Fang entquoll. Im sonnenlosen Licht hoben sich die einzelnen Farben hart voneinander ab, kreidig, kompakt, undurchsichtig: das Lila der Keramikfliesen, das Orange der Sonnenschirme, das Lackweiß der Eisenmöbel, das Blau und Grün der Kissen. Ich sah auf die Fensterscheiben, und in diesem Augenblick schob sich der weiße Vorhang von links nach rechts, lautlos, beinahe wie von selbst, bis die ganze Scheibe bedeckt war. Auch Popi nahm es mit erbittertem Blick zur Kenntnis und sagte: «Ist es wahr, daß ihr euch seit zehn Jahren nicht mehr gesehen habt?»

«Ja.»

«Findest du ihn sehr verändert?»

«Vielleicht; wie er selber sagt, ein bißchen dick geworden.»

«Und in seinem Wesen?»

«Ich weiß nicht.»

«Mich würde interessieren, ob er schon vor zehn Jahren so war.»

«Wie?»

«Verrückt nach Frauen. Richtig besessen.»

«Besessen?»

«Ja. Eine Frau muß schon schief und krumm sein, daß er sie nicht haben will, kaum, daß er sie zu Gesicht kriegt. Hast du das Dienstmädchen gesehen?»

«Ja.»

«Heute ist sie den letzten Tag da. Ich habe die beiden erwischt. Jetzt nehme ich einen Diener. War er vor zehn Jahren auch so?»

«Nein. Nein, so war er nicht. Er war ein sehr häuslicher Mensch. Ein guter Gatte und Vater.»

«Dann will er jetzt offenbar nachholen. Vielleicht haßt er sie deshalb so sehr, ich meine seine Frau. – Was glaubst du, treibt er mit Baba?»

«Keine Ahnung.»

«Er setzt ihr zu. Garantiert.»

Sie sprach über die Erotomanie meines Bruders wie über die Unart eines Kindes, verärgert zwar, doch objektiv, als sei die ganze Sache im Grunde unabänderlich. Wir waren indessen an die Tür eines kleinen, pavillonartigen Baus gelangt, der eine Ecke der Terrasse einnahm. Popi öffnete und sagte: «Bitte. Das hat euern Eltern gehört.»

Ich sah die Gegenstände. Sie waren in einem Winkel des großen, von oben erleuchteten Raums auf dem gelben Fliesenboden säuberlich aufgeschichtet. Was verkäuflich gewesen war, ich sah es auf den ersten Blick, das hatte mein Bruder bereits veräußert. Es gab nur mehr Ausschuß, Dinge, deren Wertlosigkeit und Intimität einander die Waage hielten. Der Frisiertisch meiner Mutter krönte das Sammelsurium – weißes Holz, blaue Bespannung, mit blauen Borten geziert –, ein Möbelstück, an dem sie tagtäglich gesessen hatte, allmorgendlich, Jahre hindurch. Bespannung und Borten waren schmutzig und zerfranst. Wahrscheinlich war der Tisch schon in der letzten Zeit, da er noch verwendet wurde, unansehnlich gewesen. Hier aber, des gewohnten Rahmens beraubt, wirkte er vollends abscheulich. Auf der Platte, einst der Platz einer silbernen Frisiergarnitur (mein Bruder, dessen war ich sicher, hatte keineswegs gezögert, die Garnitur zu behalten), standen zwei Toilettengegenstände, deren sich mein Vater, dessen Tod langwieriger Krankheit gefolgt war, in den letzten Monaten seines Lebens bedient hatte: eine Leibschüssel aus Porzellan und ein gläserner Harnbehälter. Daneben stapelten sich gerahmte Fotografien, Verwandte, Bekannte, Freunde und Freundinnen, Bilder, mit denen meine Mutter, ich entsann mich dessen gut, eine Ecke ihres Schlafzimmers gleichsam austapeziert hatte; ich sah ein altmodisches Radio, eingebaut in ein sogenanntes Stilmöbelstück, auf dem Radio eine Gummiwärmflasche, ein Barmöbel gleichen Stils wie die Radioverschalung – Pseudobarock –, ein Barwägelchen, auf dessen Glasplatte ein Kästchen stand, die einstmals weiße Lackfarbe abgesplittert, die beiden Türen offen, die Fächer beladen mit Fläschchen, Schächtelchen, Röhrchen; einen altmodischen Panzerschrank – er hatte seinerzeit, schwarz und schmal, im Büro meines Vaters gestanden – mit offenen Gußeisentüren, auf Regalen Schuhspanner, gleichfalls Eigentum meines Vaters; ein altmodischer Küchenherd, vierflammig, die Emaillierung verfärbt und abgesprungen, darauf eine Lederhutschachtel, der Hüte meiner Mutter entquollen; ein grauer Marmorsockel, säulenförmig, dessen viereckiges Kapitell einer alten Schreibmaschine als Untersatz diente; zerknitterte, abgegriffene französische Modezeitschriften; ein alter hölzerner Kühlschrank; ein gemusterter Sessel – Blumenkörbchenmuster –, schmutzig und abgenützt, an den ich mich dunkel erinnerte: Hatte er nicht seinerzeit neben dem Bett meiner Mutter gestanden? Und noch viele andere Dinge ...

Sie alle, das fiel mir auf, waren nicht, wie dies sonst auf alten Dachböden zu geschehen pflegt, unter Spinnweben und Staub ein einziges Ganzes geworden, hatten sich nicht zu «Gerümpel» gleichsam amalgamiert, sondern wirkten heutig, lebendig, säuberlich, standen ohne Spinnweben und nicht eingestaubt auf dem spiegelnden gelben Boden, von jenem Leben erfüllt, das, deprimierend, unschön, Intimstem, Unbrauchbarstem innewohnt. Ich sagte mir, daß diese Dinge, sinnlos und unverwendbar, dem täglichen Leben nicht mehr einzugliedern waren, weil sie meine Eltern darstellten, meinen Vater und meine Mutter, ihre intimst-persönlichste Sphäre. Gleichzeitig aber waren diese persönlichsten Dinge scheinbar widersprüchlicherweise die unpersönlichsten, gemeinsten, gewöhnlichsten, die man sich vorstellen konnte.

Mein Bruder hatte recht. Nur einem Sohn mochte es einfallen, einen dieser Gegenstände als Erinnerung mitzunehmen. Doch als Erinnerung woran?

Als wolle Popi die Frage beantworten, ging sie zu einer Wand, an der zwei Bilder lehnten, drehte sie um und sagte: «Vielleicht möchtest du die beiden Bilder? Max will sie nicht haben. Er sagt, sie machen ihn traurig. Sie sehen so lebendig aus, so sprechend ähnlich. Außerdem passen sie nicht in unsere Wohnung. Vielleicht passen sie in deine?»

Ich betrachtete die Bilder. Sie stammten aus einer Zeit, da mein Vater und meine Mutter schon über fünfzig waren. Das Bürgertum hatte – und hat wahrscheinlich noch immer – seine Dichter, Romanschriftsteller, Bildhauer, Musiker, Maler, Leute, die mit den echten, für ihre Zeit stehenden Künstlern nicht das geringste gemein haben. Einem solchen Bürgerdarsteller hatten nun meine Eltern, wie viele ihresgleichen, den Auftrag erteilt, sie zu malen, einem Maler der guten Gesellschaft, ja, anscheinend einem Verehrer bürgerlichen Kastengeists: Mein Vater war abkonterfeit in einem hellgrauen Anzug mit einer roten Krawatte, deren Widerschein sein Gesicht rot überhauchte, als hätte er getrunken; meine Mutter in einem gelben Abendkleid aus bauschiger, glänzender Seide, Perlen um den Hals, Ringe an den Fingern, Armbänder an den Armen, in schwarzen Seidenschuhen. Die Liebedienerei des Malers äußerte sich sogar im Stil: breite, zügige Pinselstriche, als wollte er den Eindruck erwecken, er hätte mit Leidenschaft gemalt, im Feuer übermächtiger, anspornender Inspiration. Dem Ergebnis entsprach das einzige Wort: abscheulich.

Ich fragte mich, ob diese Abscheulichkeit Schuld des Bildes war oder Schuld meiner Eltern. Und ich kam zu dem Schluß, in Erinnerung an jenen Eindruck der Verfälschtheit, der von meinem ersten Roman für mich ausgegangen war, daß diese und jede Verfälschtheit wahrscheinlich nicht Schuld der Umsetzung war, in welche Kunstart auch immer, sondern der Wirklichkeit. Die Scheußlichkeit der beiden Bilder, im Grunde genommen nichts anderes als ein Aspekt des Unechten, ging weniger zu Lasten der Darstellung als der dargestellten Personen, oder genauer gesagt des Wirklichkeitsgefüges, dessen Teil sie gewesen waren. Die Stimme Popis ließ mich zusammenfahren: «Sind die Bilder nicht sprechend ähnlich? Als wären sie lebendig. Nicht? Du nimmst sie doch?»

«Nein.»

«Warum nicht? Stimmen sie dich traurig wie Max?»

«Ja, sagen wir, sie stimmen mich traurig.»

«Das kann ich gut verstehen. Ein Foto auf dem Schreibtisch, das ist etwas anderes. Aber diese zwei Riesendinger. Man weiß nicht, wohin damit. Obwohl, in einer Wohnung, die anders wäre als unsere, könnte ich sie mir recht gut vorstellen. Max hat mir gesagt, deine Wohnung ist altmodisch eingerichtet. Da könntest du die Bilder doch sehr gut unterbringen.»

«Nein, ich glaube nicht. Kein Platz.»

«Hast du eine große Wohnung?»

«Ja.»

«Wirst du uns einladen, jetzt, wo wir uns kennen?»

«Natürlich.»

«Ich würde sehr gern kommen. Ich bin nämlich immer allein. Entweder ist Max im Büro, oder er geht aus dem Haus, unter irgendeinem Vorwand, und stellt den Weibern nach.»

«Glaubst du nicht, daß du in deiner Eifersucht Dinge siehst, die gar nicht stimmen?»

«Möglich. Leider stimmen sie. Ich habe Beweise.»

«Und du hast dich nie gerächt?»

«Wie?»

«Wie? Ganz einfach. Ihn deinerseits betrogen.»

Sie legte die Hand an den Busen und sagte feierlich: «Ich will auf der Stelle tot umfallen, wenn ich ihn jemals betrogen habe.»

«Aber, aber ...»

«Tot umfallen!»

Ich wiederholte: «Aber, aber ...» und legte bei diesen Worten den Arm leicht um ihre Taille, etwa so, wie ein Mann die Tanzpartnerin umfaßt. Zu meiner Überraschung erbleichte sie bei dieser Berührung, ihre Lippen begannen zu beben, sie entzog sich mir, ging zu dem Sessel, der meiner Mutter gehört hatte, sank nieder, vornübergebeugt, das Gesicht in den Händen vergraben und brach in Tränen aus. Ich trat näher, nicht wenig verlegen, hatte doch mein Experiment – denn um ein solches handelte es sich – ein verblüffendes Ergebnis gezeitigt, günstig für meinen Bruder, ungünstig für mich, und sagte steif, verwirrt:

«Nicht weinen. Nicht böse sein. Es tut mir leid, wirklich leid. Es war ein Scherz. Sonst nichts. Es war wirklich nur ein Scherz.»

Sie schüttelte den Kopf, als wollte sie meine Entschuldigungen zurückweisen, streckte plötzlich die Hand aus, tastete nach der meinen, packte sie, zog sie an die Lippen, fing an, sie gierig zu küssen, und murmelte dabei: «Kümmere dich nicht um mich, ich bin hysterisch, deshalb weine ich. Sag mir, daß du mich hübsch findest, sag mir's; bitte sag, daß du mich hübsch findest!» Sie wartete die Antwort nicht ab, warf sich in den Sessel zurück, knöpfte hastig die Bluse auf, ließ mit der Gebärde einer Amme, die dem Säugling die Brust bietet, ihre Riesenbrüste daraus hervorquellen – sie waren wie durchsichtig, milchweiß, von großen, bräunlich-bläulichen Brustwarzen gekrönt – und murmelte: «Ist er nicht schön, was sagst du, sag, daß dir mein Busen gefällt.»

Sie lag jetzt zurückgelehnt, die Augen geschlossen, das Antlitz von Tränen überströmt, drehte und wand sich hysterisch, die Brüste nackt, und versuchte, meine Hand hinzuführen, an ihre Brust zu drücken. Ich sah mich um, gewahrte auf einem Tischchen, ganz nahe, einen dreiteiligen Spiegel und stieß ihn, ohne mich von ihr zu lösen, mit der freien Hand hinab. Lautes Klirren. Popi fuhr auf, rief: «Was ist? Was ist?»

«Nichts. Ein Spiegel ist zerbrochen.»

Sie verstaute ihre Brüste wieder im Büstenhalter, knöpfte die Bluse zu, stand auf. «Ich weiß nicht, was mich gepackt hat. Ich habe den Kopf verloren. Es ist mir furchtbar peinlich.»

«Das macht nichts.»

«So was ist mir noch nie passiert. Du mußt mir das glauben.»

«Ich glaube dir.»

«Ich habe mich wie eine Verrückte benommen. Ich schäme mich so.»

«Schäm dich nicht. Eine Art Schwächeanfall. Das kann jedem passieren.»

«Bitte, erzähl Max nichts davon.»

«Du kannst ganz unbesorgt sein.»

«Ihr seht euch so ähnlich, Max und du. Vielleicht war die Ähnlichkeit schuld.»

«Ja, sicher. Die Ähnlichkeit.»

«Ich habe Max nie betrogen, bei allem, was mir heilig ist.»

«Ich glaube dir.»

«Du glaubst mir nicht. Aber es ist so.»

«Ich weiß.»

«Schwör mir, daß wir es nie wieder tun.»

«Ich verspreche es.»

«Schwör es mir!»

«Ich glaube nicht an Schwüre.»

«Aber ich. Schwör mir zuliebe.» Sie stand jetzt mir gegenüber, schluchzte, blickte mich aus ihren runden Vogelaugen durch Tränen hindurch an, beugte sich nieder, hob einen Spiegelsplitter auf, betrachtete sich und begann ihr Haar, so gut es ging, wieder in Ordnung zu bringen. Dann schneuzte sie sich geräuschvoll, trocknete ihre Augen, ging auf die Terrasse voraus und sagte:

«Weißt du, im Grunde ist es mir gar nicht unlieb, daß das passiert ist.»

«Warum?»

«Jetzt wird es nie wieder passieren. Wir werden einander mögen wie Schwager und Schwägerin und ganz ohne Hintergedanken.»

«Gewiß, wir werden uns mögen.»

«Es ist so schön, wenn man sich mag, unter Verwandten, nicht wahr?»

Wir gingen quer über die Terrasse zu der Glastür zurück, und Popi sagte: «Siehst du? Der Vorhang ist nicht zu. Die beiden waren auch brav.»

«Wieso? Warst du denn so sicher, mein Bruder würde ...?»

«Und ob! Aber deine Tochter ist nicht der Typ. Das hatte ich sofort heraus. Im Grunde ist es mir sogar recht, daß er mit ihr allein war. Da hat sie ihm wenigstens eine Lektion erteilt.»

Wir betraten das Wohnzimmer. Mein Bruder saß vorgeneigt, paffte und sah aus, als dächte er nach. Baba hatte ihren Sessel ziemlich weit weggerückt und ihre Jacke wieder angezogen. Als wir eintraten, sagte sie: «Wenn du mit deinem Bruder unter vier Augen reden willst, gehen Popi und ich hinaus.»

«Ja, richtig, du wolltest mich sprechen.»

«Ich möchte Geld investieren.»

«Investieren? Jederzeit. Ich stehe zu deiner Verfügung.»

«Jetzt nicht. Es ist schon zu spät. Ich komme ein anderes Mal.»

«Wie du willst», sagte mein Bruder, belehrte mich jedoch geschäftsmäßig: «Aber komm, so bald du kannst. Jetzt ist ein günstiger Zeitpunkt für gewisse Transaktionen.»

«Schön. In den nächsten Tagen. Los, Baba, komm! Wir gehen.»

«Und was ist mit den Sachen? Hast du etwas gefunden, was du gern mitnehmen würdest?»

«Nichts.»

«Läßt du mir freie Hand? Ich würde den ganzen Kram am liebsten endgültig loswerden.»

«Meinetwegen wirf alles weg.»

Wir gingen ins Vorzimmer. Die Frauen küßten einander, mein Bruder reichte mir die Hand und gab Baba einen Klaps auf die Wange. Dann gingen wir zum Lift, mein Bruder öffnete mit einer Hand die Tür – die andere hielt die Pfeife –, wir stiegen ein, Baba zog die Tür zu, drückte den Knopf, und der Lift setzte sich in Bewegung. «Dein Bruder», sagte Baba, «hat, kaum daß ihr draußen wart, den Vorhang zugezogen und sich auf mich gestürzt.»

«Wie?»

«Auf die übliche Art.»

«Und du? Was hast du gemacht?»

«Ich habe vor mich hin gepfiffen, um ihn aus der Fassung zu bringen.»

«Hast du ihn aus der Fassung gebracht?»

«Und wie! Er hat sich sogar entschuldigt. Dann aber, wie er gemerkt hat, ich bin nicht allzu böse, hat er mir sofort vorgeschlagen, ihn morgen im Büro zu besuchen.»

«Wirst du hingehen?»

«Nein.»

Der Aufzug hielt, wir stiegen aus und gingen langsam zum Auto. «Es tut mir leid», sagte ich, «aber ich habe dir gesagt, er ist ein Ungeheuer.»

«O nein, das ist er nicht.»

«Was denn?»

«Ein normaler Mann. Ein Mann wie so viele andere.»

«Jetzt wirst du mir vielleicht erzählen, er ist dir sympathisch.»

«Gott, ja.»

«Ich möchte wirklich wissen, was du an einem solchen Menschen sympathisch finden kannst!»

Wir saßen jetzt im Auto. Ich ließ den Motor anspringen. Baba schien zu überlegen und sagte schließlich: «Daß er so ist, wie er ist. Das finde ich an ihm sympathisch.»

«Was willst du damit sagen?»

«Was ich gesagt habe.»

«Das heißt?»

«Er ist mir sympathisch, weil er so ist, wie er ist.»

«Wir sind aber nicht, wie wir sind. Wir sind, was wir tun. Mein Bruder hat sich auf dich gestürzt.»

«Hat er. Er hat seine Hose aufgeknöpft, meine Hand genommen und auf seinen Bauch gelegt.»

«Folglich ist er nicht, was er ist, sondern das, was er getan hat.»

«Nämlich derjenige, der die Hose aufgeknöpft, meine Hand genommen und auf seinen Bauch gelegt hat.»

«Was willst du damit sagen?»

«Daß du, mit anderen Worten, dasselbe gesagt hast wie ich. Gewiß, wir sind, was wir tun. Aber genauso stimmt es, daß das, was wir tun, nur das ist, was wir tun, und nichts anderes.»

Ich sagte mit gezwungenem Lachen: «Die Tugend wird von dir

nicht geradezu ermutigt. Wenn mein Bruder ist, was er ist, wenn das, was er tat, nichts anderes ist als eben das, was er tat, das heißt, wenn sich das, was er tat, einem moralischen Urteil entzieht, dann frage ich mich, warum ich mich weiterhin zu dir benehme, wie ich mich benehme.»

«Wie?»

«Auf eine Art, du weißt es, die meinen wahren Wünschen völlig zuwiderläuft.»

«Wir sind aber Vater und Tochter.»

«Und?»

«Vater und Tochter müssen sich an gewisse Regeln halten.»

«Müssen?»

«Ja, müssen, können sich infolgedessen nur auf gewisse Weise betragen.»

«Und Onkel und Nichte?»

«Oh, die dürfen sogar heiraten.»

«Aha! Der Vater handelt als Vater, die Tochter als Tochter, der Onkel als Onkel, die Nichte als Nichte, und deine Mutter hat an dir vielleicht als Mutter gehandelt.»

«Ja.»

«Bist du dessen sicher?»

«Ich bin sicher, daß Cora meine Mutter ist, daß ich ihre Tochter bin.»

«Das allerdings steht außer Zweifel. Cora ist deine Mutter, du bist ihre Tochter. Bleibt nur noch festzustellen, was für eine Mutter, was für eine Tochter.»

«Warum? Es bleibt nichts festzustellen.»

Diesmal gab ich keine Antwort. Aber nach einer Weile nahm ich das Gespräch wieder auf: «Warum hast du meinem Bruder verschwiegen, daß du mit Santoro verlobt bist?»

«Ja, warum eigentlich? Vielleicht, weil unsere Verlobung noch nicht offiziell ist.»

«Was verstehst du unter ‹offiziell›?»

«Verlobt ist man erst, sobald man richtig verlobt ist, ich meine mit Anzeigen, Einladungen, Geschenken und so weiter. Andernfalls ...»

«Andernfalls?»

«Andernfalls ist man nicht verlobt, sondern befreundet – verstehst du? –, hat, wenn du willst, ein Verhältnis. Dein Bruder hat mich nicht nach einem Freund gefragt oder nach einem Liebhaber, sondern nach einem Verlobten. Und ich antwortete die Wahrheit, nämlich, ich habe keinen.»

Vergangene Nacht träumte ich folgendes: Mir war, ich befände mich in einem herrlichen Garten, einem jener Lustgärten, die man in Persien findet, in Isfahan oder Schiras: Obstbäume ohne Zahl, in lauschigen Hainen, klare, sprudelnde Quellen inmitten blühender Beete, Trauerweiden, Zypressen, Granatäpfel, Rosensträucher, ein wundervoller Garten von der Verzaubertheit jener Oasenhaine, die man mit vielen Mühen der Wüste abgerungen hat. Ich weiß aber, daß sich dieser Garten an einer Stätte befindet, wo früher einmal ein deutsches Vernichtungslager bestand. Und wirklich, während ich mit Baba auf den lieblichen Wegen lustwandle, gähnt mich jäh, unvermittelt, aus einem Orangendickicht die rußgeschwärzte Öffnung des Verbrennungsofens an; ich sehe die Panzertür, den breiten Eisenrost, bleichender Knochenstaub deckt den schwarzen, reichen, fruchtbaren Boden, Stacheldrahtfäden durchziehen die Luft von Zweig zu Zweig, gleichen langen, grausigen Narben, und dort in der Ferne, am Ende einer Quittenallee, wo man erwarten würde, ein Lusthaus zu erblicken, eine reizende Chinoiserie, erhebt sich, roh und gedrungen, der Wachtturm, auf dessen Plattform die Wache auf und ab schreitet, ein schwarzer, drohender Schatten. Ich sage: «Wann werden sie dieses Schandmal endlich verschwinden lassen?» Und Baba gibt mir zur Antwort: «Sie lassen es nicht verschwinden, denn es befindet sich noch in Gebrauch.» Wieder blicke ich den Ofen an, und wer liegt auf jener Trage, mit deren Hilfe die Leichen in den Ofen geschoben werden, halb drinnen schon, halb noch draußen? Baba. Sie liegt mit gekreuzten Armen, herabhängendem Haar. Und wer überwacht den Vorgang? Cora, vielmehr Coras Kopf, oben im Orangenlaub. Er hängt dort wie eine Frucht, bedeckt mit einer Art Kappe, einer Schirmmütze, auf deren Schirm ich das Hakenkreuz erkenne. Es bringt jenen gewissen deutschen Zug der geraden Nase Coras noch deutlicher zur Geltung. Ich stürze mich auf Baba, packe sie unter den Achseln, ziehe sie aus dem Ofen, helfe ihr von der Trage herab, und wir entfliehen, Hand in Hand, laufen so schnell wir können einen kahlen, schnurgeraden Weg entlang, möglichst weit weg vom Wachtturm, laufen und laufen, bis zu einer offenen Tür und überschreiten die Schwelle. Jetzt sind wir auf einem riesigen Platz, den ein Halbkreis kleiner weißer Häuser begrenzt. Sie erinnern an Rätselbildhäuschen, einander völlig gleich, von einfachster Linienführung, zweistöckig, quadratisch, mit einem Dreieck als Dach, und jede Vorderfront zeigt, gerade wie bei solchen Rätselbildhäuschen, einen großen schwarzen Buchstaben. Baba weist auf die Häuschen, fordert mich auf zu lesen, und ich reihe die Lettern, Haus um Haus, zu dem Wort «Wiederherstellung».

Plötzlicher Schauplatzwechsel. Wir stehen in einer Art Turnsaal. Zu meinen Füßen erstreckt sich, dem Deck eines Schiffes ähnlich, schwindelerregend, abschüssig, ein glänzend-heller Bretterboden. In einer Ecke des Saals sehe ich einen riesigen Tisch, einen jener Architektentische, und vor dem Tisch steht Baba. Baba ist splitternackt. Sie hält ein Lineal und zeigt, die Brille auf der Nase, mit diesem Lineal wie in einer Volksschulstunde auf Dinge, die sich auf dem Tisch befinden: «Das ist der Bleistift.»

Ich wiederhole: «Das ist der Bleistift.»

«Das ist die Kreide.»

«Das ist die Kreide.»

«Das ist der Zirkel.»

«Das ist der Zirkel.»

«Das ist das Heft.»

«Das ist das Heft.»

«Das ist die Feder.»

«Das ist die Feder.»

Die Lektion mißfällt mir nicht, scheint mir nur wunderlich. Ich glaube nicht, ihrer zu bedürfen. Doch Baba ist schließlich nackt, obwohl die Brille genügt, sie gleichsam zu bekleiden, in eine ernste, strenge, pedantisch genaue Lehrerin zu verwandeln. Aber jetzt staune ich: Baba – sie weist noch immer mit dem Lineal auf den Zeichentisch – spricht vor: «Das ist ein Aas.»

Ich überzeuge mich. Wirklich, ein rötlicher Tierkadaver bedeckt einen Teil des Tisches, derselbe Kadaver, entsinne ich mich jäh, den ich vor wenigen Tagen draußen am Strand gesehen habe, zur Hälfte in Sand eingebettet. Schon will ich widersprechen: Was hat dieses Aas hier zu suchen? Doch ich bin nicht schnell genug, denn Baba wiederholt verweisend: «Das ist ein Aas», und ich ertappe mich dabei, gehorsam nachzusprechen: «Das ist ein Aas.»

Die Stunde ist vorüber. Baba winkt mir, ihr zu folgen, führt mich über den abschüssigen Holzboden, geht auf den Zehenspitzen voraus, im grellen Licht starker Scheinwerfer, bis zu einer kleinen Tür am anderen Ende des Saals, öffnet sie und tritt beiseite. Ich nähere mich und sehe, daß der Turnsaal ganz oben liegt, auf der allerhöchsten Terrasse eines baufälligen Wolkenkratzers, und daß sich, tief, tief unten, bis zum fernen Horizont, eine gleichsam endlose Landschaft erstreckt, übersät von Ruinen, Trümmern, Splittern, jenen Überbleibseln, kurzum, die man nach Erdbeben, Brand oder ähnlicher Katastrophe an der Stätte einer einstigen Stadt findet. Doch Achtung, diese Trümmer sind keinesfalls staubbedeckt, schmutzig, nein, sie sind in bestem Zustand, glänzend poliert, sorgsam zu beiden Seiten reinlicher Straßen aufgereiht, wie Schmuckstücke auf einem spiegelnden, metallischen Tablett. Und während ich die Landschaft betrachte – grellrotes Licht liegt über ihr, als versänke irgendwo eine unsichtbare Sonne –, gleite ich plötzlich aus und stürze ins Leere, doch nicht tief, denn siehe da, auf einmal vermag ich zu schweben, ähnlich einem Fallschirmspringer, dessen Schirm sich geöffnet hat, zu fliegen, das Hochhaus zu umsegeln, auf dessen Terrasse Baba noch immer steht an der Schwelle der kleinen Tür, unschlüssig, offensichtlich, ob sie mir folgen soll. Ich vollführe elegante Schwünge, eitel darauf bedacht, Baba meine Künste zu zeigen, drehe mich, falle, steige, erhebe mich hoch in die Lüfte, verharre, ganz nach Wunsch. Und da, plötzlich, sehe ich, daß Baba vor mir fliegt, dicht vor mir; ich fliege ihr nach, jetzt fliegen wir immer tiefer, ziehen in breiten Schleifen der Stadt zu, dem Platz, der einst Mittelpunkt dieser Stadt war, dem riesenhaften Bett, das inmitten des Platzes steht, den glänzende Trümmer säumen. Jetzt liegen wir auf dem Bett, im Begriff, uns zu umarmen. Ich finde es zwar etwas peinlich, hier, in aller Öffentlichkeit, doch Baba weist darauf hin, daß die Stadt tot und leer ist wie eine versteinerte Muschel; ich werfe mich also auf sie – da geschieht etwas Merkwürdiges: Ich werde ihrer nicht habhaft. Kaum nehme ich sie in die Arme, gleiten wir beide vom Bett und müssen wieder hineinklettern. Die Ränder des Bettes sind weich, geben jeder Bewegung nach. Oder ist es unsere Schuld? Verstehen wir es einfach nicht, auf dem Bett zu bleiben? Wie dem auch sei – etwas Böses ist um unser Mißgeschick, etwas Fatales, Verhextes, Beabsichtigt-Mißgünstiges. Ich empfinde dumpfen Zorn, denn ich begehre Baba, doch das verdammte Bett macht es mir völlig unmöglich, mein Verlangen nach ihr zu stillen. Ein letztes wütendes Aufflackern meiner brennenden Begierde, und ich erwache.

Ich erwachte verstimmt, wie vergiftet, gleichzeitig aber entschlossen, der Sache ein Ende zu machen. Ich sagte mir: Baba wünscht sich im Grunde nichts anderes. Warum also weiter zögern. Ich stand auf, ging leise durch das Dunkel, tappte auf den Gang hinaus, machte Licht, ging zu Babas Tür, legte die Hand auf den Türknauf und blieb stehen, lange Zeit. Dann drehte ich mich um, automatenhaft, ohne zu überlegen, kehrte in mein Zimmer zurück, kroch wieder unter die Decken und schlief unverzüglich ein. Am Morgen des nächsten Tages erinnerte ich mich an den Traum, vermochte aber nicht mehr zu sagen, ob ich wirklich aufgewacht war oder ob auch mein Erwachen und der Gang zu Babas Tür Traum gewesen seien, und nichts sonst.

Ich las den Tagebuchbericht über den Besuch bei Massimiliano durch und möchte auch dieses Mal in Hinblick auf meinen Roman festhalten, welche Zusätze, Ausschmückungen und dergleichen sich eingeschlichen haben. Sie betreffen, dies sei vorweggenommen, ausschließlich den Auftritt zwischen Popi und mir im Zimmer auf der Terrasse. In Wirklichkeit haben sich diese Dinge ganz anders abgespielt:

Massimiliano, der mit Baba allein bleiben wollte, erzählte mir, daß Popi sich als Malerin betätigte und fragte, ob ich sie nicht ins Terrassenzimmer begleiten wolle, es diene ihr als Atelier, und sie würde mir zweifellos gern ihre Bilder zeigen. Also waren Popi und ich ins Terrassenzimmer gegangen, wo es nichts gab, absolut nichts, was je meinen Eltern gehört hätte. Popi zeigte mir ihre Bilder, kleine, seltsam formlose Machwerke, stellte sie, eines nach dem anderen, auf ihre Staffelei; ich hatte es mir indessen in der geziert-geschmacklosen «Wohnecke» des Ateliers auf dem Sofa bequem gemacht, Popi verehrte mir zwei Bilder, eines für mich, eines für Baba; ich nahm dankend an; sie versprach, mir die Bilder zuzusenden, da sie noch ungerahmt waren. Dann sprachen wir von meinem Bruder und seiner Erotomanie, ruhig und freundschaftlich, ohne Annäherungsversuche meinerseits, ohne Hysterie Popis, ohne daß sie sich auch nur im geringsten exhibitionistisch aufgeführt hätte. Anschließend kehrten wir ins Wohnzimmer zurück, und dort spielte sich alles so ab, wie ich es beschrieben habe.

Ich erfand demnach zweierlei: Erstens die ganze Geschichte mit den Sachen meiner Eltern, zweitens die Hysterie, den Exhibitionismus Popis. Was veranlaßte mich zu diesen Erfindungen, vielmehr Erweiterungen? Warum hatte ich Popis Bilder durch den Kram meiner Eltern ersetzt? Der Kram, das wußte ich, konnte sich keinesfalls im Terrassenzimmer befinden, mein Bruder, hätte dergleichen nach Abbruch des alten Hauses niemals zurückbehalten. Ich überlegte lange. Dann fiel mir folgendes ein:

Als Junge hatte ich alle diese Dinge an ihrem Ort gesehen, in den einzelnen Räumen verteilt, und mir schon damals vorgestellt, sie würden eines Tages in einer staubigen Bodenkammer gestapelt sein, ehrfurchtslos, pietätlos, ein ekler, abstoßender Anblick, das letzte, was von meinen Eltern zurückgeblieben wäre. Die Vorstellung war im Grunde nur eine Versinnbildlichung dessen, was ich in jenen Jahren von meinen Eltern dachte, was ich für sie empfand. Mit anderen Worten, ich hatte damals etwas Mögliches erdacht, sogar etwas Wahrscheinliches. Wie aber war diese Vorstellung, dieses verschüttete, grausame Wunschbild des aufbegehrenden Halbwüchsigen, in mein Tagebuch gelangt? Ich erklärte es mir so:

Mein Vaterhaus lag in Trümmern, durch meinen Bruder zerstört. Angesichts dieser Zerstörung sah ich mich sozusagen in einem luftleeren Raum: Um der Unechtheit zu entgehen, die im Kreise meiner Familie herrschte, hatte ich einst Cora geheiratet. Das Haus jedoch stand nicht mehr, dessen Aussehen und Ausstattung jene Unechtheit schlüssig bewiesen hätten. Ich konnte nicht mehr beweisen, daß ich zu meiner Heirat hinlänglichen Grund gehabt hatte, nämlich die Verfälschtheit der Welt, deren Kreisen ich angehörte. Deshalb hatte ich Popis formlose Klecksereien, die dem Bild der Freundin meines Bruders nichts hinzuzufügen vermochten, durch den Kram meiner Eltern ersetzt, durch ein Bild, das mir bei der Erläuterung meiner ureigenen Geschichte vielleicht von Nutzen sein konnte.

Und Popis Hysterie? Und Popis Exhibitionismus? Hier hatte ich mich gegen besseres Wissen zu Verleumdung hinreißen lassen, auf Kosten der armen, guten, treuherzigen Person, die weder daran gedacht hatte, sich mir an den Hals zu werfen, noch zu schluchzen oder zu bereuen. Ein garstiger Einfall. Warum war er mir in den Sinn gekommen? Nun, die Beweggründe waren versöhnlicher: Unruhe, Eifersucht. Was trieb mein Bruder im Wohnzimmer, während ich im Atelier Popis Bilder besah? Diese Frage war der Ausgangspunkt der schadenfrohen Erfindung von jener Untreue Popis. Natürlich bin ich entschlossen, diese Verführungsszene, die außerdem nicht zuletzt angesichts der konstruierten Parallele – gleichzeitiger Versuch meines Bruders – nicht einmal glaubhaft ist, dem Roman nicht einzugliedern, doch ich bereue es nicht, diese Szene geschrieben zu haben, bezeugt sie doch, wenn schon nichts sonst, die Gewalt meines Fühlens für Baba.

Bezüglich der Gerümpelszene bin ich mir noch nicht im klaren. Soll ich sie übernehmen? Hier handelt es sich nicht um Verleumdung, sondern um Ausbau, Ausschmückung, um Erweiterung der Wahrheit. Meine Eltern waren gewesen, was sie gewesen waren. Was ich im Terrassenzimmer zu sehen geglaubt hatte, war letztlich nichts Erdachtes, sondern – wie soll ich es sagen – eine Art Emanation ihres ehemaligen Seins. Warum sollte ich mich des Bildes eigentlich nicht bedienen? Diese Frage stellte ich mir, verschob jedoch ihre Beantwortung auf später, auf jenen Zeitpunkt, da ich den Roman tatsächlich schreiben würde. Erst dann ließ sich zweifelsfrei feststellen, ob es geraten war, die Szene zu streichen, unangetastet zu lassen oder sie vielleicht teilweise zu verändern.

Montag, 30. November

Meine Persienberichte sind fertig. Ich sandte den letzten ab, es ist nicht lange her, kurz nach dem Besuch bei Massimiliano. Jetzt pflege ich mich abends an meinen Schreibtisch zu setzen, das Tagebuch durchzusehen und es, in Hinblick auf den Roman, geringfügig zu verändern.

Auch heute abend war ich damit beschäftigt, als Baba leise eintrat, zu mir kam, die Fingerspitzen von hinten auf meine Augen legte und sagte: «Rate, wer ich bin.»

Ich erwiderte gereizt: «Eine schlechte Schauspielerin in der Rolle der braven Tochter, die ihrem lieben Vater herzlich zugetan ist.»

Sie nahm die Hände weg, ging um den Schreibtisch herum, stellte sich mir gegenüber auf und sagte: «Ich habe eine Idee. Wir spielen was.»

Ich betrachtete sie aufmerksam: Ihre Augen blickten wie üblich – gleichmütig-verschlafen, durchtrieben – und waren, wie üblich, schön.

«Was spielen wir?»

«Vater – Tochter.»

«Als ob wir etwas anderes täten.»

«Moment! Ich meine folgendes: Ein Stiefvater liebt die Stieftochter, eine Stieftochter liebt den Stiefvater.»

«Wie geht das Spiel?»

«Folgendermaßen: Der Stiefvater erklärt sich der Stieftochter und will mit ihr ins Bett.»

«Und die Stieftochter?»

«Die Stieftochter reagiert mit äußerster Bestimmtheit und nötigt den Stiefvater, sie fortan in Ruhe zu lassen.»

«Was bedeutet ‹mit äußerster Bestimmtheit›?»

«Hiebe, Püffe, und so weiter.»

Ich sah sie an. Sie wirkte gleichmütig, zufrieden-amüsiert, wie ein Kind, das ein Spiel beschreibt. Und ich sagte:

«Welchen Sinn hat ein Spiel, das der Wirklichkeit so nahe kommt?»

«Nahe vielleicht, doch das Spiel könnte nie Wirklichkeit werden. Ich will damit sagen, weder es kann noch darf es geschehen, daß du dich über mich stürzt, daß ich mich genötigt sehe, dich zurückzustoßen. Wenn es nämlich dazu käme, wäre das sehr unangenehm, würde unsere Beziehung endgültig zunichte machen. Im Spiel könnte es hingegen vorkommen, unter der Bedingung natürlich, daß die Spielregeln von Anfang an festgelegt sind.»

«Wie würden die Spielregeln lauten?»

«Du versuchst, mich zu umarmen; ich stoße dich zurück.»

«Du willst wahrscheinlich feststellen, was sie so ungefähr wäre, meine Liebe zu dir, nicht wahr –? Und ich soll kennenlernen, wie deine Weigerung sich gleichsam anfühlen würde.»

«Nein, ich will spielen – sonst nichts.»

«Nun, angenommen, das Spiel würde nicht nach den Regeln verlaufen? Du würdest mich nicht zurückstoßen, um nur ein Beispiel zu nennen?»

«Das ist ausgeschlossen.»

«Wieso?»

«Weil die Spielregel eben besagt, daß ich dich zurückstoßen muß.»

«Verstehe. Und ich ziehe es vor, dieses Spiel nicht zu spielen.»

«Warum?»

«Ich bin kein Spieler. Um einen Vergleich zu gebrauchen: Dein Vorschlag kommt mir vor, als wolltest du mit einem Dieb Panzerschrank knacken spielen. Da gäbe es nur zwei Möglichkeiten, und beide sind nicht wünschenswert: entweder der Dieb spielt mit, räumt den Panzerschrank nur zum Spaß aus, stiehlt nichts und ist unglücklich, weil er ja ein Dieb ist – verstehst du? –, oder er nimmt das Geld und rennt damit davon, und es hat sich ausgespielt.»

Sie lächelte und sagte langsam, mit zweideutigem Bedauern: «Da hast du recht. Aber schade, es wäre unterhaltend gewesen.»

Mittwoch, 2. Dezember

Wir saßen schon im Auto, da fragte Baba: «Wer ist eigentlich dieser Consolo, zu dem wir fahren?»

Ich sagte: «Ein alter Freund von mir, den ich seit Jahren nicht mehr gesehen habe, ein Journalist wie ich. Doch ich bin nur Berichterstatter. Er hat Karriere gemacht: vor zwei Wochen ist er Chefredakteur meiner Zeitung geworden, das heißt, mein Vorgesetzter.»

«Und warum fahren wir zu ihm?»

«Um mit ihm die Einzelheiten meiner nächsten Reise zu besprechen.»

«Du fährst also wieder weg?»

«Ich denke ja.»

Sie schwieg einige Sekunden, den Blick geradeaus gerichtet, sichtlich aus der Fassung gebracht. Dann sagte sie: «Wenn du wegfährst – wie mache ich es dann mit Cora?»

«Mit Cora? Inwiefern?»

«Gestern ist es ihr nicht gut gegangen. Sie hat Fieber gehabt, höheres Fieber als sonst. Achtunddreißig. Ich sagte, das wäre noch immer ihre Bronchitis, und sie müßte endlich zum Arzt und sich untersuchen lassen und dann vielleicht weg aus Rom, auf einige Zeit ins Gebirge. Es geht ihr wirklich nicht gut, schon seit längerer Zeit; du merkst es nicht, du bist fast nie mit ihr beisammen; aber ich lebe mit ihr, und ich weiß bestimmt, sie ist krank, sehr krank. Manchmal kommt mir der Verdacht, sie hätte etwas Ärgeres – verstehst du? –, etwas Ärgeres als Bronchitis.»

«Was?»

«Ich weiß nicht. Eventuell Tuberkulose. Das sagt zumindest Santoro.»

«Hat er sie untersucht?»

«Nein. Ich beschrieb ihm die Symptome.»

«Was sagt er, was sie tun soll?»

«Sich röntgen lassen. Und deshalb, wenn du jetzt wegfährst, weiß ich mir keinen Rat.»

«Wieso? Was hat meine Abreise mit Coras Krankheit zu schaffen?»

«Hör zu. Es ist meine Schuld. Heute früh wachte ich auf, da stand Cora, im Schlafrock, richtig zum Fürchten, ganz rot im Gesicht, hohlwangig, mit Schatten unter den Augen und ganz durcheinander. Sie starrte mich an und sagte: ‹Francesco und du, ihr beide, ihr wollt mich loswerden; ich weiß, ich soll in ein Krankenhaus, um dort zu sterben, das wollt ihr; aber ich gehe nicht, ich bleibe, und wenn ich schon sterben muß, dann will ich hier sterben.› Ich sagte: ‹Beruhige dich, und laß dich vor allem untersuchen, niemand will dich los sein, im Gegenteil, wenn du ins Gebirge mußt, werden Francesco und ich mit dir gehen und bei dir bleiben, bis du gesund bist; das haben wir ausgemacht.›»

«Das hast du gesagt?»

«Ja. Weil ich weiß, daß Cora letzten Endes allem, was dich betrifft, ich meine, was du für sie tust, größte Bedeutung beimißt. Sie hat sich auch sofort beruhigt, zwar noch ein bißchen geredet, hat behauptet, sie sei nicht krank, brauche nicht untersucht zu werden, aber das Ganze klang – wie soll ich sagen – nicht mehr so überzeugt. Jetzt sagst du mir, du fährst weg; und jetzt wird Cora glauben, ich habe sie angelogen, was ja im Grunde auch stimmt.»

Ich sagte nichts. Wieder hörte ich Zweideutigkeit aus Babas Worten, wieder fand ich ihr Betragen verdächtig. Gewiß, die fromme Lüge stand im Zeichen jener Kindesliebe, die ich nur allzugut kannte. Doch da war noch etwas anderes. Ich fühlte es aus der Verlockung der Bilder, die jene fälschliche Behauptung vor mir erstehen ließ: ein Ort in den Bergen, Cora, ans Krankenlager gefesselt, wir beide, Baba und ich, einander näher als ihr; und ich sagte ärgerlich: «Du verfügst über mich, ohne mich vorher zu fragen. Fragen wäre das mindeste gewesen!»

Sie erwiderte ungerührt, gleichsam als wollte sie meine Vermutung bestätigen: «Um die Wahrheit zu sagen, ich habe es auch versprochen, weil der Gedanke, mit dir im Gebirge zu sein, mir eigentlich nicht mißfällt. Hätte ich es wirklich nicht sagen dürfen?»

«Doch. Aber wie dem auch sei. Ich muß unbedingt fahren.»

Sie zeigte keinerlei Enttäuschung, als hätte sie eigentlich mit dem Hindernis gerechnet, und sagte nach einer Weile: «Es ist ja auch noch gar nicht spruchreif. Denn erstens will Cora sich nicht untersuchen lassen, vorläufig jedenfalls, zweitens ist nicht gesagt, daß der Arzt ihr wirklich verschreiben wird, ins Gebirge zu fahren. Nur, falls es dazukommen sollte – wärst du dann, unter Umständen, zu einem Kompromiß bereit?»

«Zu was für einem Kompromiß?»

«Du könntest uns hinbegleiten, etwa eine Woche bleiben, und dann direkt weiterfahren. Das Wichtigste ist ja doch, daß Cora ins Gebirge fährt. Ist sie dann einmal dort, ist alles viel einfacher.» Sie verstummte, schwieg eine Weile und sagte dann abschließend: «Du siehst, ich verlange nicht viel. Wenn du's schon für Cora nicht tust – tu's wenigstens mir zuliebe.»

Diesmal erwiderte ich nichts. Einschmeichelnd, unabweisbar machte sich der Verdacht bemerkbar, dem ganzen Plan läge in Wirklichkeit der Gedanke an Liebe zugrunde, an ein zufällig-flüchtiges Verhältnis, eine Eintagsliebe, gleichsam, doch deshalb nicht weniger erfüllt, an ein Verhältnis, das dem täglichen Trott sinnlos-vergeblichen Handelns fugenlos eingepaßt wäre: Ich führe mit ins Gebirge, würde mir selber weismachen, es Coras wegen zu tun, mich eines Abends, vielleicht am Abend vor der Abfahrt, länger als sonst in Babas Zimmer aufhalten und ihr Geliebter werden, beinahe ohne es zu wollen, wie zufällig, um dann, am nächsten Morgen, in ein fernes Land zu verreisen – und alles verschwände letztlich unter der alles bedeckenden, alles überziehenden Schicht grauer Alltäglichkeit, die ich mich noch immer versteifte, «Verderbnis» nennen zu wollen, und Cora erläge ihrer Krankheit, ich wußte, es würde so kommen, und Baba würde sich verheiraten, mit dem Studenten Santoro, auch das bezweifelte ich nicht, und ich käme nach Rom zurück, um wieder wegzufahren. Abschließend gesagt: Wieder wäre mir klargeworden, daß es nicht not tat, zu handeln, ins Geschehen einzugreifen. Das tägliche Leben bewirkte, daß etwas mit uns geschah. Man brauchte es nur machen zu lassen.

Wenn ihm nichts Besseres einfiel, kramte es den Tod hervor, diesen Deus ex machina, und alles kam ins Geleise.

Indessen waren wir in der Via Lombardia angekommen, vor der römischen Redaktion meiner Zeitung. Ich sagte zu Baba, während ich den Wagen parkte: «Denkst du ernsthaft daran, eines Tages Santoro zu heiraten?»

«Wie kommst du jetzt auf Santoro?»

«Ich habe meine Gründe. Also antworte mir. Wirst du ihn letzten Endes heiraten?»

«Ich denke ja, kann sein.»

«Weiß Santoro Bescheid über Coras Gewerbe?»

«Ja.»

«Hast du es ihm gesagt?»

«Ja.»

«Und was sagt er?»

«Es ist ihm gleich. Er mag mich.»

«Das will ich gern glauben. Trotzdem. Vielleicht ist alles Unrecht nicht ausschließlich auf Coras Seite.»

«Was willst du damit sagen?»

«Daß ihr Tod jemandem gelegen käme.»

«Wem?»

«Santoro und dir. Für euch beide wäre es günstig, wenn Cora stürbe.»

Ich hatte das leichthin gesagt. Baba erwiderte nichts. Der Motor war abgestellt. Ich schickte mich an auszusteigen. Sie blieb unbeweglich sitzen, abgewandten Gesichts, den Blick auf die Türscheibe geheftet. Ich sagte: «Wir sind da. Steig aus.»

Sie sah mich lange an. Und zum erstenmal bemerkte ich auf ihrem Antlitz einen wahrhaft unglücklichen Ausdruck:

«Wie kannst du so etwas sagen.»

«Was?»

«Daß ich Coras Tod will!»

«Das habe ich nicht gesagt. Ich habe nur gesagt, er käme dir gelegen.» Und ich fügte nach einem Moment des Zögerns hinzu: «Er wäre, was man im allgemeinen Deus ex machina nennt.»

«Ich verstehe nicht, was du meinst.»

«Eine Lösung von außen, von oben, im richtigen Moment.»

Sie saß weiter schweigend da, bekümmert und in Gedanken.

Ich sagte: «Los, komm! Steig aus. Ich nehme alles zurück.»

«Geh allein. Ich komme nicht mit. Ich warte hier.»

«Was hast du?»

«Nichts. Ich möchte nur ein bißchen allein sein.»

«Ich wollte dich nicht verletzen.»

«Du hast mich nicht verletzt. Geh nur. Ich warte hier. Sei mir nicht böse.»

Ich drängte sie nicht weiter, stieg aus und ging die paar Schritte bis zum Eingang des Gebäudes, in dem sich die römische Redaktion meiner Mailänder Zeitung befand. Es stammte aus dem vorigen Jahrhundert. Die Fassade, bestückt mit Säulen, Simsen, Nischen, Konsolen und dergleichen, war regenverwaschen, geschwärzt vom Staub nahezu eines Jahrhunderts. Die Redaktion hingegen, vor deren Räumen der Lift mich wenig später absetzte, hätte nicht moderner sein können: Aus einem Vorzimmer – gelbe Wände, blaue Decke – gelangte ich durch einen Gang – gelbe Wände, blaue Decke – zu einer Tür – rot, goldschimmernder Messingrahmen –, klopfte, eine vertraute, klangvolle Männerstimme schrie: «Herein!», und ich betrat das Zimmer – schwarze Decke, grüne Wände. Ein großer, massiger Mann mit einem Seeräuberbart saß hinter einem Schreibtischungetüm aus Teak und Stahl, sprang auf, sobald er mich sah, und rief: «Du kennst doch die Geschichte von der Begegnung Stanleys und Livingstones im afrikanischen Busch?»

Ich kannte sie, sagte aber höflich: «Ich glaube, ich habe sie vergessen.»

«Stanley sucht Livingstone, der seit längerer Zeit verschollen ist, rüstet eine Expedition aus, marschiert tagelang durch den Busch, unter gräßlichsten Strapazen, und sieht plötzlich ein paar Neger, die auf einer Bahre einen Weißen transportieren. Folgendes Gespräch entspinnt sich: ‹Doktor Livingstone, wenn ich nicht irre?› – ‹Er selbst.› Uns beiden geht es genauso. Du warst verschollen, ich suche dich, begegne dir im Busch des Lebens und frage: ‹Doktor Merighi, wenn ich nicht irre?› Und du antwortest –»

«Er selbst.»

«Bravo! Ich sehe, die zehn Jahre haben nicht das geringste geändert, wir sind noch immer genauso aufeinander eingespielt. Alter Francesco! Weißt du, daß es mich freut, dich zu sehen?»

«Mich auch.»

«Laß dich einmal anschauen. Du bist völlig unverändert.»

Ich nützte die kurze Stille, die er sich zugestand, um ihn meinerseits zu betrachten. Consolos Gesicht schien mir, zum Unterschied von dem meinen, auffallend verändert, jedoch nicht in dem Sinne steten, unvermeidbaren Älterwerdens, sondern anders, einschneidender. Gewiß, er hatte noch immer denselben Piratenkopf wie aus einem Abenteuerbuch für Kinder, doch jenem langen Schädel, dem Schnauzbart, der Hakennase, den üppig wuchernden Brauen – vor zehn Jahren hatten diese Züge, wenn auch nicht unkonventionell, ein lebendes Ganzes gebildet –, diesen Merkmalen haftete nun etwas Leeres, Gewichtloses, Maskenhaftes an. Ich ersah es vor allem aus den Augen. Consolos Blick, überschattet von den zusammengewachsenen Brauen, einst feucht, freudig-naiv, beinahe festlich, der Blick eines treuen Hundes, hatte jetzt etwas Glasiges, Starres, erinnerte an die Augen eines ausgestopften Tieres. Ich musterte ihn. Plötzlich wallte in mir die alte Freundschaft auf und ich sagte leise: «Rosario, wie geht's dir?»

Etwas von meiner Bewegung schien sich ihm mitzuteilen, denn er blickte mich seinerseits an, versuchte zu sprechen, unterließ es, strich über seinen Schnauzbart, sah mich wieder schweigend an, hüstelte und sagte schließlich: «Ein Anfall von Rührseligkeit. Ich dachte an alles, was wir gemeinsam unternommen haben, an alle unsere Hoffnungen. Dabei hat es mich überkommen. Danke. Mir geht es gut. Du hast ja keine Ahnung, wie oft ich im Laufe all der Jahre an dich gedacht habe.»

«Ja? Was hast du gedacht?»

«Schwer zu sagen. Am Anfang, weißt du noch, wie du bei der anderen Zeitung warst, da konnte ich nicht an dich denken, ohne – wie soll ich sagen – Gewissensbisse zu bekommen. Du warst für mich eine Art Vorbild. Dann gerieten wir auseinander, ich ging, wie du weißt, nach Mailand, und fragte mich die ganze Zeit, ob ich richtig gehandelt hatte. Weißt du, was ich dachte?»

«Was?»

«Ich sagte mir, Francesco ist ein ernst zu nehmender Mensch, er glaubt an das, was er tut, handelt uneigennützig. Ich dagegen glaube an nichts, habe nur meinen Vorteil im Auge, bin, grob gesagt, ein Hanswurst.»

«Dafür dachtest du ein Jahr später, als ich von meiner Zeitung zu diesem Blatt überschwenkte, der Hanswurst wäre ich. Nicht wahr?»

«Nein, ganz im Gegenteil! Ich sah darin die Möglichkeit, auch mich selber ernst zu nehmen.»

«Wieso?»

«Weil ich, wie gesagt, wußte, daß du ein Mensch bist, der nicht aus Eigennutz handelt. Das heißt, um so etwas zu tun, mußtest du Gründe haben. Und tatsächlich ...»

«Was, tatsächlich?»

«Tatsächlich hattest du sie. Die Ereignisse in Ungarn haben mir bestätigt, daß du richtig geurteilt hattest.»

Ich wagte nicht, ihm zu sagen, daß die Ereignisse in Ungarn mit meinem Übertritt von der linksextremistischen zu der konservativen Zeitung nicht das geringste zu tun hatten, daß der Beweggrund vielmehr mein krankhaftes Reisebedürfnis war.

Consolo fuhr fort: «Damals, zur Zeit des Aufstands, hätte ich dir schreiben wollen, dich sehen, mit dir reden wollen, aber du weißt, wie es geht. Mir fehlte der Mut, die Zeit, die Gelegenheit, ich verschob es wieder und wieder, und schließlich gab ich es ganz auf. Außerdem waren wir voneinander räumlich so weit getrennt, du immer weiß Gott wo, ich in Mailand, in der Redaktion. Ich hätte mir nie träumen lassen, wir beide würden eines Tages bei derselben Zeitung landen.»

«Noch dazu du als Chefredakteur, ich als einfacher Korrespondent. Laß dir vor allem gratulieren. Ich hätte es längst tun sollen.»

Er winkte ab, nicht ohne – so wollte es mir zumindest scheinen – ein unbezwingbares Gefühl wohliger Zufriedenheit, dessen er sich obendrein schämte, und sagte, obgleich ich mich nicht danach erkundigt hatte: «Vielleicht ist dir auch bekannt, daß ich verheiratet bin. Meine Frau wird bald hier sein. Ich habe ihr von dir erzählt.»

«Hast du Kinder?»

«Einen Sohn.»

Er schwieg wieder eine Weile und fuhr dann in einem Ton tiefer Befriedigung fort: «Vielleicht sollte ich dir noch sagen, daß ich mich in finanzieller Hinsicht durchaus nicht beklagen kann. Ich habe eine große Stadtwohnung, fast schon eine Luxuswohnung, in einer der besten Gegenden Mailands, eine Villa am Meer, in Lerici, zwei Autos – eines für mich, einen Mittelklassewagen, ein kleineres für meine Frau –, Dienstmädchen, Köchin, Kinderschwester, ganz wie es sich gehört.»

«Das freut mich.»

«Daß ich lebe, ganz wie es sich gehört?»

«Nein, daß es dir finanziell so gut geht.»

«Ich hatte gedacht, es freut dich, daß ich lebe, ganz wie es sich gehört.»

Er begann plötzlich zu lachen, am ganzen Körper bebend, beinahe, als schluchze er. Ich sah ihn an, und auf einmal, als hätte er mich angesteckt, lachte ich mit. Wir lachten eine geraume Weile. Dann hörte Consolo auf, unvermittelt, etwa wie Wasser versiegt, sobald man den Hahn abdreht, und auch ich wurde wieder ernst. «Das genügt», sagte Consolo. «Von jetzt an muß der Freund dem Chefredakteur weichen. Paß auf! Vor allem muß ich dir etwas sagen: Du bist einer der besten Journalisten, die es im Augenblick gibt.»

«Danke.»

«Bedank dich nicht. Das ist kein Kompliment, das ist die reine Wahrheit. Ich weiß, wovon ich rede, und ich wiederhole dir, du bist einer der besten Journalisten, die es im Augenblick gibt.»

Er schwieg eine Weile und nahm dann das Gespräch wieder auf, die glänzenden, glasigen Augen – mehr denn je schienen sie mir die eines ausgestopften Tieres – unverwandt auf mich gerichtet. «Darf man das Rezept erfahren? Wie stellst du es an, so zu schreiben?»

«Wie zu schreiben?»

«So modern.»

Consolo, das begriff ich, bewunderte mich nach wie vor, genau wie er mich vor zehn Jahren bewundert hatte, damals allerdings uneigennützig. Heute verdächtigte ich ihn eher jener Bewunderung, welche Dienstverhältnisse kennzeichnet: Der Untergebene bewundert den Chef, um Vorteile zu ergattern, der Chef den Angestellten, um dessen Leistung zu steigern. Ich fragte, kurz angebunden: «Was verstehst du unter modern?»

Consolo antwortete nicht sogleich. Seine große, behaarte Hand – ein massiver goldener Ring zierte den Mittelfinger – entnahm dem Päckchen auf dem Tisch eine Zigarette, schob sie in einen Elfenbeinhalter von nicht unbeträchtlicher Länge und zündete sie umständlich an dem Flämmchen eines riesigen Feuerzeugs an, das auf den ersten Blick aussah wie ein Transistorradio. Seine Gesten, dies fiel mir auf, wirkten auf mich wie kopiert, beinahe parodistisch, und plötzlich begriff ich, Consolo war gar nicht Chefredakteur, sondern gab vor, es zu sein, spielte die Chefredakteurrolle. Wer aber war er dann wirklich, wer oder was? Ein Blick in die glasigen Augen ließ mich einen Gedanken fassen, der, obwohl reichlich bizarr, vielleicht dennoch zutreffend war: Consolo stellte die Fiktion dar, Chefredakteur zu sein. Außerhalb dieser Fiktion war kein Consolo vorhanden. Es gab ihn einfach nicht. Das hieß nicht mehr und nicht weniger, als daß er war, was er nicht war, daß der Zweck seines Seins im Nichtsein bestand, im Erwecken des Anscheins, zu sein.

Indessen hatte Consolo Rauch eingesogen und wieder ausgeblasen, teils aus dem Mund, teils aus den großen, behaarten Piratennasenlöchern; und endlich sagte er: «Francesco, es gibt Menschen, die verkörpern die Zeit, in der sie leben, identifizieren sich mit ihr, repräsentieren sie, kurz, die sind gewissermaßen aktuell, wenn auch manchmal nicht lange, mitunter nur einen Moment. Du, als Berichterstatter, gehörst zu diesen Menschen. Wie lange noch, weiß ich nicht. Vielleicht bist du schon morgen überholt und niemand wird mehr von dir reden. Für heute allerdings hast du die Formel gefunden.»

«Welche Formel?»

«Die Formel des modernen Artikels.»

«Und wie lautet diese Formel?»

Hinter mir wurde die Tür geöffnet. Consolo sah auf und sagte: «Ah, da ist Gioia.» Ich drehte mich um, erhob mich, und Consolo machte uns bekannt, mit großer Förmlichkeit, als wolle er sagen: Das ist Francesco Merighi, von dem wir so oft sprachen, den du unbedingt kennenlernen wolltest, der dich unbedingt kennenlernen wollte, da ist er, er ist es, er selbst!

Ich reichte Gioia die Hand, begrüßte und betrachtete sie: ein seltsames Mißverhältnis zwischen sehr breitem Gesicht und miniaturhaften Zügen erinnerte an die Madonnen gewisser Primitiver, die aussehen, als hätten sie Zahnschmerzen, da die Feinheit der Linienführung zu den geschwollenen Wangen nicht recht zu passen scheint. Alles war zierlich und klein in diesem breiten Gesicht, die Nase, der Mund, das Kinn, die Augen – zwei schmale Schießscharten, aus deren hellem, offenbar grünlichem Grund es unverwandt auf mich hervorblickte, starr, neugierig und beharrlich. Gioias Haar, rot, von der Farbe dunklen Mahagonis, hochtoupiert, der Mode entsprechend, fast an eine Mitra erinnernd, tat ein übriges, das bleiche, sommersprossenübersäte, unproportionierte Gesicht noch länger, noch ovaler, noch flächiger erscheinen zu lassen. Ich senkte den Blick: schmale Schultern, stiefmütterliche Brüste, kräftige Hüften und Beine. Gioia setzte sich, schlug die Beine übereinander, der Rock rutschte über die Knie, und ich sah, vielleicht nicht absichtslos zur Schau gestellt, einen weißen Unterkleidsaum, ein Stück braunen Strumpfrand, ein Strumpfband und zwei Handbreit nackten Schenkel. Consolo nahm ihre Hand, führte sie an die Lippen, legte sie auf den Tisch zurück und fragte: «Alles okay?»

«Alles bestens.»

Wieder stiegen die beiden Hände zu Consolos Lippen empor und wieder hinab auf den Tisch, ohne sich voneinander zu lösen. Gioia sah ihren Gatten von der Seite an, lächelte ihm zu, ich sah ihre Zähne – klein, schmal, aneinandergedrängt – sowie zwei dunkle, eigenwillige Grübchen, die sich beim Lächeln auf ihren Wangen zeigten und das Gesicht noch breiter erscheinen ließen. Und als ich die beiden so ansah, während er ihre Hand küßte und sie ihm zulächelte, überkam mich dasselbe Gefühl wie vorhin, als Consolo die Zigarette angezündet hatte, der sonderbare Eindruck, Zeuge einer Fiktion zu sein, einer Vortäuschung, die jedoch für Consolo und Gioia die einzige Wirklichkeit darstellte, die ihnen zu Gebote stand. Consolo und Gioia waren nicht Mann und Frau, sondern gaben vor, es zu sein, waren daher, was sie nicht waren, oder, genauer gesagt, verkörperten den Wunsch, darzustellen, was sie nicht waren.

Consolo sprach jetzt weiter, die Hand seiner Frau noch immer fest in der seinen: «Du fragst mich nach der Formel des modernen Artikels. Ich antworte mit einem Bild: Du kennst die Rolltreppen in den großen Kaufhäusern. Man fährt hinauf und hinunter und steht doch die ganze Zeit still. Nun, wenn du mich fragst, so hast du mit deinen Reiseberichten den Rolltreppenstil erfunden.»

Ich sagte nichts, denn in demselben Moment fand meine Theorie, Consolos und Gioias Beziehung sei nichts als eine Fiktion, eine unerwartete Bestätigung: Gioia hatte an der Schmalseite des Schreibtischs Platz genommen, zwischen Consolo und mir. Nun, während Consolo sprach, bemerkte ich, daß Gioia, nachdem sie mich lange Zeit prüfend gemustert hatte, den Blick senkte und dann gesenkt hielt, als sei sie in die Betrachtung eines Gegenstands vertieft, der sich in der Nähe meiner Füße befände. Ich blickte gleichfalls zu Boden. Gioias Fuß, in einem schwarzen, langen, spitz zulaufenden Schuh, näherte sich langsam dem Hosenrand meines linken Beins, das ich über das rechte gelegt hatte, so langsam allerdings, daß es aussah, als rührte er sich nicht. Es bedurfte einer gewissen Aufmerksamkeit, um völlig sicher zu sein. Ich war noch immer unschlüssig. Und eben, als ich zu dem Schluß kam, nun nicht mehr bezweifeln zu können, daß Gioias Fuß sich bewegte, mußte ich wieder aufblicken, um Consolo zu verstehen zu geben, daß ich ihm zugehört hatte. Ich sagte ein wenig abfällig: «Rolltreppenstil? Was soll das heißen?»

«Daß es von selber rollt. Was ist der Zweck der Rolltreppe, wie übrigens jeder Maschine? Uns Mühe und Zeit zu ersparen. Das gilt auch für deine Artikel. Sie ersparen dem Leser Zeit, Mühe und Zeit. Verstehst du? Er fährt sozusagen von der ersten zur zweiten Zeile, ohne sich bewegen zu müssen, und immer weiter und weiter, ohne daß du von ihm die geringste Anstrengung verlangst, bis er, wie durch Zauberei, bei der letzten Zeile landet. Er hat sich nicht gerührt. Der Artikel ist vorbeigefahren. Er hat ihn nicht einmal gelesen. Der Artikel hat sich lesen lassen. Rolltreppenstil.»

Ich sagte aufs Geratewohl: «Interessant, interessant. Aber wahrscheinlich unzutreffend», und blickte wieder zu Boden. Ähnlich gewissen Insekten, die mit äußerster Langsamkeit Wände und Dekken entlangkriechen, schien Gioias Fuß sich nunmehr nicht zu rühren. Verglich ich jedoch seine Stellung mit jener von kurz zuvor, so konnte ich nicht bezweifeln, daß er sich bewegt haben mußte. Consolo sagte: «Die heutige Welt entwickelt sich mehr und mehr zu einer Maschinenwelt: Wohnmaschinen, Kochmaschinen, Gehmaschinen, Flugmaschinen, Schwimmaschinen. Deine Artikel, Francesco, sind Lesemaschinen, klein zwar, aber vollendet. Und deshalb sind sie modern.»

Ich konnte mir nicht helfen, ich war aus der Fassung gebracht. Consolos Lob bestätigte Punkt für Punkt die negative Meinung, die ich seit eh und je von meiner journalistischen Tätigkeit hegte. Mit dem Unterschied allerdings, daß Consolo, der Zeitungsmann, eben das anerkannte, was mir, dem Schriftsteller, oder vielmehr dem Möchtegernschriftsteller, fragwürdig erschien. Ich sagte nicht ohne Bitterkeit: «Was du mir da sagst, ist nicht eben schmeichelhaft. Man dürfte Artikel nicht mit Maschinen vergleichen können.»

«Irrtum, Francesco, Irrtum. Alles zu seiner Zeit, alles an seinem Ort. Heute braucht man Artikel wie deine. Der heutige Leser, mein Lieber, das hast du genau begriffen, will nicht so sehr lesen als vielmehr meinen, gelesen zu haben. Deine Artikel rufen haargenau diesen Eindruck hervor.»

«Aber lesen heißt, hieß zumindest, nachdenken und verstehen.»

«Neuerlicher Irrtum, Francesco, lesen heißt lesen, nichts sonst, die Arbeit des Lesens vollziehen. Diese Arbeit hat mit Nachdenken, geschweige denn mit Verstehen, nichts Nennenswertes zu tun.»

Diesmal erwiderte ich nichts, betrachtete Consolo schweigend. Etwas, ich spürte es, war am Saum meiner Hose, schob sie hoch, und dieses Etwas, das wurde mir sehr bald klar, war Gioias Schuhspitze. Consolo redete weiter. Ich nutzte den Augenblick, da er wieder die Pantomime «rauchender Direktor» vollführte – Wahl einer Zigarette, Einschieben ins Elfenbeinmundstück, Anzünden und so weiter –, um wieder zu Boden zu blicken: Gioias Schuh hatte sich tatsächlich mit der Spitze in den Saum meiner Hose hineingeschoben und hob die Hose nun langsam, legte den Spann bloß, den Knöchel, dann, mit einem entschlossenen Ruck, den unteren Teil des Schienbeins. Ich sah Gioia an. Sie hielt die Augen halb geschlossen. Im Schatten der großen, flachen Lider, von Brauenstrichen überdacht, wirkte ihr Gesicht noch breiter, noch flacher, beinahe kontemplativ, erinnerte mich an den Ausdruck tiefster Verinnerlichung gewisser Buddhastatuen. Consolo hatte indessen die Zigarettenpantomime glücklich beendet und sagte: «Ich sehe, du bist nicht meiner Meinung.»

Ich sagte: «Doch, unter der Bedingung, die Sache umzudrehen.»

«Und zwar?»

«Und zwar: ich stimme dir völlig bei, daß meine Artikel Lesemaschinen sind. Aber warum? Weil sie schlecht sind.»

«Irrtum, neuerlicher Irrtum. Aus dir spricht der Literat, denn ich kenne dich, Francesco, ich weiß, du bist vor allem Literat, vielmehr möchtest es vor allem sein, und erst dann Journalist. Nicht wahr? Aber die Literatur, nichts für ungut, mein lieber Francesco, die liegt in den letzten Zügen, wie jedes andere Handwerk, genau wie die Artikel einiger deiner Kollegen, die literarischen Artikel, die auch nichts anderes sind als Handwerk und infolgedessen zum Sterben verurteilt. Wir leben nun einmal im industriellen Zeitalter, daher sind deine Artikel das Wahre, denn sie sind Gott sei Dank erstklassige Industrieprodukte.»

Ich blickte wieder zu Boden. Gioias Fuß war nunmehr angespannt damit beschäftigt, den Hosensaum hochzuhalten, mit der Reglosigkeit des Insekts, das einen Moment mit der Beute in den Fängen verharrt, ehe es sie verschlingt. Ich schaute Gioia an. Unsere Blicke kreuzten sich, verflossen ineinander wie Strahlen zweier Reflektoren. Ich hatte den seltsamen Eindruck, als nähme die ganze Umgebung das Grün ihrer Augen an, als verlöre sich mein Blick in trübem Aquariumlicht. Dann schaute Gioia weg, gleichzeitig spürte ich, wie das Hosenbein wieder hinabglitt, der Saum den Spann berührte und fortan liegen blieb. Gioia stand auf: «Rosario, ich gehe. Ich habe zu tun. Wir sehen uns im Hotel.»

Mann und Frau küßten einander wieder in meinem Beisein, und wieder fiel mir die Äußerlichkeit, die konventionelle Zurschaustellung ihres Betragens auf. Gleichzeitig aber begriff ich, daß sie, wären sie allein gewesen, einander nicht anders umarmt, nicht anders behandelt hätten. Kaum war die Gattin fort, wandte sich Consolo an mich. «Und jetzt zum Geschäftlichen. Weißt du, warum ich deine Artikel vorhin so gelobt habe? Erstens, weil ich sie wirklich bewundere, zweitens, weil ich beschlossen habe, im Einvernehmen mit dem Chef, dich auf große Fahrt zu schicken, auf eine Reportage, die deiner würdig ist.»

«Wohin?»

«Vereinigte Staaten.»

Er nannte den Namen des Landes auf die väterlich-großzügige Art des Vorgesetzten, der dem Untergebenen dessen Avancement mitteilt. Ich hatte, ich fühlte es, Dankbarkeit zu bekunden, und sagte: «Ehrenvoll. Aber eigentlich bin ich Spezialist für unterentwickelte Länder.»

«Dann wirst du dich eben umstellen, deine kleinen Lesemaschinen dem Land der Wohnmaschinen widmen.»

Er lachte befriedigt über sein Wortspiel, und fuhr fort: «Diesmal länger als sonst. Ein Jahr.»

«Ein Jahr? Das ist ausgeschlossen.» Die Worte waren mir unvermittelt entfahren.

«Warum?»

Ich sann dem Beweggrund der plötzlichen Weigerung nach und begriff, daß er zweifellos in der Unwilligkeit zu suchen war, Baba so lange fernzubleiben. Ein Jahr, ohne sie zu sehen? Das würde ich nicht ertragen. Ich beabsichtigte, Consolo sechs Monate vorzuschlagen, verkürzte diese Zeit im Geist sofort auf drei Monate und sagte schließlich: «Ich habe Gründe, nicht länger wegbleiben zu wollen als – als sechs Wochen.»

«Was für Gründe?»

Ich zögerte, überlegte. Was sollte ich ihm sagen? Daß ich in meine Tochter verliebt war? Ich erwiderte: «Seinerzeit, vielleicht erinnerst du dich, habe ich den Ehrgeiz gehabt, einen Roman zu schreiben. Nun, um es kurz zu machen: den Ehrgeiz habe ich noch immer. Ich möchte mich so bald wie möglich länger in Rom aufhalten, mein Material habe ich schon beisammen, ziemlich viel Material, und meinen Roman endlich schreiben.»

«Was für einen Roman?»

«Die Geschichte eines Mannes, der plötzlich beschließt, achtzugeben.»

«Achtzugeben? Worauf?»

«Auf das, was um ihn herum vorgeht, in seiner nächsten Umgebung.»

«Und was geht vor?»

«Oh, eine Menge!»

«Zum Beispiel?»

«Zum Beispiel, daß seine Frau Callgirls vermittelt.»

«Das hat er nicht gewußt?»

«Nein.»

«Lebt er mit ihr?»

«Ja.»

«Er lebt mit ihr und hat es nicht gewußt? Unmöglich!»

«Warum unmöglich?»

«Gewisse Dinge merkt man. Und wenn man sie schon nicht merkt, so spürt man sie.»

«Aber ...»

«Was, aber?»

«Um nur ein Beispiel zu nennen: Zahllose Männer werden von ihren Frauen betrogen, merken nichts und spüren es auch nicht.»

«Was hat das damit zu tun? Callgirls vermitteln ist wesentlich auffälliger als seinen Mann betrügen. Aber bitte sehr, wie dem auch sei – wieso erkennt der Mann plötzlich, daß die Frau dieses Handwerk betreibt?»

«Weil er beschließt, achtzugeben. Das habe ich schon gesagt.»

«Und was unternimmt er?»

«Nichts.»

«Was heißt, nichts?»

«Nichts. Er beschränkt sich darauf, zuzuschauen.»

«Zuzuschauen? Wobei?»
«Den Dingen zuzuschauen, die er sieht.»
«Zuschauen genügt nicht.»
«Warum nicht?»
«Eine Figur muß handeln.»
«Meine Figur will nicht handeln.»
«Warum will sie nicht handeln?»
«Sie hat keine Veranlassung dazu. Hingegen viele Gründe, um zuzuschauen.»
«Welche Gründe?»
«Gute Gründe.»
«Und wie soll dieser Roman heißen?»
«*Dasein*.»
«*Dasein*? Warum?»
«Weil der Held bis dahin nicht da war, geistig, seelisch. Verstehst du? Unachtsam, sozusagen. Plötzlich aber merkt er auf und ist da. Deshalb *Dasein*.»
«*Dasein*, in diesem Sinn. Nicht schlecht. Aber soll ich dir etwas sagen?»
«Was?»
«Weißt du, wann diese Sache interessant gewesen wäre?»
«Wann?»
«Vor fünfzehn, zwanzig Jahren. Damals schrieb man dergleichen Romane.»
«Was für Romane?»
«Sogenannte Problemromane, Romane, die sich mit Problemen befaßten, sozialen, moralischen, psychologischen. Ein Mann hat den Kopf in den Wolken, die Frau führt ein Bordell, er kommt drauf – längst überholt.»
«Warum?»
«Heute hat man andere Sorgen. Vor allem braucht kein Mensch mehr Romane. Höchstens sozialkritische, gesellschaftskritische. Wenn eine Frau das heutzutage macht, ein Bordell führt, beispielsweise, so endet die Sache ganz einfach und äußerst prosaisch, mein Lieber: Razzia, Schließung des Hauses, Ausweisung der Mädchen, Gefängnis für die Puffmutter. So was kommt täglich vor.»
«Eben. So was kommt täglich vor.»
«Und was Informationen betrifft: Das Publikum pfeift auf Romane. Es will einen klaren Bericht, eine ordentliche Reportage, ohne literarische Mätzchen, ohne schöngeistige Zutaten, Fakten, kurzum, Statistik, wo, wer, wie, wann und so weiter.»
«Ich habe nicht die Absicht, einen Roman über eine Puffmutter zu schreiben.»

«Worüber sonst?»

«Über das Dasein.»

Bisher hatte Consolo mit meinem Roman gespielt wie ein Kind mit einem neuen Spielzeug. Jetzt wurde er ernster: «Dann bleibt mir ein einziger Einwand, und zwar bezüglich des Titels.»

«Welcher Einwand?»

«Genauer gesagt, spreche ich von dem Thema, das hinter dem Titel steht: Dasein, Achtgeben, Aufmerken – darum geht es, meiner Meinung nach, gar nicht. Ich würde an deiner Stelle etwas ganz anderes behandeln.»

«Und zwar?»

«Das Nichtaufmerken, Nichtachtgebenkönnen, in deinem Fall das Nichtdasein.» Er strich seinen Schnauzbart und sagte: «Wenn du mich fragst, Francesco, das wahre, das einzige Thema wäre das Nichtdasein, die Geschichte eines Menschen, der tun kann, was er will, ohne daß es ihm gelänge, ‹da› zu sein, aufmerksam.» Er betrachtete mich, den Anflug eines Lächelns unter dem hängenden Bart.

Ich sagte, fast unwillkürlich: «Geht es dir so?»

«Nicht nur mir. So geht es allen Leuten. Was glaubst du? Kein Mensch konzentriert sich heute wirklich auf das, was er tut.»

«Verzeih, aber willst du damit sagen, es ist heutzutage ausgeschlossen, dazusein, ich meine, sich mit dem, was man tut, auch wirklich zu befassen?»

«Genau das meine ich. Deshalb, wenn du mir erzählst, daß dein Held es zuwege bringt, da zu sein, dann sage ich, schön, meinetwegen, in einem Roman, also gut, Romane sind eben Fiktion. Aber im Leben? Niemals.»

«Was würde im Leben geschehen?»

«Sieh dich doch um, Francesco. Nicht nur mir geht es so. Auch den meisten meiner Freunde. Es ist ganz einfach unmöglich, aufmerksam, ‹da› zu sein, man mag sich bemühen, wie man will. Irgendwie entgleitet einem alles.»

«Du meinst, dir entgleitet alles?»

«Allen entgleitet alles. Weißt du, wie ich mir manchmal vorkomme?»

«Wie?»

«Das ist schwer zu beschreiben. Als lebte ich irgendwann, irgendwo, außerhalb von Zeit und Raum, vielleicht vor tausend Jahren oder dreitausend Jahren, weder in Rom noch in Mailand, sondern eben irgendwo. Gioia, sie kennt mich, fragt manchmal, um mich auf die Probe zu stellen: ‹Was hast du heute gemacht?› und wir waren beisammen gewesen, aber ich weiß es nicht mehr, kann mich nicht mehr daran erinnern, war, wie gesagt, unaufmerksam, abwesend, kurzum, ‹nicht da›. Deshalb wiederhole ich: Am besten wäre es, selbstverständlich im Interesse der Zeitung, du läßt den Roman Roman sein. Wenn du ihn aber schon schreibst, wenn du ihn schreiben mußt, dann lieber über Nichtdasein als über Dasein. Verstehst du?»

Er hatte im Scherz gesprochen. Doch es entging mir nicht, daß er versuchte, scherzend die Bewegung zu übertönen, die den Leidenden überkommt, sobald er sich bemüht, sein Leiden zu beschreiben. Er fügte rasch hinzu: «Das hindert mich natürlich nicht, meine Pflicht zu erfüllen, zu arbeiten. Ich arbeite wie ein Pferd. So. Und jetzt wieder zu dir, nach diesem literarischen Exkurs. Du kannst also nicht länger drüben bleiben als höchstens sechs Wochen, sagst du? Sagen wir drei Monate, und Schluß. Einverstanden?»

«Wann wollt ihr, daß ich fahre?»

«So bald wie möglich.»

«Einverstanden. So bald wie möglich.» Ich hatte mich erhoben. Auch Consolo war aufgestanden. Er war während der Unterredung zwischen den Rollen Chefredakteur und Freund unentschlossen hin- und hergependelt. Jetzt, zum Abschied, spielte er den letzteren und begleitete mich zu der Tür, den Arm um meine Schulter gelegt: «Und laß mich so bald wie möglich den Tag deiner Abreise wissen. Morgen bin ich wieder in Mailand. Ruf mich an, alter Francesco. Weißt du, daß ich mich ehrlich gefreut habe, dich wiederzusehen?»

«Ich mich auch.»

Wir umarmten einander, Consolo schlug mir auf die Schulter, dann verließ ich sein Büro. Er schloß die Tür hinter mir, öffnete sie aber sogleich wieder, blickte heraus und rief: «Und laß den Puffmutterroman! Vergiß nicht, was ich dir gesagt habe: Die Literatur ist tot. Es lebe die Industrie! Wiedersehen, Alter!»

Ich ging zum Aufzug, fuhr hinab, verließ das Haus mit schnellen Schritten, von dem Gedanken beherrscht, zu Baba zurückzukehren. Aber als ich zum Auto kam, sah ich, daß sie nicht da war. Ich blieb neben dem Wagen stehen, unschlüssig, sagte mir, sie käme womöglich bald wieder und ich sollte eine Weile warten, stieg ein, setzte mich, nahm eine Zeitung aus dem Handschuhfach, schlug sie auf und hörte im selben Moment das Öffnen des Wagenschlags. Jemand nahm neben mir Platz. «Wo warst du denn?» sagte ich, ohne von der Zeitung aufzublicken.

Die Stimme, die antwortete, scharf, flackernd, ungeduldig, ähnelte nicht im entferntesten Babas dunklem, ruhigem, ernstem

Ton: «Ich hatte mich im Hausflur versteckt. Du bist an mir vorbeigelaufen, ohne mich zu bemerken. Fahren wir, ja?»

Ich wandte mich um und richtig, ich stellte es mit einer Art gelassenen Fatalitätsgefühls fest, als hätte ich es wissen müssen: Neben mir saß nicht Baba, sondern Gioia. Ich fragte, ohne mich im geringsten überrascht zu zeigen: «Wohin?»

«Los, fahr schon! Nachdenken können wir später.»

Sie sprach gereizt, wie im Bann großer Eile, als könne sie es nicht ertragen, die Wege zur Erreichung eines bestimmten Ziels, das ihr zwingend vor Augen stand, erst mühsam ebnen zu müssen. Ich sagte nichts, lenkte den Wagen schweigend vom Parkplatz weg, folgte der Via Veneto, bog ab, sobald ich konnte, und fuhr dann so schnell wie möglich den Corso d'Italia entlang. «Nun? Weißt du schon, wohin du fahren willst?»

«Wohin du willst. Ich richte mich ganz nach dir. Nur lieber nicht zu dir nach Hause. Kennst du kein Hotel? Keine Zimmervermieterin? Wohin du willst, auch aufs Land, nur muß ich in längstens zwei Stunden wieder daheim sein.»

«In zwei Stunden?»

«Ja.»

«Und was tun wir in diesen zwei Stunden?»

«Was wir tun?? Los, beeil dich! Bieg hier ein – Richtung Via Salaria.»

«Kennst du dich in Rom aus?»

«Klar. Ich bin Römerin.»

«Römerin?»

«Ja.»

«Hast du Verwandte in Rom?»

«Ja. Meinen Vater, er ist Universitätsprofessor, Fakultät Jus, zwei Brüder, einer studiert noch, einer ist Ingenieur, eine Großmutter, etliche Tanten, einige Vettern. Noch was?»

«Warum bist du so gereizt?»

«Wozu die Fragerei? Fragen sind überflüssig für das, was wir beide tun müssen. Also fahren wir schleunigst, und tun wir's, aber während wir fahren kein Wort. Ja?»

«Kein Wort? Warum kein Wort?»

«Es ist schöner ohne Worte.» Sie hatte mir das Profil zugewandt und sprach mit wachsender Erregung, ruhelos, sprunghaft. Wir fuhren durch die Via Salaria. Plötzlich legte sich ihre Hand auf meinen Oberschenkel. Ich senkte den Blick, soweit es sich mit dem Lenken vereinbaren ließ, und sah, daß Gioia zwar die Windschutzscheibe anstarrte, als dächte sie an andere Dinge, gleichzeitig aber ihre Hand weiterschob, eine Hand, die fahrig war, schmal, zupackend, lang und fest und dennoch seltsam schwerelos. Jetzt, mit der zögernd-gewandten Zielsicherheit einer Blinden, ließ Gioia die Finger durch den Schlitz der Hose gleiten, zielstrebig, unfehlbar sicher, jede Bewegung auskostend, öffnete sacht und langsam einen Knopf nach dem anderen, und es war, als genösse sie Sachtheit und Langsamkeit. Ich sagte: «Augenblick! Ich kenne weder ein Hotel noch die Adresse einer Zimmervermieterin.»

«Dann fahren wir aufs Land. Fahr weiter. Die Via Salaria entlang. Ich sag dir, wo du abbiegen mußt.»

«Und du? Wo wohnst du in Rom?»

«Du und deine ewigen Fragen! Im Hotel! Wo denn sonst? Du willst doch nicht zu mir ins Hotel?»

«Ich kehre jetzt um und bringe dich in dein Hotel.»

Sie sagte nichts, doch ihre Hand kehrte an ihren Platz zurück, auf den Schoß, neben die andere. Endlich sagte sie: «Du willst nicht?»

«Nein.»

«Weil du Rosarios Freund bist?»

«Nein.»

«Liebst du eine andere?»

«Auch nicht.»

«Gefalle ich dir nicht?»

«Das ist nicht der Grund.»

«Was ist der Grund?»

«Mir ist nicht danach.»

Sie schwieg wieder, ehe sie, nicht im geringsten verletzt, eher als träfe sie verblüfft eine Feststellung, sagte: «Das ist das erste Mal, daß ein Mann sich zu mir so benimmt.»

«Tust du dergleichen öfter?»

«Ja.»

«Wie oft?»

«So oft es mir Spaß macht.»

«Und macht es dir oft Spaß?»

Sie zögerte und sagte dann, wie zu sich selber, aber ärgerlich: «Jetzt bleibt wohl nichts übrig, als zu reden. Schön. Also reden wir. Ja, es macht mir oft Spaß.»

«Bei welchen Gelegenheiten?»

«Bei Gelegenheiten wie heute.»

«Genauer gesagt?»

«Genauer gesagt: Anfangs denke ich, es wäre nett, würde vielleicht dazu führen, Bekanntschaft zu schließen, zu reden, aus mir herauszugehen. Aber dann kürze ich ab, da schließlich alles darauf hinausläuft.»

«Du kürzt ab?»

«Ja. Ich kann einfach nicht anders. Ich weiß, es läuft ohnehin darauf hinaus, ausschließlich darauf – verstehst du? –, also werde ich ungeduldig, will, es soll schon dazu kommen, will nicht so lange warten. Logisch, nein?»

«Ja, logisch.»

«Wieso? Findest du es nicht logisch?»

«Im Gegenteil. Sehr logisch. Beinahe zu sehr. Und dann?»

«Was, dann?»

«Nach der Abkürzung.»

«Dann ist es vorbei. Und damit auch das Bedürfnis zu reden, Bekanntschaft zu schließen, aus mir herauszugehen. Alles vorbei.»

Wir schwiegen. Dann sagte sie unvermittelt, in ihrer sprunghaften Art: «Macht nichts. Ich bin trotzdem froh, dich kennengelernt zu haben. Rosario spricht oft von dir. Ich war neugierig auf dich. Jetzt habe ich dich gesehen.»

Ich nickte und erwog, alles verlief nach einem bestimmten Rhythmus, beinahe rituell: zuerst das Verlangen, dann, was sie Abkürzung nannte, die Gewißheit bevorstehender Umarmung, jähe Abneigung und endlich, wie jetzt, Verzicht. Vielleicht auch der Entschluß, das Ganze zu verschieben, auf einen günstigeren Zeitpunkt. Und richtig, sie fügte hinzu: «Wir werden in einiger Zeit in Rom eine Wohnung haben. Versprich mir wenigstens, daß du mich besuchen wirst.»

«Zu welchem Zweck?»

«Dem bewußten, falls dir danach ist.»

«Ich glaube, mir wird nie danach sein.»

«Das kannst du im voraus nicht wissen.»

«Wäre es denn nicht möglich, dich auf andere Art kennenzulernen?»

«Versuch's. Aber ich bin überzeugt, daß – zumindest was mich betrifft – nichts anderes dabei herauskommt. Nur das und sonst nichts.»

«Warum?»

«Kein Warum. Es ist so.»

«Wie ist es?»

«Ich bin nur das. Ausschließlich das. Sonst nichts.»

«Nichts?»

«Nein, nichts. Jaja, ich weiß, natürlich, ich bin eine gute Gattin, eine pflichtbewußte Mutter, eine ordentliche Hausfrau, eine verläßliche Freundin; ich spreche zwei Sprachen; ich habe sogar ein Krankenschwesterdiplom – aber das alles ist nichts, überhaupt nichts, wenn du mich fragst, wenigstens.»

Ich sagte: «Ich verstehe.» Und von da an sagte sie nichts mehr. Ich fuhr schweigend wieder zurück, die Via Salaria entlang, in Richtung Piazza Fiume. Plötzlich schüttelte sie ihre Starre gleichsam von sich ab, sagte: «Bitte bleib stehen, ich steige aus», war, kaum daß ich hielt, ausgestiegen, verabschiedete sich, und ihr Lächeln zeichnete wieder zwei Grübchen in die bleichen, flächigen Wangen. Ich warf einen Blick auf die Uhr. Das ganze Abenteuer hatte kaum länger gedauert als eine halbe Stunde.

Freitag, 4. Dezember

Rolltreppen, echte Rolltreppen in einem der großen Kaufhäuser, nicht jene bildlichen Consolos, beförderten Baba und mich heute hinauf und hinunter. Wir besorgten allerlei für Santoros neue Wohnung. Santoro studiert, ist beschäftigt, Baba hat es übernommen, sie für ihn einzurichten und läßt sich von mir begleiten, ein neuerlicher Vorwand im Zeichen der Verharmlosung unserer Vater-Tochter-Beziehung.

Jetzt kamen wir zum Auto, mit Paketen beladen, und Baba sagte: «Wäre es dir sehr lästig, mich zu Santoro zu begleiten? Du könntest dir die Wohnung ansehen.»

«Ich wüßte nicht wozu.»

«Ich muß auf jeden Fall hin, um das ganze Zeug abzuladen. Hast du Zeit, mich hinzubringen?»

«Das ja.»

Wir fuhren Richtung Piazza Bologna, wo sich Santoros Wohnung befand. Ich steuerte den Wagen schweigend, fühlte mich müde und gereizt nach dem Auf und Ab durch das Kaufhaus. Plötzlich, wir durchfuhren soeben die Via Nomentana, fragte Baba: «Was hast du gegen Santoro?»

Ich sagte grob: «Nichts.»

«Und doch ...»

«Und doch, was?»

«Und doch würde man meinen, er ist dir unsympathisch.»

«Das stimmt nicht.»

«Es wäre verständlich.»

«Wieso?»

«Ein Vater, der an seiner Tochter hängt, kann sich nicht wirklich freuen, wenn sie heiratet und davongeht.»

«Ah, so ist das?»

«Ja, so ist das.»

«Demnach müßten Schwiegerväter die Schwiegersöhne hassen, nicht anders als Schwiegermütter die Schwiegertöchter?»

«Mehr oder weniger ja.»

Ich schwieg abermals. Noch immer durchfuhren wir die Via Nomentana. Langgestreckt, breit lag sie da, schnurgerade, die rauchige Dämmerung war von wandernden Lichtern durchzogen. Wir bogen bei der Ampel ab, gelangten auf die Piazza Bologna, folgten einer Seitengasse, hielten vor einem häßlichen pistaziengrünen Bau, stiegen aus, traten ein, und Baba sagte: «Macht es dir etwas aus, sechs Stock hinaufzusteigen, der Lift ist nämlich kaputt, oder sollen wir die Pakete beim Portier lassen und Santoro nimmt sie mit, wenn er nach Hause kommt?»

«Wieso? Santoro ist jetzt nicht daheim?»

«Nein, jetzt nicht.»

«Ich würde sagen, wir lassen das Zeug beim Portier.»

Sie erwiderte nichts. Ich sah, wie sie ans Ende des Flurs ging, an die Scheibe der Portierloge klopfte, hineinblickte, noch einmal klopfte und schließlich wieder zurückkam. «Der Portier ist nicht da. Wir können die Sachen nicht hier stehenlassen. Komm, tragen wir sie hinauf. Dann zeige ich dir auch gleich die Wohnung. Ich habe den Schlüssel.»

«Gehen wir.»

Wir stiegen die Treppe hintereinander hinauf, sie wäre sonst zu schmal gewesen. Baba ging voran, ich folgte, von Absatz zu Absatz, Etage zu Etage. Baba stieg langsam höher, behindert von dem großen Paket, das sie unter den Arm geklemmt hielt. Ich trug ein ähnliches. Plötzlich kam mir zu Bewußtsein, daß ich das Stiegenhaus übertrieben aufmerksam betrachtete oder, genauer gesagt, daß mir gewisse Einzelheiten verblüffend deutlich auffielen. Eine Art Mosaikband aus bunten Majolikasteinchen verlief längs dem Geländer; das Hellgelb der Mauer ging, zwei Fuß breit über dem Boden, in dunkles Senfgelb über; die weißen Marmorstufen waren vernachlässigt, beschmutzt; die einzelnen Treppenabsätze bogen rechtwinklig ab; die Flure wiesen je zwei Türen und zwei Abfalleimer auf; der Fußboden zeigte dasselbe Majolikamosaik wie der Geländerstreifen. Ungeachtet der vorgerückten Stunde war die Beleuchtung nicht eingeschaltet. Die Treppe lag im Dämmerlicht. Plötzlich kam mir in den Sinn, daß ich mir meiner Umgebung nur deshalb so deutlich bewußt war, nur deshalb alles so klar sah, weil dieser mein klarer Blick eigentlich Baba galt, die vor mir die Treppe emporstieg, weil ich ihn absichtlich seinem eigentlichen Gegenstand fernhielt. Diese Erwägung veranlaßte mich, die nächsten Stufen mit gesenktem Kopf hochzusteigen. Dann blickte ich auf und sah in dem fast nächtlichen Dunkel Baba; ihre rechte Hüfte, den Arm, die Hand, die sich auf das Geländer stützte, das Gesicht, mir plötzlich zugewandt, als betrachte sie mich flüchtig, sah in den halbgeschlossenen Augen meine eigenen Gedanken oder vielmehr meine Ahnung dessen, was bevorstand. Ich erwog, daß ich immer gewünscht, immer gefürchtet hatte, ins Nichts hinabzustürzen, daß es zu diesem Sturz in Kürze kommen würde, auf die prosaischste Weise, die man sich denken konnte, eben wie derlei Dinge im täglichen Leben geschehen, absichtslos, bei der erstbesten Gelegenheit, durch nichts herbeigeführt, ohne jede Vorbereitung, zufällig, bleiern, passiv.

Fünfter Stock, erster Absatz, zweiter Absatz, sechster Stock, in nunmehr fast völligem Dunkel. Baba, als erste oben, dreht sich unverzüglich um, jetzt bin auch ich oben angelangt, und wir fallen einander in die Arme, genau wie ich es ersehnt, erwartet, gefürchtet habe. Babas Mund drückt sich an meinen, geöffnet, umgestülpt wie eine offene Wunde, beginnt, umgestülpt, geöffnet, in meinem Mund zu kreisen, kreisend zu versinken, versinkend weiterzukreisen, öffnet sich weiter, ganz weit wie der Schlund eines Reptils, bildet nun einen Trichter, leer und schwarz, trocken, heiß, dessen Rand sich jedoch in dem Speichel, der uns Wangen und Kinn benetzt, gleichsam aufzulösen scheint. Der Trichter dreht sich weiter, öffnet sich riesengroß, als wolle Baba mich verschlingen, und aus dem Grund dieses Trichters, der größer und größer wird, heißer und leerer und schwärzer, schnellt plötzlich die Zunge vor, spitz, trocken, hart, vor und zurück, mit zuckender Schnelligkeit.

Der Kuß nahm ein jähes Ende, denn da leuchtete unvermittelt das gelbe, ruhige Treppenhauslicht auf, wie um uns des Schutzes der Dunkelheit, ihrer Mittäterschaft zu berauben. Wir fuhren auseinander. Baba wandte sich ab, der Tür zu, vielleicht um ihr speichelnasses Gesicht vor mir zu verbergen, und begann, ihre Jackentasche nach dem Schlüssel zu durchsuchen. Ich blieb, wo ich war, sah ihr zu, sah, wie sie ihre Tasche öffnete – sie trug sie an einem Schulterriemen –, darin herumwühlte, das Paket abstellte, sie hatte es die ganze Zeit unter dem Arm gehalten, wieder aufnahm, in eine Ecke lehnte, die Tasche umstülpte und deren ganzen Inhalt auf den Boden regnen ließ. Baba, auf allen vieren, suchte, drehte und wendete, was auf dem Boden lag, blickte dann zu mir auf, sah mich an, erhob sich wieder, blickte mich wieder an und begann schließlich zu lachen, beharrlich, ein wenig zu laut. Und da erging es mir wie neulich bei Consolo, ich lachte mit, angesteckt; und wir lachten miteinander eine ganze Weile lang. Dann hörte Baba auf, auch ich wurde wieder ernst, sie warf sich erneut auf den Boden, suchte ihre Habe zusammen, räumte alles in die Tasche, stand auf und sagte:

«Ein Werk der Vorsehung, nicht? Daß ich den Schlüssel vergessen habe.»

«Ein Werk der Vorsehung. Tatsächlich.»

«Entschuldige, wegen vorhin. Ich lachte nicht über dich. Über mich selber.»

«Warum?»

«Ach, du mit deinem ewigen Warum! Weil ich mir wünsche, du weißt es, wir sollen Vater und Tochter sein. Ich wünsche es mir wirklich. Ich schwöre es. Ich will auf der Stelle tot umfallen, wenn das nicht die Wahrheit ist. Und was tue ich? Eins, zwei, drei, ich falle dir um den Hals, bei der erstbesten Gelegenheit, noch dazu vor der Wohnungstür meines Verlobten. Wenn das nicht zum Lachen ist.»

«Zum Lachen, jawohl.»

«Das erste und letzte Mal, das brauche ich dir wohl nicht zu sagen, daß wir beide uns geküßt haben.»

«Das brauchst du mir nicht zu sagen.»

«Und jetzt, bitte, sprich zu mir wie ein Vater zu seiner Tochter.»

«Wie?»

«Sag mir etwas Väterliches.»

Wir gingen wieder hinunter, von einem Stockwerk zum nächsten, diesmal ging ich voraus, und sagte nach kurzem Nachdenken leise: «Sag keinen Unsinn mehr, Baba, ja? Bitte sei still.»

Sie fing zu lachen an, legte die Hände auf meine Schultern und schob mich, hinter mir einherhüpfend, mit Stößen die Treppe hinab, bis wir, mehr kollernd als gehend, das Erdgeschoß erreichten. Diesmal war der Portier da, wir übergaben ihm die Pakete, setzten uns wieder ins Auto; ich drehte das Radio auf größte Lautstärke, und wir fuhren nach Hause zurück, ohne ein Wort zu sprechen.

Im Zimmer angelangt, setzte ich mich an die Maschine, spannte einen Bogen ein, betrachtete ihn unschlüssig und fing plötzlich, unvermittelt und mit lautloser Erbitterung an, mir die Haare zu raufen, mich zu ohrfeigen, bis ich völlig erstaunt wieder aufhörte. Ich hatte Baba geküßt. Ich wollte, ich hätte es nicht getan. Bis hierher verstand ich mich. Warum aber schrieb ich dem Kuß so große Bedeutung zu? Warum war ich so verzweifelt? Das konnte ich nicht begreifen.

Ich überlegte lange, riß mich dann endlich zusammen, zündete eine Zigarette an und begann zu schreiben. Ich schilderte die Ereignisse des Nachmittags wahrheitsgetreu, von dem Augenblick an, da wir das Kaufhaus verließen, über den mißglückten Besuch bei Santoro, bis zu unserer Rückkehr nach Hause.

Ich las den Bericht und erkannte die Ursache meiner Verzweiflung, ersah sie aus der Beschreibung des Kusses. Diese ausführliche Schilderung (dreizehn Zeilen) erwies sich, näher betrachtet, als ziemlich aufschlußreich. Kein Wort, oder fast kein Wort, das nicht auf irgendeine Weise Abscheu verriet, Ekel, Angst, Grauen. Nun war der Kuß aber in Wahrheit, sowohl meinerseits als auch von seiten Babas, ein echter Liebeskuß gewesen, hingebungsvoll und süß bis an den Rand der Verzückung. Und wie hatte ich ihn beschrieben? Gar nicht, genau gesagt. Ich hatte an Stelle des Kusses die Empfindungen geschildert, die ihm vorangegangen und unmittelbar gefolgt waren: fahle Versuchung vorher, schreckliche Reue nachher. Versuchung und Reue, daher während des Kusses selbst weder Hingabe noch Süße, sondern nur Furcht, Grausen, Abscheu.

Ich merkte die Umfälschung des Kusses aus etwas Unschuldsvollem in etwas Abscheuliches am besten an den Worten, die ich zu seiner Beschreibung benutzt hatte: Babas Mund war «eine offene Wunde», «der Schlund eines Reptils», «ein leerer schwarzer, trockener, heißer Trichter». Hinter dem Bild der Zunge, die «plötzlich hervorschnellt, spitz, trocken, hart, vor und zurück», verbarg sich das Bild der Schlange, die ihre Beute verschlingt.

Mit anderen Worten: Ich liebte Baba, gewiß. Doch die treibende Kraft dieser Liebe war kein klarer, eindeutiger Impuls, sondern der Inzestgedanke, die Deutung des Inzests als Durchbruch ins Nichts, eine Theorie, nicht minder verfälscht als jene, die mich seinerzeit bewogen hatte, Cora zu lieben und zu heiraten. Ich gefiel mir darin, in Baba etwas zu sehen, was nicht vorhanden war. Auch Cora war, vor Jahren, weder «Frau aus dem Volk» gewesen noch Diebin, noch Prostituierte. Ich hatte sie geheiratet, um unmittelbar nach der Hochzeit festzustellen, wer sie war – Cora, nicht mehr und nicht weniger. Ebenso erginge es mir, würde ich Babas Geliebter werden. Die Erkenntnis, ich wußte es, ließe dann nicht auf sich warten, daß Baba – Baba war.

Vorderhand jedenfalls wurde mein Gefühl von der Inzesttheorie – Bedeutung des Inzests als Durchbruch und Sprung ins Nichts – gespeist, inspiriert, geschürt. Die Falschheit dieses Grundgedankens war demnach in meine Liebe und weiter in die Beschreibung des Kusses übergegangen, das heißt in den Liebesakt. Mein Tagebuch enthielt an Stelle der Wahrheit des Kusses die Verfälschtheit des Gefühls, eine Unechtheit, die später notwendigerweise in den Roman übergehen mußte. Die Unechtheit wohnte dem Handeln im Augenblick des Handelns inne, nistete, es zeigte sich wieder, im Herzen der Dinge selbst, in ihrer Zusammensetzung im Rohstoff der Wirklichkeit. Daraus ergab sich die Unmöglichkeit echten, unverfälschten Handelns; und ebenso unmöglich war es, einen echten Roman zu schreiben, da einem Roman ohne Handlung die Bezeichnung «Roman» nicht zukam. Allerdings, zwischen der Handlung eines Romans und wirklichem Geschehen bestand ein Unterschied: Wirkliches Geschehen wirkte, wenn auch noch so verfälscht. Verfälschte Romane hingegen waren schlechte Romane, nichts sonst.

Eine Frage tauchte auf, eine Forderung nach Beweisen: Was du da sagst, schön und gut. Ein Sturm im Wasserglas. Du müßtest die Theorie an einem überzeugenden Beispiel darlegen. Ich nahm eine Zigarette, steckte sie an, rauchte, überlegte und sagte mir dann: Also gut. Da ist ein Mann, verächtlich, brutal, gemein, hochfahrend, verlogen, rachsüchtig, zynisch, grausam, kurzum durch und durch minderwertig, ein beschränktes Ungeheuer, jedoch begabt mit erstaunlicher demagogischer Kraft, als hätte man der Karosserie eines ganz billigen Autos einen Flugzeugmotor eingebaut. Besagtes Ungeheuer sammelt in den Wirtshäusern, Cafés, Obdachlosenheimen Wiens jahrelang Fetzen verschiedenster Ideologien, vermischt diesen Abfall dem Haß, dem sinnlichen Rausch der Macht, destilliert daraus die Essenz einer wahnwitzigen – lies unechten – politischen Botschaft, gelangt durch frenetisches Predigen eben dieser Botschaft an die Macht, zieht ein ganzes Volk hinter sich her, verwandelt es in eine Horde Kannibalen, läßt sie auf die Welt los, duldet ruhigen Gewissens die abscheulichsten Verbrechen und stürzt dieses Volk letzten Endes in die größte Katastrophe seiner Geschichte, mit Millionen und aber Millionen Toten, zahllosen zerstörten Städten, unendlichem Leid und Schmerz. So also wirkt das Unechte auf dem Gebiet der Geschichte, so ist es Geschichte selbst, Verfälschtheit bis zum Exzeß, unbestreitbar, unwiderruflich. Das also war der Beginn jener übermächtigen Gewalt, die das Antlitz der Welt veränderte, zumindest in diesem Jahrhundert, dieser Orgasmus der Verderbtheit, dieser Einbruch des Irrealen, dieser kreisende, bohrende Strudel des Unechten, des Verfälschten.

Ich fragte mich, wieso mir Hitler einfiel, da ich an Baba dachte, und ich erinnerte mich, daß sie selber das Erlebnis, das ihr als Vierzehnjähriger in Coras Wohnung widerfahren war, mit dem Aufenthalt in einem deutschen Vernichtungslager verglichen hatte. Und ich kam zu dem Schluß, manche Dinge sind so grauenhaft, so unverarbeitbar, daß nichts bleibt, als sich einzureden, man selber habe sie nicht erlebt, sondern jemand anderer. Ich begriff folgendes: Unrecht ist, was man tut, was sich auswirkt, was man geschehen läßt. Doch es entfaltet sich nicht im Hinblick auf bestimmte Ziele, entwickelt sich nicht planmäßig, sondern von Tag zu Tag, im Zuge einer planlosen Folge verschiedenster Geschehnisse, in deren unsinniger Reihe dem Tod Hitlers in Berlin dieselbe Bedeutung zukam wie etwa dem Kollern eines Balles über einen Hinterhof, aus der Hand eines spielenden Kindes.

Hier kehrten meine Gedanken wieder zu Baba zurück, dem Ausgangspunkt dieser weithergeholten Erwägungen, und ich dachte: Ist es nicht absurd, ja sogar lächerlich? Ein Mann hat etwas getan, wider besseres Wollen – die eigene Stieftochter geküßt –, empfindet Verzweiflung darüber, doch gilt sie nicht so sehr dem Umstand, daß er eine Handlung beging, die sein Gewissen ihm verbietet, als der Notwendigkeit, diese Tat später in seinem Roman schildern zu müssen.

Doch schon war die Antwort bereit: Weder lächerlich noch absurd. Gewissen und Roman sind für dich ein und dasselbe, und du bist außerstande, das eine vom anderen zu trennen.

Montag, 7. Dezember

Baba gibt keine Ruhe. Ich soll mit Cora sprechen, soll sie dazu überreden, sich endlich untersuchen zu lassen. Also verließ ich heute abend das Haus und machte mich Baba zuliebe zu Fuß auf den Weg zu Coras Modesalon. Ich wollte Cora erwarten, nach Hause begleiten und mit ihr über ihren Zustand sprechen.

Als ich das Haus erreichte, trat Cora soeben aus dem Tor. Sie war nicht allein. In ihrer Gesellschaft befand sich eines jener kleinen Mädchen, die zu allem herangezogen werden, fertige Kleider liefern, den Kundinnen Zigaretten holen müssen, und was es dergleichen mehr gibt.

Ich trat hinter eine Platane und beobachtete die beiden. Sie standen am Gehsteigrand und warteten auf grünes Licht, um die Via Olimpica überqueren zu können. Autos zogen vorbei, in ununterbrochener Reihe. Cora – sie trug ein dunkelrotes Kostüm, Rot war ihre Lieblingsfarbe – hatte die Hand auf die Schulter des Mädchens gelegt, eine Hand, die mir besitzergreifend und zugleich drohend erschien, etwa wie die Hand des Schlächters, der das Tier im Nacken packt, ehe er sich anschickt, es zu töten. Die Kleine sah aus wie vierzehn, war auch gewiß nicht älter. Das Schwarz ihres dichten Haars erglänzte im Neonlicht einer Geschäftsauslage. Als sie sich kurz umwandte, sah ich ein bräunliches Gesicht, südlich und knabenhaft, überstrahlt von weiß-dunklen Frauenaugen, unter deren Lidern zwei tiefe bläuliche Schatten von furchtbarer Müdigkeit zeugten. Ich betrachtete die Kleine aufmerksam, und es entging mir nichts, weder das unbewußte Seufzen, als sie mit beiden Händen den Pullover herunterzog, noch die kaum angedeuteten Brüste, das enge, kurze Röckchen, das sich über den Hüften bauschte, die nackten Knie, die schwarzen Kinderhalbstrümpfe, die hochhackigen Frauenschuhe, die großen, geröteten Hände, die knallrot gelackten Nägel. Jetzt glitt Coras Hand vom Rücken zum Nacken des Mädchens, es neigte sich vor, den Blick auf die Verkehrsampel geheftet, hob das Bein, bereit zum Gehen; Cora sagte etwas, aufrecht, unbeweglich, starr auf die Straße blickend; das Mädchen wandte sich ihr zu, antwortete, und aus dem Dunkel des Gesichts leuchteten weiß die Augen. Die Wagen kamen zum Stillstand, die beiden überquerten die Straße, gingen nebeneinander her, doch Coras Hand hielt jetzt den Arm unter der Achsel des Mädchens umklammert, als wolle sie es stützen, am Fallen hindern, über den dunklen Asphalt gleichsam dahinfliegen lassen.

Sie gingen zum nahen Parkplatz, blieben bei einem Auto stehen, in dem ich den Wagen Coras erkannte. Cora sperrte auf, das Mädchen stieg ein, Cora desgleichen ... Sekunden sah ich ihr Profil, das schwarze Haar, das in Strähnen das strenge Gesicht einfaßte; dann fuhr der Wagen los, ordnete sich in den Verkehr auf der Via Olimpica ein und war wenig später verschwunden.

Ich stand noch eine Weile hinter dem Stamm der Platane. Dann ging ich langsam heim. Und während ich ging, überlegte ich, daß der Vorgang, dessen Zeuge ich geworden war, nicht tragisch genommen werden durfte. War er nicht ganz alltäglich? Eine Frau und ein kleines Mädchen, Mutter und Tochter, vielleicht, oder Hausfrau und Hausgehilfin, Lehrerin und Schülerin. Gleichzeitig jedoch wußte ich, daß es sich nicht so verhielt, daß es sich, genauer gesagt, nicht so verhalten mußte. Was ich gesehen hatte, konnte – doch war dies durchaus nicht sicher – Kuppelei sein, nicht weniger, nicht mehr: Cora nahm das vierzehnjährige Lehrmädchen in die Via Cassia mit, wo bereits ein Kunde wartete, genau wie sie vor sechs Jahren Baba mitgenommen hatte.

Plötzlich kam mir eine Erkenntnis, eine Art jäher Erleuchtung: Was ich eben gesehen hatte, war wirklich ganz alltäglich, alltäglich sogar noch im Wissen um die Wirklichkeit, die sich dahinter verbarg, war nichts anderes als ein winziges Körnchen im steten Fluß des Lebens. Auf diesem selben Gehsteig hatten sich gleichzeitig zahllose Menschen befunden. Ihnen allen hätte ich dasselbe zutrauen können, was ich von Cora wußte, aber nicht etwa deshalb, weil das Leben dieser Zufallspassanten vielleicht Einzelheiten aufwies, die auch für Cora galten, sondern weil es im Grunde nichts gab, ich meine nichts Wesentliches, nichts Unverwechselbares, was diese anderen Existenzen von jener Coras unterschied. Alle diese Daseinsformen waren, auf die eine oder andere Weise, jenem Prozeß eingegliedert, den ich – ich konnte nicht anders – Verderbnis nannte, Verfall, und der doch nichts anderes war als die kaum merkbare, ewige, natürliche Bewegung des unechten, verfälschten, sinnlosen täglichen Trotts.

Mittwoch, 9. Dezember

Heute nachmittag – Baba war nicht daheim – verließ ich wie unter einem Zwang mein Zimmer, ging geradewegs zu Coras Tür, klopfte und hörte ihre Stimme: «Herein!»

Ich öffnete und sah Cora. Sie saß aufrecht im Bett, den Rücken durch Kissen gestützt, im üblichen roten Schlafrock. Sie tat nichts. Das fiel mir auf. Sie rauchte nicht, las keine Zeitung, durchblätterte keine Illustrierte. Lediglich das Telefon auf dem Nachttisch neben der Lampe mochte die Vermutung nahelegen, daß sie, noch vom Krankenbett aus, ihr zweites Gewerbe betrieb. Doch das war nur eine Vermutung. In Wirklichkeit saß sie regungslos, als hätte sie nachgedacht oder zumindest etwas betrachtet, was außerhalb ihrer selbst lag, sich sowohl jeglichem Verstehen als jeglichem Vergessen entzog.

Ich blieb an der Schwelle stehen und fragte: «Darf man eintreten? Ich würde gern mit dir sprechen.»

Sie wandte den Kopf, musterte mich eingehend und erwiderte: «Mit mir sprechen?»

Ich trat ein, schloß die Tür, setzte mich in den Lehnstuhl am Fußende des Bettes und sagte: «Ich wollte dich gestern abholen, doch als ich zu deinem Haus kam, da gingst du gerade. Mit einem jungen Mädchen.»

«Ach ja, Maurilia.»

«Wer ist das?»

«Mein Lehrmädchen.»

«Wie alt ist sie?»

«Sechzehn.»

«So? Sie sieht aus wie vierzehn.»

«Wenn man sie angezogen sieht. Dann könnte man meinen, sie ist nicht sehr entwickelt. Aber das täuscht. Wenn du sie je nackt gesehen hättest, wärst du nicht dieser Ansicht. Sie hat einen Hängebusen wie eine Vierzigjährige.»

«Ist sie anständig?»

«Was verstehst du unter ‹anständig›?»

«Weißt du nicht, was ‹anständig› heißt?»

«Warum interessiert es dich, ob sie anständig ist oder nicht?»
«Nur so. Aus Neugier.»
«Sie wollen alle anständig sein, behaupten alle, sie sind es. Aber wenn du sie näher anschaust, merkst du, sie sind wie die Kastanien: außen schön, innen faulig.»
Sie sagte es durch die Zähne, geringschätzig, herabsetzend, im Ton einer Kupplerin, mußte ich denken, die, im Gegensatz zu anderen Händlern, die eigene Ware entwertet, ihr mit Beharrlichkeit auch den geringsten Rest menschlicher Würde abspricht, sonst könnte sie ihr Handwerk nicht leichten Herzens betreiben. Ich schwieg eine Weile. Plötzlich kam mir ein bizarrer Einfall: Cora tarnte ihr eigentliches Gewerbe mit ihrem Modesalon. Wie, wenn ich nun vorgab, von diesem mit ihr zu sprechen, mich aber in Wirklichkeit auf jenes bezog? Wie würde das auf mich wirken? Wie würde sie reagieren? Ich sagte: «Sprechen wir von deinem Beruf. Im allgemeinen tun die Frauen so gut wie nichts, ich meine, bei uns, in Italien. Du bist eine Ausnahme. Du arbeitest. Hast du etwas dagegen, wenn ich dich über deine Arbeit ausfrage?»
«Was gibt es da viel zu fragen. Eine Arbeit wie jede andere.»
«Aber auch eine Arbeit, die anders ist als jede andere.»
«Anders? Wieso anders?»
«Aus den verschiedensten Gründen. In technischer, kaufmännischer, menschlicher Hinsicht.»
«Da kannst du recht haben.»
«Es stört dich also nicht, wenn wir darüber sprechen?»
«Nein. Warum sollte es mich stören? Aber ich sagte dir schon: eine Arbeit wie jede andere.»
«Und ich habe dir zugestimmt. Also dann sag mir einmal: Hast du viele Kunden?»
«Soso.»
«Warum ‹soso›?»
«Schlechte Zeiten. Die Leute haben kein Geld.»
«Ah so? Ich hatte gedacht, für ein Gewerbe wie deines gäbe es keine schlechten Zeiten. Die Ware, die du lieferst, wird schließlich immer gebraucht.»
«Ja, aber sie kostet Geld. Wer keines hat, muß verzichten.»
«Wie machst du es eigentlich mit deinen Kunden?»
«Wie meinst du das, wie ich es mache?»
«Hast du alle Namen vermerkt? Adressen, Telefonnummern und so weiter?»
«Natürlich.»
«Wo?»
«Was für eine Frage. In einem Heft.»

«Beschreib es mir.»
«Bist du verrückt geworden?»
«Ich bin nicht verrückt. Ich möchte es nur wissen, aus Neugier.»
«Ein ganz gewöhnliches Heft.»
«Komm, gib dir ein bißchen Mühe.»
«Ein Heft, wie es Tausende gibt, so ein Adreßbuch mit schwarzem Rücken, glaube ich, und marmoriertem Deckel.»
«Marmoriert? Wie marmoriert?»
«Ich habe keine Ahnung. Ich glaube, rot und weiß.»
«Und in diesem Heft stehen also alle Namen, alphabetisch geordnet?»
«Ja.»
«Und jetzt sag mir einmal: in diesem Heft stehen auch noch andere Namen, nicht nur die Namen der Kunden?»
«Ja.»
«Welche Namen?»
«Was weiß ich. Arbeiterinnen, Lieferanten.»
«Das heißt, dein Heft ist das Adreßbuch einer Geschäftsfrau, und die Geschäftsfrau bist du.»
«Wenn du es so ausdrücken willst.»
«Und wenn das Kleid so weit fertig ist, rufst du die Kundinnen an und bestellst sie zur Anprobe?»
«Ja.»
«Und was sagst du?»
«Mein Gott, das übliche! Das Kleid ist zur Anprobe fertig, kommen Sie den und den Tag um die und die Zeit.»
«So sagst du?»
«Ja.»
«Und sie kommen?»
«Ja.»
«Pünktlich?»
«Ja. In ihrem eigenen Interesse.»
«Wie lange dauert eine Anprobe?»
«Das kommt darauf an. Fünf Minuten, zehn Minuten, eine halbe Stunde.»
«Oder eine Stunde?»
«Nein. Eine Stunde nicht.»
«Warum nicht?»
«Weil ich zu tun habe. Ich kann mit einer einzigen Kundin nicht soviel Zeit vertun.»
«Wie sind die Kundinnen?»
«Was meinst du damit, wie sie sind?»

«Einfach zu behandeln? Schwierig? Anspruchsvoll, zurückhaltend?»

«Es gibt solche und solche. Die einen machen einen verrückt, andere nicht.»

«Ah ja? Und die dich verrückt machen, was wollen die?»

«Sie wollen – sie wissen selber nicht einmal, was sie wollen.»

«Warte. Sie wollen ein Kleid von ganz bestimmter Art, weil sie fühlen, auch wenn sie nicht wissen warum, daß dieses Kleid ihnen entspricht, ihnen jenes Gefühl des Behagens verschaffen wird, das ein Kleid, das paßt und gefällt, hervorzurufen vermag. Ist es nicht so?»

«Du drückst es ziemlich umständlich aus, aber so ist es.»

«Und du bemühst dich, nicht wahr, ihnen das Kleid zu verschaffen, das ihnen paßt, ihnen gefällt, auch wenn sie selber nicht sagen können, wie es beschaffen sein müßte?»

«Ja.»

«Im übrigen wünschen sie sich nichts anderes, als überzeugt zu werden. Richtig?»

«Im Grunde ja.»

«Und du nimmst dann irgendein Kleid her, das ihnen entgangen ist oder das sie nur flüchtig gesehen und wieder weggelegt haben und rückst es ins rechte Licht, lobst die Farbe, das Muster, den Schnitt, den schönen Stoff, die Originalität des Modells, die Lebensdauer, nicht wahr?»

«Ja.»

«Und jede will etwas anderes, du mußt dem Geschmack Rechnung tragen, mußt diesen Geschmack erfühlen?»

«Natürlich.»

«Es wird Kundschaften geben, denke ich, die wollen jugendliche Kleider, um selbst jünger auszusehen. Meist sind das die älteren, stimmt's?»

«Ja.»

«Während hingegen die jungen, die keine Kunstgriffe brauchen, um schön zu sein, sich schön zu wissen, etwas Seriöses wollen, etwas Nüchternes, Korrektes.»

«Ja.»

«Und dann wird es auch Kundschaften geben, die das Ausgefallene suchen? Das Extravagant-Gewagte? Die mußt du auch zufriedenstellen.»

«Freilich.»

«Ein schwieriger Beruf, Schneiderin.»

«Ja, einfach ist er nicht.»

«Auf eines aber könnte ich schwören.»

«Worauf?»

«Daß du ihn nicht des Geldes wegen ausübst, sondern aus Leidenschaft, oder, genauer gesagt – nicht nur des Geldes wegen, sondern auch aus Leidenschaft. Stimmt's?»

«Ja, es stimmt.»

«Verdienst du viel an einem Kleid?»

«Weniger, als man meinen könnte.»

«Aber ich bin überzeugt – sag mir, falls ich mich irre –, du würdest deinen Beruf nicht aufgeben, auch wenn er dir nichts einbrächte, und zwar deshalb, weil du ihn, wie ich schon vorhin sagte, vor allem aus Liebe ausübst, und dann erst um des Geldes willen.»

«Sicher. Ohne Liebe bringt man nichts fertig.»

«Stimmt. Ohne Liebe bringt man nichts fertig. Sehen wir uns diese Liebe einmal etwas näher an. Hast du Zeit, mir zuzuhören?»

«Ja.»

«Du liebst die Schneiderei, alles, was damit zu tun hat, liebst die Kleider, das Kleidernähen, Kleiderbeschaffen, Aussuchen, das Kleiderkaufen, Verkaufen, das Bewußtsein, daß diese Kleider gefallen, erwünscht sind, ersehnt, anerkannt. Diese deine Liebe entspringt, wie alle ähnlichen Gefühle, einer Veranlagung, wurde dann sozusagen gespeist von der Leere, die sie in deinem Leben hervorrief, da sie alles andere verdrängte, wie alles ausschließlich Geliebte sich Platz zu schaffen pflegt. Du lebst eben für die Kleider. Es erscheint dir ausgeschlossen, für etwas anderes zu leben, ja, ich gehe noch einen Schritt weiter: Kleider, Kleider anziehen, Kleider kaufen und verkaufen – verglichen damit kommen dir alle übrigen Tätigkeiten farblos vor, falsch, nebensächlich, scheinheilig, irreal. Man könnte beinahe sagen, das Anziehen sei für dich der Schlüssel zur Wirklichkeit. Dein Wahlspruch könnte lauten: Sage mir, wie du dich anziehst, und ich sage dir, wer du bist. In deinen Augen denken die Menschen vor allem ausschließlich daran, sich zu kleiden – Arme, Reiche, Alte, Junge, Wissenschaftler, Künstler, Politiker, Handwerker, Geschäftsleute. Könnte man in sie hineinschauen, sähe man in ihren Kopf, man entdeckte, das steht für dich außer Frage, nichts als den Gedanken: Kleider. Und wirklich, deine Kundschaft beträgt sich dementsprechend, wird – gleichgültig für alles andere – ausschließlich dann lebendig, wenn es ums Anziehen geht. Das alles weißt du. Noch mehr: daß du nicht nur Vermittlerin einer bestimmten Ware bist, sondern darüber hinaus Priesterin eines Kults, einer Religion, die nicht minder verbreitet ist, als sie geleugnet und heimlich ausgeübt wird. Du weißt, daß es niemanden gibt, der ihr nicht opfern würde, daß sie jede andere Macht an Gewalt übertrifft, alles das weißt du, und deshalb zweifelst du nicht daran, eine ebenso wichtige wie wohltätige Aufgabe zu erfüllen. Vom Licht dieser Wohltätigkeit lebst du wie die Pflanzen in der Sonnenwärme. Mit anderen Worten: Schneiderin ist für dich kein Beruf, sondern eine Berufung, und diese Berufung betrifft das Wichtigste, was es im Leben gibt. Habe ich recht?»

Anfänglich hatte Cora, an meine Launen gewöhnt, rückhaltlos geantwortet, obgleich kurz angebunden wie immer. Sie dachte, ich spräche tatsächlich von ihrem Modesalon, Später, als sie bemerkte, daß ich mich auf ihr zweites Gewerbe bezog, gab sie zwar weiterhin Auskunft, nicht minder knapp und beherrscht, vermochte aber nicht zu verbergen, daß sie aus der Fassung gebracht oder zumindest verwirrt war. Ich sah es an dem gereizten, unsteten Blick der weit aufgerissenen Augen. Dennoch sagte sie, als ich geendet hatte, im Brustton der Aufrichtigkeit nur: «Ich weiß nicht, wovon du redest. Das klingt alles so kompliziert. Ich verstehe dich nicht.»

«Du hast recht. Es ist meine Schuld, aber leider, ich muß immer alles komplizieren.»

«Außerdem begreife ich nicht, warum du mir das alles sagst.»

«Du wirst es gleich verstehen. Ich habe dir das alles gesagt, weil du wissen sollst, daß ich mir über die Bedeutung, die dein Beruf für dich hat, völlig im klaren bin. Und daß ich dir trotzdem sage, du mußt ihn aufgeben.»

Ich hatte gleichmütig gesprochen, ohne die Stimme zu erheben, und sah, wie jäher Zorn ihre Augen noch größer werden ließ: «Was zum Teufel willst du damit sagen?»

«Ich will sagen, daß du krank bist, Cora, kränker, als du glaubst, daß du dich endlich entschließen mußt, dich untersuchen zu lassen und dann in die Berge zu fahren, und zwar sobald wie möglich, denn das wird dir der Arzt verschreiben – einen Aufenthalt im Gebirge.»

«Du bist verrückt.»

«Nein, ich bin nicht verrückt. Es ist wahr. Du hustest fortwährend, hast Fieber, bist öfter im Bett als auf, mit einem Wort, du bist krank. Du gehörst in ärztliche Behandlung.»

«Ich denke nicht daran. Ich habe eine leichte Bronchitis. Dazu brauche ich weder Ärzte noch einen Erholungsurlaub. Ich kuriere mich selbst.»

«Trotzdem sage ich dir mit dem größten Nachdruck – du bist krank, Cora.» Und ich wiederholte, ich weiß nicht warum: «Schwer krank.»

«Wer sagt das?»

«Man braucht dich nur anzusehen.»

«Wie sehe ich denn aus?»

«Wie jemand, der schwer krank ist.»

Sie schwieg einen Augenblick, sah mich herausfordernd an und sagte: «Nicht einmal, wenn ich wüßte, daß der Tod vor der Tür steht, nicht einmal dann täte ich, was du von mir verlangst.»

Sie hatte das kaum gesagt, da war ich aufgesprungen, hatte mich über sie gebeugt – es geschah ganz unwillkürlich –, packte sie, schüttelte sie mit einer Heftigkeit, deren Gewalt nicht zuletzt meinem Abscheu entsprang, sie überhaupt anzufassen, und schrie: «Du mußt zum Arzt und wegfahren! Du wirst zum Arzt gehen und wegfahren!»

Sie betrachtete mich unbeweglich, als hätte ich nichts gesagt, die Augen weit aufgerissen. Und plötzlich begann sie zu husten – es war ein trocken-beharrlicher, ununterdrückbarer Husten –, richtete sich jäh auf, schlug die Hand vor den Mund, atmete stoßweise, keuchend, als habe sie Angst zu ersticken. Ich dachte an die imaginäre Szene meines Romans, da ich mir ihren Tod ausgemalt hatte, und gab sie erschrocken frei, wenn auch noch immer wütend. Fast ohne es zu merken, ging ich im Zimmer umher, stand plötzlich vor der Kommode, neben der Marmorplatte mit dem Maskottchengewimmel, und erkannte mit einemmal, daß meinen Worten von vorhin nicht nur bildliche Bedeutung zukam: Cora war tatsächlich Priesterin, die Kommode ihr Altar, Priesterin und Religion waren mir gleichermaßen verhaßt; und ebenso wie mich vorhin mörderische Wut getrieben hatte, Cora zu packen und zu schütteln, ebenso versetzte mich nun der Anblick des ganzen Krimskrams in bilderstürmerische Raserei. Ich sagte leise vor mich hin: «Was hast du mit Baba gemacht?», dann ließ ich den Arm herabsausen und fegte mit einer einzigen Bewegung den ganzen Aufbau zu Boden, als handle es sich tatsächlich um Fetische eines abscheulichen, unduldbaren Irrglaubens. Die Sachen klirrten zu Boden, zerbrachen, zersplitterten. Ich beruhigte mich augenblicklich, lehnte mich an die Kommode und sagte schwer atmend: «Verzeih.»

Der Hustenanfall war abgeklungen. Cora sagte spitz, gleichmütig: «Meine armen Nippessachen. Wer wird sie bezahlen?»

«Verzeih.»

«Mit Toben erreichst du nichts. Das laß dir gesagt sein.»

«Verzeih.»

«Außerdem weiß ich genau, warum dir so viel daran liegt, daß ich in die Berge fahre.»

«Warum?»

«Du willst mit Baba allein sein. Für wen hältst du mich eigentlich?»

«Was redest du da?»

«Glaubst du, ich habe nicht bemerkt, daß du nach Baba verrückt bist? Du willst mit ihr allein sein. Das ist die ganze Geschichte.»

«Du bist wahnsinnig.»

«O nein. Und ich sage dir sofort, du brauchst auf mich keinerlei Rücksicht zu nehmen. Was Baba tut, geht mich nichts an. Baba ist schließlich erwachsen. Sie kann tun und lassen, was sie will.»

Sie sprach ruhig, abgeklärt, professionell-leidenschaftslos, als wäre Baba nicht ihre Tochter, sondern eines der vielen Mädchen aus dem Via Cassia-Haus. Nach einer Weile fügte sie hinzu: «Wenn ihr euch zusammentun wollt, Baba und du, so braucht ihr wirklich keinen Vorwand, um mich wegzuschicken. Ich verstehe gewisse Dinge.»

Ich sah Cora an und begriff, sie war noch immer Cora, die Cora von eh und je, die Cora, die ihre Tochter, die vierzehnjährige Baba, eines Tages an der Hand genommen und in jenes Haus geführt hatte, die Cora, die tags zuvor am Straßenrand gestanden hatte, das Lehrmädchen neben sich, die Hand auf seiner Schulter, die alte, unveränderliche Cora. Daß nichts sie zu ändern vermochte, bewies am besten der ruhig-vernünftige Ton, den sie anschlug, jene abscheuliche Sachlichkeit, die das Wesen der Kuppelei ausmacht. So trennte uns also fortan nur mehr eine hauchzarte Wand. Gefiel es mir, sie zu durchbrechen, versänke ich bis zum Hals in der Alltäglichkeit der Verderbnis: Liebhaber Babas mit Coras hilfreichem Einverständnis. Ich beeilte mich zu erwidern: «Baba und ich? Keine Spur. Was bildest du dir ein. Außerdem fahre ich wieder weg, morgen bekomme ich das Visum, schon in den nächsten Tagen bin ich in Amerika.»

Ihr Gesicht leuchtete auf: «Hör zu.»

«Ja? Was ist?»

«Weißt du was? Nimm Baba mit! Schließlich und endlich ist sie deine Stieftochter. Zeig ihr die Welt! Was meinst du? Außerdem könnte sie dir als Sekretärin dienen.»

Sie gab es also nicht auf, wollte weiter das sein, was sie war: Kupplerin, Zwischenträgerin zwischen Baba und mir. Ich warf einen Blick auf die Uhr und sagte kurz angebunden: «Ich werde es mir überlegen. Und jetzt gehe ich. Ich habe zu tun.»

«Überleg es dir!» rief sie mir nach, während ich das Zimmer verließ. «Es ist nur so eine Idee.»

Donnerstag, 10. Dezember

Heute, auf einem Spaziergang durch unser Wohnviertel, fragte ich mich neuerlich: Warum hast du dich in deinem Gespräch mit Cora des Kleidervergleichs bedient? Warum ihr zweites Gewerbe nicht einfach beim Namen genannt? Warum bist du außerstande, dich der wichtigsten Frage deines Lebens offen und ehrlich zu stellen?

Die Antwort lautete wie immer: Eine rückhaltlose Aussprache mit Cora konnte nur zwei Ergebnisse zeitigen, endgültige Abkehr, Verurteilung ihres Tuns – oder Mitwisserschaft. Beides wollte ich vermeiden. Gleichzeitig aber wurde ich eines dritten Aspekts gewahr; mit Cora offen reden, das hieße außerdem, mich kopfüber in die Geschmacklosigkeit stürzen, in verstaubteste Herkömmlichkeit, kurzum, in jene Verfälschtheit, deren Ursprung nicht in mir, sondern in den Dingen lag.

Mit anderen Worten: Meine Lage wies sämtliche Wesenszüge des Hintertreppenromans auf, jene Geschehnisse, die den Leser zu dem Ausruf zu veranlassen pflegen: «Im Leben passiert so was nicht, das sind billige Erfindungen!» Irrtum. Dergleichen geschah im Leben, das sich damit neuerlich als konstitutionell unecht erwies. Alles hatte sich verkehrt, zumindest erschien es mir so: Die Verfasser der Hintertreppenromane hatten in ihren Werken das echte Leben verzerrt. Jetzt glich das echte Leben einem Hintertreppenroman, und dem Autor fiel es zu, dieses Ersatzdasein, falls er dessen fähig war, auf Echtes zurückzuführen, auf die poetische Essenz.

Ich fragte mich, warum dies so sei, und erhielt eine unvermutete Antwort, da ich soeben aufblickte, um eine Zigarette anzustecken: Es war in einer Seitengasse, unweit meiner Wohnung. Zwischen zwei hohen Bauten, gleich einer großen Zahnlücke in einem gesunden Gebiß, befand sich eine gähnende Leere, sei es, daß man hier zu bauen plante, sei es, daß man das Haus, das sich ursprünglich dort erhob, niedergerissen hatte.

Die Seitenwand eines der Häuser, die jene Grube begrenzten, hoch, glatt und fensterlos, wies zwei Riesenplakate auf.

Das obere warb für Rindssuppe: ein schöngedeckter Tisch, Tischtuch, Servietten, Besteck, um den Tisch eine kleine Familie, Vater, Mutter, Tochter, der Mann in den besten Jahren, dunkelgrauer Anzug, glattrasiert, ordentlich gekämmt, offenbar einem amerikanischen Modell nachempfunden, aber italianisiert, um in den Augen der Verbraucher nicht allzu fremdländisch zu wirken. Die Frau, jünger als der Mann, gleichfalls ursprünglich amerikanisch, gleichfalls italianisiert, trug ein kokettes, spitzenbesetztes Hausfrauenschürzchen; die Tochter, in schottischem Kleid, die Ärmel aufgekrempelt, das reiche, offene Haar mit einer Schleife geziert, wandte dem Beschauer den Rücken zu und sah die Mutter an, die sich mit glücklichem Lächeln über den Tisch neigte und den Deckel des Suppentopfs hob. Tochter und Gatte, in fröhlicher Ungeduld, konnten es kaum erwarten, Suppe vorgesetzt zu erhalten.

Das andere Plakat, eine Filmwerbung, schien sonderbarerweise von dem gleichen Zeichner zu stammen wie das Rindssuppenidyll. Auch die Personen waren, merkwürdiger Zufall, die gleichen: Mann in den besten Jahren, jüngere Frau, Töchterchen. Die Situation hingegen, in der die dort so fröhliche Suppenfamilie sich befand, war hier eine völlig andere. Die Mutter kauerte halb nackt auf einem zerwühlten Bett, riesige Schenkel schimmerten durch schwarze Unterkleidspitzen, der ragende Busen halb bloß, der Arm wie abwehrend vorgestreckt, die Augen schreckgeweitet. Der Mann, wie gewöhnlich im dunkelgrauen Anzug, diesmal jedoch zerrauft, richtete von der Schwelle her einen Revolver auf die Frau. Hinter ihm zeigte sich das verstörte Gesicht der Kleinen. Sie hielt die Hand vor den Mund wie jemand, der ohnmächtig Entsetzlichem beiwohnen muß.

Die beiden Plakate zeigten im Grunde dieselbe Familie in unterschiedlicher Lage. Hie häusliches Glück, hie tragisches Gegenteil. Beide Darstellungen standen im Zeichen des Irrealen: dampfender Suppentopf wie Revolver waren gleichermaßen Sinnbilder ein und derselben Verfälschtheit. Doch darum ging es nicht. Es ging darum, daß die Plakate nicht etwa Wirklichkeit, herkömmlich verfälscht, darstellten, sondern getreue Abbilder durchaus echter Wirklichkeit waren. Nicht der Werbegraphiker hatte Familienidyll und -tragödie verfälscht, nein, Idyll und Tragödie hatten sich ihm bereits verfälscht, unecht dargeboten. Ich sagte mir, an Stelle einer abschließenden Erkenntnis: Werbung ist im Grunde nichts anderes als die Folklore des Industriezeitalters. Und was ist echter als Folklore?

Montag, 14. Dezember

Öfter und öfter geht Cora zu Bett, sobald sie abends heimkommt, öfter und öfter ißt sie, gemeinsam mit Baba, in ihrem Schlafzimmer. Mich widert dieser Raum an. Daher esse ich seit neuestem, unter verschiedensten Vorwänden, außer Haus, um den peinlichen Mahlzeiten an Coras Krankenlager zu entgehen.

Dies, um zu erklären, wieso ich nach einer einsamen Mahlzeit in einem Restaurant später nach Hause kam. Schon auf den ersten Blick fiel mir etwas Besonderes auf: Die Wohnung war unverschlossen, die Tür nur angelehnt. Ich trat ein. Alle Lichter brannten, was gleichfalls sehr ungewöhnlich war, sowohl im Vorzimmer als auch im Korridor. Ich ging nach kurzem Zögern zu Coras Zimmer, ohne eigentlich zu wissen, was ich dort wollte.

Ich fühlte mich beunruhigt, als käme der unverschlossenen Tür und dem brennenden Licht eine Bedeutung zu, die ich enträtseln mußte. Als ich den Korridor durchquerte, bemerkte ich – auch diese Tür stand offen –, daß in der Küche Licht brannte. Ich trat ein.

Vielleicht hatte Cora sich an diesem Abend wohler gefühlt als sonst und es daher vorgezogen, die Mahlzeit nicht im Bett einzunehmen. Die Küche war leer. Doch man sah, daß die beiden Frauen vor kurzem gegessen haben mußten. Etwas Seltsames fiel mir auf: Sie hatten ihre Mahlzeit aus irgendeinem Grunde abgebrochen. Auf der Marmorplatte des Tisches standen noch zwei Pfännchen mit je zwei Spiegeleiern, das eine unberührt, das andere kaum berührt. Der Dotter hatte sich über die Pfanne verteilt, daneben lag die Brotscheibe, bereit, eingetaucht zu werden. Ein Teller mit grünem Salat stand neben jedem der Pfännchen, Wein- und Wassergläser waren gefüllt, zwei Schüsseln, am Ende des Tisches, enthielten einen Rest Reis und Suppe, die Stühle standen entfernt, wie plötzlich zurückgeschoben, auf einem lag eine zerknüllte Serviette, die andere, nicht entfaltet, wartete neben dem Gedeck. Endlich bemerkte ich, unzweifelhafter Beweis für die jähe, erst kürzlich erfolgte Unterbrechung der Mahlzeit, eine brennende Zigarette, das Mundstück lippenstiftgerötet, die am Rande des Aschenbechers langsam verglomm.

Ich ging in Babas Zimmer. Es war erleuchtet, peinlich in Ordnung wie immer, lediglich der Schrank stand offen. Vielleicht hatte Baba den Mantel hervorgeholt und in der Eile vergessen, den Schrank wieder zu schließen. Aus dem Transistorradio auf dem Schreibtisch kamen leise die Börsenkurse. Ich wußte, daß Baba, auch wenn sie ausging, das Radio eingeschaltet ließ. Dennoch verstärkte die leise, ins Leere murmelnde Stimme das Gefühl der Vereinsamung, das mich unversehens überkommen hatte.

Ich ging in Coras Zimmer. Auch hier alle Anzeichen von Eile. Licht, die Kommodenladen offen, der Schlafrock aufs Bett geworfen, der Schrank aufgerissen, der Telefonhörer neben dem Apparat, so daß aus der Hörmuschel dauernd das Besetztzeichen ertönte. Ich legte auf, ging in mein Zimmer zurück, streckte mich auf mein Bett und zündete eine Zigarette an.

Ich wollte warten, bis Baba und Cora, deren Abwesenheit ich mir nicht zu enträtseln vermochte, endlich nach Hause kämen, und beschloß, die Wartezeit zu nützen, um meinen Roman zu überdenken, da doch der Tag der Niederschrift näher und näher rückte. Unvermittelt aber folgten meine Gedanken einer ganz anderen Richtung. Geheimnisvolles Erinnern stieg plötzlich in mir auf:

Im Laufe meiner Persienreise, in einem Hotel Isfahans, hatte ich eines Abends in der Hotelhalle von einem Tisch eine Illustrierte genommen, ein amerikanisches Reise- und Fremdenverkehrsmagazin. Ich blätterte es langsam durch im trüben Licht der Deckenlampe, wobei ich in einem alten, mitgenommenen viktorianischen Lehnstuhl saß, und kam zu einem Artikel, der mich beeindruckte. Er hieß: «Das Rätsel der *Maria Celeste*». Der Dreimaster *Maria Celeste* war in einem Junimonat der neunziger Jahre des vorigen Jahrhunderts aus Halifax, Kanada, ausgelaufen. An Bord befand sich, nebst Besatzung und Offizieren, die Familie des Kapitäns, und zwar die Gattin mit zwei Kindern, das eine Kind dreijährig, das andere im Säuglingsalter. Das Reiseziel war Frankreich, der Hafen von Le Havre. Allein, die *Maria Celeste* erreichte den Hafen nie. Einige Monate später sichtete man den Segler im Atlantik: Sämtliche Segel gesetzt, trieb der Dreimaster dahin, bei ruhigem, glattem Meer, im Zuge der trägen Strömung. Das Schiff, das ihn ausgemacht hatte, kam näher, signalisierte, feuerte sogar Schüsse ab, doch auf der *Maria Celeste* blieb alles still. Man ließ ein Boot aufs Wasser, ging an Bord und stellte verblüfft fest, daß der Dreimaster menschenleer war. Kapitän, Offiziere, Mannschaft, Familie des Kapitäns – sie alle waren verschwunden. Man fand auf Schritt und Tritt Spuren, die auf eine jähe Unterbrechung alltäglicher Verrichtungen hindeuteten: Im Speisesaal stand noch die Mahlzeit auf dem gedeckten Tisch, Teller und Besteck waren da, als hätte man sich eben erst erhoben, das hohe Kinderstühlchen schien kaum zurückgeschoben, die anderen Stühle standen so weit vom Tisch entfernt wie nötig, um sich bequem, ohne Hast zu erheben. Die Tischgesellschaft hatte die Mahlzeit zwar sichtlich unterbrochen, den Raum aber nichtsdestoweniger in voller Ruhe verlassen, ohne Hast, ohne Furcht. Derselbe friedliche Aufbruch hatte offenbar auf anderen Teilen des Schiffes stattgefunden. Die Mannschaft hatte gleichfalls ihre Tätigkeit zwar unversehens abgebrochen, doch offenbar nicht unter Zwang. Andererseits schien das Verschwinden der Leute rätselhaft, beinahe ein Wunder zu sein. Sämtliche Rettungsboote waren an Ort und Stelle, nichts fehlte, alles war da. Die Menschen waren fortgegangen, ohne etwas mitzunehmen, wer aß, ließ den Bissen an der Gabel, wer Segel flickte, zog den Faden nicht aus der Nadel. Sie waren verschwunden wie Vögel von einem Zweig, auf dem sie kurze Zeit gesessen und geruht hatten.

Das Rätsel *Maria Celeste* wurde niemals gelöst. Offiziere, Mannschaft, Familie des Kapitäns blieben für immer verschollen. Man konnte sich vorstellen, daß der kanadische Segler noch immer auf dem Ozean trieb, ohne Wind unter klarem Himmel, der Lösung des Rätsels entgegen, die es ihm ermöglichen würde, aufs neue in See zu stechen. Die Lösung, ich dachte es damals und denke es nach wie vor, war bestimmt einfach, eine jener Lösungen, die so naheliegend sind, daß eben deshalb niemand auf sie verfällt. Ich hatte, ich weiß es noch gut, nach Durchlesen des Artikels Stunden damit verbracht, Erklärungen zusammenzusuchen, war schließlich müde geworden und, des Problems überdrüssig, in mein Zimmer gegangen und zu Bett.

Jetzt, nach meinem Gang durch die leere, beleuchtete Wohnung, die allenthalben die Spuren alltäglichen Lebens trug, entsann ich mich des *Maria Celeste*-Rätsels wie einer vergessenen Sage, die sich unvermutet bestätigt. Ähnlichkeiten gab es eine ganze Reihe: dieselbe häusliche Stimmung, rätselhaft-jäh unterbrochen, dieselbe Unmöglichkeit, eine Erklärung zu finden, dasselbe Fehlen des geringsten Hinweis, wer oder was das Verschwinden bewirkt hatte. Und wie die *Maria Celeste* davongetrieben war, unbemannt, leer, hinweg über dunkle Abgründe, über Meeresungeheuer, so schwebte auch meine Wohnung, nicht weniger leer, unbewohnt, über Abgründe und Tiefen, in denen ähnliches Dunkel, ähnliches Ungetier hauste, die grauenhaften Ausgeburten der täglichen Existenz.

Meine Unruhe war deutlich fühlbar – Coras und Babas Abwesenheit wollte mir nicht aus dem Sinn –, genügte jedoch nicht, mich zu Handlungen zu veranlassen. Ich hielt es für geraten, bis Mitternacht zu warten und die Möglichkeit einer Suche nach den beiden Frauen erst dann ins Auge zu fassen. Es war erst neun Uhr. Noch drei Stunden. Wie sollte ich sie verbringen? Plötzlich dachte ich daran, daß mein Rom-Aufenthalt sich seinem Ende zuneigte, daß ich in wenigen Tagen auf große Fahrt gehen würde und daher auch das Tagebuch dieser zwei Monate und mit ihm den Roman, den ich ihm entnehmen wollte, beenden mußte. Wie, wenn ich dieses Verschwinden, oder vielmehr die Bedeutung, die ich diesem Verschwinden zuschrieb, nutzte, um sowohl Tagebuch als auch Roman zu einem Ende zu bringen?

Allerdings: mit der Erklärung der Abwesenheit beider Frauen war es nicht abgetan. Es galt auch, den Roman zu beenden. Ich hielt es daher für ratsam, statt vor mich hinzuphantasieren, den Weg meiner Phantasie Schritt für Schritt nachzuzeichnen, notfalls nur zum Zeitvertreib. Ich erhob mich also vom Bett, setzte mich an die Maschine, spannte einen Bogen ein und schrieb:

Die Ruinen von Persepolis. Eine endlose Hochebene von bleichem, durchsichtigem Grün; zahllose Dornbüsche, grüngelb, verkümmert, von Sturmwinden und Hitze dem Boden zugebeugt; der Himmel, fast schwarz, so tiefblau, scheint, die Ebene überdachend, deren Leere widerzuspiegeln; ein Geier zieht seine Kreise, späht durch das Strauchdickicht nach Beute; ein Bauer, einsam, winzig in jener Grenzenlosigkeit, führt den Pflug durch die Schollen seines Feldes. Rostrote Felsen, fern, von tiefen Schrunden durchzogen – sie gleichen bläulichen Adern – schließen die Ebene ab. Nun, da sich der Wagen nähert, tritt dicht vor jenen Felsen, am Ende einer großen, rechteckigen Terrasse, eine Reihe von Säulen hervor. Sie wirken seltsam wesenlos, ungleich, wie formgewordener Rauch: die Ruinen von Persepolis, die Überreste des Palastes des Darius, von Alexander dem Großen während eines Banketts niedergebrannt. Je näher man ihnen kommt, desto realer, schärfer erscheinen die Ruinen. Die Terrasse wird erkennbar, aus zyklopischen Quadern gefügt, die Säulen, aus der Ferne scheinbar gewichtlos, erweisen sich als riesenhaft, massig; und zwischen den einzelnen Stützen, merkwürdig angeordnet, sind hier und dort Fenstereinfassungen zu sehen, durch deren Quadergeviert das Blau des Himmels leuchtet. Holzdächer, Lehmstrohgemisch der Wände waren dem Feuer zum Opfer gefallen, die Steingesimse jedoch hatten ihm widerstanden.

Eines Morgens ging ich vom Hotel – es lag nahe der Ruinenstätte – ans Ende jener Terrasse und setzte mich in die Sonne, auf ein umgestürztes Kapitell, der riesenhaften, flachen, hellen Ebene zugewandt. Da gewahrte ich eine Inschrift, in den Kapitellstein geritzt, ein lateinisches Zitat: *vae vae Babylon civitas illa fortis.* Darunter ein Name: *J. Logan* und die Jahreszahl *1824*. Ich sah die Worte an, dann wieder die Ruinen, schließlich blickte ich empor zu den unvermeidlichen Geiern, deren Krächzen die Stille durchhallte, und dachte, daß sich der Gedanke an die Hinfälligkeit alles Irdischen an einem Ort wie Persepolis dem Betrachter unabweisbar aufdrängte, daß man den Gründen nachsann, der Ursache des Niedergangs so vieler stolzer Völker, dem langsamen Verfall auf den verschiedensten Gebieten, der diesen Niedergang vorbereitet und letztlich ausgelöst haben mußte. Ich blieb eine Zeitlang in der Sonne, die Augen geschlossen, reglos, dann griff ich in die Tasche, holte die Zeitung hervor, ein italienisches Blatt, das ich in Teheran gekauft hatte, und überlas noch einmal die ganze Titelseite mit einem Bericht über den ebenso grauenhaften wie ungeklärten Tod Babas und Coras.

Eine Näherin, die frühmorgens zur Arbeit gekommen war, hatte die beiden entdeckt. Die Tür zu Coras Modesalon war angelehnt gewesen. Die Zeitung berichtete im üblichen Sensationsstil abwechselnd Wichtiges und Unwichtiges (Silvia Ferrari, 22 Jahre, wohnhaft Via dei Glicini 19, Tür 13) mit derselben Genauigkeit, und unter Verwendung lautstarker Adjektive (Grausen erregendes Schauspiel, haarsträubender Anblick, schaurige Grausamkeit, ungeheuerliches Verbrechen und so weiter). Das Mädchen hatte zuerst Baba im Schlafzimmer gefunden, tot auf dem Bett, sodann Cora, ebenfalls tot, in der Werkstatt. In beiden Fällen ließ die Todesart nicht nur auf das Wesen des Mörders, sondern auch auf dessen Motive schließen. Er hatte Cora und Baba zu einer Zeit in den Modesalon gelockt, da niemand sich dort befand – wahrscheinlich unter einem Vorwand, möglicherweise Erpressung –, und dann Gleiches mit Gleichem vergolten. Die Zeitung war der Ansicht, es handle sich höchstwahrscheinlich um den Mann einer der Frauen, die in Coras Via Cassia-Villa ein und aus gegangen waren. Der Mörder sei mit Baba nicht anders verfahren als Coras Kunden seinerzeit mit seiner Frau, habe Baba sodann ermordet, sowie anschließend Cora. Baba war völlig nackt, als sie gefunden wurde, schien jedoch nicht vergewaltigt worden zu sein, obgleich sie ihrem Mörder unmittelbar vor dem Mord zu Willen gewesen war. Ihr Tod, auf Erdrosseln mittels eines Nylonstrumpfs zurückzuführen, war zweifellos sehr schmerzhaft gewesen. Der Mörder, berichtete die Zeitung, hatte den Todeskampf absichtlich verlängert, indem er, ähnlich wie bei der spanischen Garrottefolter, die Luftzufuhr abwechselnd freigab und dann wieder drosselte. Was Cora betrifft, so wurde sie mit Hilfe eines Dolchs oder eines scharfen Messers vor Babas Bett ermordet. Der Mörder jagte es ihr in den Rücken, wahrscheinlich in dem Moment, da er sie ins Zimmer stieß, um ihr die tote Tochter zu zeigen. Cora war zu Boden gestürzt. Teppich und Bettdeckenrand zeigten Blutspuren. Dann, rekonstruierte die Zeitung, hatte der Mörder Cora an den Haaren in die Werkstatt geschleift, die ganze Korridorbreite war eine einzige Blutbahn, auf den Zuschneidetisch gehoben und dort, wie auf einem Seziertisch, mittels eines sehr scharfen Messers oder eines kleinen Beils den Kopf vom Körper getrennt, vom Genick bis zum Adamsapfel. Sodann hatte er den Rumpf ans Ende des Zimmers gezerrt und dort in einen Lehnstuhl gesetzt, gerade aufgerichtet, die Hände im Schoß gefaltet. Neben dem Lehnstuhl stand eine kopflose Schneiderpuppe. Der Mörder – hier begab sich die Zeitung auf das Gebiet unbeweisbarer Annahmen – wollte mit dieser Anordnung – kopfloser Körper Coras neben kopfloser Schneiderpuppe – Cora noch im Tod beschimpfen, seinen Spaß mit ihr treiben, gleichsam zu verstehen geben, sie sei nicht mehr wert gewesen als eine holzwollegefüllte, kopflose Marionette.

Der Artikel beschrieb die Entdeckung des Verbrechens, gab die Aussage der Näherin wieder sowie den Eindruck der Polizisten, die am Tatort erschienen waren. Ein zweiter Artikel jedoch, offenbar etwas später geschrieben, enthielt neue Einzelheiten: zum

Beispiel, daß Baba Kniestrümpfe getragen hatte und keine Nylonstrümpfe. Woher war der Mordstrumpf gekommen? Eine Näherin, schrieb die Zeitung, hatte am Abend vorher ein Paar Strümpfe gewaschen und auf einer Leine im Bad zum Trocken aufgehängt. Einer der Strümpfe fehlte. Tatsächlich hatte sich der Mörder dieses einen Strumpfes bedient. Die Zeitung rekonstruierte den Hergang: Der Mörder war, während Baba im Schlafzimmer die Kleider ablegte, ins Bad gegangen, um zu pissen, hatte, vor der Klosettmuschel stehend, die Strümpfe gesehen, einen Strumpf von der Leine genommen, in die Tasche geschoben und war ins Schlafzimmer gegangen, wo Baba ihn, auf dem Bett ausgestreckt, erwartete. Er hatte Baba genötigt, sich auf den Bauch zu drehen, hatte sich auf sie geworfen, den Beischlaf vollzogen und dann, unverzüglich nach dem Orgasmus, von Baba unbemerkt – sie lag mit dem Gesicht in den Kissen – den Strumpf aus der Tasche geholt, ihn geschickt um ihren Hals geschlungen und Baba langsam gewürgt, wobei er ihren Körper mit dem seinen niederdrückte. Auch über Coras Tod wußte der zweite Artikel Näheres zu berichten: Der Rumpf war, wie gesagt, auf dem Lehnstuhl gefunden worden, mit gefalteten Händen, kopflos. Aber wo war der Kopf? Er war unauffindbar geblieben. Nach Ansicht der Zeitung hatte sich die Geschichte folgendermaßen abgespielt: Der Mörder packte, nachdem er sein Racheschauspiel sozusagen fertig inszeniert hatte, den Kopf bei den Haaren, kehrte ins Bad zurück, diesmal, um seine blutbesudelten Hände und Kleider zu reinigen, und stellte dort den Kopf bis auf weiteres, doch nicht von ungefähr, in die Klosettmuschel, derart, daß die Stirn kaum den Rand überragte. Dann hatte er seine Hände gewaschen und möglicherweise auch versucht, seinen Anzug zu reinigen. Gründlich ging er dabei allerdings nicht zu Werke: Waschtisch, Handtuch und Seife waren blutbefleckt. Dann wandte er seine Aufmerksamkeit wieder dem Kopf in der Klosettmuschel zu und drückte den Wasserknopf, einerseits, um das Blut abzuspülen, andererseits aber vor allem, um seinen Drang, die Tote zu beschimpfen, neuerlich zu befriedigen. Doch es gelang nicht nach Wunsch: Sei es, daß der Behälter nicht mehr genug Wasser enthielt, sei es, daß die Spülung nicht einwandfrei funktionierte, Ränder und Boden der Klosettmuschel waren und blieben blutbesudelt.

Weggeschafft wurde der Kopf auf denkbar einfache Weise: Der Mörder, nun wieder in der Werkstatt, hatte den Schrank geöffnet und dort, unter anderem Kram, eine weiße Pappschachtel gefunden, hoch und oval, von der Art, wie man sie verwendet, um Hüte aufzubewahren. Diese Schachtel jedoch enthielt Bänder und Stoffreste. Der Mörder entleerte sie, man fand den Inhalt auf dem

Boden, legte Coras Kopf hinein, verschloß die Schachtel mit Hilfe eines Bands, knüpfte es zu einer Schleife und ging in aller Ruhe fort, die Schachtel am kleinen Finger.

Natürlich war man des Mörders nicht habhaft geworden, hatte nicht die geringste Ahnung, wer er war. Die Polizei hegte die verschiedensten Theorien, als deren wahrscheinlichste, wie gesagt, jene galt, daß es sich um den Racheakt eines Betrogenen handelte, dessen Gattin durch die Ermordete auf Abwege gebracht worden war. Coras Lebenswandel wurde des langen und breiten erörtert; auch von mir war die Rede, jedoch nicht ohne den Vermerk, daß Cora und ich vor Jahren auseinandergegangen waren und ich mich zum Zeitpunkt des Verbrechens im Auftrag meiner Zeitung in Persien befunden hatte...

Hier hielt ich inne, las langsam durch, was ich geschrieben hatte, und fragte mich, warum ich die Abwesenheit Babas und Coras mit einem Verbrechen erklärte, genau gesagt, mit diesem Verbrechen.

Ich steckte eine Zigarette in Brand und begann zu überlegen. Die Wahl eben dieser Begründung, so viel schien deutlich, entsprach wohl der Tatsache, daß meine Phantasie sich von bedeutungsschwerem, dramatischem Geschehen stärker angezogen fühlte als von der sinnlosen Gleichförmigkeit des täglichen Einerlei. Vermutlich wollte ich mich mit dem Gedanken nicht abfinden, daß nichts geschah, oder zumindest nichts Außergewöhnliches; vermutlich zog ich der Unsinnigkeit des täglichen Trotts instinktiv die Tragödie vor, ihren Pathos und ihre Logik.

Dieser wichtige Punkt schien also geklärt zu sein. Blieb noch herauszufinden, erstens, warum ich mir ausgedacht hatte, in Persepolis zu weilen, in Persien, einem Land, das ich vor zwei Monaten bereist hatte und keinesfalls so bald wieder besuchen würde, zweitens, warum das Verbrechen die Züge trug, die ich ihm verliehen hatte, warum keine anderen. Ich nahm die Blätter wieder vor, las sie nochmals und entsann mich, daß ich sie unwillkürlich unter Zwang beschrieben hatte, gleichsam in Trance, als hätte ich unter dem Einfluß einer Droge geheimsten, verschwiegensten Gedanken Ausdruck gegeben. Mit anderen Worten: Die Seiten enthielten nicht nur den möglichen Schluß des Romans, sondern auch und vor allem das Eingeständnis intimster, tiefster Vorgänge, deren ich mir bislang selber nicht bewußt gewesen war.

Vor allem Persien: Wie bereits mehrfach erwähnt, war ich aus Persien gekommen. Warum aber sah ich mich dort? Warum glaubte ich die Nachricht von Babas und Coras Ermordung eben dort zu erfahren? Wäre es nicht logisch gewesen, die imaginäre Szene nach Amerika zu verlegen, wohin ich in wenigen Tagen fuhr? Merkwürdig außerdem die Vorstellung, in Persien zu sein, in demselben Augenblick, da Cora und Baba in Rom ermordet wurden, keinen Tag früher oder später. In Wirklichkeit verhielt es sich nämlich folgendermaßen: Stünde hinter der Abwesenheit beider tatsächlich ein Verbrechen – es war möglich, obwohl nicht wahrscheinlich –, so geschah dieses Verbrechen jetzt, in demselben Augenblick, da ich es in meinem Tagebuch des langen und breiten beschrieb.

Daher: meine Wahl war auf Persien gefallen, weil es das letzte Land war, in dem ich mich vor meiner Rückkehr nach Rom aufgehalten hatte. Und die Ruinen von Persepolis, das umgestürzte Kapitell, das mir als Sitz diente, die Inschrift des Mr. J. Logan – ich hatte sie wirklich gelesen –, wie erklärte sich all dies? Mit dem Bedürfnis, ich wußte es, mich zu erhöhen, zu verklären, zu einem Byronschen Helden gleichsam zu verfremden, der, eine Welt zwischen sich und der schmutzigen Cora-Affäre, auch räumlich ferne weilte. Jawohl, eine edle Seele, ein kultivierter Mann, ein Dichter, ein romantischer Wanderer, so saß ich auf den Ruinen einer einstigen Riesenstadt und stellte Betrachtungen an über die Hinfälligkeit alles Menschlichen, während in der Ferne, in einer anderen großen, jedoch noch bestehenden Stadt, die aber zweifellos in Anbetracht ihres Verfalls, ihrer sittlichen Verderbnis gleichfalls dem Untergang geweiht war, während dort in Rom, wie gesagt, Baba und Cora barbarisch, scheußlich hingemetzelt wurden.

Blieb noch zu klären, warum ich mir das Verbrechen solcherart ausgemalt hatte, woher die Annahme kam – sie war letztlich nicht unglaubwürdig –, ein betrogener Ehemann habe, die Schmach zu rächen, Vergeltung an Cora geübt. Doch halt: Dieser Rächer begnügte sich nicht damit, sich Babas zu bedienen, wie sich seinerzeit die Besucher der Via Cassia-Villa seiner Ehefrau bedient hatten, nein, sogleich nach dem Orgasmus ermordete er Baba und Cora. Nun war die Ermordung Coras als Folge seines Hasses gewissermaßen glaubhaft. Wie aber verhielt es sich mit der Ermordung Babas? Ich begriff es nur zu gut. Das grausame, scheinbar unnütze Verbrechen entlarvte mich als den Schuldigen, den Mörder, den Verbrecher, wenn auch nur auf dem Papier, in der Welt meines Romans. Ich war es, der Cora haßte, ich war es, der Baba liebte, ich, ich und kein anderer. Und meine Phantastereien kreisten um den Inzest, das heißt um das Nichts, jenes Nichts, dem ich mich unterwarf, das ich sozusagen vollführte, um unmittelbar nachher Cora zu töten, zu strafen; sie hatte Vorschub geleistet, und Baba, sie hatte mir willfahrt. Rächender Ehemann? Nichts da! Ich war der wirkliche Mörder. Jetzt zeigte sich auch klar, warum ich das Verbrechen nicht nur einem nebelhaften, unauffindbaren Täter zugeschrieben hatte, nebelhaft, unauffindbar, weil ich mich dahinter verbarg, sondern mich obendrein im Augenblick des Verbrechens in Persien sah, malerisch gelagert auf dem Ruinenfeld von Persepolis, versunken in Bewunderung sowie in Betrachtungen über die Vergänglichkeit alles Diesseitigen. Das Verbrechen war mein Werk, Persepolis mein Alibi, ein literarisches Alibi, handelte es sich doch nach wie vor um einen Roman, nicht um wirkliches Leben. Deshalb aber war dieses Alibi keinen Deut weniger verlogen, keinen Deut weniger verfälscht. Verfälschtheit wohnte also, es bestätigte sich neuerlich, nicht nur dem Handeln inne, sondern sogar erdachtem Handeln. Ich tat fortwährend Dinge, im Glauben, andere zu tun. Ich glaubte, die beiden Frauen durch einen betrogenen Gatten, Rächer erlittener Schmach, gleichsam hinrichten zu lassen, und in Wahrheit ermordete ich sie. Ich hatte das Verbrechen entartetem Ehrgefühl zugeschrieben, in Wahrheit aber entsprang es der Anziehungskraft des Inzests, dem Abscheu, den er mir einflößte, das heißt, es entsprang dem Nichts. Wiederum starrte mich Unechtheit an, Verfälschtheit. Es war gar nicht anders möglich. Eine Handlung, vom Nichts bestimmt und gespeist, mußte zwangsläufig wieder ins Nichts einmünden.

Hier tauchte die Frage auf: Sollte ich meinen Roman mit dem imaginären Doppelmord beschließen? Nach reiflicher Überlegung entschied ich mich für ein Nein. Wahrheit, welche Wahrheit auch immer, ist der Lüge stets vorzuziehen. Das beste war, zu warten, bis Cora und Baba heimkamen. Dann erst, in Kenntnis des Grundes ihrer Abwesenheit, würde ich entscheiden können, ob die Geschichte meines diesmaligen Rom-Aufenthalts einen echten Abschluß fände oder ob sie offenbliebe als Bericht einer grauen Periode, einer ereignislosen Zeit, wie man deren im Laufe der Jahre wieder und wieder erlebt.

Im einen wie im anderen Fall ließ sich mit dem Verbrechen nicht das geringste anfangen. Eines allerdings durfte ich mir nicht verhehlen: Ich konnte nicht dafür einstehen, daß das erdachte Verbrechen ausschließlich Lüge war, absurde Wirklichkeit. Gewiß, es war weder im Leben noch im Roman geschehen, aber es wies auf Möglichkeiten hin, die in mir beschlossen lagen, half, mein Wesen zu umreißen, verdeutlichte vor allem die Art meines Verhältnisses zu Cora und Baba. Unecht sowohl im wirklichen wie im erdachten Leben, beruhte seine Echtheit nichtsdestoweniger darin, erfunden, erdacht worden zu sein. Kam daher das Verschweigen der ganzen Mordgeschichte nicht einer Lüge gleich, kurzum neuerlicher Verfälschung, da doch ein Teil meines Ichs, und nicht der unwesentlichste, sich im Zusammenphantasieren des Verbrechens preisgegeben hatte?

Auf einmal war ich sehr müde. Ich warf einen Blick auf die Uhr – es war Mitternacht vorüber –, stand auf, ging zum Bett, streckte mich aus, ohne mich zu entkleiden, und schlief unverzüglich ein.

Ich erwachte jäh im Glauben, nur kurz geschlafen zu haben, vielleicht höchstens eine Minute, so bodenlos tief und schwarz war dieser Schlaf gewesen. Ein Blick auf den Wecker belehrte mich eines Besseren: ein Uhr fünfzehn. Gleichzeitig wurde mir klar, was mich geweckt haben mußte: die Schritte der beiden Frauen draußen auf dem Korridor.

Ich horchte eine Weile, sprang vom Bett, öffnete, trat auf den Gang hinaus. Er lag verlassen da. Baba und Cora waren bereits verschwunden. Ich ging weiter, schaute um die Ecke. Auch hier war niemand zu sehen, doch die Tür zu Coras Zimmer schien angelehnt zu sein; ich hörte Geräusche herüberdringen. Laute, die wie Schluchzen klangen, mit Worten untermischt. Ich ging näher, schob mich das letzte Stück gleichsam die Wand entlang, blieb vor dem Türspalt stehen und blickte ins Zimmer hinein: Ich sah das Bett, sah Cora – sie lag ausgestreckt auf dem Bett – und Baba, die mir den Rücken zuwandte und sich über Cora beugte. Sie war auch diejenige, die schluchzte, denn ich sah Coras Kopf. Er lag auf dem Kissen, reglos, die Augen fest geschlossen. Aus Babas Schluchzen sprachen übermächtig Bitternis, Angst und Schmerz. Ich hätte niemals gedacht, die ruhige, bedächtige Baba könnte so hemmungslos schluchzen. Dazwischen verstand ich Satzfetzen wie: «Mama, es ist nichts, gar nichts, mach dir keine Sorgen, Mama, alles kommt wieder in Ordnung, du wirst schon sehen, Mama.» Und während sie sprach und weinte, rückte sie unter Coras Kopf die Kissen zurecht, strich ihr das Haar aus der Stirn, bis Cora sagte, hart, ohne die Augen aufzutun: «Wenn nichts ist, warum weinst du?»

«Weil ich eine dumme Gans bin. Kümmere dich nicht um mich. Sag mir lieber, wie's dir geht.»

«Schlecht.»

«Komm, ich leg dich ins Bett. Schlaf. Ruh dich aus.»

«Du weißt doch, ich kann nicht schlafen.»

«Nimm ein Schlafmittel.»

«Das wirkt nicht.»

«Ich bleibe bei dir, damit du nicht so allein bist.»

«Das ist nicht nötig. Nein. Hilf mir nur, mich auszuziehen. Das genügt.»

«Wirklich?»

«Ja, wirklich.»

«Dann ziehe ich dich aus. Selbstverständlich.» Und sie begann wieder zu schluchzen, so laut, daß Cora sie neuerlich zurechtwies, hart und fast bösartig: «Hör endlich zu heulen auf, blöde Person. Was hast du eigentlich? Darf man fragen, was du hast?»

«Ich bin nervös, verzeih. Kümmere dich nicht um mich.»

Diesmal sagte Cora nichts mehr und ließ Baba gewähren, den Kopf in die Kissen gebettet, die Augen noch immer geschlossen. Baba begann sie zu entkleiden. Sie zog Cora die Schuhe aus, stellte sie sorgsam ans Fußende des Bettes, faßte mit beiden Händen den Saum des Rocks, schlug ihn vorsichtig hoch, dann sah ich, wie ihre Finger den Strumpf aus dem Strumpfhalter lösten und ihn mit geübten Griffen einrollten, beinabwärts bis zur Ferse, die Baba sodann in die Hand nahm, um ihn vollends abzustreifen. Sie beugte sich wieder über Cora, verfuhr mit dem zweiten Strumpf ebenso, zog Coras Rock wieder bis über die Knie hinunter, öffnete den seitlichen Reißverschluß, streifte den Rock über die Beine und legte ihn säuberlich auf den Sessel neben die Strümpfe. Jetzt war Cora im Unterkleid; es war grün mit gelber Spitze, Baba zog es ihr über den Kopf, Cora lag einen Augenblick in schwarzer Unterwäsche, Höschen und Büstenhalter da, und ich konnte feststellen, wie abgezehrt sie war. Cora war nie mager gewesen, immer von straffer, kompakter, gleichsam handfester Schönheit. Jetzt aber ahnte man die spitzen Hüftknochen, das Rippengestänge des Brustkorbs, die Höhlungen des Schlüsselbeins. Ich erinnerte mich des Nabels als eines weißen Grübchens, in schimmerndes Fleisch gebettet. Jetzt war da ein dunkler Fleck, eine Art schlecht verheilter Narbe inmitten der gelblichen Falten des eingefallenen Bauchs. Ein breiter, ungerader Riß trennte die Beine voneinander, vom Schoß bis hinab zu den Knöcheln, die Hinterbacken erschienen geschrumpft, die Schenkel milchigweiß, und ich sah die erschlafften Muskeln, über deren vortretenden Strängen die Haut körnige Falten warf. Mein Blick folgte Babas Händen zu Coras Brüsten hinauf; ich sah die zwei schwarzen Schalen des Büstenhalters verschwinden und gleichzeitig die Brüste zur Seite fallen, flach, lang, zwei leere Taschen, hinabgezogen vom Gewicht der großen braunen Warzen. Baba legte den Büstenhalter zu der übrigen Wäsche auf den Sessel und fragte besorgt: «Wo ist das Nachthemd?»

«In der Lade.»

«In welcher?»

«Der obersten Kommodenlade.»

Baba näherte sich der Kommode, ich trat schnell zurück, ging auf den Zehenspitzen in Richtung meines Zimmer, blieb auf halbem Weg stehen, genauer gesagt, vor Babas Tür, betrat den Raum, machte

Licht, setzte mich in den Sessel, der neben dem Schreibtisch stand, drehte ihn so, daß ich die Tür überblickte, zündete eine Zigarette an und schickte mich an zu warten. Es dauerte nicht lange. Nach etwa zwanzig Minuten kam Baba herein, ging zur Frisierkommode und begann, ohne ein Wort zu sagen, ohne meine Anwesenheit im geringsten erstaunlich zu finden, die Jacke auszuziehen. Ich fragte: «Was war denn los? Warum habt ihr nicht fertiggegessen? Warum seid ihr so plötzlich aufgebrochen?»

Sie ließ die Jacke fallen, trat an den Spiegel, betrachtete ihr Gesicht aufmerksam, betastete die geröteten, vom Weinen geschwollenen Lider und erwiderte schließlich: «Weißt du, was geschehen ist? Etwas Schmutziges, Trauriges. Zwei Polizisten waren da und haben uns aufs Revier mitgenommen. Dort mußten wir zwei Stunden warten, dann riefen sie Cora hinein. Was drinnen passierte, weiß ich nicht. Vielleicht handelte es sich um das Haus an der Via Cassia. Oder um etwas anderes. Cora wollte es mir nicht sagen. Ich weiß nur, daß ihr plötzlich schlecht wurde und sie in Ohnmacht fiel. Die Polizisten haben sie in einem anderen Zimmer auf ein Sofa gelegt und mich hineingerufen. Ich wartete bei ihr, bis es ihr besser ging, dann durften wir wieder nach Hause.»

Babas nüchterner Bericht enttäuschte mich irgendwie. Die einfachste, augenfälligste, gerechteste Lösung – die «Razzia» der Polizei – hatte ich nicht einkalkuliert, obwohl ich an Verbrechen gedacht hatte, an Grausamkeit, Mord, Raserei. Ich sagte: «Ich habe zugesehen, wie du Cora ausgezogen hast.»

«Wo warst du?»

«Hinter der Tür. Du hast fortwährend geweint. Warum? Wo sich doch im Grunde alles so schön eingerenkt hat?»

Sie sagte nach einer Weile: «Ich habe solche Angst.»

«Angst? Wovor?»

«Als Cora auf dem Diwan lag und ich sie so liegen sah, da hatte ich das Gefühl, als läge sie im Sterben.»

«Im Sterben? Aber warum denn? Ihr war übel. Sonst nichts. Vom Himmel gesandt übrigens, diese Übelkeit. Oder nicht?»

«Mach keine Witze.»

«Im Grunde sehr begreiflich, daß einem übel wird in so einer Lage.»

«Nicht Cora.»

«Warum sollte sie sterben?»

«Ich hoffe, es ist nichts Ernstes. Aber ich hab solche Angst, sie könnte bald sterben.»

Ich sagte nichts, erhob mich, trat zu Baba, die augenblicklich die Arme um meinen Hals legte, und so standen wir eine Weile, einander umschlossen haltend, vor dem Spiegel, der unser Bild zurückwarf und bestätigte, daß unsere Umarmung diesmal wirklich völlig unschuldig war. Doch während ich sanft Baba auf den Rücken klopfte, wie man es bei Traurigen tut, konnte ich nicht umhin, zu erwägen, daß alles nach den Gesetzen des täglichen Einerlei ablief: statt der Erpressung, dem Hinterhalt, der Rache des betrogenen Gatten, des Verteidigers seiner Ehre – die Razzia der Polizei; statt des Mordes – der Tod im Bett, das Sterben an einer Krankheit, die jeden befallen konnte. Der Deus ex machina, daran bestand kein Zweifel, trat langsam in Aktion, Cora würde sterben, die Last einer erloschenen Beziehung glitte von meinen Schultern; ich wäre frei, unbeschwert, und Baba, die aufopfernde Tochter, pietätvoll bis zum Letzten, wäre nicht länger gezwungen, die eigene Mutter ausschließlich deshalb zu lieben, weil nichts sie dazu bewog.

Wir lösten uns voneinander, und mit der Umarmung endeten auch meine Überlegungen. Ich wünschte Baba gute Nacht und kehrte in mein Zimmer zurück. Es war zwei Uhr. Ich legte mich nieder, griff nach einem Buch über die Vereinigten Staaten, das ich an diesem Tag gekauft hatte, las noch etwa eine Stunde und schlief dann endlich ein.

Dienstag, 15. Dezember

Heute begriff ich, daß mir nur eines zu tun bleibt: möglichst bald abzureisen. Mein Aufbruch wird bis auf weiteres mein Tagebuch beenden und damit auch den Roman. Sollten sich jedoch Babas Vorahnungen bewahrheiten, und es ist höchst wahrscheinlich, daß dies der Fall sein wird, so dürfte Coras Tod nicht lange auf sich warten lassen; würdiger Epilog einer typischen, dem täglichen Einerlei entnommenen Geschichte, in deren Verlauf nichts geschah, nie etwas geschehen würde und niemand Maßnahmen ergriff.

Cora stand wie zu erwarten am nächsten Morgen auf, ging aus und telefonierte, sie käme nicht zum Essen. Wahrscheinlich stand diese Geschäftigkeit in Zusammenhang mit dem gestrigen Abendbesuch der beiden Polizisten. Wahrscheinlich war Cora unterwegs, um die Gefahr einer Verhaftung schleunigst von sich abzuwenden, vielleicht, um bis auf weiteres die Via Cassia-Villa zu schließen, oder auch nur, um uns und sich selber zu beweisen, daß sie gesund war, nicht krank, und daß sie keiner Behandlung, keines Anstaltsaufenthalts bedurfte. Sie erinnerte mich an einen Boxer, der sich, obwohl am Ende seiner Kraft, dennoch zusammenrafft in dem verzweifelten Bemühen, den Gegner ein letztes Mal zu treffen.

Ich fragte mich, ob ich die Möglichkeit einer Verhaftung fürchtete, den daraus entstehenden Skandal, die Nennung meines Namens; und ich stellte nicht unbefriedigt fest, daß eine derartige Aussicht mich völlig gleichgültig ließ. Ein anderer Deus ex machina, weiter nichts, allerdings ein strafender, rächender Gott, dessen Zorn nicht nur Cora träfe, sondern auch mich, wahrscheinlich nicht unverdienterweise.

Auch Baba blieb dem Mittagstisch fern, vielleicht begleitete sie Cora, vielleicht traf sie Santoro. Ich aß allein, ging dann in mein Zimmer, setzte mich an den Schreibtisch und machte mich daran, das Tagebuch durchzublättern.

Ich las den Anfang, die Stelle, wo ich darauf hinwies, daß ich mir das Recht vorbehielt, tatsächlich Geschehenem Erdachtes zuzufügen, als Material für den geplanten Roman, und versank in tiefes Nachdenken.

Warum stand dieser Hinweis da? Warum hatte ich ihn hingeschrieben? Wirklich nur, um mir von allem Anfang an das Recht vorzubehalten, den Roman in Gang zu bringen? Oder nicht etwa vielmehr, um Dinge zu behaupten, die es in Wahrheit nicht gab, um andere verbergen, mir selber verschweigen zu können? Wollte ich eines Tages tatsächlich den Roman schreiben, mußte ich aus dem Tagebuch nicht nur jene Zusätze übernehmen, die dazu dienten, die Wirklichkeit gleichsam wirklicher erscheinen zu lassen, sondern auch jene Stellen ausmerzen, wo ich dieselbe Wirklichkeit, wann immer sie mir – selbst in einem Tagebuch – uneingestehbar erschienen war, verfälscht und verschleiert hatte. Dieser Reinigungsvorgang allerdings erwies sich als äußerst schwierig: Sowohl die Zusätze im Dienste der Wirklichkeitsvertiefung als auch die Verfälschungen zu dem Zweck, die Wirklichkeit zu verschleiern – alle diese Änderungen entsprangen nämlich durchaus nicht ausschließlich künstlerischem Gestaltungswillen, literarischer Notwendigkeit, bedingt durch die Romanstruktur, sondern persönlichen Gründen, die ich, ich fühlte es wohl, nicht einmal mir selber eingestand. Das hieß, mein Tagebuch war nicht nur die Geschichte meines Lebens, vielmehr eines Lebensabschnitts, sondern auch der geheime Spiegel meines Innersten, meiner Seele, enthielt nicht nur echte, geträumte Träume, die mir bedeutungsvoll erschienen waren, sondern auch Vorkommnisse und Personen, die ich erfunden hatte, deren ich mich bediente wie jener nächtlichen Zeichen, um Versuchungen zu verbergen, beziehungsweise um ihnen ungestraft zu erliegen.

Der Mensch – sofern er nicht schreibt – hat nur seine Träume; er mag sie schlafend träumen oder wachend. Dem Romanschriftsteller jedoch steht eine Welt zu Gebote, eine erdachte Welt, die allerdings, gleich echten Träumen, nicht jene ist, die sie zu sein scheint; und die Bedeutung dessen, was in dieser Welt geschieht, ist eine andere als jene, welche sie zu sein vorgibt. Nun unterscheidet man zwei Arten von Romanschriftstellern: jene, die an die von ihnen erdachte Welt glauben, und jene, die dies nicht tun. Die Romane ersterer gleichen Rätseln, deren Lösung sie selber nicht kennen; letztere besitzen den Schlüssel zu dem, was sie schreiben, das heißt, sie sind in der Lage, Verborgenes sichtbar zu machen. Zu ihnen, das stand außer Zweifel, gehörte ich.

Das alles wirkt vielleicht verworren. Aber man überlege: Ein Tagebuch kann nicht wahr sein. Warum? Im Augenblick, da der Tagebuchschreiber ein Ereignis festhält, dessen Hauptperson er selber war, hört er auf, der zu sein, dem das Geschehen widerfuhr, und wird Berichterstatter. Der, dem es widerfuhr, unterscheidet sich von dem Schreiber, steht zu ihm in dem Verhältnis der dargestellten Person zu ihrem Darsteller, das heißt, des Objekts zum Subjekt. Gewiß, zwischen diesen beiden herrscht Übereinstimmung, doch eben der Vereinigung beider entspringt die Veränderung, die das Tagebuch erfährt, auf sie lassen sich alle Lügen, Verschweigungen, Entstellungen im Tagebuch zurückführen. Im Grunde ist ein Tagebuch wahrhaft, kann gar nichts anderes sein. Doch liegt diese Wahrheit jenseits des dargestellten Geschehens. Es gilt, sie aufzuspüren. Dies ist der Grund, warum sämtliche Tagebücher, Autobiographien, Lebensbeichten, Memoiren und so weiter mehr oder weniger falsch sind, den Fakten nach lügenhaft, doch psychologisch wahr. Wer stellt sich vor dem Spiegel nicht in irgendeine Pose? Die Wahrheit spricht nicht aus dem Bild, sondern aus der Haltung des Gespiegelten im Augenblick der Spiegelung, aus seinem Wesen, das sich in dieser Sekunde wie von selbst, wie mit einem Zauberschlag formt. Dieses Spiegelbild darf nicht blindlings anerkannt werden: Man muß es deuten, prüfen, kritischer Betrachtung unterziehen, und wird es als geballten Reflex gleichsam automatischer Lügen, Entstellungen, Verfälschungen erkennen.

Was zeigte in meinem Fall die kritische Betrachtung? Sie zeigte, daß der Held des Tagebuchs sein Dasein ausschließlich der Unterschlagung eines bedeutenden Teils der Wirklichkeit verdankte und daß sein wahrer Charakter nicht nur aus der Art des unterschlagenen Geschehens sprach, sondern auch aus der Tatsache, es unterschlagen zu haben.

Rekapitulieren wir: Der Held des Tagebuchs, ein Romanschriftsteller, beschließt, einen Abschnitt seines Lebens im Tagebuch mit der Absicht festzuhalten, diesem Tagebuch später die Elemente eines Romans zu entnehmen. Und nun das Seltsame: Eben dieses Romanvorhaben machte, knapp vor der Verwirklichung, die Gestalt des Schriftstellers zunichte. Nähme ich eines Tages den Roman wirklich in Angriff, würde ich zugeben müssen, daß nicht ausschließlich der Plan, einen Roman zu schreiben, meinen Entschluß bedingt hatte, ein Tagebuch zu führen, von Nichtdasein zu Dasein überzugehen, an Babas Tür zu klopfen, sondern, darüber hinaus, etwas ganz anderes, weniger Erhabenes, kurz etwas Unliterarisches. Ich hatte es unterdrückt, mußte es unterdrücken, sonst hätte die Figur meines Schriftstellers niemals Gestalt angenommen. Jetzt aber wurde mir klar, daß eben das Romanprojekt mich zwang, das Vorhandensein dieses Etwas anzuerkennen, ja dieses Etwas sogar der Handlung meines Romans gleichsam zugrunde zu legen.

Während ich das alles erwog, hörte ich, daß sich hinter mir die Tür meines Zimmers öffnete. Ich erkannte Babas Schritt und wartete unbeweglich. Baba kam an meinen Tisch, blieb stehen und fragte: «Was tust du?»

«Ich lese mein Tagebuch.»

Ich hatte Baba mehrmals von meinem Tagebuch erzählt sowie von meinem Vorhaben, dieses Tagebuch später einmal zu einem Roman zu gestalten. Sie fragte: «Bist du zufrieden?»

«Inwiefern?»

«Entspricht es deiner Absicht? Wirst du es verwenden können, um den Roman zu schreiben?»

«Ja und nein.»

«Wieso ja und nein?»

«In gewisser Hinsicht ja, in anderer nein.»

«In welcher nein?»

«Du weißt, ich habe während der Arbeit Zusätze gemacht, der Meinung, sie würden mir später, bei der Abfassung des Romans, vielleicht von Nutzen sein.»

«Ja, das hast du mir erzählt.»

«Einige dieser Zusätze lassen die Wirklichkeit sozusagen wirklicher erscheinen. Andere wieder bewirken das Gegenteil.»

«Laß sie weg, das ist doch ganz einfach.»

«Ja, sicher, ich müßte sie weglassen, aber das ist nicht ganz leicht. Die Zusätze dienen nämlich unter anderem auch dazu, eine Wahrheit zu verbergen. Lasse ich die Zusätze weg, tritt diese Wahrheit zutage.»

«Desto besser. Nicht?»

«Ja, theoretisch. Aber . . .»

«Was, aber?»

«Es fällt mir unsagbar schwer, diese Wahrheit zu akzeptieren, mir selber einzugestehen.»

«Warum?»

«Weil es eine Wahrheit ist, deren ich mich schäme.»
«Was wird es so Schreckliches sein?»
«Nichts Schreckliches.»
«Also?»
«Es gibt Dinge, die sagt man leicht – andere mit Mühe.»
«Warum?»
«Das ist eben die Frage. Wahrscheinlich, weil diese Dinge nicht ausgesprochen wurden, als es Zeit war, sie auszusprechen.»
«Was willst du damit sagen?»
«Daß es schwierig ist, sie zu erwähnen, weil sie verschwiegen wurden, und je länger etwas verschwiegen wurde, desto größer die Schwierigkeit, es schließlich auszusprechen.»
«Warum?»
«Weil die Zeit es begraben hat, unter Gebirgen des Schweigens. Und daher ...»
«Und daher?»
«Daher muß man sie ausgraben, und das ist mühselig, unangenehm.»
«Wenn es tatsächlich so mühselig ist, tatsächlich so unangenehm, dann laß es sein, und schweig weiter.»
«In dem Fall erhebt sich die Frage: Was wird aus meinem Roman?»
«Was hat der damit zu tun?»
«Wenn ich das, was ich meine, weiterhin verschweige, wird mein Roman nie geschrieben.»
«Warum nicht? Worum handelt es sich?»
Ich gab keine Antwort. Wir blickten einander an. Baba fuhr fort: «Versuch doch, es mir zu erzählen. Ich weiß, es gibt Dinge, die gesteht man eher einem Fremden ein als sich selber.»
«Du bist der letzte Mensch, dem ich sie eingestehen könnte.»
«Warum?»
«Aus einem sehr einfachen Grund.»
«Welchem?»
«Sie betreffen dich.»
«Mich?»
«Ja.»
Wieder sahen wir einander an. Und plötzlich wurde mir klar, daß Baba der einzige Mensch war, an den ich meine Beichte zu richten vermochte, obgleich die bewußten Dinge, die ich nicht auszusprechen wagte, sie selber betrafen. Warum? Weil ich Baba geliebt hatte, liebte, und wußte, daß nur die Liebe gewisse Geständnisse zuläßt, um wieviel mehr eine Liebe, wie die meine zu ihr, durch und durch hoffnungslos war, bewußt verzichtgebunden.

Ich sagte erregt: «Also schön, ich werde dir sagen, was ich mir selber nicht einzugestehen wagte. Wir machen es wie beim Psychiater. Du wirst der Doktor sein, ich der Patient. Aber im Gegensatz zu einer normalen Behandlung setze ich mich an den Schreibtisch, und du legst dich auf das Bett.»

«Warum?»

«Bitte tu, was ich sage.»

Baba ging zum Bett, streckte sich aus; ich blieb am Schreibtisch sitzen, den Rücken ihr zugewandt und sagte: «Jetzt werde ich es dir sagen. Ich wollte dich nicht ansehen, während des Sprechens, deshalb habe ich dich gebeten, dich auf das Bett zu legen. Außerdem kannst du mir so in aller Bequemlichkeit zuhören.»

Sie sagte nichts.

Ich fuhr fort: «Erinnerst du dich an den Beginn unserer Beziehungen?»

«Welcher Beziehungen?»

«Erinnerst du dich an den Abend, als ich an deine Zimmertür klopfte, nach meiner Rückkehr aus Persien? Was hat sich da abgespielt?»

«Ich erinnere mich sehr gut. Du hast mir einen Brief gezeigt, einen anonymen Brief. In diesem Brief war von Coras Gewerbe die Rede. Du fragst, ob es wahr sei; und ich sagte ja, es ist wahr.»

«Stimmt. Aber hast du das Datum bemerkt? Das Datum jenes Briefes?»

«Nein, ich glaube nicht. Warum?»

«Weißt du, welches Datum es war?»

«Welches?»

«Der 5. Oktober 1952.»

«Das heißt, du hattest den Brief nicht an diesem Morgen bekommen?»

«Nein, zehn Jahre vorher. Weißt du, was das bedeutet?»

«Was?»

«Nicht mehr und nicht weniger, als daß ich bereits seit zehn Jahren über Coras Gewerbe Bescheid wußte.»

«Aber du hast doch gesagt, du hättest keine Ahnung.»

«Ich habe gelogen.»

«Warum?»

«Warum ich gelogen habe, das eben hatte ich bis jetzt nicht den Mut zu gestehen, und das möchte ich jetzt sagen, falls du Geduld genug hast, mich anzuhören.»

«Geduld so viel du willst.»

«Also. Als ich den Brief erhielt, 1952, da stand ich zu Cora nicht mehr in körperlicher Beziehung. Indirekt aber schon.»

«Wie meinst du das?»

«Hör zu. Ich habe vor etwa zehn Jahren jede eheliche Beziehung zu Cora abgebrochen. Ich liebte sie plötzlich nicht mehr. Und um dieselbe Zeit kamen mir auf etwas rätselhafte, im Grunde aber durchaus normale Weise etliche Huren ins Haus, deren jede behauptete, die vorherige zu kennen. Ein anderer an meiner Stelle hätte diese Besuche von Anfang an unterbunden. Aber ich...»

«Aber du...?»

«Es würde zu weit führen, wenn ich dir erklären wollte, warum ich duldete, daß die Mädchen zu mir ins Haus kamen. Sagen wir, ich war in einer Krise, sagen wir, die Mädchen stellten sich im richtigen Augenblick ein.»

«Warum warst du in einer Krise?»

«Aus einer Reihe von Gründen. Doch darum geht es jetzt nicht.»

«Sondern?»

«Um folgendes: Eben zu jener Zeit schrieb mir der Unbekannte. Mir kam ein Verdacht, ich fragte eines der Mädchen und erfuhr alles.»

«Was alles?»

«Nicht nur, daß Cora dieses Gewerbe betrieb, das wußte ich eigentlich schon; ich hatte ja den Brief bekommen; nein, noch etwas anderes, etwas, das nicht in dem Brief stand.»

«Was?»

«Daß alle diese Mädchen von Cora geschickt worden waren. Cora wollte durch sie mit mir in Beziehung bleiben, in körperlicher Beziehung, wenn auch nur indirekt. Und außerdem wollte sie sich sozusagen davon überzeugen, daß ich – wie soll ich es ausdrükken –, daß ich ihr nicht entglitt, daß ich mich ihrem Weltbild einfügte. Und jetzt gib gut acht: Das Mädchen, von dem ich die Wahrheit erfuhr, das war weder das letzte noch vorletzte, sondern eines der ersten.»

«Und? Worauf willst du hinaus?»

«Darauf, daß ich einfach nichts zur Kenntnis nahm, mich weiter Cora überließ, mich weiter ihrer bediente und den Besuchen der Mädchen erst viel später ein Ende setzte.»

«Warum dann?»

«Aus Überdruß. Das nehme ich zumindest an.»

«Und das hattest du nicht den Mut, in dein Tagebuch zu schreiben?»

«Nein, etwas anderes.»

«Was?»

«Ich setzte also den Besuchen ein Ende, ging zu der anderen Zeitung, bei der ich noch heute bin, unternahm meine erste Reise, doch ich trennte mich nicht von Cora, obgleich es an Gründen nicht fehlte, sondern tat, als wüßte ich nichts, und wohnte weiter mit ihr unter einem Dach.»

«Warum?»

«Ein anderer würde sagen, ich hatte ihre Dienste beansprucht. Und da ich ihre Dienste nun einmal beansprucht hatte, konnte ich nicht mehr zurück und so weiter.»

«Das würde ein anderer sagen. Aber du? Was sagst du?»

«Ich sage – aus Abwesenheit.»

«Was meinst du damit?»

«Ich war ‹nicht da›. Verstehst du, was ich meine? Ich wollte mit Cora nichts mehr zu schaffen haben, kam mit mir aber nicht ins reine, wie ich mich ihr gegenüber eigentlich verhalten sollte. Damit war Handeln unmöglich, und mir schien, als bliebe nichts anderes, als mich in einen Zustand innerer Abwesenheit, bewußten Nichtdaseins zu retten. Das ist mir auch ausgezeichnet gelungen, glaub mir.»

«Ich glaube es.»

«Ich führte also das Leben, an das du dich erinnerst: acht Monate im Ausland, vier Monate daheim. Und während der Zeit daheim keinerlei Beziehung zu Cora, keinerlei Beziehung zu dir. Als sei ich ein Mieter und nicht Coras Mann oder dein Stiefvater.»

«Das hattest du nicht den Mut, mir zu sagen?»

«Nein, so weit sind wir noch nicht. Also, diese Art Leben währte etwa vier Jahre. Da trat etwas Neues ein.»

«Was?»

«Jemand rief an, ich war zwischen zwei Reisen in Rom, und sagte, dort und dort, dann und dann, die und die Straße, Wohnung soundsoviel, gäbe es etwas für mich.»

«Wer war dieser Jemand?»

«Cora. Sie meldete sich zwar nicht, doch ich erkannte ihre Stimme.»

«Und?»

«Und anstatt abzuwinken, statt ihr sofort zu sagen, daß ich wußte, wer sie war, nahm ich das nicht zur Kenntnis und ging hin.»

«Und?»

«Ich sah, was mir bestimmt war, und lief davon.»

«Was war es?»

«Warum tust du, als wüßtest du's nicht?»

«Ich tu nicht so. Ich weiß es nicht.»

«Doch. Du hast es immer gewußt: Es war Baba.»

«Das ist nicht wahr. Ich weiß, ich habe immer gewußt, daß damals, das erste Mal, als Cora Baba hinführte, niemand gekommen ist. Ich habe nie gewußt, daß der Mann, der damals kommen sollte und nicht gekommen ist, daß du dieser Mann warst.»

«Doch, du weißt es seit damals, Baba; ich habe Beweise.»

«Welche?»

«Baba saß in dem Sessel, den Rücken zur Tür. Die Tür war offen. Baba las eine Illustrierte und hielt den Kopf gesenkt. Vor Baba stand ein Diwan, oberhalb des Diwans hing ein großer Spiegel. Stimmt das?»

«Ja, das stimmt, aber das habe ich dir selber erzählt, erinnerst du dich?»

«Warte. Was du mir nicht erzählt hast, und ich weiß nicht, warum: In dem Augenblick, als ich auf die Schwelle trat und in den Spiegel blickte und Babas Gesicht sah – in dem Moment, blickte Baba auf, und unser beider Blicke trafen einander im Spiegel, und sie erkannte mich.»

«Bist du dessen sicher?»

«Ganz sicher. Baba hat mich erkannt und hat mich angesehen, als sei sie gespannt, was ich täte. Was ich getan habe, weißt du. Ich bin davongelaufen.»

«Apropos: Warum bist du davongelaufen?»

«Mir war, als wäre ich in einen Hinterhalt geraten, von Cora und von Baba in eine Falle gelockt worden.»

«Von Baba? Wieso von Baba?»

«Genauer gesagt, vermittels Babas. Ich wußte ja nicht, daß Baba sich damals zum erstenmal in dieser Wohnung befand. Ich dachte, sie sei schon des öfteren in dieser Wohnung gewesen; sagte mir, daß Cora, im Einverständnis mit Baba, sich Babas bediente, um mich neuerlich an sich zu fesseln, als Mitschuldigen diesmal, oder daß sie mit Hilfe Babas wieder einmal versuchte, mit mir in Verbindung zu bleiben, wie damals mit Hilfe der Mädchen, wenn auch nur indirekt.»

«War es das, was du nicht den Mut hattest, mir einzugestehen?»

«Ja.»

«Wieso hattest du nicht den Mut, da du doch überzeugt warst, Baba hätte dich erkannt?»

«Weil ich begann, Baba zu lieben, und zwar in dem Augenblick, genau in der Sekunde, als ich sie damals in dem Zimmer sitzen sah, und weil ich eben deshalb davonlief, weil ich begann, sie zu lieben. Deshalb hatte ich nicht den Mut, dir die Wahrheit zu sagen. Ich schämte mich.»

«Warum?»

«Ich schämte mich, davongelaufen zu sein. Verstehst du? Ich hätte eingreifen müssen.»

«Wie?»

«Es wäre meine Pflicht gewesen, Cora zur Rede zu stellen, Baba vor Cora zu retten.»

«Verzeih, mir fehlt der Zusammenhang zwischen der Tatsache, daß du dich in Baba verliebt hast, und dem Umstand, daß du davongelaufen bist, ohne eingegriffen zu haben. Wie soll ich das verstehen? Das mußt du mir erklären. Wenn du sie wirklich liebtest, hättest du logischerweise eingreifen müssen.»

«Dazu war ich eben nicht fähig. Ich hatte Angst vor mir selber. Eben weil ich Baba liebte, fürchtete ich mich davor, Cora zur Rede zu stellen, der Versuchung zu erliegen, mit einbezogen zu werden, und zwar diesmal rettungslos. Vergiß nicht, ich war überzeugt, daß derlei Dinge für Baba durchaus nichts Neues seien; ich dachte daher nicht an Baba, hielt sie für nicht mehr zu retten, sondern ausschließlich an mich. Deshalb lief ich davon und verließ Rom am Tage darauf, obwohl ich eigentlich noch eine Woche Zeit gehabt hätte.»

«Und dann?»

«Dann vergingen sechs Jahre, und ich liebte Baba noch immer und war übrigens überzeugt, daß sie meine Liebe erwiderte.»

«Deine Liebe erwiderte?»

«Ja. Davon war ich überzeugt. Und bin es noch immer. In dem Augenblick, als unsere Blicke einander im Spiegel trafen, begannen wir, einander zu lieben.»

«Wenn das wahr ist, dann sag mir, warum Baba sich dir nicht erklärt hat, nicht zu dir gekommen ist, nicht gesagt hat: Ich habe dich gesehen, da bin ich, ich liebe dich. Warum hätte Baba tun sollen, als hätte sie dich nicht gesehen?»

«Aus denselben Gründen wie ich. Um nicht in Versuchung zu geraten.»

«Was wären das für Gründe gewesen?»

«Wir haben sie oft besprochen. Baba wollte mich zum Vater, wollte meine Tochter sein.»

Lange Zeit herrschte Stille. Endlich hörte ich Baba langsam und bedächtig sagen: «Jetzt müßte ich eigentlich behaupten, Baba kann dir nicht vergeben, daß du dich an jenem Tag nicht für sie eingesetzt, Cora nicht zur Rede gestellt hast, daß du dich nicht bemüht hast, Baba – wie sagtest du? – vor Cora zu retten. Nicht wahr?»

«Ja, das müßtest du eigentlich.»

«Aber es ist nicht so. Erstens und vor allem: Baba hat sich nicht in dich verliebt. Wahr ist, ich gebe es zu, daß sie dich gesehen und erkannt hat. Das abzustreiten, wäre jetzt sinnlos. Doch sie hat sich nicht in dich verliebt. Baba war damals wie tot. Kann sich eine Tote verlieben? Nein, damals, in dem Augenblick, empfand Baba überhaupt nichts. Später schon, das ist wahr, in der Erinnerung, aber kein Gefühl der Liebe.»

«Sondern?»

«Das ist schwer zu beschreiben. Ich glaube eigentlich, das Gefühl, das sie auch für Cora empfindet.»

«Und zwar?»

«Dankbarkeit.»

«Dankbarkeit?»

«Ja.»

«Wofür? Wie konnte Baba für Cora Dankbarkeit empfinden, für Cora, die sie zum Kauf angeboten, für mich, der sie beinahe gekauft hatte?»

«Die Dankbarkeit kam später. Damals, in jenem Moment, ereignete sich nichts als der Tod der alten, naiven Baba. Später, nach einiger Zeit, stellte sich Dankbarkeit ein.»

«Dankbarkeit wofür?»

«Ihr habt Baba sterben lassen. Und dafür ist sie euch dankbar.»

«Sterben?»

«Ja. Die alte Baba starb, und zwar in dem Augenblick, als sie dich im Spiegel erkannte. Deshalb sagte dir Baba auch nie, im Laufe all jener Jahre, daß sie dich im Spiegel gesehen, daß sie dich erkannt hatte. Verstehst du? Die Baba, die dich gesehen, die dich im Spiegel erkannt hatte, nun, diese Baba war tot, und jene Baba, die nun Cora und dir dankbar ist, das ist die neue Baba, die, wie du sehr richtig sagtest, Cora als ihre Mutter, dich als ihren Vater, sich selber als eure Tochter sehen will.»

«Bedurfte es zu alldem des Todes der alten Baba?»

«Ja, unbedingt. Weißt du was?»

«Was?»

«Baba betrachtet sich durchaus als Dutzendmädchen, findet, daß sie sich in nichts von Gleichaltrigen unterscheidet, außer in einem: Die anderen haben nicht nach ihrem Tod wieder zu leben begonnen. Baba schon.»

«Was willst du damit sagen?»

«Was ich gesagt habe. Nicht mehr und nicht weniger.»

Wir schwiegen eine Weile. Dann fuhr Baba wieder fort: «Eines hast du mir noch nicht erklärt. Warum hast du nach sechs Jahren Schweigen plötzlich unter dem Vorwand des anonymen Briefes an meine Tür geklopft?»

«An jenem Abend wollte ich tun, wozu es mir sechs Jahre zuvor an Mut gefehlt hatte.»

«Und zwar?»

«Damals, das erste Mal, war ich aus Coras Wohnung davongelaufen, doch ich hatte mich in Baba verliebt, seither unentwegt an sie gedacht, ohne jedoch der Versuchung zu erliegen, mit ihr ein Verhältnis einzugehen, das mir grauenhaft erschien. An dem Tag meiner Rückkehr aus Persien gab ich der Versuchung nach, ganz plötzlich. Vielleicht war ich lediglich müde, gereizt, abgespannt von der Reise. Das ist alles.»

«Brutal ausgedrückt: Als du an Babas Tür klopftest, geschah es in der Absicht, Babas Geliebter zu werden?»

«Ja.»

«Warum hast du nicht versucht, die Absicht auszuführen?»

«Ich war davon überzeugt, Baba sei im Grunde nicht anders als die Stundenmädchen Coras. Und als ich klopfte, versuchte ich, mir selber vorzumachen, daß ich im Begriffe stand, etwas Normales zu tun, etwas Unwichtiges, Bedeutungsloses. Was ist Verderbnis anderes als eine bestimmte Art sinnloser Alltäglichkeit. Für mich gehörte Baba eben jener Alltäglichkeit an, doch als ich dann vor ihr stand, bemerkte ich zu meinem Erstaunen, daß ich sie wahrhaft liebte, mit einem Gefühl, das mir nur eine einzige Art der Beziehung zu Baba zugestand.»

«Welche?»

«Du darfst jetzt nicht lächeln, auch wenn du meine Worte unglaubhaft und lächerlich findest: keine Vater-Tochter-Beziehung, ich fühlte nicht väterlich, auch nicht die Beziehung des Mannes zu der Frau, die er liebt; ich wußte, ein solches Verhältnis war zwischen uns unmöglich, nein, die Beziehung, und du darfst jetzt wirklich nicht lächeln, Baba, des Autors zu seinem Geschöpf. Das mag dir auf den ersten Blick sehr literarisch erscheinen, aber das ist es nicht.»

Ich schwieg. Auch Baba schwieg. Ich fuhr nach einem Augenblick fort: «Keine wirkliche Beziehung ist so real wie jene, die zwischen einem Autor und seinem Geschöpf besteht. Sogar die echte Liebe ist weniger rein, zart, geheimnisvoll, weniger wundersam und vollkommen als jene. Gewiß, ich liebe dich, und meine Liebe zu dir hat sich nun, während ich zu dir spreche, von den letzten Schlacken befreit, wie Metall im Moment der Härtung. Und dennoch! Selbst diese Liebe kann es an Klarheit, an Realität nicht mit jener Liebe aufnehmen, die es mir ermöglichen wird, dich in meinem Roman darzustellen, sofern ich jemals die Kraft habe, diesen Roman zu schreiben. Und das, weil meine Liebe zu dir im wirklichen Leben letztlich Tätigsein bedeuten würde und weil jedem Tätigsein Verfälschtheit innewohnen muß, während jene Liebe, kraft deren ich dich in meinem Roman darstellen werde, aus der Betrachtung kommt, in die Betrachtung mündet, der Beschmutzung durch Taten daher niemals ausgesetzt sein wird, seien es vollbrachte, erträumte oder nie zu vollbringende. Diese Liebe empfinde ich für dich, und dafür bin ich dir dankbar, wie man jemandem dankbar sein muß, der in uns ein selten kostbares, zerbrechliches Gefühl erweckt.»

Ich verstummte, schwieg, wartete auf eine Bemerkung, doch die Bemerkung blieb aus. Ich wartete noch eine Weile. Dann stieg ein Verdacht in mir auf, die Stille machte mich stutzig; ich wandte mich um und sah das leere Bett. Ohne daß ich es bemerkt hatte, war Baba aufgestanden, leise zur Tür gegangen und auf den Zehenspitzen davon.

Donnerstag, 17. Dezember

Ich las soeben die letzten Tagebuchseiten und fühle mich genötigt, es zu einem Ende zu bringen, wenn auch nur zu einem vorläufigen, um so mehr, als ich meine Aufzeichnungen bis auf weiteres abbrechen muß. In fünf Stunden fliege ich in die Vereinigten Staaten. Der Abschluß drängte sich mir, warum, wird jeder verstehen, der noch ein Stück weiterliest, sozusagen doppelt auf, in Gestalt zweier tauglicher Möglichkeiten, die als Schluß des Romans gleichermaßen in Frage kommen. Die erste Möglichkeit:

Vor meiner Abreise möchte ich noch vermerken, daß auch die letzte Szene meines Geständnisses, meines Gesprächs mit Baba, aus der Luft gegriffen ist. Seltsam. Je weiter das Tagebuch fortschritt, desto öfter erlag ich der Versuchung, Einzelheiten zu erfinden, Ereignisse, ganze Szenen. Seltsam? Vielleicht nicht so sehr. Im Grunde nur der Beweis, daß meine Phantasie, durch Konzentration und ständige Hinwendung auf einen einzigen Gegenstand, anfängt sich zu regen, zu gären, von der reinen Betrachtung der Wirklichkeit unmerklich dazu überzugehen, sie künstlerisch zu gestalten.

Es ist daher ohne Bedeutung, daß ich an jenen gewissen Dingen, die ich Baba gestanden habe, in Wahrheit nicht schuldig bin, daß daher die ganze Beichte nicht der Wirklichkeit entspricht, daß der anonyme Brief tatsächlich erst an jenem Morgen in meine Hände gelangt war, daß ich von Coras Gewerbe bis zu jenem Tag tatsächlich nichts wußte.

Das alles ist ohne Bedeutung. Denn erstens hatte ich mich, aus welchem Grund auch immer, von Baba und Babas Schicksal zehn Jahre abgewendet, obwohl ich seinerzeit durchaus willens gewesen war, mich als ihren Vater zu betrachten, das heißt, ich hätte mich meiner Tochter unbedingt annehmen müssen, und zweitens, weil ich Baba tatsächlich liebte. Wie lange diese Liebe bestand, sechs Monate oder sechs Jahre, das war ziemlich nebensächlich. Als einzige Frage bleibt: Soll der Roman, ja oder nein, mit dem Geständnis enden? Oder mit der Polizeirazzia, mit der Rückkehr Babas und Coras in Erwartung des vorhersehbaren fatalen Deus ex machina, mit dem Tod Coras, Ursache: Krankheit, der es mir ermöglichen wird, meine Geschichte zu beenden, wie ich sie begonnen habe, im Zeichen der Alltäglichkeit, des grauen Einerlei? –

Die zweite Möglichkeit für einen Schluß: Ich muß es zugeben, ich weiß, wenn ich es nicht gestehe, wird es mir unmöglich sein, jemals den Roman zu schreiben. Die Geständnisszene stimmt, beruht auf Wahrheit, hat sich wirklich so abgespielt, mit denselben Enthüllungen, denselben Worten. Erfunden, unzutreffend hingegen ist der Zusatz, der die Geständnisszene als unzutreffend bezeichnet. Nun wäre allerdings klarzustellen, warum ich gewisse Dinge nun einmal nicht wahrhaben will, warum ich sogleich bereue, sie zugegeben zu haben, und leugne, daß ich sie je zugab. Vielleicht, weil ich nicht nur sie, sondern noch mehr eingestand, nämlich daß jenes Gefühl, ich müsse mich meiner Vergangenheit schämen, nicht der Empfindung entsprang, einer Täuschung erlegen zu sein, sondern vielmehr der Erkenntnis, mich schuldig gemacht zu haben.

Gewiß, unter anderem war ich auch einer Täuschung erlegen, als ich Coras Angebot annahm und in jene Wohnung ging, nämlich der Illusion, deren Urheberin Cora war, der Illusion, letzten Endes, in der die gewaltigste, größte, am weitesten verbreitete Lebenslüge vollkommensten Ausdruck fand. Somit hatte das Romanprojekt vornehmlich dazu gedient, mich endgültig von dem Gefühl der Beschämung zu befreien, ihr unterlegen zu sein.

Beide Schlüsse sind, wie gesagt, tauglich, allerdings auf verschiedene Art, in völlig verschiedenem Sinn.

Der zweite Schluß zum Beispiel, der das Geständnis bestätigt, verleiht dem ganzen Roman etwas Konstruiertes, Gewolltes. Zwar stellt sich der Mechanismus letzten Endes eher als eine Abfolge psychologischer Entwicklungen, dann echter Geschehnisse dar, doch deshalb bleibt nicht weniger wahr, daß die wichtigsten Elemente – ich zeige Baba den anonymen Brief erst zehn Jahre nach dessen Erhalt, gehe in die bewußte Wohnung, flüchte, ohne mich zu erkennen zu geben, verschweige Besuch und Flucht sechs Jahre lang – daß diese Elemente den Verdacht der Absicht nahelegen, des gesuchten Effekts, der Konstruiertheit, wenn auch auf psychologischem Gebiet. Allerdings, im wirklichen Leben kommt derlei vor, und wenn es möglich ist, neben romanhaften Romanen auch solche Romane zu schreiben, in deren Verlauf nichts geschieht, so bedeutet dies letztlich nichts anderes, als daß es auch im wahren Leben, in der gelebten Realität, nicht nur Ereignislosigkeit gibt, sondern zuweilen auch ein Überangebot an Geschehen. Außerdem läßt sich nicht leugnen, daß die Aussprache mit Baba, die Beichte, das Geständnis den Roman einer Art Lösung zuführt. Keine Unaufmerksamkeit, kein Nichtdasein währt zehn Jahre ohne Grund. Jetzt tritt der Grund zutage. Rätsel darf es in einem Roman weder für Autor noch Leser, nur für die Figuren geben. Siehe Ödipus.

Die erste Schlußmöglichkeit, der Widerruf der Beichte, verlegt den Roman, die Schilderung wahrer Geschehnisse, in das Gewissen des Autors. Das ist jetzt nicht mehr die Geschichte eines berechtigten Schuldgefühls, sondern die Erörterung der Frage: Wie würde ein Romanschriftsteller die Probleme Schuld und Schuldgefühl romanhaft abhandeln? Der erste Schluß beschlösse einen dramatischen Roman, der zweite ein Romandrama.

Vielleicht wird jetzt jemand fragen, welcher der beiden Schlüsse tatsächlich der Wahrheit entspricht. Das werde ich nicht sagen. Es ist im Grunde ohne Bedeutung. Mein Problem, alles in allem, besteht nämlich weniger darin, mich anzuklagen, zu rechtfertigen, mein Innerstes bloßzulegen, als vielmehr, einen Roman zu schreiben. Und Romane bedürfen der Wahrheit, ohne Wahrheit kein Roman. Vermöchte nun jemand zu leugnen, daß beide Schlußarten wahr sind, wenn auch auf verschiedene Weise?

Nachwort

Der Deus ex machina, die Krankheit als Todesursache, er schien wie vorgesehen. Etwa in der dritten Woche nach meiner Ankunft in New York erreichte mich ein Brief Babas, in dem sie mir mitteilte, Cora hätte sich endlich untersuchen lassen, die Diagnose lautete: tödliche Krankheit, und zwar nicht, wie wir angenommen hatten, Lungentuberkulose, sondern vielmehr Lungenkrebs. Der Arzt, schrieb Baba weiter, hatte Cora noch ein halbes Jahr bis ein Jahr zu leben gegeben, und deshalb sei es nicht nötig, daß ich sogleich zurückkäme.

Es folgten mehrere recht zuversichtliche Briefe. Cora ging es besser, sie schien sich zu erholen; der Arzt kannte sich nicht aus, es war die Rede von einem Wunder. Da, plötzlich, ein jäher Rückfall und schließlich ein Telegramm, Cora läge im Sterben.

Im Flugzeug, hoch über dem Atlantik, suchte ich festzustellen, was ich nun eigentlich wünschte. Ich konnte mir nicht verhehlen, daß mein größter Wunsch darin bestand, Rom nach Coras Tod zu erreichen. Die Vorstellung, mit Baba am Totenbett zu weilen – gewiß gefiel Baba das Bild, paßte es doch so gut in ihr Wiederherstellungsprogramm –, dieser Gedanke war für mich von unsagbarer Widerwärtigkeit. Ich wollte nichts wiederherstellen. Cora war für mich Cora, sonst nichts; Baba war Baba; ich war ich, von Familie keine Spur. Zu sein, wer man war, was man war, nicht mehr und nicht weniger, erschien mir dem Streben, sein zu wollen, wie man eigentlich sein sollte, bei weitem vorzuziehen.

Der Deus ex machina nahm meinen Wunsch gnädig auf. In Rom angelangt, fand ich die Wohnung verödet. Das Dienstmädchen teilte mir mit, Cora sei am Morgen des Vortags gestorben, Baba in die Klinik gefahren, um den Leichnam abzuholen und auf den Friedhof zu überführen. Das Begräbnis fände eben jetzt statt. Nach einem Augenblick des Zögerns – ich war stark versucht, meine Ankunft zu verheimlichen und zu tun, als wüßte ich nichts – nahm ich meinen Mut zusammen und fuhr zum Krankenhaus. Ich kam gerade recht, um in die Kapelle zu eilen und zu sehen, wie vier Leichenträger den Sarg aufhoben und eine Treppe hinunter in Richtung des Leichenwagens beförderten, der auf einem Vorplatz stand. Der Sarg war aus hellem Weichholz, ein Sarg allerbilligster Sorte, und als ich ihm die Stufen hinabfolgte, mit Baba, Coras Eltern und Santoro, fiel mir die Schnelligkeit auf, die gleichsam frenetische Eile und Bündigkeit im Benehmen der Leichenträger, die ihn beinahe im Laufschritt die Treppe hinabtrugen, aufhoben wie ein Stück Holz, im Leichenwagen verstauten, die Wagentüren zuschmetterten, den Wagen zu zweit bestiegen, einer links, einer rechts, während sich die beiden anderen in ein kleines schwarzes Auto setzten. Kaum hatte das Zuwerfen der Türen die Stille des Parks durchhallt, als der Motor bereits aufheulte und der Leichenwagen losfuhr. Auch ich bestieg mein Auto, Baba setzte sich neben mich, und wir folgten dem Leichenwagen, eine kleine, vier Wagen starke Prozession: der Leichenwagen, der Wagen der Eltern Coras, Santoros Auto und meines. Wir alle fuhren rasch hinter dem Leichenwagen her, der die Krankenhausalleen durchraste. Schon lag das Tor hinter uns, schon waren wir auf der Via Cassia. Autos, wohin man blickte. Doch der Leichenwagen, wie verhext, fuhr unvermindert schnell, führte die gefährlichsten Überholmanöver aus, hupte, schlängelte sich vor, nützte kurze, verkehrsfreie Strecken, um mit voller Kraft loszubrausen, jäh abbremsend, jäh wieder beschleunigend. Ich sagte zu Baba – sie starrte zum Seitenfenster hinaus: «Was haben sie ? Warum fahren sie so schnell?» und sie erwiderte: «Wahrscheinlich haben sie's eilig, wahrscheinlich ist gleich darauf ein anderes Begräbnis.»

Ich sagte nichts. Hätte ich ausgesprochen, was ich dachte, genauer gesagt, was ich fühlte, hätte ich sagen müssen: Ja, vielleicht sind die Leichenträger tatsächlich deshalb in Eile, weil sie so schnell wie möglich wieder zurückfahren müssen. – Nichtsdestoweniger aber schien ihre Hast, was mich betraf, einem anderen Wunsch zu entspringen: dem Bedürfnis, sich so schnell wie möglich Coras zu entledigen, sie zu begraben und nie wieder, nie wieder an sie zu denken. Cora war etwas Fremdes, Feindliches, Destruktives, zumindest für jene Welt, der auch die Träger angehörten. Coras Gegenwart, drohend-verwirrend, sollte so bald wie möglich gleichsam ausgeschieden werden, ähnlich wie ein Körper Gefährliches ausscheidet, einen Holzsplitter etwa, oder Gift. Cora hatte an das Nichts geglaubt, hatte es begünstigt, verkörpert. Nun entledigte man sich ihrer so schnell es überhaupt ging. Daß ihr Leib nicht weggeworfen, sondern nach den Riten der Religion begraben wurde, war nicht der Pietät zuzuschreiben, sondern dem undurchbrechbaren Gefüge jener Welt, die Cora zeit ihres Lebens bedroht und geleugnet hatte.

Während ich diesen Gedanken nachhing, erreichten wir den Friedhof. Er war neu. Ich bemerkte es, sobald wir durch das Tor fuhren: eine nackte, kahle Allee, junge Zypressen, von Pfählen vorsorglich gestützt, Beete, hier und da ein sichtlich frisches Grab, das Schimmern bunten Marmors, das Gefunkel von Goldbuchstaben.

Der Tag war trüb und streng, einer jener für Rom typischen Wintertage, wenn es plötzlich zu regnen aufhört, wenn einförmiges Grau, wolkenlos, das gewohnte Blau des Himmels für ewig abgelöst zu haben scheint. Der Leichenwagen fuhr nach wie vor unvermindert schnell, eine Art Slalom zwischen den Beeten und kam schließlich mit einem Ruck am Fuß einer Anhöhe zum Stillstand – vier Reihen Grabnischen waren in den Hang gebaut –, auf einem kleinen Platz, von dem sich ein weiter, melancholischer Rundblick bot: die römische Campagna, bleichgrün, baumlos, ohne Häuser: die niedrigen welligen Hügel am Rande des Horizonts wirkten flach wie Kulissen. Die Autotüren öffneten sich, wir stiegen aus: Baba, Coras Eltern, Santoro und ein junges Mädchen, wahrscheinlich Santoros Schwester, und ich. Es gelang uns kaum, rechtzeitig den Leichenwagen zu erreichen, schon stand der Laderaum offen, die Leichenträger zogen rasch den Sarg heraus, packten ihn und beförderten ihn im Laufschritt zu einer der leeren Grabnischen. Es folgten zwei Männer mit zwei kleinen Blumenkränzen, dann wir. Wir hatten Mühe, mit den Trägern Schritt zu halten. Die für Cora bestimmte Nische in der obersten Reihe war mit Hilfe einer Leiter über ein kleines Gerüst erreichbar. Die Träger, den Sarg auf den Schultern, erkletterten hurtig die Leiter, schoben ihn hurtig in die Nische, kamen hurtig herab; jetzt stiegen zwei Maurer hinauf, der eine trug einen Korb Ziegel, der andere den Mörtelkübel und eine kleine Schaufel. Auf dem Gerüst kauernd, vermauerten sie die Öffnung mit geschäftiger Fertigkeit: eine Reihe Ziegel, darauf eine Mörtelschicht, wieder eine Reihe Ziegel, wieder eine Mörtelschicht, und so fort, bis die Öffnung vermauert war. Wir standen indessen unten, um das Gerüst geschart, und blickten in die Höhe. Und plötzlich kam mir der Gedanke, daß Cora in jener Nische nicht tot eingemauert wurde, sondern lebend, vielleicht, weil solche große Eile eher einem Feind zukam, den es zu beseitigen galt, als einem leblosen, ungefährlichen Körper.

Jetzt war die Grabnische vermauert. Die Handwerker nahmen den Grabstein, Coras Name, Geburts- und Sterbedatum waren in ihn eingemeißelt, setzten ihn ein, befestigten zu beiden Seiten die Kränze, kamen die Leiter herab. Das alles hatte gewiß einige Zeit beansprucht; schließlich dauert es eine Weile, ehe eine Nische vermauert, ein Grabstein eingesetzt ist. Mir aber wollte es scheinen, als seien wenige Minuten verstrichen. Einen Augenblick herrschte Stille, verlegen-verlogenes Schweigen. Dann endete die Zeremonie auf die übliche Art, mit vielsagendem Händedrücken, gefühlvollem Nicken und so weiter. Baba sagte zu Santoro: «Paolo, ich fahre mit ihm. Wir sehen uns später.»

Wir stiegen in den Wagen. Langsam fuhr ich durch die Alleen, viel langsamer als zuvor, verließ das Friedhofsgelände, reihte mich in eine Kolonne ein, die sich über die Via Cassia in Richtung Rom bewegte. Ich sah Baba verstohlen an. Sie war in Schwarz, sehr bleich, die Augen verschwollen und gerötet. Wirklich die untröstliche Tochter, die den Tod der Mutter beweint. Ich konnte nicht umhin, es zu denken, jedoch ohne Ironie. Es war alles in bester Ordnung. Endlich sagte Baba, ohne mich anzusehen: «Es tut mir leid, aber diesmal werden wir einander kaum treffen, solange du in Rom bist. Ich wohne bei Santoro, schon seit etwa einem Monat.»

Ich sagte nichts. Sie fügte nach einer Weile hinzu: «In zwei Wochen heiraten wir.»

Ich fragte: «Freust du dich?»

Sie sagte: «Ja. Im Grunde ist es das, was ich wollte.»

«Im Grunde.» Die beiden Worte umschlossen, was zwischen uns gewesen war, zwischen uns hätte sein können. Im Grunde. Als wollte sie sagen, ich habe dich geliebt, ich liebe dich noch immer, mit dir wäre ich sogar des Inzests fähig gewesen, aber es ist gescheiter, ich heirate Santoro, obwohl ich ihn nicht liebe, gründe eine Familie und werde Kinder haben, und wir beide bleiben, werden vielmehr, endgültig Vater und Tochter.

Ich sagte Baba nichts von diesen Erwägungen. Ich fühlte, ich konnte zu ihr nie wieder ganz aufrichtig sein. Sie fragte nach einer Weile: «Und was wirst du jetzt machen?»

Ich sagte: «Ich fliege morgen nach Amerika zurück.»

«Und dann?»

«Dann werde ich weiterarbeiten, wie bisher – als Journalist.»

«Und dein Roman? Du wolltest doch dein Tagebuch zu einem Roman umarbeiten? Wirst du es tun?»

«Ich glaube nicht. Aber ich werde den heutigen Tag diesem Problem widmen, das Tagebuch lesen und sehen, was sich daraus machen läßt.»

Das waren die letzten Worte, die ich mit Baba wechselte. Kurz danach, Piazzale Flaminio, bat sie mich anzuhalten. Wir stiegen aus, umarmten einander, sie mit töchterlicher Inbrunst, ich väterlich-passiv, dann setzte ich mich ins Auto und fuhr in der Absicht nach Hause zurück, das Tagebuch zu lesen.

Flug und Begräbnis hatten mich jedoch ermüdet: Kaum hatte ich die ersten Seiten durchgeblättert, stand ich auf, ging zum Bett, legte mich nieder und schlief unverzüglich ein. Ich träumte folgendes: Baba und Cora kamen mir langsam, Hand in Hand, über einen nackten, kahlen, endlosen Weg entgegen, den ich als die Friedhofsallee erkannte. Und wirklich, so weit man sah, wurde er von Gräbern gesäumt, von nagelneuen Grabsteinen, deren Marmor im Sonnenlicht glänzte. Mausoleen verschiedenster Art: Pavillons, Tempelchen, Häuschen. Ich stehe vor einem solchen häuschenförmigen Grab. Die Bronzetür ist offen, das Grab selbst völlig leer. Die Tür trägt eine Inschrift, Goldbuchstaben, die ich nicht lesen kann, weil die Sonne herniederbrennt und das Gold zu sehr flimmert. Indessen haben Cora und Baba mich fast erreicht. Cora trägt wie gewöhnlich ein feuerrotes Kostüm; Baba ist im Hochzeitskleid, seltsam: wallender weißer Schleier, Orangenblütenkranz, Schleppkleid aus weißer Seide. Ich betrachte die beiden und bemerke zu meinem Entsetzen, daß Coras Gesicht, von zwei schwarzen, wirren Haarsträhnen umrahmt, nicht das Antlitz der lebenden Cora ist, jenes gerötete, wohlbekannte, von den blauen Augen beherrschte, sondern das Gesicht der toten Cora, schwarz überschattet, gelblich, blicklos, mit nahezu weißen Augen. Baba scheint es nicht zu merken. Jetzt nimmt sie sogar Coras Hand, auch sie tot, gelblich wie das Gesicht, führt diese Hand an die Lippen, küßt sie andächtig und sagt laut etwa folgendes: «Das ist meine Mutter Cora, und ihr verdanke ich alles. Was Cora für mich getan hat, das hat keine andere Mutter je für ihr Kind getan; ich liebe sie, und meine Dankbarkeit wird niemals, niemals enden.»

Cora nickt bei diesen Worten, doch schwach, gespensterhaft, eben wie eine Tote. Nun gehen beide auf das Grab zu, in dessen Nähe ich stehe, noch immer Hand in Hand, doch beinahe sieht es so aus, als führe Baba die Mutter. Jetzt betritt Cora das Grabmal. Es scheint, eng und hoch, zu klein für sie zu sein, die Bronzetür fällt zu; Baba bleibt draußen stehen, den Rücken mir zugewandt. Jetzt ist Santoro neben ihr, sichtlich ihr Bräutigam, in einem schwarzen Anzug, einen Blumenstrauß in der Hand. Baba schiebt ihren Arm unter den seinen, und beide entfernen sich auf jenem scheinbar endlosen Weg zwischen den Gräberreihen, entfernen sich weiter und weiter und sind schließlich nur mehr zwei winzige schwarze Punkte.

Da erwachte ich erschreckt. Der Traum machte mir zu schaffen, wie etwas Drohendes, Böses. Dann überlegte ich und begriff, daß er mir lediglich in Bildern vorgeführt hatte, was mir von Baba selber in Worten gesagt worden war: daß sie Cora dafür Dank wußte, den Tod erfahren zu haben und auferstanden zu sein. Ohne Cora wäre ihr Leben um diese Erfahrung ärmer, wäre all das nicht geschehen, wäre sie, Baba, nicht anders als ihre gleichaltrigen Freunde, die nicht wußten, was leben hieß, weil sie den Tod nicht kannten. Diese Erwägungen beruhigten mich vollends; ich stand auf, wusch mein Gesicht mit kaltem Wasser, setzte mich an den Schreibtisch und war plötzlich nicht mehr müde. Ich schlug das Tagebuch auf, begann bei der ersten Seite und las es bis zu der letzten, den ganzen Nachmittag. Und als ich fertig war, wußte ich mit völliger Sicherheit, daß ich es bleiben lassen mußte, einen Roman daraus zu machen, und zwar aus folgendem Grund:

Das Tagebuch bestand aus zwei ungleichen, völlig verschiedenen Teilen: Der eine, längere, umfaßte eine Anzahl Stellen gleichsam essayhaften Charakters sowie die zahlreichen Zusätze, die ich mir im Zuge der Niederschrift nicht zu versagen vermocht hatte. Der andere, kürzere, enthielt die Schilderung dessen, was wirklich geschehen war. Nun hatte ich den essayhaften, imaginären Teil in der Absicht geschrieben, ihn später wegzulassen, waren es doch Gedanken, die einem Romanschriftsteller bei der Arbeit in den Sinn kommen, ihm vielleicht helfen mochten, die aber nichtsdestoweniger im Roman selbst nichts verloren hatten. Jetzt aber fragte ich mich: Wenn ich diesen Teil wegließ, was blieb für meinen Roman übrig? Während der beiden Monate hatte sich nichts begeben, oder zumindest fast nichts, was einer Romanerzählung als Gerüst hätte dienen können. Andererseits hatte ich meine Absicht, den täglichen Trott zu beschreiben, dennoch nicht ausgeführt. Die Ungewöhnlichkeit der Lage, in der ich mich befand, hatte mich daran gehindert. Hier machte ich eine Entdeckung, die mich ein wenig verblüffte, beinahe ärgerte, hatte sie doch von allem Anfang gleichsam auf der Hand gelegen: Es erübrigte sich, das Tagebuch zu einem Roman zu gestalten, denn, ohne es zu merken, hatte ich den Roman schon geschrieben.

Er bestand aus dem Tagebuch in seiner vorliegenden Form, in der Schilderung der spärlichen tatsächlichen Ereignisse, aber auch, ja vor allem, jener, die sich nicht ereignet hatten, die ich erfunden, erträumt oder auch nur als denkbar angenommen hatte.

Ich war immer der Ansicht gewesen, der Roman – jener Roman, den ich später einmal aus dem Tagebuch machen würde – müßte ein normaler Roman sein, mit einem Helden, mir selber, und vielen anderen Personen. Nun sah ich, daß mein Tagebuch, ein richtiger Roman, zur Hauptfigur keine Person, sondern ein literarisches Thema, nämlich den Roman selbst hatte, den ich eben jenem Tagebuch eines Tages entnehmen wollte. Das hieß, der Roman war im Grunde das Thema des Tagebuchs, und nicht ich, der ich es führte, und das Tagebuch war ein Roman, weil es nicht meine Geschichte, sondern die jenes Romans erzählte, den ich zu schreiben gedachte. Außerdem war das Tagebuchthema, eben jener Roman, kein beliebiges, sondern, ich sagte es oft, mein Zugang zur Realität, der Mittler zwischen mir und der Umwelt. Wie dieses Verhältnis sich nach und nach herausbildete, anderes mit einbezog und schließlich vorherrschend wurde, habe ich im Tagebuch beschrieben.

Hier stellte ich mir allerdings vor, daß ein Leser einwenden könnte: So vieles in diesem Tagebuch, das gibst du selber zu, beruht auf reiner Erfindung. Es handelt sich demnach um Träume. Wer steht uns dafür, daß nicht auch das, was du als wahr bezeichnest, in Wirklichkeit Träume sind? Kurz, daß das ganze Tagebuch nichts ist als Phantasterei, mit einem Wort, ein Traum?

Der Einwand wäre berechtigt. Aber ich sagte mir, daß ich in einem solchen Fall lediglich antworten könnte, nicht nur mein Tagebuch, sondern das ganze Leben, um den Titel eines berühmten spanischen Stückes zu gebrauchen, das ganze Leben sei Traum. Der Unterschied zwischen den Dingen, die man «wirklich» zu nennen pflegt und jenen, die nur erträumt sind, ist ein sehr geringfügiger. Im Grunde handelt es sich um Träume ersten, zweiten, dritten, vierten Grades und so weiter. Einzelne dieser Träume – auch das Gegenteil trifft zu – sind Wahrheit ersten, zweiten, dritten und vierten Grades. Gewiß, Erträumtes entspricht im gewissen Sinn nicht der Wahrheit. Wer aber darf das Träumen des anderen bezweifeln, den Traum selbst in Abrede stellen? Wer will einem anderen, der seinen Traum erzählt, sagen: Das stimmt nicht, du lügst? Du hast überhaupt nicht geträumt?

Das heißt: ungeachtet des Umstands, daß geträumte Dinge nicht wahr sind, nicht wahr im Sinne dessen, was man im allgemeinen wahr nennt, ist Träumen selbst zweifellos wahrhaft. Mit anderen Worten: Wenn es zutraf, daß ein Roman – und ich war davon überzeugt – notwendig wahr sein muß, dann bewies mein Tagebuch, daß jener Wahrheit keine Schranken gesetzt waren, daß von der Realität nichts ausgenommen zu werden verdiente, weder Träume noch Lügen, noch jene große Illusion, deren ich mich, war ich ihr doch erlegen, ein Leben lang geschämt hatte.

Wenn ich der Lektüre des Tagebuchs überhaupt eine Lehre entnahm, dann jene, nach Möglichkeit nur gewisse Träume zu träumen. Wie dies sich bewerkstelligen ließ, hätte ich nicht zu sagen vermocht. Mir genügte es, auf die Möglichkeit dieser Lösung hinzuweisen. Mein Tagebuch, obwohl zum Teil Beschreibung geträumter Dinge, schien mir besser geeignet als der Roman, den ich ihm entnommen hätte, darzulegen, was der Roman letztlich gewesen wäre – etwas nämlich, das ich geschrieben hätte, um mit mir ins reine zu kommen, warum ich eigentlich schrieb, so wie ich seit jeher vermeinte, ich lebte, um zu erfahren, warum ich eigentlich lebte.

Ich hatte das Tagebuch geschrieben, um in Erfahrung zu bringen, warum ich meinen Roman letzten Endes geschrieben hätte.

War es daher nicht besser, jenes Tasten beizubehalten und gar nicht erst zu versuchen, etwas Form werden zu lassen, was sich, in Anbetracht seines Wesens, jeder Formwerdung entzog?

Ich beschloß, das Tagebuch herauszugeben, wie es war, mich nur darauf zu beschränken, die Namen der handelnden Personen sowie einiger Orte zu verändern, ihm ein Vorwort voranzustellen, ein Nachwort folgen zu lassen. Und das habe ich getan.

103/2

das neue buch
rowohlt

Herausgegeben von Jürgen Manthey

Programmschwerpunkte: zeitgenössische Literatur vorwiegend jüngerer deutscher und ausländischer Autoren / Beiträge zu einer materialistischen Ästhetik / Beispiele gesellschaftskritischer Dokumentaristik / Entwürfe für eine neue, unspekulative Anthropologie / Medientheorie und Kommunikationsforschung / Kritik der «amerikanischen Ideologie»

Peter Rühmkorf
Die Jahre die Ihr kennt
Anfälle und Erinnerungen [1]

Das Mädchen aus der Volkskommune
Chinesische Comics [2]

Sergej Tretjakov
Die Arbeit des Schriftstellers
Aufsätze, Reportagen, Porträts
Hg.: Heiner Boehncke [3]

Hans Christoph Buch
Kritische Wälder
Essays, Kritiken, Glossen [4]

Tom Wolfe
Radical Chic und Mau Mau bei der Wohlfahrtsbehörde [5]

David Cooper
Der Tod der Familie [6]

Peter Gorsen
Sexualästhetik
Zur bürgerlichen Rezeption von Obszönität und Pornographie
Mit 81 Abbildungen [7]

Velimir Chlebnikov
Werke
I Poesie
Mit 16seitigem Tafelteil [8]
II Prosa, Schriften, Briefe
Mit 48seitigem Tafelteil [9]
Hg.: Peter Urban

Philip Roth
Unsere Gang
Die Story von Trick E. Dixon und den Seinen [10]

Karla Fohrbeck
Andreas J. Wiesand
Der Autorenreport
Vorwort:
Rudolf Augstein [11]

Elfriede Jelinek
Michael
Ein Jugendbuch für die Infantilgesellschaft [12]

R. Buckminster Fuller
Bedienungsanleitung für das Raumschiff Erde und andere Schriften
Hg.: Joachim Krausse
Mit über 100 Abbildungen [13]

Ed Sanders
The Family
Die Geschichte von Charles Manson und seiner Strand-Buggy-Streitmacht [14]

Parteilichkeit der Literatur oder Parteiliteratur?
Materialien zu einer undogmatischen marxistischen Ästhetik
Hg.: Hans Christoph Buch [15]

745/6–6a